六つの村を越えて髭をなびかせる者

西條奈加

PHP
文芸文庫

○本表紙デザイン＋ロゴ＝川上成夫

六つの村を越えて髭をなびかせる者　目次

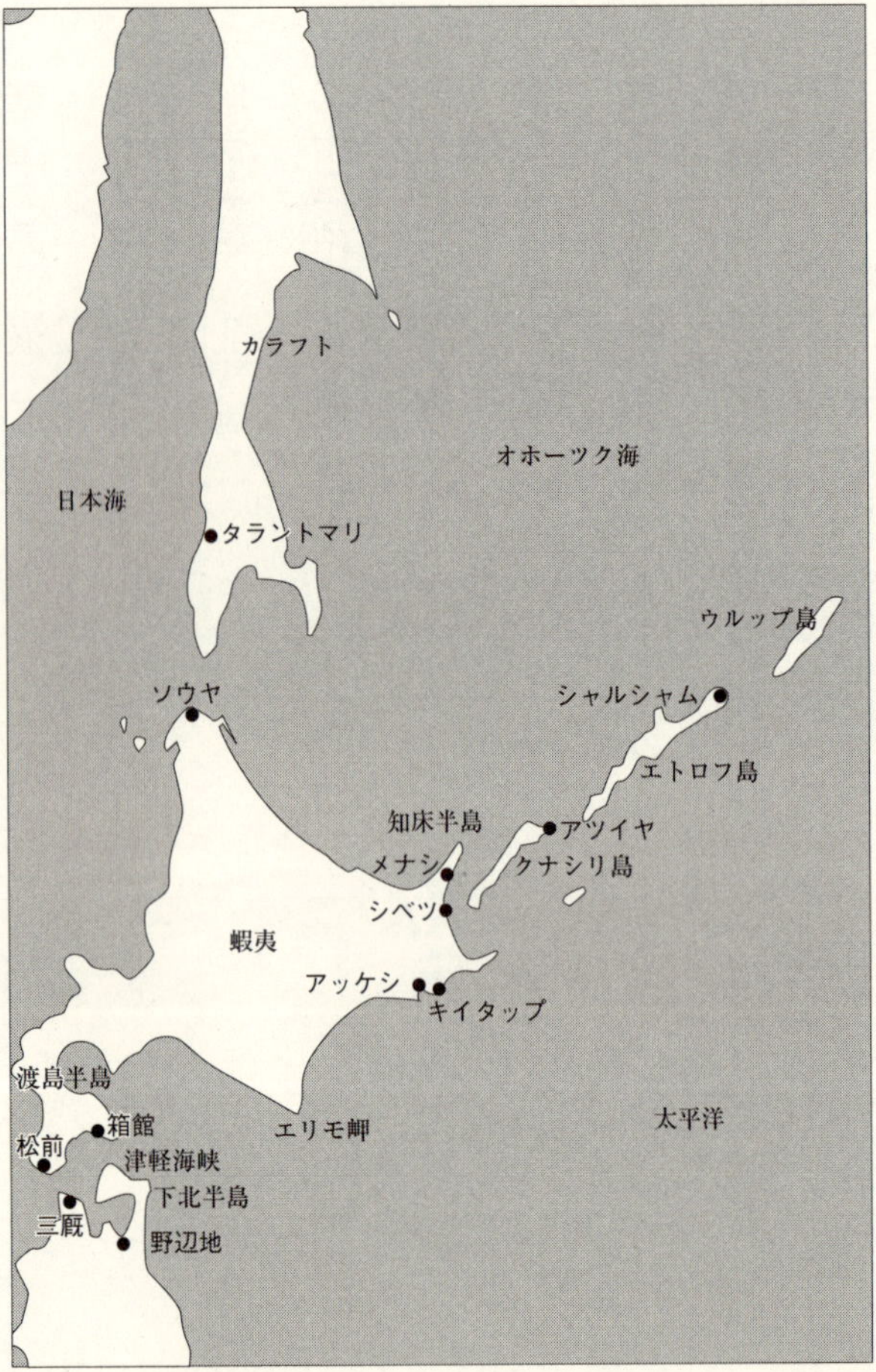
カラフト
オホーツク海
日本海
タラントマリ
ウルップ島
ソウヤ
シャルシャム
エトロフ島
知床半島
アツイヤ
メナシ
クナシリ島
シベツ
蝦夷
アッケシ
キイタップ
渡島半島
箱館
エリモ岬
太平洋
松前
津軽海峡
下北半島
三厩
野辺地

第一話　音羽塾

晩春の風は心地よく、境内《けいだい》の緑は鮮やかだった。旅立ちを祝うように、鳥のさえずりが頭上から降りそそぐ。

「これから長崎まで算学修業の旅ができるとは、まことに心が弾むな」

八十六段あるという長く急な石段を上りながら、師匠は弟子をふり返った。

弟子の高宮元吉《たかみやげんきち》は、ん、と喉の奥でこたえ、ただうなずく。

元吉の愛想の悪さには、師匠も慣れている。気にしたようすもなく、また石段を踏んだ。

この愛宕権現《あたごごんげん》には、男坂と女坂がある。男坂の勾配《こうばい》はことさらにきついのだが、昔ここを馬で登った侍が大成したことから、出世の石段としても有名だった。

元吉にとっては、さしたる難所ではないが、石段の半ばから明らかに師の歩みが落ちた。どうにか上りきったものの、思いのほか息が荒い。

「いや……実を言えば、昨夜は気持ちが昂《たかぶ》ってしまってな、一睡もできなかったのだ」

弟子の案じ顔を察したのか、どうにか息を整えて言い訳する。

里芋に黒豆を張りつけたような、素朴な顔が心配そうに覗き込む。弟子と違って、師匠は色白で線が細く、いまにも倒れてしまいそうだ。それでも大事はないと汗を拭《ぬぐ》う。

「ここはいわば、我らが門出の地であるからな。ぼんやりなぞしてはおれぬわ」

永井《ながい》右仲《うちゅう》は関流《せきりゅう》の算学家で、湯島《ゆしま》に私塾を開いている。元吉は二年半前、その門戸《もんこ》をたたき弟子になった。

そして三月末のこの日、師弟ははるか西国の長崎を目指して、修業の旅に出た。

「我らのような算学家も、また算術好きも、津々浦々にあまねくおるからな。路銀《ろぎん》がなくとも旅ができるのは有難いことだ。村々で算術を教え歩けば宿と飯には困らないし、町に行けば同類の算学家が軒《のき》を貸してくれよう」

相変わらず、ん、しか返ってこないが、興奮が止められないのか、右仲は常より饒舌《じょうぜつ》に旅の期待を語る。

「まずは愛宕権現に、我らが第一条を奉納せねばな。算題は決めてあるか？」

「円理《えんり》を」

石を一つ置くように、元吉が返す。円理とは、円弧の長さや面積、球の体積などを求めるための算法である。

師弟は旅立ちにあたり、芝《しば》愛宕権現で最初の算額《さんがく》を奉納するつもりでいた。

算術の問題や解法を、絵馬に記して神社仏閣に納めたものを算額という。算学家にとっては、自らの腕前を披露する場所でもあり、挑戦状とも言える。奉納する喜ばしさばかりでなく、他者の絵馬問いを解く楽しみもある。算術好きにとっては、見知らぬ誰かとかわす恋文ほどに胸がときめく。

文机《ふづくえ》ほどの大きさの絵馬を求め、まず永井が筆をとり、算題と旅の抱負を漢文で記した。

数理遊方《ゆうほう》、これより算額一千条をつくり奉納する。其一は――との文言で始まり、絵馬の中央の辺りに己《おのれ》の名を入れた。後ろ半分は弟子に託す。

「次はおまえだ、元吉」

ん、とうなずき、弟子は円を描くぶん回しを手にとった。大きな外円の中に、直尺《ちょくしゃく》で引いた三角形と三つの小円を入れた。図を仕上げ、その後に問いを述し署名する。

「他人《ひと》の造題だと、律儀《りちぎ》に書き記すあたりが、実におまえらしいな」

この題を編み出した者の名と、帰除術《きじょじゅつ》と呼ばれる割り算を用いて解法せよとある。

「おまえはこれを帰除術で解いたか……やはり算術の腕前は、とうに師のおれを追い抜いてしまったな。音羽塾《おとわじゅく》の弟子の中でも、誰よりとび抜けている」

「……彦助《ひこすけ》が」

ぽそりと呟《つぶや》く。元吉との二年半のつき合いは伊達《だて》ではない。右仲も慣れたもので、まるで言葉のつたない幼子の意をくみとるように、即座に察する。

「鈴木《すずき》彦助か。たしかにあれも、算術の達者は際立っている。遠からず優れた算学家として名を馳《は》せるであろうな。しかし彦助は、国許《くにもと》にいた十五、六の頃より中西《なかにし》流《りゅう》の算術を学んでおった。いわば算学歴が違う。おまえも彦助と同じ、出羽《でわ》の生まれだったな」

こっくりと元吉はうなずいた。同じ出羽《でわ》でも、鈴木彦助は最上《もがみ》の出で、元吉は村山《むらやま》だった。山形城下から北へ八里ほど、楯岡村《たておかむら》という山裾《やますそ》の小さな村が、元吉の郷里だった。

生家は貧しい百姓で、切煙草《きりたばこ》の行商も行っていた。長男の元吉は、弟妹《ていまい》の子守をし、煙草切りや行商を手伝って家計を助けた。その境遇を、ことさらに嘆いたことはない。父や母が、元吉の学問好きを認めてくれたからだ。長男であるにもかかわらず、こうして江戸に出してくれたのがその証《あか》しだ。

「故郷《くに》にいた頃は手習いすら満足に通っておらぬときかされて、度肝《どぎも》を抜かれたわ。ほぼ独学であるのだろう？　それでいて、うちに入門した頃にはすでに、見劣りせぬだけの算学を身につけていた。おれからしてみたら、まるで神術のごとき不思議に思えるわ」

手習いには通わずとも、幼い頃から書物を欠かしたことはなかった。

子守をしながら字を覚え、算盤《そろばん》の手引書を前に置いて煙草切りの作業をした。切った煙草を売りにいくときも、歩きながら漢書を読みふけった。

決して神術なぞではなく、脇目もふらずにただ書物に没頭した。その結果に過ぎないのだが、元吉の生い立ちと学問の深さが傍目《はため》には嚙み合わないらしく、中にはあからさまに文句をつける者もいる。

「しんねりむっつりのくせに、こうも出来が良いとは腹が立つ。元吉、おまえはな、生まれながらの異人なのだ。異人というても唐人《とうじん》や蘭人《らんじん》のことではないぞ。人並外れた才をもって、生まれついたのだ。少しは嬉しそうな顔をせんか」

彦助はしばしば、褒め言葉だか悪態だかわからない文句を吐く。口はいたって悪いが、元吉は彦助を嫌いではない。陰口を叩く者はいても、面と向かって食ってかかる者はめずらしい。同輩への嫉妬《しっと》や負けん気を素直に表す正直さは、好ましく思えた。

彦助もまた、とっつきの悪さをものともせずに、元吉を小まめに構ってくる。元吉は世間話が苦手だから、算術以外はまず談議が弾むこともなかったが、ひとつだけ、二人に通じるものがあった。

「いまの算学の主流は関流だが、猫も杓子《しやくし》も関流では、算学そのものに不自由をもたらす。おれはいずれ己で一派を立てて、算学に新しい流れを作るのだ」

決して大言《たいげん》ではなく、彦助は後に会田安明《あいだやすあき》と名を変えて、新たな流派を打ち立てる。

返しは拙《つたな》くとも聞き手としては悪くないのか、彦助は熱心に語った。

「名も決めてあってな、最上川《もがみがわ》からとって最上流《さいじょうりゅう》だ」

「最上川……」

元吉が、即座にふり向く。こんなにも鋭く応じたのは初めてだった。

「なんだ、おまえも最上川に思い入れがあるのか？」

いつになく、かっきりと元吉はうなずいた。

「そうかそうか。我ら出羽者にとって、最上川は故郷《ふるさと》のしるべのようなものだからな」

最上川は、出羽国を縦に裂くように南北に流れ、下流で西に向きを変えて海へと至る。元吉が生まれた楯岡村から、一里ばかり西に行くと最上川に達した。

岸辺からの眺めは、元吉にとって原風景と言える。その絵には必ず父がいた。

元吉が十歳のときだった。父と一緒に切煙草を売りに行き、帰りに最上川の川べりに並んで腰を下ろした。

「元吉、おめ、学問さ好ぎか」

ん、とうなずくと、父の武骨《ぶこつ》な手が頭に置かれた。

元吉の本好きは生来《せいらい》のもので、四つ五つの頃から文字に強い関心を示した。父はそんな長男のために、村の物持ちに頼み、手習いの教本や昔話なぞを借りてきてくれた。仮名《かな》はもちろん漢字ですらたちまちこなし、覚えの良さ以上に父が目を見張ったのは、文字や数への強い執着とその没頭ぶりだった。片時も本を離そうとせず、手は別の作業をしながら目と頭だけは文字を追っている。

父は無学な百姓であり、母は元吉を頭に五人の子を産んだ。

そんな暇があるなら野良仕事に精を出せ、百姓に学問なぞ無用のものだ。父や母が、そんなふうに叱ったことは一度もない。おそらくは、父が世間の広さを知っていたからだ。

父は近在の町や村ばかりでなく、奥州街道《おうしゅうかいどう》を北上し、津軽《つがる》や南部《なんぶ》まで行商に出ることもあった。街道沿いの城下町や宿場では、多くの人があらゆる職を担っている。その多様と繁栄を目にしたからこそ、息子の向学心に蓋《ふた》をしようとはしなかった。

それが元吉にとっては、何よりの幸いだった。

朝から晩まで働いても食うのがやっとの暮らしの中で、父は元吉の学問を陰ながら支えてくれた。ほとんど独学であったが、本さえ手許《てもと》にあれば元吉は満足だった。読めない字も何度も反芻《はんすう》すれば、自《おの》ずと意味が摑《つか》めてくる。

ただこのところ、新しい本が手に入らず、ひそかな悩みの種になっていた。子供向けの本では飽き足らず、この先、何を糧《かて》にすればよいのか。元吉は途方に暮れていた。父はそんな長男を、最上川に連れていった。しばし清冽《せいれつ》な流れに視線を預けて、父は言った。

「元吉、おめはいつが、こん川みてえになれ」

「最上川みてえに？」

「村さ留《とど》まらねで、こん川みてえに、いつが海さ出ろ」

父の力強い言葉に、思わず流れに目を当てた。最上川は急流で知られるが、この辺りではゆったりと北に流れ、酒田《さかた》から北海《ほっかい》と呼ばれる日本海《にほんかい》にそそぐ。

「ほれ、こげさやる。昨日、天童《てんどう》でめっけただ」

一冊の本を、息子に渡した。ぼろぼろの使い古しだが、『塵劫記《じんこうき》』と書いてある。

数学を初歩から教える指南書で、町に行けば手習所でも教本にしているそうだが、村では誰ももっていなかった。元吉が読み書き以上に数に優れていることを知り、こういう本があると住職が教えてくれたのだ。以来、塵劫記は元吉の憧れとなり、父はそれを覚えていた。天童の城下に行った折に、自身では読めない書物を人にたずねながら探し求め、なけなしの金をはたいて息子に与えてくれたのだ。

この粗末な本に、どれほどの親の思いが込められているか、十歳の元吉にも十分に肌身にしみた。塵劫記をきつく胸に抱きしめて、必ず学問で身を立てようと決心した。

父は四年前、元吉が二十六歳のときに、病を得て亡くなった。父の遺志と母の勧めもあって、一周忌を済ませてから単身江戸に上った。

日本橋《にほんばし》の誼《よしみ》の家に草鞋《わらじ》を脱ぎ、その家の世話で、神田《かんだ》の煙草屋に奉公した。住込み奉公は、十二、三歳から始めるものだ。二十七歳の元吉が周囲に馴染《なじ》めるわけもなく、口を開けばお国訛《なま》りを馬鹿にされ、いっそう口は重くなった。だが本当に応えたのは、学問とは縁遠い毎日だった。深く失望したが、田舎と違って江戸では学問好きが身近なところにいた。

近所にいた、足袋屋《たびや》の主人である。湯島聖堂《せいどう》への出入りも許されていたという才人で、もとは水戸《みと》藩士であったが藩学と折り合わず、武士をやめたというめずらしい経歴の持ち主だった。元吉はこの足袋屋から、唐の古典を学んだ。この頃から、少しずつ運が上向いてきた。

それからまもなく人の紹介で、さる御殿医《ごてんい》の家僕《かぼく》の職を得た。当初は医者への志もあったが、二年足らずで辞めたのは、医術以上に興味を引かれる学問を見つけたからだ。それが算学だった。

父からもらった塵劫記は、元吉の宝物になった。中身をすべて諳《そら》んじられるほど何度も読み返し、十五歳を過ぎると、自分で金を貯めて塵劫記の別版を入手した。塵劫記はいわば数学のいろはから始まって、最後には算学家ですら頭を捻《ひね》る難問までが掲載されている。算術の手引書として国中に広まり、多くの人に読まれているだけに、子供用の簡単なものから玄人《くろうと》向けのものまで、実にさまざまな版が出回っていた。

郷里にいた頃は、村に近い天童や長瀞《ながとろ》の城下はもちろん、ときには山形まで行って塵劫記の別版やその他の算術書を求めた。購《あがな》うだけの金はなく、貸本屋から借りて読了後にまた返しにいく。算術書のためなら、山形までの八里の道も厭《いと》わなかった。

それほど好きな算術ではあったが、算学家になるという考えは浮かばなかった。その道を拓《ひら》いてくれたのが、永井右仲であった。

医家に移った頃、湯島の塾に入門を乞い、家僕の仕事をこなしながら、足繁《あししげ》く右仲の元に通った。右仲という得難い師と、彦助をはじめ手応えのある算学仲間を得て、まるで春の雪解け水のように元吉の学問はひと息に嵩《かさ》を増した。

しかし入塾して二年が過ぎた頃、右仲は弟子を座敷に呼んだ。

「おまえの呑《の》み込みの早さは、すさまじいな。これ以上、おれから教えることはない。元吉、おまえの算学は、師のおれを越えてしまったぞ」

師に達されて、悄然《しょうぜん》となった。せっかく見つけた拠《よ》り所《どころ》を、これまでのどこよりも心地のいい居場所を、また失うのだろうか？　がっくりと肩を落とす元吉に、右仲は言った。

「これ、早合点《はやがてん》するな。おまえを放り出そうというのではない。おれの師に引き合わせるから、今後はその先生のもとで学問に励め」

「永井先生の師匠……」

「おまえも存じておろう、『音羽塾』の本多利明《ほんだとしあき》先生だ」

本多利明の名は、元吉も知っていた。

通称、音羽先生。護国寺《ごこくじ》に近い音羽一丁目に私塾を開き、内外合わせて数多《あまた》の弟子を抱えている。江戸でもひときわ名の知れた算学家だが、学問は算学だけに留まらない。

天文、暦学、地理、航海術、さらには産業論から焔硝《えんしよう》製法、北方蝦夷地《えぞち》開拓に至るまで、あらゆる分野に精通し、故《ゆえ》に経世家《けいせいか》としても名を馳せていた。諸学を活用して新たに産業を興《おこ》し、生産を増やして国を富ませ、貧苦にあえぐ窮民《きゅうみん》を救う。その手立てを模索するのが経世家である。

音羽塾には、右仲に限らず彦助ら数人の門弟も通っている。音羽先生の人品や学の広さは、彦助らからきいていた。一も二もなく、ぜひにと乞うた。

「いっそ医家をやめて、音羽塾で住込みの内弟子となってはどうか。おれや彦助から噂をきいて、音羽先生も大いに興を示されてな。おまえに会いたがっておる」

すっかり算学にのめり込んでいただけに、医者への未練はなかった。御殿医からは暇をもらい、本多利明に目通りして音羽塾への入門を許された。それが去年のことだ。

以来、本多利明の内弟子として音羽塾に住まっている。

いまは互いに音羽塾の門弟という間柄だが、元吉にとって右仲は算学の最初の師であり、また兄のような存在でもある。右仲もやはり、元吉が音羽に移ってからも何かと気にかけてくれた。今回の旅も右仲の案であり、師の本多利明から許しをもらって出立《しゅったつ》した。

絵馬を奉納し終え、男坂の石段を下りながら右仲がたずねた。

「音羽塾での暮らしはどうか？」

ん、とうなずく。顔つきから、楽しいと判じたようだ。右仲が目許《めもと》を和《なご》ませる。

「それはよかった。算学ばかりでなく、毎日さまざまな学問に励んでいるそうだな。音羽先生も褒めていらした。あれほど器用な者には、お目にかかったことがないとな」

「……器用？」

「掃除、薪割《まきわり》、水汲みと、骨惜しみせず実によく働く。家内の事々をこなしながら、常に書物を傍《かたわ》らに置き、弟子の誰よりも学問の進みが早いとな」

「昔から、あたりまえで」

「あたりまえか……それがおまえの、真の強みかもしれんな」

風は緑の濃い匂いを含み、すでに初夏を感じさせた。

師弟は山門を抜けて、東海道《とうかいどう》を西に向かった。


「いったい、どうしたというのだ？　一昨日、長崎に向けて立ったのに、たった二日で戻るとは」

早くも音羽塾に帰ってきたふたりに、鈴木彦助が仰天《ぎょうてん》する。

右仲はぐったりとして、元吉に背負われていた。

「先生が、品川宿《しながわしゅく》で腹病《はらや》みに襲われて……」

泣きそうな顔で、元吉がこたえる。こういうとき、彦助の迅速《じんそく》さは折り紙つきだ。若い弟子たちに、次々と指図をとばす。すぐに床《とこ》が延べられて、別の者には医者を呼びに行かせ、さらに出先にいた本多利明にも使いを出した。

「おまえ、品川宿からずっと、先生を負《おぶ》ってきたのか？　せめて駕籠《かご》を使えばよいものを」

「駕籠は辛《つら》いと先生が……」

乗物の揺れに堪《た》えられず、品川宿を出てまもなく右仲は駕籠を止めさせた。

「それでおまえが乗せてきたのか」

ん、と返した元吉は、疲れた素振りも見せず、心配そうに師の枕元に張りついている。

やがて医者が到着し、元吉から病状をききとって、ていねいに病人を診察した。大事には至らないが、回復には十日ほどかかる。薬は日に三度、二、三日は白湯《さゆ》だけを飲ませ、落ち着いたら重湯《おもゆ》を与え、ようすを見ながら少しずつ米の量を増やすようにと達した。元吉は真剣な顔でうなずき、彦助が休むよう促《うなが》しても、右仲の傍《そば》から離れなかった。

本多利明は、夕刻を待たずに音羽に戻り、彦助から仔細《しさい》をきいた。

「宿の飯か、あるいは品川までの道々、天ぷらなぞを買い食いしたとのことですから、貝か魚にやられたのではないかと、医者は申しておりました」

「なんとまあ……それでも大事に至らなかったのは、不幸中の幸い。食中《しょくあた》りで、命を落とす者も少なくないからな」

「元吉のおかげで事なきを得たのだろうと、医者が感心しておりました。さすがに医家にいただけはありますな」

右仲は、夜半に猛烈な腹痛と吐き気を催《もよお》し、ひと晩中苦しんだ。元吉はつききりで介抱し、背をさすり吐瀉物《としゃぶつ》の始末をした。薬は旅に必須であり、腹病みに効く丸薬《がんやく》をひとまず飲ませたが効果がない。朝になると医者を呼ぶよう宿の者に乞うたのだが、あいにくと患者が立て込んでいて、すぐには来られないという。

己で何とかせねばと、元吉は決心した。すぐさま薬種屋《やくしゅや》に走り、右仲の症状を告げて薬種を見繕《みつくろ》い、宿で煎《せん》じて病人に飲ませた。

この薬は効いたらしく、夕方にはどうにか吐き気も収まった。ひと晩ようすを見て小康を得たものの、一刻も早くまともな医者に診立《みた》てを頼みたい。音羽塾の傍に、腕の良い医者がいたことを思い出し、荷物は宿で預かってもらい、品川から音羽まで師匠を背負って帰ってきたのだ。

「その煎じ薬が、吐き気を止めたようです。使った薬種をきいて、間違いのない物だと医者も太鼓判を押しておりました」

「さようか……元吉を旅の供にしたのは、何よりの幸いだったな」

利明が、深い安堵《あんど》のため息を吐く。彦助に案内され病人の寝間《ねま》に赴《おもむ》いたが、襖《ふすま》の隙間《すきま》から中を窺《うかが》って、ふっと微笑する。

「声をかけるのは、後にしよう。起こすのも忍びないしな」

座敷を覗いた彦助が、なるほどと納得する。

右仲は眠っており、その傍らでは元吉が、律儀に正座したまま舟を漕《こ》いでいた。

「疲れ知らずの元吉が、あのように寝こける姿は初めて見ました」

「まるで、忠犬のようだな……。知も体《たい》も優れておるが、情に厚い真心こそが、あれの徳であろうな」

「仰《おつしや》るとおりかも、しれませんね」

「綿入れでも羽織らせておけ。朝晩はまだ、冷えるからな」

利明にお辞儀《じぎ》をするように、元吉のからだが、かくりと前のめりになった。

「このたびは不甲斐ない仕儀《しぎ》に至り、面目次第もございません。不束《ふつつか》な弟子を面倒見て下さり、まことにかたじけなく存じます」

　医者の診立てどおり、右仲は十日ほどで床上《とこあ》げに至り、まずは師に礼を述べた。

「そうかしこまらずともよいわ。無事を得て何よりだ。元吉も、ご苦労だったの」

　右仲のとなりで、ぺこりと頭を下げる。師の快癒《かいゆ》が嬉しくてならないようで、いつも生真面目に結ばれた口許《くちもと》が、今日はほころんでいる。

「それより、算学修業の方はどうするのだ？　病が癒《い》えたといっても、旅に出るにはまだ心許《こころもと》なかろう」

「はい、あと半月ほどで梅雨に入りますし、過ぎれば酷暑となりましょう。また元吉に、厄介《やっかい》をかける羽目にならぬとも限りませんし」

「うむ、ひとまずは、留め置いた方がよかろう。しばらくは養生に努めることだな。元吉も、今日からはまた学問に励むのだぞ」

　特に不服そうな顔もせず、素直にうなずく。元吉を座敷から下がらせると、右仲が物憂《ものう》げなため息をつく。

「私はよいとして、元吉にはすまなく思います。座学だけでもあれほどの才があるのですから、旅で実学を学べば伸《の》び代《しろ》は無限です。元吉も、楽しみにしておりましたのに……」

「そう落胆するな。実はな、耳よりな話があるのだ。まだ本決まりにはなっておらぬから、他の弟子たちには明かせぬのだが」

「耳よりな話とは？」

「蝦夷地《えぞち》だ。うまく運べば、蝦夷に光が当たるかもしれん」

利明が、右仲に仔細を語る。話が進むごとに、右仲の瞳が輝き、利明が語り終えると興奮気味に叫んだ。

「では、ついに幕府が重い腰を上げると？」

「まだわからぬわ。すべてはご老中の胸先三寸《むなさきさんずん》と、建白書《けんぱくしょ》の出来にかかっておるからな。しかしわしは、大いに望みがあると見越している。田沼《たぬま》さまは先見の明に優れたお方であるし、工藤平助《くどうへいすけ》は、北方や蝦夷地については、わしを凌《しの》ぐほどの知恵と識がある。必ずや幕府を動かす建白書を仕上げると、わしは思うておる」

「それは……北夷《ほくい》先生にとっては、何よりの報《しら》せでございますな」

北夷先生とは、利明の別名である。自ら北夷斎《ほくいさい》と称し、自他ともに認める北方通だが、工藤平助は、その利明が一目置くほどの経世家であった。

工藤平助は仙台藩の藩医であり、名医として評判をとっていた。江戸藩邸外に居を構えることを許され、『晩功堂《ばんこうどう》』という私塾も開いている。医術と経世の豊かな知識に加え、気さくで大らかな人柄だ。弟子の志願者や講義を乞う者は後を絶たず、また工藤も誰彼構わず受け入れる。医者や学者、文人や武家はむろんのこと、身分も職種も一切問わず、役者や芸者、果ては俠客《きょうかく》までもが晩功堂に出入りしていた。

幅広い人脈こそが、工藤の見識にいっそうの広がりを与え、情報通としても名高い。

この晩功堂に、土山《つちやま》という侍が通っていた。土山は時の老中筆頭、田沼意次《おきつぐ》の用人である。話は四年ほど前にさかのぼる。土山は師の工藤に、こうたずねた。

「我が主人は、富にも禄にも官位にも不足なし。この上を望むとしたら、長く世の中のためになるような、大きな仕置きを成し遂げたいもの。何がよかろうか？」

「おお、それなら、打ってつけのものがあるわ！」

工藤が即座に挙げたのが、海防と蝦夷地の開拓である。

ちょうどこの頃、工藤は『赤蝦夷風説考《あかえぞふうせつこう》』を執筆していた。上下二巻にわたる長大な歴史地理書で、蝦夷のみならずロシアについて綿密な調査と考察がなされている。

工藤がまずとりかかったのは、和蘭《オランダ》語の習得だった。ロシアの内情を知るには異国の書物に頼るしかなく、日本で入手できるものは和蘭語に限られるからだ。和蘭語で書かれた記録や地理書から、ロシアとはどういう国か、どのように発展し領土を広げてきたか、国の歴史と実情、物産から文学まで詳細に調べ上げた。

さらに私塾を訪れた者たちから、蝦夷地の現状をつぶさにききとった。晩功堂には遠い松前《まつまえ》や長崎からも客が訪れる。ロシアの足音がどこまで蝦夷に迫っているのか、幕閣《ばっかく》などよりよほど詳しく実情を摑んでいた。

ロシア東端のカムチャツカから蝦夷地までは、多数の島々が飛び石のように連なる。これを利用してロシアはすでに、千島《ちしま》列島にまで到達していた。さらにはロシア艦隊が頻々《ひんぴん》と千島沖に現れ、時には三陸《さんりく》や房総《ぼうそう》沖まで南下する。とても日本が駆《く》逐《ちく》できる代物《しろもの》ではなく、またロシアの側も戦《いくさ》を挑発しているわけではない。あくまで開国通商が目的であり、むしろ進んで応じた方が国の利益になろう。

ただし千島列島は蝦夷地の内、つまりは日本固有の島々である。ロシアとの国境は千島の外側に引くべきであり、早急に現地に人を遣《つか》わし、千島諸島が自国の領地であることを宣言すべしと説いた。

執筆順序は下巻が先で、土山からの打診を受けたのは、ちょうど下巻が脱稿した頃と重なっていた。上巻を仕上げるまでにはさらに一年を要し、『赤蝦夷風説考』は昨年の一月、ようやく完成した。

おそらく田沼意次は、すでに土山から概略を伝えきいているだろうが、幕府に正式に上申《じょうしん》するには相応の手順を踏まなければならない。今年に入ってようやくその目処《めど》が立ち、幕議にかけられる日もそう遠くはないという。

「音羽先生は、工藤平助殿からその話を承《うけたまわ》ったのですか?」

「いや、わしは工藤には会《お》うたことがない。わしの見知りにも、晩功堂に出入りする者は何人もいてな。その者たちから噂をきいたのだ」

ややふんぞり返って、利明が告げる。右仲は笑いをかみ殺した。

利明もまた、蝦夷と北方にはひときわ関心を寄せていて、やはり海防と蝦夷開拓を早急に進めるべきだとくり返し説いている。北方論に関しては、江戸の内では利明と工藤平助が、二大先鋒と言えるだろう。

まったく同じ持論をもつ者だからこそ、馴《な》れ合うことをよしとしない。意固地とも言えるが、それだけ工藤平助を認めている証しだろう。晩功堂が隆盛を極めているだけに、子供っぽい焼き餅もなきにしもあらずだが、それ以上に学者には矜持《きょうじ》がある。同じ志があれば仲間にもなるが、相手の力を真に認めたときは好敵手となる。

「先生のそういうところ、おれは嫌いではありませんよ」

「ふん、茶化《そむ》すでないわ」

ぷい、と顔を背ける。利明は四十二歳、見かけは頑固親父そのものだが、弟子に威張りちらすような真似はしない。人柄は鷹揚《おうよう》だが、案外細やかな面もあって、ひとりひとりの弟子をよく見ている。

「あの田沼さまのことだ、工藤の建白を受け入れて人を遣わすとすれば、みみっちい真似はなさるまい。きっと前《さき》に例のない見分隊を、蝦夷に送り込むはずだ。わしは何としても、その隊に加わりたいと思うておる」

蝦夷を見分するには、千載一遇《せんざいいちぐう》の好機と言える。北夷先生としては是が非でも同行したかろうし、また利明にはそれを可能にする人脈もある。なるほど、と右仲が応じる。

「その折に、元吉を伴うつもりでおるのだ」

「元吉を？　まことですか！」

「蝦夷は未開の地であるからな。道なき道を行かねばならず、一年の半分は雪と氷に閉ざされて、寒さも陸奥《みちのく》の比ではないときく。並の者では、供として役に立たぬわ」

「たしかに……おれのようなもやしでは、とても太刀打ちできませぬな。ですが元吉は、塾生の中では若輩《じゃくはい》にあたりますし、本当によろしいのですか？」

強い足腰と丈夫なからだ。怠惰《たいだ》とは無縁で労苦を厭わず、小まめによく働く。口数は極端に少ないが、かえってそれが素朴な気性と素直な心根を際立たせてもいる。利明のあげた元吉の長所に、ひとつひとつ右仲がうなずく。

「何よりも元吉は、情が深い。いざとなれば、わしを背負うて雪道を越えてくれよう。難儀な旅には、誰より心強い供となろう」

「先生の仰るとおりです……品川からの道中、元吉は一度も歩みを止めませんでした」

右仲は細身だが、丈は元吉よりも高い。自分より大きな男を背負うのだ。どこかで腰を下ろして休むよう背中から促したが、いつもは素直な元吉が従おうとしない。汗みずくで息も荒く、かくりと膝が折れたことも一度や二度ではない。それでも元吉は、一刻も早く右仲を医者に診せねばならないと、師を背負って音羽まで歩き続けた。

「あの律儀には、胸を打たれました。あれの背中で、こっそりと泣きました。どう報いればよいかと思案しておりましたが、蝦夷行きは何よりの褒美となりましょう」

利明もその話に感じ入り、師弟がしばししんみりする。

「わしのためばかりでなく、蝦夷見分は、きっと元吉にとっても大きな糧となる。あれの天分を花開かせる足掛かりとなる。わしはそう信じておってな」

「おれも、そんな元吉の姿を見てみたい……あれは、不思議な男です。利口者でありながら、生き方は決して器用ではない。だからこそ、まわりが放っておかぬのです」

元吉は、江戸に出てより二転三転して音羽塾に行き着いた。それもまた、見るに見かねて誰かが脇から手を差し伸べて、それが数珠《じゅず》のように繋がった結果であろう。

利明の前で、右仲はにわかに居住まいを正した。

「音羽先生、どうぞ元吉を蝦夷までお連れくださ い。何卒《なにとぞ》よろしくお願い申し上げます」

「うむ、この本多利明、たしかに引き受けた」

頭を下げた右仲に、利明はしかと応じた。

利明の予見どおり、『赤蝦夷風説考』を添えた建白書は、その年の五月、用人の土山から勘定奉行《かんじょうぶぎょう》を経て幕府に上申された。そして同じ年の十月、蝦夷地見分隊の派遣案は無事に幕議を通過した。さしたる異論も上がらず異例の早さで採択されたのは、むろん田沼意次の根回しと強い後押《あとお》しがあってこそだ。

田沼は決して、自らの功績のために動いたわけではない。商《あきな》いと経済を重視した田沼にとって、蝦夷の広大な土地と産物は見過ごしにはできない魅力があり、また幕閣の誰よりもロシアに危機感を覚えていたために他ならない。

決議の数日前に、すでに綿密な計画書が仕上がっており、派遣案が通ったその日に決裁されたのがその証しだ。

幕府から遣わされる見分隊は、合わせて十名。

正員五名はすべて普請役《ふしんやく》の侍で、さらに下役《したやく》五名も普請役下役から選ばれた。

普請役とは、道や橋の工事を差配する普請方とは、別の役職である。普請方は、普請奉行の配下だが、普請役は勘定奉行が直々《じきじき》に指図する。もともとは河川を管理する堤方《つつみかた》として置かれたが、時代が下るうちに分課され、一部は別の役目を担うようになった。

それが勘定所詰《かんじょうしょづめ》普請役である。勘定奉行が諸国に放つ探索方《たんさくかた》であり、員数は四十名ほど、いわば勘定奉行子飼のお庭番の性質を持つ。

探索の玄人を揃《そろ》えたところに、今回の蝦夷地見分への幕府の本気が察せられる。

十人の役人に加えて、旅に従う小者《こもの》が十人ほど。大船二艘《そう》を擁《よう》し、船頭や水夫《かこ》を加えると、五十人は下らない。これほどの規模で中央から蝦夷に人が送り込まれるのは、かつて例のないことだった。

そして年が明けると、蝦夷地見分隊の報は下々にも達せられた。

元吉が師の利明に呼ばれたのは、それからまもなくのことだった。

急いで奥の座敷に赴くと、ひとりの侍が師匠と向かい合っていた。

よく日に焼けた色黒な顔には、覚えがある。音羽塾にもたびたび出入りしている御家人で、利明とは昵懇《じっこん》の間柄だった。ことにこの三月《みつき》ほどは頻々と来訪していただけに、挨拶《あいさつ》くらいは交わしていたが、正式に引き合わされたのは初めてだった。

「こちらは青島俊蔵《あおしましゅんぞう》殿。普請役をなさっておられる」

「あいにくと、まだ見習いの立場だ。他の四方《よんかた》と違《ちご》うてな」

色黒な顔に、白い歯を見せる。侍のわりに居丈高《いたけだか》なところがなく、当たりもやわらかい。

「見分隊が遣わされることは、先日、皆にも話したが、青島殿は、正員のうちのおひとりなのだ」

たちまち元吉の瞳が輝き、羨望《せんぼう》の眼差しを向ける。

算学修業の旅が潰《つい》えた頃から、利明の講義は、北方開拓論に大きく比重が傾いた。熱心に拝聴していただけに、素直に顔に出てしまった。

「おれは正員五人の末席だが、それでも加わることができたのは幸運だと思うておる。音羽先生のためにもな」

と、悪戯気《いたずらげ》な顔をする。こほん、と利明がひとつ空咳《からぜき》をしてもったいぶる。

「実はな、わしも青島殿の従者として、足軽の身分をいただいて、蝦夷にお連れいただくことになったのだ。元吉、おまえもだ」

　里芋に似た顔が、ぽっかりと口を開ける。口は重いが、存外表情は豊かだ。まるで阿吽《あうん》の阿の狛犬《こまいぬ》のように、いつまでも開いた口が閉じぬようすに、さもおかしそうに青島が声をかける。

「竿取《さおとり》として伴うつもりだが、心積もりはあるか？」

　今度は壊れた玩具のように、何度も首を縦にふる。堪《こら》えようがなかったのか、青島が喉の奥で笑いを漏《も》らした。竿とは検地《けんち》や検見《けみ》で使う、測量のための間竿《けんざお》をさす。この間竿をあつかう者を、竿取といった。

「音羽塾で、もっとも頭の切れる男だと。そうきいていただけに、こちらも構えておったのだが……何とも面白き男だ。旅が俄然《がぜん》、楽しみになったわ」

「では、青島殿……」

「うむ、気に入ったぞ。この者を蝦夷に連れていこう」

「おお！　きいたか、元吉。この上ない幸甚《こうじん》だぞ！」

　とび上がらんばかりの師匠の前で、元吉はじっと喜びを嚙みしめていた。

「元吉、何をぼさっとしておる。青島殿に挨拶せんか」

「た、高宮元吉です！　どうぞよしなにお引き回しのほどを」

精一杯の声を張る。青島が、ふと気づいた顔になった。

「元吉とは、幼名か？　少々、名が軽い気もするな。この機に字《あざな》を与えてはどうか」

「それは名案ですな。よし、元吉、わしがうんと凝《こ》った名を考えてやるからな」

「最上……」

と、元吉が呟いた。黒豆のような目で、師匠に訴える。利明も察したようだ。

「そうか、最上か……うむ、良い名だな。青島殿、元吉は出羽の出でありましてな。最上川に愛着《あいじゃく》があるのです」

「なるほど、では、姓は最上でよかろうな」

「最上……最上……徳、やはり徳がよいか……」

しばし口の中でぶつぶつと呟いてから、利明が膝を打った。

「徳内《とくない》ではどうか？　徳の厚いおまえには、ぴったりだ」

ぱっと弟子の顔が輝いた。利明が、満足気にうなずく。

「今日からおまえは、最上《もがみ》徳内だ。さように名乗るがよい」

元吉あらため徳内は、その日から旅の仕度《したく》にとりかかった。

蝦夷地見分隊の江戸出立は、二月に決まった。

一月はふたり分の仕度に追われたが、徳内にとっては心浮き立つ日々だった。

しかし二月朔日《ついたち》、思ってもみなかった災難に見舞われた。利明が階段を踏み外し、したたかに腰を打ったのだ。医者は念入りに診立てを施し、重々しく告げた。

「幸い骨に障《さわ》りはないようですが、打ち身がひどい。少なくとも二十日は、臥《ふ》して養生なさいませ。腰の治りようしだいですが、床上げにはひと月ほどはかかりましょうな」

右仲の病のときと同様、枕元には徳内が張りついている。医者に向かって、ひと言たずねた。

「旅は……」

「旅だと？　とんでもない！　まず向こう半年は無理だろうな」

「何ということだ……天から降《くだ》った幸甚を、みすみす逃してしまうとは」

利明もさすがにがっくりきて、三日のあいだ床に潜《もぐ》ったまま、ろくに顔すら出さなかった。師匠以上に落胆したのは徳内である。常にはきびきびとした動きが、ナメクジのような有様で、利明の寝間からは遠ざけられて日がな一日縁側でぼんやりしていた。

右仲や同輩たちの慰めすら功を奏さず、ついに堪忍袋の緒を切らしたのは彦助である。

「いい加減にしないか！　いつまでもじめじめうじうじしおって、このままでは尻の下から茸《きのこ》が生えるぞ」

徳内はしょんぼりと肩を落としたまま、ふり向きもしない。その背中に向けて、彦助は容赦《ようしゃ》なく、ぽんぽんと言葉を放った。

「考えようによっては、幸いではないか。厳寒の未開の地へ、行かずとも済むのだぞ。みすみす死にに行くようなものではないか。おれだったら、頼まれてもご免こうむるわ。命を拾ったと思うて、学問に精を出せ」

彦助の放つ癇癪玉《かんしゃくだま》に押し出されたように、徳内はぽつりと呟いた。

「おれの、せいだ……」

「何だと？」

「永井先生に続き、音羽先生も……きっとおれが疫病神《やくびょうがみ》で……」

「この馬鹿者が！　我らを何と心得る。算学家であり学者であろうが。論によって理《ことわり》を説く者が、厄《やく》なぞ信じてどうする！」

怒鳴り散らしても、いっこうに効き目がない。木像のごとき同輩を残して、彦助は憤然《ふんぜん》とその場を去った。そのまま、足音を響かせながら師匠の寝間に行く。

「音羽先生！　先生もそろそろ、布団の蓑《みの》から頭を出してくださりませ。まったく先生といい里芋といい、いつまでも鬱陶《うっとう》しい」

短気で辛辣《しんらつ》な彦助は、師匠が相手でもはっきりと物を言う。布団の蓑《みの》が、もそりと動いた。

「里芋とは、徳内か？」

「ええ、そうです。先生が旅に出られなんだのは、己が疫病神であるためだと。いつものしんねりにいっそう磨きがかかって、ねっとりと糸を引いておりまする」

「そうか……」

と、おもむろに布団から首だけ出して、気の強い弟子をちろりと見遣《みや》る。

「徳内を、ここに呼びなさい。わしからあれに、話がある」

彦助はすぐさまとって返し、腕を引っ張るようにして徳内を連れてきた。同輩を師匠の座敷に放り込み、さっさと退散する。

残された師弟のあいだに、どこか気まずい沈黙が落ちた。

「ああ、何だ、おまえに言うておきたいことが……」

「すみません！　私のせいで……」

師匠をさえぎって、額《ひたい》を畳に打ちつける勢いで、徳内が深々と頭を下げる。無言のまま頭を上げようとせず、両の肩がかすかに震える。

ふっと息を抜き、利明は腕を伸ばした。弟子の頭に手を乗せる。

「馬鹿を申すな。今度《こたび》の不運は、わしの粗忽《そこつ》が招いたものだ。おまえには何の落ち度もないことはわかっておろうが」

顔を上げよ、と促した。煮崩れた黒豆のように、徳内の目は潤んでいた。

「蝦夷に行けぬのは、わしも悔しい。まさに断腸《だんちょう》の思いだ。だからこそ、徳内、おまえに頼みがある」

何なりと、と応じるように、口を引き締めてこくりとうなずく。

「せめておまえひとりでも、青島殿に従って蝦夷に行きなさい。よいか、これはわしの命《めい》だ。この音羽塾の識者として、わしの代わりを務めるのだ」

師匠を差し置いて、そんな真似はできない。徳内は、慌てて首を横にふる。利明は根気よく、弟子に説ききかせた。

「わしの北方への思いの強さは、おまえもよく知っておろう。おまえがわしの耳目《じもく》となって、あますところなく蝦夷を見分し、その身に蓄《たくわ》えて土産とせよ。おまえのもち帰ったものは、必ずやわしや門弟たちにとって、大きな財となる。おまえの役目、いや、わしの大願《たいがん》と思うて引き受けてくれぬか」

徳内にとっても否《いな》やはなく、何よりも有難い申し出だった。

「先生……ありがとう、ございます……」

「よいな、必ずここへ帰ってくるのだぞ。首を長くして、待っておるからな」

うなずいた徳内の目には、さっきまでとは違う涙が光っていた。

天明《てんめい》五年二月、田沼意次肝煎《きもいり》の蝦夷地見分隊は、江戸を立った。

「さぞかし華々しい行列かと思いきや、何とも地味な旅立ちだな」

「そうぼやくな、彦助。お役目上、仕方なかろう。おれもできれば、千住宿《せんじゅしゅく》まで見送りたかったが」

身内や友人が江戸郊外まで見送るのは、長旅に出立する折の慣《なら》いだが、青島からは、見送り不要と達されていた。

「青島さまとは、千住宿で待ち合わせておるのだろう？　待ち合いの場所は、覚えているか？」

「余分の綿入れは持ったろうな？　蝦夷は春でも、真冬のように寒いというからな」

右仲と彦助は、初めて我が子を見送る親さながらで、結局、音羽塾から護国寺を過ぎて、伝通院《でんづういん》に至るまでついてきた。

「くれぐれもからだだけは厭うのだぞ。無事の帰りを待っているからな」

「曲がりなりにも武家のお供なのだから、少しは愛想よくふるまえよ」

名残りを惜しみながらも伝通院の前で別れ、遠ざかる姿をいつまでも見送った。

音羽塾へ戻ると、右仲は報告のために利明の寝間に赴いた。

縁《えん》にすっきりと立つ利明の姿が目に入り、右仲が仰天する。

「先生、お加減は……？　今朝まであんなに、具合が悪そうでしたのに」

徳内が今朝、旅立ちの挨拶に来た折も、弱々しく床に就《つ》いていた。腰を伸ばし腕を組んだ姿には、その片鱗《へんりん》は少しもない。

利明は弟子をふり向いて、にっと笑った。察しのいい弟子が、即座に感づく。

「なんと、病は偽りでしたか……先生も、お人の悪い」

「すまんな、弟子たちが信じてくれぬことには、御上《おかみ》を欺《あざむ》けぬからな。徳内にも要らぬ心配をかけてしまったが、まあ、見分隊に加えたのだから大目に見てくれよう」

久々の外気を満喫していたのだろう。うん、と気持ちよさそうに伸びをした。

「しかし、何故にこのような芝居を？」

「従者の数が限られていてな。青島殿が余分に従えられるのは、最初からひとりきりだったのだ」

「では、その一席を、徳内に……？」

「蝦夷地は長年のわしの夢だ。無理を押してでも随行《ずいこう》したかったが、わしもすでに四十の坂を越えたからな。それに……己の存念を通すより、そろそろ若い者に後を譲るべきかと思えてな。そして弟子の中に、まるであつらえたように稀有《けう》な材があった」

「それが、最上徳内というわけですか」

見分隊については、去年のうちから青島俊蔵より内々に伝えきいていた。ぜひ己と弟子を同行させてほしいと乞うたが、随員の数には限りがある。伴えるのはひとりだけだと告げられた。最初は当然、自身が従うつもりでいたが、幾月か経つうちに考えが変わった。

「おまえが病に至った折の、徳内の律儀を思い出してな。あれの先々は、師のおまえからもしかと頼まれた。約束を違《たが》えるわけにもいくまいて」

名も実績もない徳内では、供として願い出ても、御上から弾かれてしまう恐れがあった。あくまで己の代理として、利明は策を講じたのだ。

正月に青島に引き合わせたのは、その意図があってのことだ。青島は徳内を気に入り、何食わぬ顔で話を合わせてくれた。医者もまた同様に、利明の芝居にひと役買った。

「からくりは知らずとも、先生の思いは徳内にも伝わっておりましょう。あれはそういう男です。人の思いを決して無下《むげ》にはしない」

梅はすでに散り、桜にはまだ早い。殺風景な庭をながめて、右仲が呟いた。

「どんな花が咲くか、楽しみですな……」

これから開く花を、師弟は黙って待ちわびていた。

第二話　松前

「蝦夷地《えぞち》見分隊ときいて、もっと華々しい出立《しゅったつ》を描いておったのではないか、徳内《とくない》？」

千住宿《せんじゅしゅく》を出ると、青島俊蔵《しゅんぞう》が気さくに話しかけてきた。

「がっかりさせて、すまなんだな。もっとも我らにとっては、いつものことなのだが」

「何をいうか俊蔵、わしとて気落ちしたわ。なにせ主殿頭《とのものかみ》さまの肝煎《きもいり》であるからな、どれほどきらびやかな仕立てになろうかと、楽しみにしておった。すっかり当てが外れたわ」

もうひとりの普請役《ふしんやく》、山口鉄五郎《やまぐちてつごろう》が冗談めかして相の手を入れる。眉《まゆ》が濃く、目はぎょろりとしている。一見すると強面《こわもて》だが、拍子抜けするほどに朗らかな男だ。

青島とは千住宿で待ち合わせ、山口らに引き合わされた。蝦夷までは、この顔ぶれで旅をすると達されて、徳内はにわかに戸惑った。

肝心の旅人の数が何とも心許ない。上役は山口と青島の二人きりで、徳内ら従者を入れてもたった六人だ。五十人規模ときいていたのに、数がまるで合わない。

後になって知ったが、従者や船乗り、松前藩《まつまえ》から出される案内人などの一切を含めれば、百人ほどになるという。それでもやはり、合点《がてん》がいかない。

見分隊の侍は、上役と呼ばれる正員五人に、下役《したやく》が五人いるはずだ。

他の八人は、いったいどうしたのか？　徳内は最初から面食らっていた。

たずねたいことは山積みなのだが、竿取《さおとり》の分際で出過ぎた口をきくわけにもいかない。精一杯我慢していたが、疑問が顔に滲《にじ》み出ていたようだ。

「そのう……他の方々は……？」

「他の者たちも、我らと同様だ。二、三人ずつ連れだって、三々五々、奥州路《おうしゅうじ》を北へ下る。遅くとも三月中には松前に着くようにとのお指図のみで、出立の日は特に決められてはおらぬのだ」

今日は二月十五日。松前まで陸路を辿《たど》れば、ひと月ほどはかかろう。旅程に文句はないが、やはり解《げ》せない。幕府始まって以来の晴れがましい蝦夷地見分隊のはずが、これでは隠密《おんみつ》旅と変わりない。

音羽塾《おとわじゆく》の師匠たちなら、その表情だけで察してくれようが、青島以外は初見の者たちばかりだ。疑問を腹に溜め込んだまま、黙々と歩《ほ》を稼いだ。

幸い、草加宿《そうかしゅく》を過ぎた辺りで、疑問は氷解《ひょうかい》した。

「それで、鉄五郎殿。船はいつ頃、松前に？」

「なにせまだ、仕上がってもおらぬからな、何とも言えんわ。せめて我らが向こうに着するまでには間に合《お》うてほしいものだが、当てにはできぬ」

「二月初めには品川《しながわ》の港に入るはずが、苫屋《とまや》も存外いい加減ですな」

「いや、実はな……船問屋の不手際ではなく、どうやら不意の災難に見舞われたようだ。伊勢《いせ》の造船場が高波に襲われてな。半ば仕上がっていた船が、二艘《そう》とも流されてしまった」

「なんと、まことですか？」

「旅立ちに向けては、何とも幸先《さいさき》が悪かろう。故《ゆえ》に、おれと玄六郎《げんろくろう》しか知らされてはおらぬのよ」

山口と青島のやりとりで概略は呑《の》み込めたが、松前に着いてから、他の者たちにも改めて語られた。

本来なら見分隊は、新造船二艘を擁《よう》し品川から華々しく出航し、海路で蝦夷を目指すはずだった。しかし山口が語ったとおり不測の事態に見舞われ、急遽《きゅうきょ》、陸路で向かう手筈《てはず》がとられた。

新たに船を仕立てたのは、決して田沼意次《たぬまおきつぐ》の見栄ではない。廻船《かいせん》問屋の苫屋との話し合いで、その方が安く上がると判じられたためだ。苫屋は公儀《こうぎ》廻船の御用達《ごようたし》を務めており、当初は見分隊のために船を借り受けたいと打診した。しかし借り賃が予想外に嵩《かさ》んだために、いっそ新造してはどうかと苫屋の側から案が出された。

むろん造船に金はかかるが、見分隊が仕事を終えた後、その六割で苫屋が引きとる。四割は幕府負担となるが、その点においても苫屋は抜かりなく妙案《みょうあん》をひねり出した。

江戸からの往路は隊のための物資を載せていくが、復路は空になる。わざわざ空船を走らせるくらいなら、儲《もう》けの手段を図るべきだ。目をつけたのは、蝦夷の産物である。

蝦夷の産物は、江戸では高値で取引されよう。これを苫屋が商《あきな》えば、その儲けを隊の経費に補塡《ほてん》できる。苫屋のこの申し出は、勘定《かんじょう》に秀《ひい》でた田沼をいたく感心させた。

直《ただ》ちに三千両が、貸付の形で苫屋に下賜《かし》された。

造船費用に加え、二人の船頭と三十人の水夫《かこ》の雇料、食糧と薪炭《しんたん》、さらに多くの土産品等々、船に載せる物品の経費を含んでいる。このうちざっと二千六百両は造船に使われるが、六割は確実に苫屋から戻され、残る千五百両も蝦夷の産物で大方が賄《まかな》える。とどのつまり、見分隊に費《つい》やす公儀の負担は、最小限に抑えられる。

この件を苫屋と直《じか》に折衝《せっしょう》したのが佐藤《さとう》玄六郎であり、隊の指揮役も任されていた。

苫屋との相談は去年の十月にまとまり、造船は伊勢の大湊《おおみなと》で進められたが、高波被害で船の納入は大幅に遅れた。あいにくと、季節は待ってくれない。短い夏場を逃しては、蝦夷の探索は頓挫《とんざ》する。船の完成を待たず隊員は陸路で向かい、松前で船の到着を待って物資を調達してから、探索をはじめる手筈となった。

平たく言えば初手《しょて》からつまずいた格好だが、山口も青島もさして気にしていない。

「結局、いつものお役目と変わらぬ仕儀《しぎ》と相成りましたな」

「仰々《ぎょうぎょう》しい船出より、我らには似合いであろうな」

からからとふたりが笑う。少人数の身軽な旅は、彼らにとっては日常であった。

五人の上役は、見習身分の青島を含めて、すべて普請役である。

普請役は、勘定所の末端にあたる役柄で、身分も禄も町奉行配下の同心と変わらない小役人の立場ながら、勘定奉行より放たれる隠密役として、諸国へ送られることも茶飯事《さはんじ》だった。

健脚《けんきゃく》はむろんだが、調査のためには町人層とも親しく交わる。山口も青島も、そしていずれ松前で出会う隊員たちも、武家にしては角が丸く親しみやすいのはそのためだった。

もうひとつ、普請役に求められるものがある。

「そういえば、徳内といったか。俊蔵からきいたが、算術がたいそう得手《えて》だそうだな。ひとつ、問いを出してやろう。杏《あんず》を五つずつ分けようとすると六個足りない。三つずつ分けると四個余る。その場におる人の数と、杏の数を求めよ」

「人は五人、杏は十九」

ほとんど間髪《かんはつ》をいれず徳内がこたえると、山口は実に嬉しそうに笑う。

「ほうほう、聞きしに勝る勘定の速さだな」

「鉄殿、算術で徳内を負かすのは至難《しなん》の業《わざ》ですぞ。それがしもまったく歯が立ちませぬ」

「俊蔵でも太刀打ちできぬのか。おれの算術は残念ながら、俊蔵よりもさらに下だ」

「本草《ほんぞう》や薬種《やくしゅ》にかけては、鉄殿にはとても敵《かな》いませぬよ。そういえば、徳内は以前、医家にしばらくおったそうだな。話が合うのではないか？」

「なんだ、さようか、それを早く言え。本草や薬の話なら、おれもつき合えるぞ」

土から顔を出した里芋さながらに、徳内の表情がぱっと明るくなる。

調査という役目柄、普請役には多才多能の者はめずらしくなかった。

地理・天文・算術・測量、あるいは医術・本草・漢方薬学・地質・採鉱、さらに文筆が立ち絵心も必要とされる。その中でも選《え》りすぐりの者たちが、今回の探索に集められた。

おかげで道中の話題もたいそう多彩で尽きることがなく、徳内にとっては思いがけず楽しい旅となった。しかしそれも、長くは続かなかった。

江戸から遠ざかるにつれて、惨憺《さんたん》たる景色が増えていき、徐々に日が陰るように一行の顔が曇ってきた。

「わかってはいたが、これほどとは……」

「目立たぬ旅にしたのは、善き計らいでございましたな。南部《なんぶ》や津軽《つがる》に、よけいな厄介《やっかい》をかけずにすみましたから」

山口と青島が、痛ましい表情で語り合う。仮にも公儀のお役目。大がかりな隊を率いて陸路を行けば、領主は素通りさせるわけにはいかなくなる。しかしこの年、陸奥《むつ》の国々は疲弊の極みにあった。

三年前、天明《てんめい》二年から始まった大飢饉《だいききん》は東北中を呑み込み、一昨年は浅間山《あさまやま》が噴火して関東に大打撃を与えた。

その様相を目《ま》の当たりにしながら、一行はひたすら奥州路を北上した。

「大丈夫か、徳内。さすがに疲れたか？」

青島が憂《うれ》い顔を向けると、わずかに首を横にふる。無口はいつものことながら、北上するごとに日に日に萎《しお》れていき、見る影もないほどにしょぼくれている。

「供の者を含めて、我らは旅に慣れておるからな。つい足が急《せ》いてしまったが、おまえにはきつかったか？」

「違います」

徳内が顔を上げた。こんなにはっきりと返すのはめずらしい。

「どうして、今年なのかと……おれも、出羽《でわ》の生まれで……」

師匠たちのようにすんなりとは伝わらず、青島がいくつか問いを投げ、ようやく察しをつける。

「そうか、何故このような厳しい折に、新船を仕立ててまで蝦夷に行くのか、合点がいかなかったのだな。出羽者のおまえであれば、なおさらか」

袴《はかま》の両膝を握りしめ、こっくりとうなずく。

江戸千住から、宿場は百十二を数えた。これをわずか二十二日で踏破《とうは》して、一行は津軽外《そと》が浜《はま》の三厩《みんまや》で船待ちをしていた。

出羽は通らなかったが、おそらくは陸前《りくぜん》や陸中《りくちゅう》と同じありさまだろう。しかしどこよりもひどい様相を呈していたのは、本州の最果てである南部と津軽であった。その無惨な光景に、誰もが胸を塞《ふさ》がれ、目を背《そむ》けながら自《おの》ずと足早になった。

「こたえはな、まさに彼《か》の者らを救うため。飢饉にあえぐ窮民《きゅうみん》を助けるために、我らは急ぎ蝦夷を目指しておる」

腑《ふ》に落ちぬ顔の徳内に、青島は重ねて言った。

「いま目の前にいる窮民を救うべきだとの考えは、間違ってはいない。しかし救《すく》い米《まい》も金子《きんす》の融通《ゆずう》も、一時の凌《しの》ぎに過ぎない。また大凶作となれば同じ地獄絵図がくり返される。だがな、もしも広い蝦夷地に畑を拓《ひら》けば、その実りは、いま腹をすかせて喘《あえ》いでいる陸奥の民の糧《かて》となる。おまえも音羽《おとわ》先生から、きいておろう」

あ、と徳内が声をあげた。つけ焼き刃に過ぎない対症療法ではなく、未来《さき》を見据え根本から飢饉という病を癒《いや》す。それが新田開拓であり、田沼が着手した手賀沼《てがぬま》や印旛沼《いんばぬま》の干拓も、やはり同じ発想だった。

蝦夷地の広さは、その比ではない。詳しい面積はわからぬまでも、陸奥の諸藩をすべて合わせたほどにはなろうと、本多利明《ほんだとしあき》は概算していた。師の講義を何度もきいていたのに、残酷な現実に打ちのめされて、その教えが頭から吹きとんでいた。

「だからこそ、主殿頭さまも伊豆守《いずのかみ》さまも急がれたのだ」

主殿頭は田沼意次の官位であり、伊豆守とは勘定奉行の松本秀持《まつもとひでもち》のことだ。

田沼主殿頭の右腕として見分隊を組織したのが、能吏《のうり》として評判の松本伊豆守だった。

佐藤玄六郎以下十人を人選し、自ら彼らに細かな指示を与えた。また、費用の工《く》面《めん》はもちろんのこと、松前藩への根回しから、東北各藩には迷惑をかけぬよう人目を忍んで行けと命じたのも、やはりこの勘定奉行だ。山口や青島の口ぶりからは、松本伊豆守への深い敬愛と信頼が感じられた。

「我らの肩には、陸奥や関八州《かんはっしゅう》の民の暮らしがかかっておる。そのように心得よ」

青島から達されて、徳内は大きくうなずいた。

あくる日、風は凪《な》いでいた。一行は船に乗り、津軽海峡を越えた。

「これが、松前か……まるで別天地ではないか」

「まことに……まるで一足飛びに、江戸に舞い戻ったような心地がいたしまするな」

山口と青島が、あんぐりと口を開ける。

間口の広い商家が軒《のき》を連ね、行き交う者たちの装束も、江戸と何ら変わりない。陸奥の灰色の景色を見慣れていた一同にはあまりに眩《まぶ》しく、目に痛いほどだ。

松前は、蝦夷地の西南の突端に位置する。菱形《ひしがた》に近い蝦夷地から、腕のように渡島《おしま》半島が伸びており、物を摑《つか》もうとする手のように先が二股に分かれている。松前は中指の先端にあたり、親指の付け根に箱館《はこだて》が、手の甲に江差《えさし》があり、蝦夷三湊と呼ばれていた。

飢饉の影響を受けないのは、年貢《ねんぐ》が米ではないからだ。蝦夷地が寒冷なため稲作には向かず、代わりに鰊《にしん》や昆布といった海産物や、檜《ひのき》や松などの材木を納めていた。

米をはじめとする生活物資は、対岸の弘前《ひろさき》藩から運ばれていたが、飢饉のためにいまは途絶えている。にもかかわらず繁栄に陰りがないのは、上方《かみがた》から多くの船が通っているためだ。近江《おうみ》商人などが出店を開き、家数は千五百軒、人口は六千人に達する。

松前に到着したのは三月十日、三廐での船待ちを加えて二十四日の旅路だった。到着は陣屋《じんや》に出向いて身分を名乗ると、浅利幸兵衛《あさりこうべえ》という侍が一行を出迎えた。到着は一番乗りだったらしく、他の普請役や下役は未着だと告げられた。

「他の方々も、おいおいお着きになられましょう。それまではご家老の屋敷にて、ごゆるりとお過ごしくだされ」

「いや、我らは町場の旅籠《はたご》に、宿をとる所存にて」

「あいにくと、城下の旅籠には十分な空《あ》きがござらぬ故、我が殿が直々《じきじき》にお心配りをなさいましてな。三人のご家老に、皆さまのお世話をするよう命ぜられました」

山口は固辞《こじ》するつもりでいたが、今後の探索に松前の助力は欠かせない。従うより他になく、家老屋敷に草鞋《わらじ》を脱いだ。

荷解《にほど》きを終えると、浅利自ら町を案内してくれたが、松前自慢を饒舌《じょうぜつ》に語るごとに、徳内の胸中には理不尽な思いばかりが募《つの》ってくる。ほんの七里ほどの海を隔《へだ》てて、地獄と極楽が隣り合うかのようだ。この繁栄のせめて半分でも、向こう岸に届けてくれぬものかとつい考えてしまうが、詮無《せんな》いことだと頭ではわかっていた。

江戸もまた、松前と同じであるからだ。米価の高騰《こうとう》はあっても、江戸のきらびやかは削《そ》がれることがない。しかし江戸を一歩出ると、やはり灰色の景色が続くのだ。

一方の山口や青島は、それとは別の心痛の種があるようだ。

「ひとまず御用船が入るまでは、出立もままならぬからな。いまは待つしかあるまいな」

「戻りを考えれば、遅くとも四月末までには出立せねばなりませぬ。何とか間に合《お》うてほしいものですな」

おそらく十日ほどの間に、すべての隊員が松前に顔をそろえるだろうが、蝦夷の奥地へは海路で進む。肝心の船がなくては、いかんともしがたい。

「そう慌てずとも、しばし松前でおくつろぎください。今宵は町いちばんの料理屋にて、一席設けるつもりでおります故」

「いえ、せっかくのお心遣いなれど、お気持ちだけ有難く。我らにはすべきことが山積《さんせき》しておりましてな。さっそくですが、領内絵図を拝見できますかな？」

山口の申し出に、それまでにこやかだった浅利の顔が、一瞬引きつった。

「絵図については、かねてより伊豆守さまから達しがござったはずだが」

「もちろん、承《うけたまわ》っておりまする」

「もっとも古い絵図は、いつのものですかな？」と、青島がたずねる。

「たしか……正保《しょうほう》までさかのぼりましょうか」

「では、正保絵図より順に、すべてを拝見いたしたい」

「すべてとは、何とも大げさな……」

「何か差し障《さわ》りでも？」

「いえ、とんでもない！　さっそくに揃《そろ》えさせまする」

青島に問い直されて、浅利が慌てて取りつくろう。

「それと、領内史は当然、編まれておりましょうな？　また、我ら勘定奉行の配下としては、何よりも松前の貢租《こうそ》について、とくと伺いたい。出入りの商人に与えておる商札があるそうですな。たしか、御朱印《ごしゅいん》と称しておるとか。こちらもお見せいただきたく……」

山口が次から次へと要求するごとに、浅利の顔色が見るからに青ざめてゆく。

宴席を断ったのは、松前藩に借りを作らぬためだ。過分な接待を受ければ、手心を加えたくなるのが人情だ。調査の玄人《くろうと》たる普請役は、それを肝《きも》に銘《めい》じていた。

真っ先に松前入りした第一陣たる山口と青島は、ことに気合が入っている。相手の懐柔《かいじゅう》にかからぬよう、初手から切り込みをかけたのだ。

それから数日のうちに、すべての隊員が無事に松前に入ったが、三月を過ぎて四月に入っても、二艘の御用船は帆影《ほかげ》を見せなかった。それでも隊員たちの士気は下がることなく、松前藩や蝦夷地の現状調査に当たり、あるいは探索の予定を細かに組んだ。

とはいえ、忙しいのは十人の隊員のみで、従者は暇をもて余していた。

夜になれば、青島らと算学話なぞもできるのだが、昼間は時間の潰しようがない。最初のうちは蝦夷に関する書物を読み漁ったり、作図の技術を学んだりしていたが、到着からひと月が過ぎるとさすがに種が尽きてくる。

「あのう……」

ある日、徳内は、浅利幸兵衛にたずねてみた。浅利は毎日、家老宅に通ってくる。侍身分の隊員にはへこへこする一方で、従者たちには権高《けんだか》だった。それでも他に、たずねる者がいなかった。

「アイヌの民は、どこに？　城下では、滅多《めった》に見かけませぬが……」

「あたりまえだ！　よいか、夷人《いじん》に近づこうなぞと金輪際《こんりんざい》思わぬことだ。あやつらは気性が荒く、しょっちゅういざこざを起こす。侍でもないおまえごときが、敵う相手ではない。竿取の分際をわきまえて、せめて悶着《もんちゃく》を起こさぬよう心掛けよ」

偉そうに説教し、憤然《ふんぜん》と立ち去った。まるでとりつく島がない。

アイヌ人を、松前の者は夷人と呼び、城下には一人も住んでいないという。どこに行けば会えるのか、途方に暮れていた。徳内のアイヌへの思いには、師の本多利明が深く関わっていた。

「アイヌの民は、ずっと昔から蝦夷地に住まっておる。何百年、いや、ことによると千年以上も前から在るのかもしれん。雪と氷に閉ざされたさいはての地で、それほどの長きにわたり、子孫を絶やすことなく存してきたのだ。その知恵と工夫は計り知れず、北方を拓くには欠かせない。ぜひ助力を乞い、共に手を携《たずさ》えるべき相手だ」

利明は力強く弟子らに語り、まずはアイヌ語を学び、また和語を教えるのが肝要《かんよう》だと説いた。言葉の習得なくしては、意思の疎通《そつう》はままならない。徳内もまた、アイヌ語の習得を、旅の一義としていたのだが、肝心のアイヌの民に出会うことすらままならない。

従者と竿取を含めた二十数人の隊員は、三人の家老格の屋敷に分散して寝泊まりしているのだが、邸内はもちろん、屋敷の外においてもまことに監視の目がうるさい。

城下を歩くにも必ず案内役と称して、誰かしら家臣がついてまわる。さらには一人で出歩くな、城下から離れるな、無闇に町人や漁師と口をきくなと、まるで幼子に対するごとく度の過ぎた干渉ぶりだ。

「なにせ城下を一歩出ると、未開の地でありますからな。ご公儀より遣わされた皆さまに何事か生じれば、松前家の面目が保てませぬ」

浅利らはその方便を通したが、見張り役であることは明らかだ。いかに口でもっともらしく語ろうとも、うるさく張りつく視線から一目瞭然《いちもくりようぜん》だった。

「まったくあれでは、まるで馬糞《ばふん》にたかる蠅《はえ》ではないか。ぶんぶんと煩《うるそ》うて敵わぬわ」

「鉄五郎、それでは我らが糞になってしまうではないか」

いきり立つ山口に、隊長たる佐藤玄六郎が真顔で返す。

上役五人は、家老宅に分かれて逗留《とうりゆう》していたが、いずれも同じ屋敷町の内にある。ほぼ毎日、夕刻になると隊長の元に集まって、調査のまとめと相談に余念がない。

　佐藤と山口は歳も近く、つき合いも長い。歳は山口の方が上になるのだが、佐藤が隊長に任ぜられたのは、その気性のためであろう。

　顔にも言動にも怜悧《れいり》が際立っており、常に冷静沈着。磊落《らいらく》な山口とは見事なまでに対を成し、冗談すら、にこりともせず口にする。しかし窮屈なのは見かけだけで、信頼に足る人物であることは、隊員たちのようすから察せられた。ざっかけない間柄である山口ばかりでなく、その下に連なる三人も、隊長の前ではばかりなく弁を振るう。

「あの領内絵図をご覧になられたか？　数だけは五枚もありながら、どれも正保絵図の焼直しではござらぬか」

「ろくに調べもせず、古地図を写し書きしたのであろうな」

「領内史すら、編まれたのはごく最近の上、虫食いのごとく穴が目立つ。記されている文言すら信が置けず、どうやらお家に都合よく作り事を書き連ねておるようだ。こちらが問いを重ねると、たちまちこたえに窮する始末よ」

　普請役として諸国の調べに当たってきたが、ここまでひどいのは初めてだと、誰もが呆《あき》れていた。

松前家の先祖は蠣崎《かきざき》の姓を名乗り、もとは渡島《おしま》半島の一豪族として、鎌倉時代から続く蝦夷管領《かんれい》の支配下にあった。半島の手の部分には、同様の豪族が十二人おり、それぞれ海沿いに「館《たて》」を築き、十二館と呼ばれた。

しかし室町の時代、アイヌと和人《わじん》とのあいだに大きな戦《いくさ》が起こり、十二のうち十の館が落とされた。そのような中で、蠣崎氏が擁する館はもちこたえ、奮戦の末にアイヌを退《しりぞ》けた。

力をつけた蠣崎氏は蝦夷管領から独立し、豊臣秀吉《とよとみひでよし》により一大名と認められ、後に徳川家康《とくがわいえやす》に臣従し、松前と名を改めた。

松前家は徳川から黒印状《こくいんじょう》を得ている。蝦夷地への出入りは、必ず松前に断りを入れねばならず、またアイヌとの取引も松前だけに許されている。すなわち専売である。

黒印状を楯《たて》にしての勝手振舞いは枚挙《まいきょ》にいとまがなく、江戸から離れた遠地であるだけに中央の目も届きづらい。松前家は古くから、とかく悶着が多かった。

藩政の乱れや不行届《ふゆきとどき》は老中の耳にも入り、たびたび叱りも受けていたが、つい六年前には訴訟沙汰《ざた》を起こした。訴人は蝦夷に出入りしていた商人で、松前が商いの邪魔をしたと勘定奉行に訴えて、商人側が勝訴した。

加えて現藩主、八代松前道広《まつまえみちひろ》は、傲慢《ごうまん》な性質で何事にも奢侈《しゃし》を好むと、非常に評判の悪い人物だ。

平たく言えば、いつ改易《かいえき》の憂《う》き目《め》にあってもおかしくないだけの材はそろっている。

これ以上、悪評の種を増やしてはならぬと、過剰なまでに目を光らせているのはそのためだった。十人の上役・下役はもちろん、竿取や従者たちの動向にすら口うるさい。

とはいえ、ひと月が過ぎると、さすがに監視の目も弛《ゆる》んでくる。

四月も中旬にさしかかったその日、徳内はひとりで屋敷の門を出た。

「どちらへ行かれるか」

「貸本屋に」

門番は行先を確かめたものの、引き止めはしなかった。


屋敷町を抜けて、うんん、と伸びをする。

よく晴れて空は高く、江戸よりも濃い水色がどこまでも広がっていた。

桜が咲いたのは、ついこの前だった。江戸よりもひと月以上も開花が遅く、梅も桃も桜も、同じ時期にいっぺんに咲きはじめるのが、何とも不思議だった。

松前は、南北を海と山に挟まれて、平地が少ない。城下といっても城はなく、福《ふく》山館《やまたて》と呼ばれる陣屋を中心に、東西に細長く町が延びていた。水源は豊かで、細長い町を切り分けるように六本もの川が海へと注ぎ、川沿いの低地には町家が、山側の高台には武家屋敷が多かった。

城下にある数軒の貸本屋は素通りした。すでに飽きるほど通い、目ぼしい本はあらかた読みつくしている。

陽気に誘われてぶらぶらと歩くうち、城下の西の外れに出た。

この辺りは間近にまで山が迫っている。海岸沿いに小店や漁師小屋が並び、一本道が通っているだけの鄙《ひな》びた風情《ふぜい》だ。道の先に、いわば松前の西端にあたる細い川が見えてきたが、向こう岸に人影があった。たちまち目が吸い寄せられる。

大きな上背《うわぜい》と逞《たくま》しいからだ。肩を覆《おお》うほどの蓬髪《ほうはつ》は、明らかに和人ではない。何よりもめずらしい装束に、胸が高鳴った。

着物は樹皮の色をしているが、背中と裾《すそ》には濃茶と白で複雑な文様が描かれている。左右対称の文様は、鎖や唐草《からくさ》のように複雑に絡み合い、背中の真ん中に大きな花が開いたかのように描かれている。

もっと近くで見たくなり、自ずと早足になった。しかし健脚を自負する徳内が、なかなか追いつけない。川を渡ると山側に入る道があり、男はそちらへと向かった。

　見失ってしまいそうで、焦りが募る。我ながらびっくりするような声になった。

「お待ちくだされ、そこのお人！」

　前を行く人影が足を止め、こちらをふり返った。ようやく追いついたが、肩越しに目が合って、思わずどきりとした。

　間近に立つと、ひときわ大きい。見上げるような大男だ。徳内は五尺《しゃく》二寸《すん》、背丈はちょうど並といったところだが、ゆうに頭ひとつ分は高く、六尺は楽に越えているだろう。背後の鬱蒼《うっそう》とした森を背景に、まるで熊に見下ろされているような心地になる。

　着物と似た柄《がら》の鉢巻きを締め、顔の下半分は、胸まで届く厚い髭《ひげ》で覆われている。鼻梁《びりょう》は高く、蓬髪の隙間《すきま》から覗く瞳は大きい。筋骨たくましい手足は赤銅色《しゃくどういろ》をしていた。

「アイヌのお方と、お見受けしました。この先に、アイヌの村があるのですか？」

　相手は黙したままで、表情も変わらない。やはり言葉が通じないのだろうか？

「おれ、いや、私は、公儀見分隊の竿取として、江戸より参りました。決して怪しい者ではありません。ぜひ、アイヌの村までお連れ願えませぬか？」

　徳内としては、一日分のしゃべりを一気に費やしたつもりだが、やはり反応はない。めずらしい小動物を値踏みするようにながめていたが、その視線が徳内の腰の辺りで止まった。男の視線を追って腰に目を落とし、ふと気づいた。

「もしや、煙草《たばこ》を嗜《たしな》まれるか？」

腰から煙草入れを抜いて示すと、大きな目が細められた。

「そうか、煙草がお好きなのか！　どうぞ遠慮なく喫してくだされ」

煙管《きせる》ごと渡そうとしたが、男は懐《ふところ》から自前の煙管をとり出した。脇にあった倒木に並んで腰かける。徳内が刻みの袋を気前よくさし出すと、嬉しそうに煙管の火皿に詰めた。

「そういえば、火種がいりますな。少しお待ちくだされ」

火打石《ひうちいし》を出して、先に火口《ほくち》を載せ、五、六回打ちつけると火花が引火して煙が立った。息を吹きかけながら、小さな炎を慎重に乾いた松葉に移す。

火《ひ》熾《おこ》しの早さに驚いたのか、男の目が広がった。

仕掛けは石ではなく、火口にある。干した茅《ちがや》に煙硝《えんしょう》を含ませてあるために、わずかな火花で火がつくのだ。師の本多利明が自ら工夫を凝《こ》らした火口であり、旅に役立つだろうと徳内に持たせてくれた。

松葉から枯枝に移すと、小さな焚火《たきび》になった。男が煙管を近づけて、いかにも旨《うま》そうに煙を吐いた。徳内も倣《なら》い一服する。

梢《こずえ》をわたる風はさわやかで、頭上から鳥の声がする。ここは森の入口にあたり、来た道の方角には、空よりも青い海が広がっていた。窮屈な武家屋敷から解放されて、ゆったりとしたくつろぎの心地に包まれる。

初見の者を相手にして、こんな気持ちになるのは初めてだ。我ながら不思議だった。

「この煙草は安物故、刻みがいまひとつですな。私の家は、煙草の刻みを生業《なりわい》としていましてな。私も幼い頃から、煙草の葉刻みばかりしておりました」

そんな身の上話すら、自然とこぼれた。言葉は江戸風に直しても、音の訛《なま》りは未だにとれない。

男はただ黙って耳を傾けてくれるかのように、二服目の煙を吐く。

会話が苦手なのは、早さについていけないからだ。頭の中でまとめて口にする頃には、話題はすでに次に移っている。たいがいの者は、頭で考えるより先に口が動くそうだが、徳内にはできぬ芸当だ。

徳内の頭には、絶えず考えが渦巻いている。言葉で表そうとすると膨大《ぼうだい》な量となり、あらゆる試行錯誤《しこうさくご》は説きようがない。算術の解のように、すっきりとしたこたえが出るものしか、語りようがないと思っていた。

けれどこの男は、返しを求めない。覚束《おぼつか》ない返事に苛々《いらいら》することも、洒落《しゃれ》の利《き》かなさに鼻白《はなじろ》むこともない。それはこの男のもつ、独特の気配のためかもしれない。

山や森、空や海のただ中で、悠然《ゆうぜん》と存在している。

こせこせした感がまるでなく、まるで自然と一体であるかのようだ。暮らしや金のために、あくせく働く蟻《あり》のごとき卑小《ひしょう》さとはまるで無縁だった。

「アイヌとは皆、あなたのような方であろうか？」

やはりこたえはなかったが、髭のあいだから覗く目が、親しげに細められる。それだけで、気持ちが通じたような心地になった。

煙草入れには、たいした量は入っておらず、男が三服しただけで空になった。

「明日はもっと刻みを携えてきます……明日、はおわかりか？　あそこにある日が、こうやって西に落ちて、ひと晩眠って、ふたたび東から昇る。明日、同じ頃に、ここで待っております故」

身ぶり手ぶりを交えながら、懸命に説いた。伝わったかどうかは心許ないが、男は腰を上げた。ふたりで砂混じりの土を上からかけて、ていねいに焚火を消した。

「イヤイライケレ」

去り際にひと言告げて、男は森の奥へと姿を消した。

　徳内はこの出来事を、松前の家臣にはもちろん、青島たちにも語らなかった。その頃はちょうど、出立に向けてことさら隊員たちの動きが慌《あわただ》しかったからだ。船を待つのは諦めて、ひとまず調査に赴《おもむ》くべきだとの考えは一致したものの、ひとつ悩みの種があった。

「そうなると、船も旅仕度《たびじたく》もすべて、松前家に用立てを頼むことになる。果たして聞き入れてくれようか？」

「松前にとっては、我らは厄介者以外の何者でもありませぬからな」

「いや、いっそそれを逆手《さかて》にとってはどうか」

「というと？」

「松前にしてみれば、一刻も早《はよ》う我らに立ち退《の》いてほしいはず。だが、このまま船待ちをしておれば、今年の見分はならず来年に持ち越しとなる。このまま二年も居座られるよりは、船や道具を貸し与え、さっさと調べを済ませてほしいと思うのでは？」

「なるほど、それは妙案！　きっと松前方も、承知してくれよう」

　この案は見事に当たり、四月末の出立に向けて、上役下役総出で松前家との折衝に当たっていた。しかし従者は蚊帳《かや》の外であり、徳内は翌日、煙草屋で刻みを多めに買って、昨日と同じ森の入口へと向かった。

アイヌの男の姿はなかったが、退屈はしなかった。昨日座った倒木の上に煙草入れを載せておき、森に分け入る。蝦夷の植生を、調べておきたかったのだ。

「フキにウド、タラの芽もあるでねが。まんず宝の山だなや」

山育ちだけに、山菜には詳しい。懐かしさから、ついお国訛りがとび出した。

桜と同じに、やはりひと月ほど成育が遅いようだ。ちょうど食べ頃の山の恵みが、いくらでも採れた。しばし夢中で摘《つ》んでいたが、背後の茂みが大きな音を立てた。ぞわりと総毛立《そうけだ》ち、からだが固まる。

蝦夷にはひときわ大きな熊がいて、気性も荒い。人里にはまず寄りつかないが、森へ入るなら気をつけよと言われていたからだ。音の大きさからすると、兎《うさぎ》や狐ではなさそうだ。どうか鹿であってくれと祈り、じりじりとその場を離れながら音のする方を振り返った。

藪《やぶ》の陰から大きな姿が現れて、ひゃっと情けない声が出た。次いで安堵《あんど》のあまり、尻をつく。

「んだあ、アイヌさお方でねが。はあ、肝ぉ縮《つづ》まっだあ」

昨日の男だった。徳内のようすにきょとんとしながらも、右手を突き出す。男が手にした枝には、十匹ほどの川魚が刺さっていた。

「それ、おらに？」

髭面が深くうなずく。

「あんがとなあ。んーだー、返《けえ》しにこれ持ってけえや」

風呂敷の上に集めた山菜を示したが、首を横にふる。徳内にとってはご馳走だが、そこら中に生えている物だけに、特に目新しくもないのだろう。そのように納得して、ふたりで倒木の場所へと戻った。

今日は小さな壺に、火種の炭を入れてきた。昨日と同じに並んで煙草を嗜む。こうして互いに黙り込み、自然の中に身を預ける。江戸では久しくなかった過ごしようだけに、自ずと故郷を思い出した。

「父ちゃにこの海さ、一目見せたかったなや……」

海へ出ろと息子に言ったのに、親子で海を拝《おが》むことなく父は逝《い》ってしまった。

「父ちゃさ、はあ、おらがために早く逝っちまったでねがて……陸奥の国さ見て、思っちまったあ」

父が死んだ翌年から天明となり、二年目から飢饉が始まった。もしも父の死が二年遅れていたら、江戸へ出ることなぞとてもできなかったろう。医家や音羽塾の家《か》僕《ぼく》として蓄《たくわ》えた銭を、国許《くにもと》に送った。わずかな額だが、田舎にいる母や弟妹《ていまい》はたいそう喜んでくれた。

便りを受けとったときも、そして蝦夷までの道すがら飢饉の様相を見るにつけ、父の導きのように思えて仕方がなかった。

ぽん、と肩に手が置かれた。毛深くて厚みのある、温かな手だった。

「アイヌ殿……」

こぼれそうになった涙を急いで拭《ぬぐ》い、肝心のことを思い出した。

「そういえば、まだ互いに名乗っておらねがったな。おら、最上徳内だ。字はこう書く」

枝を拾い、砂混じりの地面に己《おのれ》の名を書いた。何故だか、男はそれをすぐに消した。

漢字は、読めないのだろうか？　今度は仮名《かな》で書いてみたが、やはり消されてしまう。

足ではなく、わざわざ屈《かが》んで手で地面を撫《な》でる。何かのまじないかとも思えたが、しかとはつかめない。

「トクと呼んでくれ。わかっか？　トク、トクだあ」

幾度も己の胸に手を当てて、名をくり返す。その手を相手に向けた。

「おめさが名は？」

黙ってこちらを見返すばかりで、やはり言葉は返らなかった。

「もしや、昨日の言葉が名か？　たしか……イヤイライケレ」

男の目が広がって、首を横にふる。イヤイライケレは、男の名ではないという意味か――。その瞬間、徳内は悟った。

決して通じていないわけではない。むしろこちらが思うより、和語を解しているのではなかろうか。では、どうして語ろうとしないのか？　理由はわからないが、何かの用心が働いているに違いない。方言では伝わりづらいかもしれない。再度、言葉を改めた。

「それなら、アイヌ殿ではどうか？　そう呼ばせてもらおう。そういえば、アイヌとはそもそも、どんな意であろうな？」

こたえはなかったが、髭に覆われた目許《めもと》がにこりと微笑んだ。


それから毎日、徳内は森の入口に通った。刻限は多少前後するが、アイヌの男もまた必ず姿を見せた。

「これは、獣の皮か……何とも上等な代物《しろもの》だが、本当にもらってよいのか？」

十日ほどがまたたく間に過ぎて、そのあいだにわかったことがある。アイヌがたいそう義理堅いということだ。わずかな煙草の礼としては、過ぎるほどの土産を欠かさず携えてくる。

灰色の毛皮は、狐でも鹿でも熊でもない。長い手袋のような形をしているが、用途が皆目《かいもく》わからない。男は枝を拾い、その先に毛皮をかぶせた。

「ふうむ、何かの道具の先を覆うものだろうか……」

土産は川魚や海の魚貝を、たっぷりと抱えてくる。煙草だけでは申し訳ないと、一度、屋敷の勝手から分けてもらった野菜を抱えていったが、受けとってはもらえなかった。野菜のたぐいはさほど好まないようだが、逆に彼らが好む品もわかってきた。煙草の他に喜んでくれたのは、米と、そして何よりも酒だった。

「アイヌ殿は、相当いける口であるのだな」

木の皮で即席に拵《こしら》えた器で、ぐびりぐびりと実に美味《うま》そうに呑む。口許《くちもと》を覆う長い髭を、器用に片手でもち上げるさまも興味深い。十日を経て多少は用心がほどけたのか、あるいは酒のためもあろうか。何となく会話が成り立つことも増えてきた。

「アイヌの男は皆そのように、たっぷりと髭をたくわえておるのか？」

手ぶりを交えてたずねると、こくりとうなずく。

「私もひとつ、アイヌ殿を真似て、髭を伸ばしてみようかの」

自身の顎《あご》に、手真似で髭を拵えると、嬉しそうに男が笑う。

「イワン　コタン　カマ　レキヒ　スイェプ　ヘマンタ　ネ　ヤー」

「いま、何と？　もう一度、頼む」

たまに単語を口にすることはあったが、こんなに長いものは初めてだ。アイヌ語は音が独特で、和語よりも音域が広い。和語では馴染《なじ》みのない音に苦労しながら口でなぞる。三度くり返してもらい、ようやく覚えることができた。

「イワン　コタン　カマ　レキヒ　シエップ　エマンタ　ネ　ヤー」

うまく発音できないところもあるが、男は満足そうにうなずいた。髪の隙間から覗く目は、何故だか悪戯気《いたずらげ》に瞬《またた》いていた。

他にもわずかながら、わかった言葉がある。

イヤイライケレとは、ありがとうの意味だということは三日目に覚えた。明日はニサッタ。太陽はチュプ、月はクンネチュプ、空はニス、海はアトゥイ。

覚えたのは、十日がかりでわずか十《とお》ほど。それでも徳内は満足だった。屋敷に帰ってから、ていねいに帳面に書き記した。ひとつ増えるごとに、アイヌ殿との親睦《しんぼく》が深まるようで、心愉しい日々だった。

それがもぎ取られるように、唐突《とうとつ》に終わりを迎えるとは思ってもみなかった。

アイヌ殿と知り合って、十二日目のことだった。

「おまえたち、ここで何をしておる！」

その日も森へと向かい、アイヌ殿は先に来て徳内を待っていた。いつものとおり煙草と酒をさし出して、楽しい酒盛りを始めるつもりが、いきなり二人の武士が現れた。

徳内を追ってきたようだ。ひとりは浅利幸兵衛で、もうひとりは家老屋敷の若党だった。

「ラッコの毛皮を持ち帰った故、怪しいと睨《にら》んでいたが……」

昨日もらった毛皮は、ラッコという獣の皮で拵えた槍《やり》の穂先袋だった。青島らに披露していたところを浅利に見つかって、どこで手に入れたのかとしつこく問い糺《ただ》された。城下ですれ違った毛皮商人から買ったと、咄嗟《とっさ》に嘘をついたが、浅利は疑っていたようだ。

毎日ひとりで出掛けていくと、門番からきいて、ひそかに後をつけてきたのだ。

「ラッコの毛皮は、当家にとっては貢租になるのだぞ。それを勝手に売買するとは何事か！」

「売買など、決して……煙草や酒の代わりに、土産として……」

「それが売買だと言うておる。アイヌとの取引は、金を介《かい》さぬ。すべて物と物との引き換えで行われるのだ。ことに煙草と酒、そして米は、アイヌがもっとも欲する物。いわば松前にとっては小判と同じだ！」

　徳内にとっては、初めて知る事実であり、相手もまた取引のつもりはなかったはずだ。互いに土産を持ち寄って、共に豊かな時を味わっていただけだ。

　それでも藩にしてみれば闇取引に等しく、浅利の怒りようは尋常ではない。知らぬこととはいえ、申し訳ないことをしたと徳内は素直に詫《わ》びたが、浅利はますますいきり立つ。

「いいや、この不届きは見過ごせぬ。ご家老に申し上げる故、相応の罰を覚悟いたせ。むろん、おまえもだ！」

　アイヌの男に向かって、浅利が憎々しげに言い放つ。徳内は、必死で弁明した。

「このお方は、悪くありません！　私が無理を言って、おつき合いいただいて……責めはすべて私に……このお方には、どうかご容赦《ようしゃ》を……」

「容赦など、できるものか！　江戸者と口を利くなと、アイヌの村々にきつく達しておいたはずだ。知らなかったではすまされぬぞ！」

　浅利の不用意な発言を、徳内はきき逃さなかった。

「江戸者とは、我ら見分隊のことですか？」

「あ、いや……そういうわけでは……」

「アイヌとの取引の仔細《しさい》を、漏《も》らされては困ると……？」

ちっと浅利が、露骨《ろこつ》に舌打ちする。屋敷では貝のごとく、ろくに口すら利かない。たかが竿取と侮《あなど》っていただけに、こうまで追及を受けるとは思ってもみなかったのだろう。

「浅利殿、取引です」

「何だと？」

「浅利殿は、何も見なかった。私も、何もきかなかった」

如何《いかが》かと、険《けわ》しい目を浅利に据える。

「会うのは、これで最後。この方を、黙って帰してくだされ」

「ええい！　竿取の分際で、侍に楯つくつもりか！」

「どうか、ご容赦を」

黒豆に似た目が、強く光っている。梃子《てこ》でも動かぬ頑《かたくな》さが、秘められていた。

たっぷり五つ数えるほどにらみ合い、負けたのは浅利の方だった。憤怒《ふんぬ》で真っ赤に染まっていた鼻から、大きく息を吐く。

「……約束は、違《たが》えぬだろうな？」

「守りまする」

「この者から得た品を引き渡すというなら、今度《こたび》に限り大目に見てやる」

徳内がうなずくと、足音に怒りを滲ませながら、若党を連れて去っていった。

二人の姿が遠ざかるのを確かめて、改めて友と向き合った。

「アイヌ殿……すまなかった。私のために、危うい目に……」

「トク、悪くない。イタクニップ、楽しかった」

「アイヌ殿……やはり和語を、知っておられたか」

少し、と目で笑う。拙《つたな》い和語で説かれ、徳内にも一切の事情が呑み込めた。話そうとしなかったのも、名を明かさなかったのも、松前家から禁じられていたからだ。中でもアイヌに文字を教えることは、何よりの禁忌《きんき》とされていた。徳内が書いた文字を、律儀《りちぎ》に消していたのはそのためだ。

「イタクニップ、とは？」

「おれ……物言う人」

イタクニップとは男の名であり、アイヌ語で物言う人という意味だった。あまりに皮肉に思えて、不覚にも涙がこぼれる。

「アイヌ殿……いや、イタクニップ……ありがとう、イヤイライケレ」

毛深い手を両手で握りしめる。力強く、温かな手だった。

イタクニップが背を向け、森の方角へと遠ざかる。ふと、思い出したようにふり返った。

「トク……アイヌ、人」

え、と頭で素早く考える。

「アイヌとは、人……人間という意か」

うなずいて、髪のあいだから覗く瞳が、嬉しそうに微笑んだ。

人という名をもつ民は、自然に溶け込むように森の奥へと消えた。

第三話　アッケシ

蝦夷地《えぞち》見分隊が松前《まつまえ》を立ったのは、四月二十九日だった。

予定よりふた月も遅れている。それでも松前藩の手船に乗り込む誰もが、士気を失ってはいなかった。焦《あせ》りよりも、ようやく、との思いが強い。

江戸はそろそろ入梅《にゅうばい》の頃合だが、蝦夷には梅雨がないという。空は天井知らずに高く抜けて、そして澄んでいた。

「道中の無事を祈っておる。くれぐれも、土産を忘れるでないぞ」

「任せておけ。鬼ヶ島から帰った桃太郎ほどに、担《かつ》いで参るからな」

見送りに来た佐藤玄六郎《げんろくろう》に、山口が朗らかに返す。土産とはもちろん品ではなく、探索の成果である。

見分隊は、三組に分けられた。松前から海岸沿いに、東に進む東組と、蝦夷の西の沿岸を北へと進む西組。そして松前に残留する留守居組である。

東組　普請役《ふしんやく》・山口鉄五郎《てつごろう》　同下役《したやく》・大塚小市郎《おおつかこいちろう》
　　　普請役・青島俊蔵《しゅんぞう》　同下役・大石逸平《おおいしいっぺい》
西組　普請役・庵原弥六《いはらやろく》　同下役・引佐新兵衛《ひきさしんべえ》
留守居組　普請役・佐藤玄六郎　同下役・鈴木清七《すずきせいしち》
　　　普請役・皆川沖右衛門《みながわちゅうえもん》　同下役・里見平蔵《さとみへいぞう》

東組は、蝦夷の南岸沖を辿《たど》りながら、ひとまずアッケシを目指す。東蝦夷ではもっとも開けた港であり、このアッケシを基点にでき得るかぎり東へ向かう。東組の何よりの使命は、ロシアがどこまで南下しているかを確かめることにある。つまりはロシア人に会うまで、ひたすら東進する心積もりでいた。

赤人《あかひと》と呼ばれるロシア人を警戒し、東組にはもっとも多くの人数が割りふられた。

山口と青島にそれぞれの下役がつき、見分隊からは計四名。松前藩からは、案内役として侍二人、通詞《つうじ》三人、医師一人。竿取《さおとり》や小者《こもの》を加え、二十人ほどの一団となった。青島に従う最上徳内《もがみとくない》も、東組である。

一方、西組は、庵原弥六を筆頭として下役がひとり。同様に松前藩からも案内人や通詞が同行し、総勢で十人を越える。

蝦夷最北端のソウヤからカラフトに渡り、東組と同じく、その先の島々をできるかぎり遠くまで見届けよと達せられた。外国からの交易品の多くが、カラフトを経由する。交易の道筋を確かめることも、急務とされた。

そして留守居組には、上役と下役がそれぞれ二人ずつ配された。

隊長の佐藤は、当初から指揮役として松前に残る段取りだった。各組および江戸との連絡手配や物資の輸送の役目を負っていたが、皆川が留守居に加わったのは不測の事態故《ゆえ》だった。江戸からの御用船が、未だに到着しないためだ。

二艘《そう》が松前に入港しだい、荷物検《あらた》めを行い荷をふり分けて、東西の各組のもとにそれぞれ物資を載せた御用船を送らねばならない。皆川と下役二人は、その船に乗って庵原率いる西組を追う手筈《てはず》になっていた。

その日の朝、二艘の手船は東西に分かれて松前を出航した。

御用船が江戸を出帆したのは、奇《く》しくも同じ四月二十九日だった。

順風とは言えなかったが、晴天には恵まれて船足も悪くない。

松前を出て箱館《はこだて》を過ぎ、船はここから少し北上した。海岸沿いを東進するためだ。外海の荒波を避けるためでもあったが、何よりの目的は蝦夷地の形を把握することだ。

徳内は船にいるあいだ中、筆と紙を手放さなかった。日の傾きで方角を、船の速度で距離を測る。測量とはいえず目測《もくそく》の範疇《はんちゅう》だが、それでも海岸線の形をなぞれば、少なくとも蝦夷の形が自《おの》ずと浮かび上がる。

これまでの地図は、ひどいものだった。松前藩図はもとより、音羽塾《おとわじゅく》が蔵していた蘭書《らんしょ》や工藤平助《くどうへいすけ》が著《あらわ》した『赤蝦夷風説考《あかえぞふうせつこう》』に付された図でさえも、蝦夷はふやけたはんぺんのごとき代物《しろもの》で、他の日本図なら蝦夷がすっぽり抜けていることすらあった。

この世の誰も、広大なこの土地を把握してはいないのだ。

測量には、天文と算術が欠かせない。師の本多利明《ほんだとしあき》から基礎を教わり、旅に出てからは実地で青島たちに学んだ。船が南端のエリモ岬《みさき》を越える頃には、徳内の覚書《おぼえがき》は数字で真っ黒になっていた。

数字に没していると、まわりなど見えなくなる。背中に張りついた鋭い視線も、そのときばかりは気にならない。ただ、絶えず見張られているのは、決して気持ちの良いものではない。

視線の主は、わかりきっている。松前藩の侍、浅利幸兵衛《こうべえ》だ。

「あの竿取、最上徳内といったか。あやつは何者です？」

「ですから、竿取です」

浅利の疑問を、青島はさらりといなす。

「ただの竿取ではありますまい。もしや学者のたぐいでは？　知恵袋として隊に加えたのでは？」

「知恵袋とは、とんでもない。他の小者と同様に、あつこうてくださりませ」

「では、あの算術だらけの帳面は？」

「江戸では下々までが、算術熱に浮かされておりましてな。塵劫記《じんこうき》を少し齧《かじ》ったほどで、いっぱしを気取る者も少なくない。大方、そのたぐいでしょう」

「しかし、あの折の見事な切り返しといい、粗忽者《そこつもの》とはとても……」

「はて、あの折とは、いかな折であろうか？」

「あ、いや、たいしたことではござらん……それがしは船頭と相談がある故、これにて」

わざとらしく青島がつつくと、しどろもどろになってたちまち退散する。

青島は笑いを堪《こら》えながら、船の甲板に陣取っている竿取のもとに行った。

「ずいぶんと、浅利殿に目をかけられているようだの、徳内」

皮肉を察して、情けない顔でこくりとうなずく。

松前で出会ったアイヌの男、イタクニップとの経緯《いきさつ》は、青島にすら伝えていない。浅利の怒りは生半可ではなく、イタクニップを守るために、互いに口外しないとの約束を交わしたからだ。それでも勘《かん》のいい青島は、何か悶着《もんちゃく》があったことは察しているようだ。浅利が徳内を見詰める視線が、あきらかにしつこくなったからだ。

もともと口の重い従者だけに、無理にたずねる真似もせず、浅利の疑心もさりげなくかわした。ただの竿取とあえて侮《あなど》ってみせたのも、相手を煙《けむ》に巻くためだ。

「松前で見飽きたあの顔と、東蝦夷までつき合わされるとは、おれもうんざりだ。とはいえ、松前の家臣はいずれも案内役ではなく、その実は我らの見張役であるからな。誰がついたとて同じだろうが」

青島のため息を、波音がさらう。

「そういえばさきほど、通詞に何かたずねていたろう？」

「通詞殿に、アイヌ語を……でも」

アイヌ語を教えてもらえまいかと、徳内は何度か三人の通詞に頼んでみたが、まったく相手にされなかった。船上では浅利らの目がうるさいこともあるが、江戸者にはアイヌ語は厳禁だと、あらかじめ戒《いまし》められているのだろう。

「皆さま方が言葉を解しては、私どもの立場がない。通詞はどうぞお任せくださ
い」

ていねいながらきっぱりと断られ、為す術《すべ》がなかった。

「松前に抱き込まれていては、通詞も当てにはできぬな。都合の悪いことは、伝え
ぬだろうからな」

「でも、アイヌ人がいます」

うん？　と青島がきき返す。相変わらず、徳内の言葉はわかりづらい。

「この先で、アイヌ人に会えば」

「なるほど、その者たちから直《じか》に教われればよいか」

徳内が、大きくうなずく。それまで寄りぎみだった青島の眉《まゆ》も、すっきりと開か
れる。

「よし、徳内、おまえは存分にいたせ。役持ちの我らには何かと縛《しば》りが多いが、お
まえなら好きに動けよう。アイヌ語を覚えて、交易の実《じつ》を探るのだ」

「でも、あの方が……」

浅利の存在が、わずらわしくて仕方ないと言いたげに、顔をしかめる。

「それも案ずるな。鉄五郎殿と相談し、何か上手い策を考えておくわ」

青島は元気づけるように、ぱん、と背中を叩いた。

帆先《ほさき》にとまっていた海鳥が、驚いたようにひらりと飛び立った。

船上からながめる陸《おか》の景色は、見事なまでに変わり映えがしなかった。険《けわ》しい山々が海まで迫り、見えるものは岩肌と原生林ばかりだ。浜辺すらほとんどなく、ごく稀《まれ》に猫の額《ひたい》ほどの平地が開けているが、村々は極めて小さくみすぼらしかった。

エリモ岬までは船は南東の方角を向き、岬を境に北東へと舳先《へさき》の向きを変えた。岬を越えると、それまでより明らかに平地が増えた。この辺りから、船はたびたび錨《いかり》を下ろした。

松前藩の運上屋《うんじようや》が海岸沿いに築かれており、ごく簡素ながら港もある。

運上屋とは、商人たちの交易の拠点であった。

船を沖で停泊させ、小舟で岸へ向かい運上屋で一泊する。陸で眠れる安堵《あんど》はあったが、周囲は荒野に等しい原野が広がっていた。たまに畑らしきものも存在したが荒畑に近く、畝《うね》すら築かれていなかった。蝦夷では米は穫れず、わずかな粟《あわ》や蕎麦《そば》が作られる程度だと、松前の家臣からきかされた。

上陸しても、徳内は測量に余念がなかった。間竿《けんざお》は六尺一分の竹竿で、もともとは田畑の検地《けんち》を行うための道具だった。四辺を竿で測り面積を求めるが、田畑は必ずしも角形とは限らない。棚田《たなだ》などはことに辺が丸みを帯びており、円田《えんでん》や環状の環田、弓形の弧田《こでん》とさまざまある。円周率を用いて正確に面積を求める方法は、塵劫記にも書かれている。

また四方矩《しほうのかね》という、いわゆる分度器を用いれば、山の高さや川向うまでの距離も測ることができる。平地の二点から、それぞれ山の頂上までの角度を測り、二点間の距離を測る。山を一辺としてふたつの三角形を拵《こしら》えて、三角関数で計算すると山の高さがわかる。いわば三角測量である。同様に、川のこちら岸の二点から、川向うまでの距離も求められる。

ただ、肝心のアイヌ人には、なかなか出会えなかった。漁場や運上屋の周辺で見かけることはあっても、松前の家臣や小者が執拗《しつよう》なまでに遠ざける。

大きな網で魚を獲り、山林から材木を切り出し、荷運びにも駆り出される。力仕事に従事するのは、ほとんどがアイヌの男たちだ。

遠目でながめるしかない彼らが、ひどく疲れて映ることが何よりも気がかりだった。

「あの者たちは大丈夫か？　何やら辛《つら》そうに見える」

「そんなことはありません、試しにきいてみましょうか」

通詞が受けて、アイヌたちに向かって何事か叫ぶ。中のひとりがうっそりとこたえ、通詞は満面の笑みを向けた。

「運上屋のおかげで、仕事を得ることができた。喜んで働いていると申しておりますよ」

あまりに白々しく、嘘だとすぐにわかる。青島が言ったとおり、通詞はまったく信用できない。しかし言葉がわからねば、彼らの真意も測りようがない。

それでもたびたびの止宿《ししゅく》のおかげで、運上屋の実態が見えてきた。

武士が賜《たまわ》る知行地《ちぎょうち》と同様に、松前の家臣も土地を給されている。とはいえ蝦夷地は広く、南西端に位置する松前からでは、行き来すら容易ではない。そのため商人に土地を任せ、運上金を取るようになった。運上金さえ払えば、あとは商人がその地を支配する。一滴でも多く絞り取るために労働力を酷使し、騙《かた》りに近い方法でごまかしを重ね、阿漕《あこぎ》なまでに利を追求する。

たとえ松前であろうと、武家が直に土地を治めれば、こうまでひどい仕儀《しぎ》には至らなかったはずだ。酷使されるのも絞り取られるのも、アイヌ人であった。

松前で会ったイタクニップは、徳内の前ではゆったりとして、実に堂々とした風《ふ》情《ぜい》があった。あれが本来のアイヌの姿であろう。しかし目の前でこき使われる彼らは、その誇りを根こそぎ奪われている。最初にできたアイヌの友との落差を思うだけで、胸がしめつけられるようだ。

自分に、何ができるだろう？船が東へ進むあいだ、徳内は絶えず自問し続けた。

この現状を江戸に知らしめて、幕府自らが蝦夷を治めれば、商人も勝手はできないはずだ。現状をつぶさに調べて報告するためには、やはりアイヌ語の習得が何よりの早道だった。

運上屋の仕組みは、商人と松前藩にとっては互いに大きな旨味《うまみ》があった。いまや松前の直轄領《ちょっかつりょう》さえ、商人が支配している。

そのひとつ、アッケシに船が着いたのは、松前を立ってほぼひと月後、六月の初めであった。

アッケシは、思いのほか大きな港だった。自然の利も大きく、小さな湾があるために太平洋の波から守られる。

運上屋はとび抜けて大きく、板倉がいくつも並び、大工小屋や厩《うまや》に加え、酒屋や小間物屋《こまものや》まである。運上屋の建物は会所《かいしょ》と呼ばれ、アッケシ会所はこの土地を任された飛驒屋《ひだや》のものだった。

飛驒屋は名のとおり飛驒国の商人で、当主は代々、久兵衛《きゆうべえ》を名乗る。元禄《げんろく》の頃、材木商であった初代が松前に渡り、藩の許しを得て檜《ひのき》や松の伐採《ばつさい》を行った。材木のために山を拓《ひら》き、アッケシの地もそのひとつである。飛驒屋は材木を江戸に運び巨万の富を得て、三代のときに場所請負《うけおい》を始めた。石狩《いしかり》やソウヤに十数カ所、アッケシの東にあるキイタップ会所、さらには海を越えたクナシリ会所も任されている。港も整えられ、菱垣廻船《ひがきかいせん》が年に何度も入港する。

現在の当主は四代目を数え、隆盛を極めていた。

藩の直領であるために、小奉行小屋や勤番所《きんばんしょ》もある。

一行が着いた当夜は、オムシャという目見《まみ》えの式も行われた。松前の役人が訪れるたびに、アイヌの顔役たちを集めて催《もよお》されるという。

家臣たちは藩主の名代《みょうだい》として、常以上に尊大にふんぞり返り、ひたすら恐れ入る顔役たちに、酒や煙草《たばこ》、古着などを与える。その返礼として、鰊《にしん》や鮭《さけ》の干物、熊や狐の毛皮、鷹羽《たかのは》などが献上された。

「これでは式の名目で、堂々と交易しているに等しいではないか」

「しかもどう見ても、与える品よりもらう易の方が何倍も多い。奪うに等しい行いですな」

山口と青島が、ひそひそ声をかわし合う。その後ろで徳内は、卑屈《ひくつ》に縮こまったアイヌの姿に胸を痛めていた。

顔役ということは、アイヌの村にあっては長《おさ》の部類の者たちだろう。からだは和人《じん》よりひとまわりは大きく、いずれも屈強でたっぷりと髭《ひげ》を生やしている。野性を宿した外見に、へつらう姿はいかにもそぐわない。

つい顔を逸《そ》らし、その折に目の端で何かが動いた。

壁には大人の背丈ほどのところに、明りとりがいくつか開けられている。そのいちばん端、格子《こうし》の下あたりに白いものがふたつ見える。

何だろう、と目を凝《こ》らしたとたん、格子の向こうに、にゅっと顔が覗いた。

思わず目をぱちぱちさせる。屋内の灯《あか》りを受けて白く見えたのは、格子を握ったふたつの手だった。顔立ちも辛《かろ》うじて捉《とら》えられる。どうやら子供のようだ。
十三、四、あるいはもう少し下か。青年にはまだ届いていない男の子で、前髪の短いおかっぱ頭に、唐草《からくさ》模様が刺繡《ししゅう》された幅広の鉢巻きを締めている。すでに酒盛りに移った中のようすを、子供は熱心にながめていたが、ふと視線に気づいたように徳内に顔を向けた。
視線が合い、互いにじいっと凝視《ぎょうし》する。

これまでに会った大人は濃い髭に隠れていたが、太い眉《まみえ》や南国の民を思わせる彫りの深い顔立ちが見てとれた。大きな目は興味でいっぱいに見開かれ、黒い貴石《きせき》のようだった。

ふいに子供が、にっ、と歯を見せた。徳内も思わず笑顔になる。中に招こうとしたが、外にいた見張りの者に見つかってしまったようだ。外から叱る声がして、ぱっと子供の姿が消えた。背丈よりも高い格子にとりついて、両手でからだを支えていたのか。見張りが文句をこぼす声がもれきこえ、どうやら無事に逃げ果《おお》せたようだ。

狐のような敏捷《びんしょう》さで、山に走り去る子供の姿が想像できて、喉の奥で笑い声を立てた。青島が気づいてふり返る。

「どうした、徳内? やけに楽しそうだな」

「狐が、おりました」

にこにこする徳内の前で、いったいどこに、と上役たちは怪訝《けげん》な顔を見合わせた。

東蝦夷地においては、探索の他にもうひとつ、重要な務めがあった。

いわゆる、試し交易である。松前に代わって幕府が蝦夷を治めるための試みでもあり、また、船の建造費をはじめとする探索費用を穴埋めする目当てもあった。

松前藩が商人から受けとる運上金は、少なくとも年四千両は下らず、他にも季節や物産によって夏商株だの秋味株だのを発行し、利を得ているときく。その辺りの仔細《しさい》は、松前に残った佐藤玄六郎が調べを進めているはずだ。

アッケシ場所に百二十両、キイタップに八十両、クナシリに百二十両。この三場所だけでしめて三百二十両、飛驒屋は松前に運上金を支払っている。

御用船を手配した苫屋《とまや》が、同額を飛驒屋に納めることで、今年一年、場所を借り受け、ここで得た交易品を江戸で捌《さば》こうという試みだった。そのためにも、アッケシからキイタップを経て、クナシリまで行かねばならない。

山口と青島はアッケシに二十日ほど滞在し、次のキイタップ場所へと向かうことにした。

「あの竿取は、連れていかぬのですか？」

浅利が不審な眼差しを向ける。

「あれはここに残します。さして使えそうにもありませぬ故」

「さよう、とるに足らない竿取でござる。ささ、浅利殿、早《はよ》う船に。いやあ、東の果てを望むのが、いまから楽しみですな」

青島と山口は、浅利を急《せ》き立てるようにして船に乗り込む。

下役ひとりと小者数名、そして徳内をアッケシに残していったのは、彼らの策だった。

浅利をはじめとする松前の一団を、あえて上役らが引き連れて、アッケシから引き剝《は》がしてくれたのだ。運上屋にはアイヌ語を解する者がいるために、三人の通詞も旅に同行した。

うるさい目がなくなって、久方《ひさかた》ぶりに清々《すがすが》しい気分だった。さっそく出掛けようとすると、声がかかった。

「どちらへ行かれる？」

「……野歩きに」

嘘ではないが、目的はコタンと呼ばれるアイヌの村だった。アッケシの周辺には、いくつかコタンがあると運上屋で耳に入れていた。

「それなら、ご一緒させてもらう」

松前に仕える小者だった。困り顔を向けると、小者が仏頂面《ぶっちょうづら》で続ける。

「浅利さまから、目を離さぬようにとのお達しがあったのだ」

こちらこそ、大の男の守役《もりやく》なぞご免だと言いたげだった。これでは青島らの策も不発に終わる。徳内は心底がっかりした。

運上屋の出入口脇に腰を下ろし、ぼんやりと海をながめる。

「クナシリか……」

こんなことなら、クナシリまで同行すればよかったと後悔していた。青島たちの目的地は、クナシリではない。東に続くエトロフ島、ウルップ島、さらには和人が足を踏み入れたことのない、もっと先へと行くことだ。幕吏《ばくり》の前では、運上屋の者たちも何かと気を張っている。アッケシに残り、運上屋の実態を確かめよと、青島は徳内に命じた。

「それと何よりも、アイヌ語を解さねば話にならん。物覚えの良さなら、おまえは抜きん出ておる。頼んだぞ、徳内」

目を閉じると、励ましと期待のこもった眼差しを思い出す。

と、頭に、コツンと何かが当たった。思わず辺りを見回す。かなり離れた場所に立っているお目付け役の小者は、やはり海に顔を向けながら大あくびをしている。そのあいだに、ふたたび何かがとんできて頭に当たる。脇に落ちたものを拾ってみると、まだ青いドングリだった。とんできた方角をふり向くと、会所の板壁の角から小さな頭が覗いている。

目が合ったとたん、相手がにっと歯を見せた。

「おまえは……」

オムシャの晩に見た少年だった。見張りの目が逸れていることを確かめて、急いで会所の脇にまわる。

「おれを覚えていたのか。遊びにきてくれたのか？」

言葉は通じないらしく、ただにこにこと人懐こい笑みを浮かべる。

時間はあまりない。素早く頭を働かせる。

「コタンに、行ってみたいのだ。わかるか？　おれが、コタンに行きたい」

コタンと言いながら自分を示し、二本の指で歩く真似をかたどる。通じたらしく、子供がうなずいた。徳内の手を引っ張って、北東の方角を指差した。

喜んでついていこうとしたが、こらあ！　と背中から怒鳴りつけられた。

「アイヌと親しんではならぬと、あれほど言っておいたろうが！」

「相手は、子供です」

「子供でもならぬ。ほら、おまえもあっち へ行け！」

犬でも払うように、身ぶりで子供を遠ざける。思わずがっくりと肩が落ちた。

「ウララ！」と、走り去る子供が叫んだ。

「うら……？　おまえの名か？　コタンの名か？」

すでに子供の姿は遠くなっている。最後にふり向きざま、ウララ！　とくり返し、姿は消えた。

「まったく油断も隙《すき》もない。今日はここで、大人しくしていろ」

守役の小者は、運上屋の内に徳内を連れていき、上《あが》り框《かまち》に座らせた。役目は終わったとばかりに、小者は外へ出てゆく。会所は大きな商家と同様に、飛騨屋の手代《てだい》や人足《にんそく》たちが忙しそうに出入りしている。蟻《あり》のごとき姿をながめながら、とっくりと考えた。

ふと思いつき、手代のひとりに話しかける。

「ウララとは、旨《うま》いのか？」

手代は、怪訝な顔でふり向いた。夏場はアッケシに常駐し、手代の中ではもっともアイヌ語に長《た》けている。

「何をおっしゃいますやら。別に旨いものではありますまい」

「ウララは旨いと、人足《にんそく》が言っておったのだが」

「何かと聞き違いをしたのでしょう。アイヌ語は、音が難しいので」

「では、ウララとは？」

「霧ですよ。夏場の霧の多さは、格別ですから」

なるほど、と思わず膝を打ちそうになった。堪えながら、何食わぬ顔でそうかとうなずく。この土地は霧が多く、ことに夏のいま時分は、月のうち二十日ほども真っ白な霧が立つ。三尺《じゃく》先すら判じられぬほどで、少し離れると、人の姿は影法師のごとくぼんやりと映る。

頭の良い子供だ。霧の日なら抜け出せると、暗に徳内に告げたのだ。

その日の晩、徳内はこの件を下役に相談してみた。

「ほう、霧に乗じて消えるとは、まるで忍びのようだの」

大石逸平は、青島の下役になる。山口の下役はクナシリ組に従ったが、大石と数名の小者は、御用船の到着を待つ必要もありアッケシに留《とど》まった。

徳内と同年配で、明朗闊達《めいろうかったつ》な男だ。話をきくなり即座に乗り気になった。

「それなら、おれも力を貸そう。あの小蠅《こばえ》のごとき見張りの目を、うまく逸らせばよいのだろう？　任せておけ」

翌日は具合よく、朝から濃い霧が立ち込めた。霧は海からも川からもやってくる。

見分隊には、小奉行の仮屋《かりや》が寝間《ねま》として宛《あて》がわれていた。いつものように、朝いちばんに訪ねてきた小者に、大石は告げた。

「徳内は、加減がすぐれぬと申してな。今日は床《とこ》に就《つ》いておる。上役らが去って四日、何やら気塞《きふさ》ぎなことばかり続いたようでな、だいぶ参っておるわ」

嫌みを含んだ言い訳が、寝床の中にいる徳内にもきこえる。

「おお、そうか。今日は一日、お仮屋の外に張りつくというわけだな。お主も律儀《りちぎ》な男だな、いや、お役目ご苦労」

去り際の大声は、徳内の耳に小者のようすを伝えるためだ。仮屋の中までは、小者も覗くことはせず、四半時《しはんとき》ばかりは床の中でじっとしていた。頃合を見計らい、むくりと起き上がる。念のため夜着の下に丸めた茣蓙《ござ》を置いて、ふくらませておく。

それから、明りとりに忍び寄った。仮屋の窓にも格子がついていたが、入り口とは反対側の窓だけは、昨晩のうちに格子を切ってすべて取っ払ってあった。防寒のために、窓にはすべて開閉できる窓蓋《まどぶた》がついているから、閉めれば外からはわからない。大人の男がやっと通れるくらいの幅しかなく、両手を先に外に出し、肩をすぼめてどうにか潜《くぐ》り抜けた。足音を立てぬよう、裸足《はだし》のまま仮屋を離れた。

運上屋の一帯を囲むように、柵《さく》が張り巡らされている。柵の外に出て、ようやく息をついた。懐《ふところ》から草鞋《わらじ》を出して、紐《ひも》を足に結びつける。

さて、どちらへ行けばいいか、としばし逡巡《しゅんじゅん》した。

子供が示したのは、北東の方角だった。アッケシ湖の北側の辺りだ。

アッケシ湾の東側には、砂嘴《さし》で海と隔《へだ》てられた湖があり、湾と湖は瓢簞《ひょうたん》の形を成している。潮が満ちると自然の堤《つつみ》を越えて海水が入ってくるために、湖の水も塩辛《しおから》い。このアッケシ湖に、北から注ぐ川があった。アイヌの村は川沿いに築かれると、運上屋できいていた。川を辿れば、少年の住むコタンに行き着けるかもしれない。徳内はひとまず、その川を目指すことにした。

なにせこの濃霧だ。誤って森に入ってしまえば、迷い子になりかねない。湖岸に沿って北に進み、湖に注ぐ河口まで来た。ここまでは一度だけ、上役らとともに視察に来たことがある。中洲が点在する河口は広く、三角測量で向こう岸までの距離を測ってみたところ、五分の一里ほどもあった。この霧では対岸はまったく見えない。上流に行けば川幅は狭くなるだろうが、もしもアイヌの村が川の向こう側だとしたら、首尾よく辿り着けるだろうか。不安はあるものの、引き返すつもりはさらさらない。

ひとまず川に沿って、歩き出した。時折、思い出したように立ち止まる。

「ウララ！　ウララ！」

声を張って、辺りに呼びかけた。少年との、たったひとつの合言葉だ。決して当てにしているわけではなかったが、何度目かの折に、はっきりと声が返った。

「ウララ！」

霧の向こうからきこえる声は、少し幼い。あの少年の声に相違なかった。

「ウララ！　ウララ！」

「ウララ！」

懸命にくり返すたびに、応える声はしだいに近づいてくる。ついにその姿を霧の中に認めたときは、まるで何年ぶりかで旧知の友に出会えたような気がした。

少年もまた、ひどく嬉しそうに徳内を仰ぐ。

「ありがとうな。おまえの知恵のおかげで、柵の外に出ることができた」

「アリガト、イヤイライケレ！」

「おお、そうだった。アイヌ語では、ありがとうはイヤイライケレだったな」

松前のイタクニップから教わった言葉を思い出した。それから自分の胸に手を置く。

「おれは、トクだ。ト・ク、トク」

「トク！」

徳内の名だと通じたようだ。少年が真似をして、ぽんぽんと自分の胸をたたく。

「フリゥーエン」

それが少年の名のようだ。発音がかなり難しく、舌がまわらない。

「フルウ、でどうだ？」

少年がにっと歯を見せて、満足そうにうなずく。そして昨日と同じように、徳内の手を握り、川上へと歩き出す。

「この先に、コタンがあるのか？」

うんうんと少年が首をふる。フルウとともに歩を進めるごとに、先が明るくなってくる。

海から離れて、単に霧が晴れてきたのかもしれないが、徳内には、ようやく見えてきた光明のように思えた。

ちょうど少年と出会った辺りから、川は東に向きを変えた。海岸のアッケシ会所からは、一里ほどの道のりだろうか。

フルウが先を指差して、コタン！と叫んだ。

その頃には、霧はだいぶ薄くなっていた。先を見通しても、広い河原があるだけだ。小さな先導者は、その河原の中ほどで森に向きを変えた。

まばらな樹木の向こうに、たしかに建物らしき影が佇《たたず》んでいる。そして一足進めるごとに、数が増えていく。紛《まぎ》れもなくアイヌの村だった。

「おお、ここが、アイヌコタンか」

フルウがぱっと手を放し、駆けながら何か叫ぶ。外にいたいくつかの人影が、手を止めてこちらを凝視する。男も女も、小さな子供もいる。女や幼い子供を見るのは初めてだ。

つい無遠慮にながめてしまったが、見つめ返す眼差しで気がついた。

和人である徳内が、歓迎されるはずもない。静かな村にいきなり踏み込んできた闖入者《ちんにゅうしゃ》、あるいは熊に等しい狼藉者《ろうぜきもの》と捉えているのではないか。

しかし杞憂《きゆう》だった。フルウの声が届いたのか、一軒の家から男が出てきた。かなりの年寄りだ。腰が曲がり、髭は白に近い灰色だった。フルウに急かされながら、徳内の前に辿り着く。

「よくきた……トク。会う、嬉しい」

片言の和語を伝え、蓬髪《ほうはつ》の奥の目が柔和《にゅうわ》に細められる。それが合図のように、次々と徳内の周囲に人が集まってきて、家の中からも続々と出てくる。かけられる言葉はわからずとも、表情や声の調子は明らかに喜んでいる。

予期せぬ歓迎に、たちまち胸がいっぱいになった。

「ありがとう……いや、イヤイライケレ！　おれも嬉しい。コタンに来て、皆にこうして会うことができて、本当に嬉しい！」

通じなくとも、言わずにはおれなかった。言葉とは本来、気持ちを伝えるものだ。意味がわからずとも、発することで互いの感情のありようがわかる。

長老らしき年寄りは、ムシウカと名乗った。ムシウカがフルウに何か言い、少年はうなずいてふたたび徳内の手を握った。村を案内してくれるようだ。

「チセ！」

家を指差してフルウが言い、次いで指の方角を変えながら、チセを連発する。

「そうか、チセとは家のことか。チセ、イエ」

「イエ？」

「そうだ。イエ、イエ、イエ、イエ」

フルウの仕草を真似ながら、四軒の家を示す。

「チセ、イエ！」

「うん、フルウは賢いな」

頭に手を置くと、にっかりと笑う。

この村にある家は、合わせて十二軒。大方のアイヌの村は数軒から二十軒ほどで、それ以上の集落はごく稀だと、後になって学んだ。住居であるチセの他にも、高床式《たかゆか》の食糧庫や、蓑《みの》を被《かぶ》せたような三角形の小屋がいくつもある。

「これは？」

「アシンル」

中を覗くと、強烈な臭いが鼻を突く。顔をしかめる徳内に、フルウが腹を抱える。アシンルは厠《かわや》だった。めずらしいものとしては、ヌササンと呼ばれる祭壇と、ヘペレセッという四角い檻《おり》がある。檻の中には、黒いムクムクしたものが収まっていた。

「これは、熊ではないか。熊を飼っているのか？」

フルウが大きくうなずいた。アイヌにとって熊はとても大事な生き物で、神として崇《あが》めている。子熊を数年のあいだ育てて屠《ほふ》るのは、イオマンテというもっとも大きな神事だった。育てた熊を殺してしまうのは可哀想にも思えるが、熊の姿を借りて降りてきた神を数年のあいだ大切にもてなし、また神の国へ送ることで、ふたたび地上へ帰ってきてくれると信じられていた。

村の中をひととおりまわり、戻りしな一軒の家の脇を通った。東に開いた窓を外から覗き込もうとすると、フルウに止められた。決してこの窓を覗いてはいけないと、身ぶり手ぶりで懸命に伝える。

窓から覗くのはたしかに無作法かと解釈したが、フルウはその家の南側にまわり、開いた窓から中を覗く。中にいた一家も、ふたりに向かって親し気な笑顔を向ける。

「東はまずいが、南はよいのか」

フルウの家に招かれて、初めてその理由がわかった。

チセは思った以上に大きく、屋根や壁は樹皮葺《ぶ》きだった。家の西側に出入口と土《ど》間《ま》があり、中に入ると囲炉裏《いろり》を切った広い部屋があった。間仕切りは一切なく、どの家もひと間だけだが、天井がないためかとても広く感じる。小さい家でも十二畳ほど、大きなチセなら二十畳はありそうだ。柱や梁《はり》は、すべて壁や屋根に組み込まれていた。

床は土間だが、厚く筵《むしろ》が敷かれている。本州以南では湿気が大敵なために床を上げて板を張るが、寒冷なこの地では、土の温《ぬく》みがある方が凌《しの》ぎやすい。

この部屋のいちばん奥、東側に窓がある。さっき覗くなと咎《とが》められた窓だ。

徳内はこの窓に近い、家の奥に座るようにと促《うなが》された。

「なるほど、ここが客間であり、上座《かみざ》というわけか」

壁際には、おそらく交易で得たものだろう。漆塗《うるし》りの道具や器が飾られていた。

「床の間《とこま》のようなものだろうか……」

さっきの老人、ムシウカがとなりに座り、窓に向かって頭《こうべ》を垂れて瞑目《めいもく》する。

「そうか、この窓は、神棚であるのだな」

外から見た限り、十二軒の家はまったく同じ造り、そして同じ向きだった。南に窓がふたつ、東にひとつ、西に出入口、北側には窓がない。

「神棚ならぬ、神窓か……日の出《いず》る東は、大事な方角なのですな？」

徳内が手を合わせて窓を拝《おが》む仕草をすると、うんうんとムシウカがうなずく。

トク、とフルウの声がかかり、汁椀《しるわん》を徳内の前に置いた。妹と思《おぼ》しき七つ八つくらいの女の子がその後ろに続き、両手で持っていた皿を並べる。皿には平たく大きな団子がふたつ。汁物はオハウ、団子はシトだとフルウがいい、食べろと勧める。

椀に添えられていた箸《はし》をとり、湯気の立つ汁をすすった。

「お、旨い！」

塩味だが、魚のアラから出た出汁《だし》がきいていてコクがある。魚肉の色からすると鮭か鱒《ます》であろう、山菜と一緒に煮込まれていた。団子には蜜《みつ》のようなものがかけられている。ぱくりと頬張《ほおば》ると、やや獣くさい。蜜ではなく、獣脂《じゅうし》のようだ。

フルウと妹が、団子を頬張る徳内をうらやましそうにながめている。客のための特別な料理なのかもしれない。獣くささを我慢しつつ、いかにも旨そうに腹に収めた。

アイヌ料理には獣肉を使ったものが多く、はじめは抵抗があったが、慣れてくるにつれ気にならなくなった。松前で出会ったイタクニップが、野菜を喜ばなかった理由も自ずと呑《の》み込めた。彼らの主食は肉なのだ。魚や貝も好むが、狩りで得た獣の肉が何よりの糧《かて》となる。山菜も多く使われるが、あくまで脇役であった。

その日から徳内は、一日も欠かさずフルウの村に通うようになった。

第四話　フリゥーエン

「おはようございます」

朝起きると、まず見張り役たる小者《こもの》の元へ挨拶に行く。このとき、決して晴れ晴れしい顔をしてはならない。いかにもつまらなそうに意気消沈を装《よそお》い、やや気鬱《きうつ》ぎみに映ればしめたものである。

「ずいぶんと、疲れておるようだな。帳面付けが辛《つら》いのか？」

「はあ、まあ」

黒豆に似た目を、しょぼしょぼさせる。今朝も霧が濃く、よけいに頼りなく見えよう。

「ずっとお仮屋《かりや》に籠《こ》もりきりであるからな。たまには野歩きでもしてはどうか。おれがつき合うぞ」

「いえ……大石殿に叱られますから」

そうか、と気の毒そうな顔をする小者に見送られ、とぼとぼと仮屋に戻った。ちょうど仮屋の戸口から出てきた、大石逸平《いっぺい》と鉢合わせする。

「よいか、徳内《とくない》、今日も一日、この仮屋から一歩も出てはならぬぞ。帳面付けに精を出すのだぞ」

小者に聞こえるよう、大石が声を張り、くどくどと念を押す。

はい、と殊勝《しゅしょう》にうなずきながらも、口許《くちもと》は自《おの》ずとにやついてくる。

「これこれ、もそっと抑えぬか。すでに顔が笑っておるぞ」

大石にこそりと耳打ちされて、急いで顔を引きしめる。霧が出た日は、朝からコタンに行ける。嬉しさが、そのまま顔に表れてしまうようだ。

フルウたちの住むチライカリベツコタンに通うようになって、ひと月が経つ。徳内は一日も欠かさずコタンに赴《おもむ》いたが、これも大石や仲間の協力あってのものだ。

「徳内、そろそろ行っていいぞ。後は任せろ」

大石配下の男が、格子《こうし》を切った窓を示す。お願いいたしまする、と頭を下げて、窓から抜け出した。回を重ねているだけに、最初は難儀した潜《くぐ》り抜けもするりとこなす。

見張りの目を欺《あざむ》くために最初は仮病を使ったが、数日が限界だった。大石が考えた次なる策が書役である。

「理由《わけ》はわからぬが、どうやらうちの竿取《さおとり》が、松前《まつまえ》の方々には目障《めざわ》りのようですな。我らとしても痛くもない腹を探られるのは、少々鬱陶《うっとう》しい。そこで、あの者を書役として、仮屋に終日縛《しば》りつけておくことにした。互いに楽になると思うが、いかがでござろう？」

それから五、六日のあいだ、徳内は実際に仮屋の内で書役に徹した。試し交易に関わる一切に加え、松前からの船旅で書き溜めたものをまとめて蝦夷地《えぞち》の下半分の地図も描いた。書き物はもとより嫌いではないだけに、筆を動かすことは苦にならない。そしてその間は、日が落ちてからコタンに向かった。フルウが会所《かいしょ》の傍《そば》まで迎えにきてくれて、夜道の案内役を務めてくれた。

初めのうちは、不審が拭《ぬぐ》えなかったのだろう。日に何度か、見張り役の男が仮屋を訪ね、徳内の姿を確かめていたが、何事も慣れは油断を生む。そのうち顔を見せなくなり、徳内の朝の挨拶《あいさつ》だけで満足するようになった。それでも用心し、霧が立たない日は暗くなってから出掛け、万一に備えて仮屋にも交替でひとり、留守番役を残すことにした。もしも見張りが訪れたら、適当な言い訳を繕《つくろ》うためである。

すでに三十回は往復しているだけに、たとえ夜道でも難なくチライカリベツコタンに行き着ける。会所の柵《さく》を抜けると、弾むような足どりで、川沿いの道を辿《たど》った。

チライカリベツとは、この川の名前だった。チライとは魚のイトウのこと、カリとは徘徊《はいかい》するという意味だ。そして川は、「ペッ」という。この発音が、非常に難しい。自ずと和人《わじん》は、「ペッ」を「ベッ」と音するようになり、蝦夷の地名にやたらと「ベッ」が多いのは、このためだった。

つまりチライカリベツとは「イトウの棲《す》む川」という意味になる。川の中流に位置するアイヌの村も、川にちなんでチライカリベツコタンと称した。

「トク、オハヨー」

村の入口にあたる広い河原で、フルウが待ちかねたように迎えてくれる。

「おはよう、フルウ」

「トク、キョー、ワ?」

「そうだな……もういっぺん、数はどうだ?」

「カズ?」

「うん、シネプ、トプ、レプ」

アイヌ語で、一つ、二つ、三つと数えると、フルウが叫んだ。

「イピシキ!」

「そう、イピシキ、数える、だ」

数は前にも一から三まで教わったのだが、途中で脱線してしまい、半端なままになっていた。和語に「一」「一つ」「一人」があるように、アイヌ語も数えるものによって語尾が変わる。一は「シネ」、一つは「シネプ」、一人は「シネン」。さらに一日は「シネト」、ひと月は「シネチュプ」、一年は「シネパ」というように暦《こよみ》の概念も存在する。

アイヌ語の豊かさに触れたような気がして、徳内は夢中になった。一度、一番、一ヵ所など、思いつくかぎりをたずね、肝心の数については三で止まってしまった。

言葉は互いに教えっこし合うから、フルウがその日の科目を決めることもある。獣、鳥、魚、草木、食べ物や家族の呼び名といった身近なものもあれば、季節や天候など自然の移り変わりも、フルウに乞われて教えた。

何よりも驚いたのは、フルウの呑《の》み込みの早さだ。徳内が一日に二十のアイヌ語を覚えると、フルウは三十の和語を習得する。これには年齢による覚えの良さも大きい。

フルウはもっと年嵩《としかさ》に見えたが、十二歳だという。歳が若いだけに吸収も早い。そしてもうひとつ、大事な要素があることに徳内は気づいた。発音の多様性である。

アイヌ語には、和人が発音できない音がたくさんある。つまりは和語よりもアイヌ語の方が、音の幅が広く複雑であり、逆に和語は音域が狭く単純だということだ。彼らが発声し難い音もたまにはあるが、まったく発音できない和語はほとんどない。

ただ、アイヌ語にはひとつだけ、欠けているものがある。

「字の方はどうだ、進んでおるか？　いろははどこまで覚えた？」

「マダ、スコシ。ヨ、オボエタ」

「そうかそうか、我が世のよまで行っただか。立派なものだ」

アイヌ語にないのは、文字だった。口から耳へと伝わる話し言葉のみが存在し、記録するための書き文字がなかった。

理由はいくつか考えられる。アイヌが狩猟民族であることが、ひとつの大きな要因だろう。狩場を求めて季節によって住まいを移動する。いまは方々に狩りのための小屋を設けて、男たちが鹿狩りや狐狩りに行くそうだが、未だに定住せず各地を渡り歩く者もいるという。移住し続けるとなれば、荷物は自ずと最小限になる。

また、紙の原料がないことや、貨幣を使わないことも要因かもしれない。アイヌははるか昔から、非常に広い範囲にわたって交易をしていた。同じアイヌ同士はもちろん、和人、ロシア人、唐人《とうじん》、カラフトアイヌらと取引を続けてきたが、それらはすべて物々交換で行われる。貨幣が介在すれば記帳の必要もあったろうが、太古から自然の恵みは変わらず、交易のための品々もアイヌの暮らしも、悠久《ゆうきゅう》の昔から連綿《れんめん》と続いてきた。故《ゆえ》に、文字の必要に迫られることもなかったのだ。

松前藩や商人たちは、文字を持たぬことをことさらにあげつらうが、文字がなくとも文学は存在する。何代にもわたって語り継がれてきた神話や昔話は、驚くほどに多いという。

天地の図という独特の世界観、アイヌ創造神話、美しい女の悲恋物語もあれば、熊と知恵くらべをする小話もある。コロポックルという小さな愛らしい神さまや、ウェンカムイという邪神《じゃしん》なども登場する。

古老のムシウカが時折語ってくれるのだが、フルウの拙《つたな》い通訳では、おおまかな概略しか摑《つか》めない。しかし古老の口からよどみなく紡《つむ》がれる物語は、詩吟《しぎん》のように耳に心地よく、想像力に裏打ちされた豊かな文学性が感じられた。

同様に、歌舞のたぐいも非常に多い。アイヌは歌と踊りが大好きで、徳内にもしばしば披露してくれた。輪踊りから始まって、狐やバッタ、鶴といった動物の踊り、松の木や榛《はしばみ》の木を模した木の踊り、酒に酔った男を演じる寸劇に近い踊りもある。

歌はウポポといい、神事に歌われるウポポもあれば、杵《きね》つき歌や草取り歌、あるいは叙情に満ちた哀歌や恋歌もある。楽器も豊富で、三味線《しゃみせん》の棹《さお》の部分だけを外したような弦楽器のトンコリや、団扇《うちわ》に似た太鼓のカチョ、そしてビヨンビヨンと独特の低い唸《うな》りを発する口琴《こうきん》のムックリなどがある。

徳内は歌舞のたぐいはまったくの不調法なのだが、皆に囃《はや》され、フルウに腕を取られて、いつしか踊りの輪の中に加わるようになった。両の袖を広げてともに鶴の舞を踊ったり、人間とネズミに分かれて団子を取り合う、まるで遊戯《ゆうぎ》のようなネズミ踊りに奮闘したり、歌い、笑い、手拍子を打ち、コタンの見事な舞手には喝采《かっさい》を送る。

言葉の習得以上に大事なものを、ともに心から楽しむ輝くようなひと時を、徳内は日々、このコタンで得ていた。


手習所は、ムシウカの家である。ムシウカはすでに妻を亡くして一人暮らしだが、独居《どっきょ》を嘆くようすもない。特に不自由がないからだ。

アイヌの家は、何世代もが同居することはなく、結婚すると子は家を出て分家をなし、隠居した老夫婦が子に家を譲って別宅を構えることもある。親から独立することこそが、大人の証《あか》しとされるからだ。

年寄りの世話は、身内はもちろん村の者たち皆で行い、古老は大事にされる。同様に、もしも親を失った子供がいれば、やはりコタンの中で大切に育てられた。互《ご》助《じょ》の精神が行きわたり、それを淡々とあたりまえのように行っている。

文化や言葉以上に大事なものは、こうした概念の共有である。信仰があり礼儀が存在し、助け合う心がある。人としての在りようと振舞いが、民族の成熟を示すのだ。

もうひとつ、アイヌの家の営みには面白い風習がある。女は結婚しても夫の一族には入らず、実母や祖母のなす女系の一員として数えられる。たとえ夫婦であっても、夫と妻は終生、別の一族に属し、夫は父や祖父に連なる男系を築く。

たとえば、夫の母たる姑《しゅうとめ》が死んでも、嫁は別の女系に属しているので葬儀には関わらず、逆に姑が出産などを手伝うこともない。出産も冠婚葬祭も、嫁と同系の女たちが手助けするのである。

アイヌは狩猟民族だけに男女の役割がはっきりしており、男尊女卑の伝統が根強いものの、嫁ぎ先で舅姑《きゅうこ》に気を使う和人の嫁にくらべれば、嫁姑の諍《いさか》いなどとも無縁で、女たちの暮らしぶりはよほどのびのびしていた。

フルウの母のソラノは、ムシウカの姪にあたり、亡き妻や娘と同じ女系である。娘とともにムシウカの世話をしていて、今日は囲炉裏端《いろりばた》で煮炊きをしている。七歳になるフルウの妹も来ており、母の腰にまとわりついていた。

「この前は三で止まってしまったからな、四から始めるぞ」

ムシウカの家に着くと、一緒に河原で拾った小石を四つ並べた。

「イネプ！」

「なるほど、四はイネプか。では、五は？」と、小石をひとつ足す。

「アシクネプ」

何度か口でなぞったが、クとプに似た音だけは正確に発音できない。少々悔しく思いながら、帳面に四と五のアイヌ語を書き記した。

「今日はせめて十までは、修めなくてはな。六は何というのだ？」

また小石を足すと、聞き覚えのある音が返った。

「フルウ、もう一度頼む」

「イワンプ！」

「イワン、イワン……たしかにどこかできいたことがある……」

と、髭《ひげ》で覆《おお》われた懐かしい顔が浮《う》かんだ。

「そうだ、イタクニップ殿だ！　彼《か》の者が教えてくれた呪文のような言葉が、イワンから始まっていた」

松前で会った初めてのアイヌの友人は、その一節を徳内に教えて、何故だか悪戯《いたずら》気《げ》な顔をした。髪の隙間《すきま》から覗いた瞳が鮮やかによみがえり、何十遍もくり返したアイヌ語が、するりと口をついた。

「イワン　コタン　カマ　レキヒ　シエッ、プ、　エ、マンタ　ネ　ヤー」

その瞬間、ぱっとフルウの顔が輝いた。

「キケパラセイナウ！」

思わず、目をぱちぱちさせる。試しにもう一度くり返すと、やはり同じ言葉が返る。

「それは、何だ？」

問うてみると、囲炉裏端にいたムシウカが何か言った。うん、とうなずいて、フルウがとび出していく。わけがわからずぽかんとしていると、少し待っているようにとムシウカが身ぶりで告げる。

ほどなく帰ってきたフルウは、手に何か持っており、徳内の前に掲げた。

「キケパラセイナウ！」

現物を見て、ああ、とようやく納得した。

「たしか、イナウといったか。神事に使う御幣《ごへい》であったな」

日本の神道で使う、御幣とよく似ている。御幣は紙製だが、イナウは木製でより手が込んでいた。

一寸《すん》ほどの太さの白木の棒を用い、樹皮を剥《は》いで木の表面を小刀で何度も削《けず》る。一端を削り取らずに残しておくのがコツであり、ちょうど鉋《かんな》をかけたように、薄く削られた木はくるくると丸まって螺旋《らせん》を描く。きれいな鉋屑《かんなくず》を何十本も張りつけたようなイナウは、儀式や祭礼のたびに作られるというから、どこかの家から借りてきたのだろう。

　イナウにはいくつも種類があって、もっとも鉋屑の飾りが多く、もっさりもこもこして見えるのが、キケパラセと呼ぶイナウであった。

　フルウはイナウの先を自分の顎《あご》に当て、にんまりする。

「おお、まるで髭のようだの」

「レキヒ、レキヒ」

「そうか、レキヒとは髭のことか」

　ふっとあのときの光景が浮かび、あ、と喉の奥で声になった。

　イタクニップとも、たしか髭について話していた。アイヌの男を真似て髭を伸ばしてみようかと、半ば冗談で告げて、手真似で自分の顎に髭を拵《こしら》えた。彼があの一節を唱えたのは、そのときだ。

「イワンは六つ、コタンは村、では、カマは何だ？」

　徳内の問いに、フルウはひょいと丸い敷物の上を跳び越した。腑《ふ》に落ちない顔をすると、小石をひとつ拾って、別の石の上を越えさせ、カマと告げる。何度もくり返されて、ようやく察しがついた。

「そうか、カマは、越える、だな。イワン　コタン　カマとは、六つの村を越えるという意味か！」

うんうん、と嬉しそうにフルウがうなずく。次いで後半の解読にかかった。

レキヒは髭、徳内には発音が難しいスイェプは「なびく」だと、手ぶりでフルウが伝える。ただ、最後のヘマンタ　ネ　ヤーには、大いに手こずった。名詞や動詞と違って抽象的な言葉のようで、フルウは左右に首を傾けながら困った顔をする。

と、囲炉裏端から、母親のソラノの声がした。

「イワン　チキリ　コロ　ワ　ハル　カラ　ペ　ヘマンタ　ネ　ヤー」

イワンと語尾は同じだが、中身は違う言葉だ。母親の脇にいる七歳の妹が、嬉しそうに声をあげた。

「プ！」

プとは、高床の倉のことで、この村の倉は六本の脚で支えられていた。

また母親が何か言い、今度はフルウが即答する。そのやりとりが、いくつも続いた。母親の言葉は、どれも必ずヘマンタ　ネ　ヤーで終わり、子供たちが短い言葉で応じる。

「そうか……もしや」

ふと思いつき、小石を手にとった。

「フルウ、ヘマンタ　ネ　ヤー」

「スマ！」

　スマとは石という意味だ。自分の着物やフルウの鉢巻き、籠《かご》に盆と、目につくものを手当たりしだいに同じ語でたずね、ようやく確信した。

「ヘマンタ　ネ　ヤーとは、何か、という意であるのだな？」

　その場にいる四人が、にこにこしながらうなずく。

「つまりは、イタクニップ殿や母御が申したのは……問答、いや、謎かけのたぐいか」

　思わず筆を手にとって、イタクニップの言葉を文字に起こし、となりに意味を添える。それを口に出して読んだ。

「六つの村を越えて、髭をなびかせるものは何か？　こたえはキケパラセイナウだ」

　瞬間、アイヌの友の悪戯気な眼差しが、ありありと浮かんだ。

　あれは、謎かけであったのだ。茶目っ気を含んだ瞳を思い出すと、何故だか泣けそうになった。謎かけが存在するのは、洒落《しゃれ》を愉しむ知性の高さと、品の良い遊び心があってこそのものだ。イタクニップは、暗にそれを伝えたかったのではないか。そう思えてならなかった。

「トク？」

フルウが不思議そうに覗き込んでいた。

イタクニップに対する浅利幸兵衛《こうべえ》の不遜《ふそん》が、いまさらながらに悔しくてならない。

これほどまでに豊かな知恵や遊戯をもちながら、夷人《いじん》と称される不条理に、義憤に近い怒りがわいた。夷とは蛮人《ばんじん》を示すが、相手を知ろうともせず、端《はな》から決めつける狭量こそが野蛮ではないか。

しかし松前の偏見は、徳内を含む和人すべてに言えることでもある。

本当のアイヌの姿を、世に知らしめたい。叶《かな》うなら、松前の軛《くびき》から放たれるよう手助けしたい。徳内自身はちっぽけな存在だが、幕吏《ばくり》たる隊員の報告しだいで、潮目は変わるかもしれない。そのためにも、やはりアイヌ語は欠かせない。

「すまん、また逸《そ》れたな。イワンで止まってしまった」

「イワンプ、ダイジ。カズ、イチバン、ダイジ」

「アイヌでは、六がいちばん大事な数なのか。我らでいえば、八のような数なのだな」

「ハチ？」

「八は末広がりの目出度《めでた》い数だ。八はこの数……おお、その前に七を習わねばな」

徳内はふたたび小石を並べたが、くふふ、とフルウが笑う。

「ハチ、タノシイ。ミチ、オシピ」

フルウは和語とアイヌ語をちゃんぽんにしたが、徳内は正確に理解した。

「そうか、父上は、八月に戻られるのであったな」

ミチは父、オシピは帰るという意味だ。フルウの父、チャレンカは、山口鉄五郎《てつごろう》や青島俊蔵《しゅんぞう》らとともに、クナシリへの旅に出ていた。上役《うわやく》たちは、和人が蝦夷船と呼ぶアイヌの手船で東へ向かったが、水夫《かこ》や通訳のために数人のアイヌ人が同行していた。千島《ちしま》列島にも千島アイヌがいるが、エトロフより東に行くと言葉も変わってくる。松前の通詞《つうじ》では心許《こころもと》なく、アイヌ人の通訳がどうしても必要になるという。

チャレンカは、船を操る技に優れ、そのぶん遠くまで沖を進むことができる。アッケシアイヌの惣乙名《そうおとな》、イコトイにも頼りにされており、フルウにはそれが何よりも誇らしいようだ。

「イコトイ、ミチ……トク、フルウ、オナジ」

「そうか、我らと同じか。イコトイ殿とチャレンカ殿は、良き友であるのだな」

「ヨキトモ？」

「そうだ、良き友だ。ほれ、このようにな」

フルウの両手を自らの両手でとると、いかにも嬉しそうに笑みくずれる。徳内は、初めてフルウを見かけた晩を思い出し、拙いアイヌ語で言った。

「イコトイ、チャレンカ、オムシャ、フルウ、プヤラ」

プヤラは窓。オムシャはあの晩催《もよお》された、アイヌと和人の目見《まみ》えの儀だ。

「イコトイ殿は、オムシャの礼でお見受けしたが、実に立派なお方であった。チャレンカ殿もあの席にいらした故に、おまえは覗きにきたのだな」

にへら、と笑いながら、フルウがうなずく。

竿取の徳内は、直《じか》に口を利《き》く機会すらなかったが、七、八人ほどいたアイヌの中には、フルウの父のチャレンカもいた。彼らは各村に数人いる顔役であり、乙名と呼ばれた。

アッケシの周辺には四つの村があり、それを束ねているのが惣乙名たるイコトイだった。

イコトイはアッケシ湖の東にある村、ルンヌトコタンに住んでいた。ルンヌトとは、塩辛《しおから》い湖という意味だ。またイコトイが治めるのは、アッケシ周辺ばかりではない。キイタップやネモロを含む、東蝦夷すべてのアイヌをまとめる惣乙名であった。

背格好は他のアイヌと大差がないのに、からだからみなぎるものが明らかに違った。

眼光の鋭さは知性を、堂々とした佇《たたず》まいは胆力を、そして落ち着き払った態度は威厳を表していた。

「あれはなかなかの強者《つわもの》だな。槍《やり》でも持たせれば、さぞかしさまになろうな」

「まことに。松前の者どもよりも、よほど武士然としておりますな」

山口と青島は、小声でそう評していた。

イコトイ以下、あの晩、オムシャに出席した者は、そっくり上役らに同行していた。

彼らは今頃、どこにいるのか。すでにひと月は過ぎたのだから、クナシリには到着していよう。もしかすると、その先のエトロフ、あるいは和人が足を踏み入れたことのない、ウルップ島にまで達したかもしれない。

蝦夷の夏は短く、秋は駆け足で過ぎ去り冬に至る。八月に入れば、かなり肌寒いときいている。予定では、八月の終わりにはアッケシに帰着できようとのことだった。

しかし暦が九月を迎えても、一行は戻らなかった。

海を渡るのは、常に危険がつきまとう。フルウ一家も、そして徳内たち居残り組も、日が経つにつれて心配が募《つの》り、旅の無事だけを毎日祈った。

そんな中、アッケシ会所が浮き立った、喜ばしい出来事もあった。

日が落ちた後、チライカリベッコタンから戻ると、会所に明々と篝火《かがりび》が焚《た》かれている。脱走が発覚したかと胸がばくばくしたが、下役の大石逸平が嬉々として出迎えた。

「徳内、船が着いたぞ!」

「山口さまや青島さまが、戻られたのですか?」

「そうではない。待ちかねていた御用船が、アッケシに入ったのだ」

「まことですか!」

大石とともに、慌てて浜へと走る。小舟がいくつも浜に漕《こ》ぎつけられ、遠くに篝火を灯した二艘《そう》の船影が見えた。

御用船の神通丸《じんつうまる》と、船主の苫屋《とまや》が手配した自在丸《じざいまる》だった。もう一艘の御用船、五社丸《ごしゃまる》は、西の見分隊へと手配された。

一行が松前を立った同日、四月二十九日に品川《しながわ》を出航し、ひと月余の船旅を経て、松前に入港したのは六月初旬だった。留守居組の佐藤玄六郎《げんろくろう》と皆川沖右衛門《ちゅうえもん》らが、大急ぎで積荷検《あらた》めと荷のふりわけを行い、船頭や水夫らを休息させて、五日後に松前を出帆した。

ほどよい南風が吹いていたために、西組が駐留する蝦夷の最北端、ソウヤ岬《みさき》には、ひと月以内に到着しているはずだ。しかし東の航路には会所が多く、その都度交易の荷を積まねばならない。さらに八月に入ってからは、季節柄、嵐でしばしば海が荒れた。あちこちで風待ちをしなければならず、結局、まる三月《みつき》もかかって九月十日にようやくアッケシに入津《にゅうしん》した。

船に乗っていた小者の話をきいて、大石と徳内の顔が曇った。

「さように嵐が多いとは……クナシリ組の方々は、ご無事であろうか」

幸い、御用船が着いてから八日後、千島の探索に出た一行はアッケシに帰りついた。ふたりの上役も同行した者たちもともに息災で、徳内らを安堵《あんど》させた。

ただ、ふたりの上役の顔は冴《さ》えない。大石や徳内と会うなり、山口は詫《わ》びを口にした。

「すまぬ……旅の本分たる見分を、果たせなかった」

山口の横で、青島もまた悔しそうに唇を嚙む。

「果たせなんだとは……オロシヤ人に会えなかったということですか？」

「いや、クナシリより先に、渡れなかったのだ……海が荒れて、何日も風待ちをしたのだが、結局、時を逃してしもうてな」

たずねた大石が、それでは仕方なかろうと青島をなぐさめる。ぎ、と音がしそうなほど、山口が歯を食いしばり、腹立ちまぎれに叫んだ。

「イコトイは、行けると言うたのだ！　それを松前の者どもめらが、止め立てしおって……機を逸《いっ》したのもそのためよ。かえすがえすも口惜《くちお》しいわ」

未開の地への探索こそが、見分隊の悲願であり、矜持《きょうじ》であった。それがクナシリで頓挫《とんざ》したとなれば、旅の目的は果たされなかった、平たく言えば失敗に等しい。

大枚三千両を費《つい》やし、幕府の命運をかけたいわば国策である。その重みを、上役たちは誰よりも肝《きも》に銘《めい》じていた。

「鉄五郎殿、俊蔵殿、ひとまずは休んでくだされ。旅の仔細《しさい》は、それから承《うけたまわ》ります」

大石が、ふたりを仮屋へと促《うなが》す。徳内は、浜辺をふり返った。

三艘の蝦夷船は浜に引き上げられ、数人のアイヌ人は焚火《たきび》の周りで暖をとっている。イコトイの姿も、その中にあった。

「青島さま、チャレンカという者をご存知ですか？」

「なんだ、チャレンカを知っておるのか。ほれ、イコトイのとなりにおるのがチャレンカだ。チャレンカの腕なら、荒海も乗り越えられるとイコトイは墨付きをくれたのだが……」

八月ともなれば蝦夷の秋は深まり、風に吹きさらされた海は、尋常ではない波の高さとなる。乗っていった蝦夷船は、ひとまわり大きく造った猪牙舟《ちょきぶね》に、筵《むしろ》の帆《ほ》をつけたような代物《しろもの》だ。この荒海をとても越えられるものではない、辛抱強く風待ちをするべきだと、浅利ら松前藩の者たちに強く止められた。

彼らは、知っていたのだ。蝦夷の秋は短く冬は長い。日が経つにつれ、波の高さは増すばかりで、この先収まることはないと。イコトイはいまのうちに海を渡るべきだと主張したが、松前は万が一を申し立て譲らなかった。

クナシリ島の先、エトロフ島までは海上十里、仮に渡ることができたとしても、帰りの船はどうするのか。下手を打てば、来春までエトロフ島に取り残されることになる。

松前方の言い分にも一理あり、江戸者には判断のしようがない。しかし山口と青島が何よりも悔いているのは、自分たちの中に芽生えたわずかな怖気《おじけ》であるのだろう。

たとえ彼の地で冬を越すことになっても、イコトイの助言に従い渡るべきだった。どんな危険があろうと、見分探索という本分を貫くべきだった――。

ふたりの表情には、ただ後悔だけが、暗く影を落としていた。

「鉄殿、俊蔵殿、一切を含めて、我らには土産話でござる。ぜひ、おきかせくだされ」

労《ねぎら》うように大石が声をかけ、一行を仮屋へといざなう。

後ろからつき従い、徳内はもう一度、焚火をふり向いた。イコトイのとなりにいた男を見詰めると、相手も気づいたようで目が合った。徳内が、ぺこりと頭を下げる。

意外そうに広がった丸い目が、フルウに似ているように思えた。


「海の向こうに浮かぶクナシリの島を望んだのは、七月半ばを過ぎた頃だった」

その夜、山口と青島は、旅の顚末《てんまつ》を語った。

アッケシから東に向かうと、ほどなくキイタップ会所に至る。そこから蝦夷本土の最東端であるノサップ岬をまわり北上し、クナシリにもっとも近いシベツに出た。途中のキイタップ会所で、試し交易の手筈《てはず》を整えたこともあり、アッケシからシベツまでひと月近くを要した。それから風待ちをしてクナシリに渡った時には、暦は八月になっていた。

クナシリ会所でもオムシャの礼が行われ、クナシリの乙名であるサンキチやツキノエらに目見《まみ》えた。アイヌには、サンキチのように和名を名乗る者もいた。

オムシャの礼以外、アイヌ人との接触をことごとく制限されたのは、当地でも同じだった。サンキチやツキノエは、クナシリから先の島々にも渡っている。千島の現状やロシア人の南下についても詳しい、生き証人に等しい存在だ。けれど浅利幸兵衛をはじめ、松前の邪魔立ては執拗《しつよう》だった。

「まるで膠《にかわ》で張りつけた犬の糞のごとくでな、思い出すだけで腹が立つわ」

山口が拳を握り、吐き捨てる。彼らはアッケシから松前藩士を引き剝がしてくれたが、その腹いせのようにつきまとわれて、割りを食らった格好だった。そのぶん松前の腹の内も、あからさまなまでにはっきりと読めたという。

「蝦夷地のようすが見えてこなかったのは、松前の思惑あってのものだ。アイヌにとって松前こそが主人であり御上《おかみ》であると見せかけて、公儀《こうぎ》や他国が立ち入らぬよう仔細は外に漏《も》らさなかった。とばちりを受けたのはアイヌの者たちだ」

「我らも多少のアイヌ語は覚えてな、話しかけると向こうも返してくれる。総じて我らには好ましいようすを示してくれるのだが……松前の者の前では、貝のように口を固く閉ざしてしまう。無理にでも話を続けようとすると、判で押したように通詞がしゃしゃり出る。見当違いの方角に話を変えて、煙《けむ》に巻かれるのが常であった」

山口と青島が、交互にクナシリでのようすを説く。

極端な、そして徹底した専横《せんおう》支配が公然と行われ、アイヌ人が和語を覚えることも、また農耕を行うことも松前は禁じていた。畑が少ないのもうなずける。蝦夷を開拓しようとの腹は微塵《みじん》もなく、ただ、蝦夷の産物を独占し、松前の繁栄を維持することだけに汲々《きゅうきゅう》としているのだ。領地の調査は極めて杜撰《ずさん》で、かつ公儀への報告も曖昧《あいまい》にしてきた。あえて蝦夷を謎の地として、幕府の干渉を阻止してきたのだ。

「アイヌは気性が荒く、乱暴狼藉《ろうぜき》は枚挙《まいきょ》にいとまがない。決して馴《な》れ馴れしく近づくな、松前の介添《かいぞ》えなしに話をするなと、梅干を三つ四つ含んだごとく口が酸っぱい」

「旅の最中で多くのアイヌに出会《でお》うたが、誰ひとりとして、さような不埒者《ふらちもの》はおらなんだ。松前の申し立てとは見事なまでに裏腹に、いたって正直で、素直な心根を持っている」

「はい、まことに！　穏やかで、心優しき者たちです」

勢い込んで、徳内が応じる。きょとんとする上役たちに、大石が種明かしをする。

「この三月近くのあいだ、徳内は毎日、アイヌの村に通っておりましてな。アイヌ語の達者では、我らの誰も敵《かな》いますまい」

「毎日、だと？」

「会所の者たちは、黙って許したのか？」

「ふっふっふ、松前があくまで偽りを通すなら、我らも同じ手を使うまで」

大石が悦《えつ》に入り、見張りを欺いた手口を明かす。

「それはまた、甚《はなは》だ愉快《ゆかい》な！　おまえたち、褒めてつかわす」

「徳内もようやったな。おれとの約束を守り、務めを果たしてくれたのだな」

消沈していた上役たちの表情が、このときばかりは大いに晴れやかになった。

「実はな、おれたちも浅利たちの目を盗んで、クナシリの脇乙名、ツキノエにある頼み事をした」

「頼み事とは？」

「おれたちの代わりにエトロフ島とラッコ島に渡り、赤人《あかひと》が渡来しておるかどうか確かめてほしいと頼んだのだ」

ラッコ島は、アイヌの間ではウルップ島と呼ばれる。ウルップとは紅鱒《べにます》のことだ。

この島にはラッコの毛皮を求めて、ロシア人が姿を見せる。頻繁ではないものの、今年もどうやら来島したらしいとの噂を、ツキノエは入手していた。サンキチもツキノエも、イコトイとは親しい間柄だ。松前藩士の目をかすめて、イコトイの口伝《くちづ》てを耳にした山口は、やはりイコトイを通してツキノエに確認を依頼した。

アッケシアイヌも荒波には慣れているが、海に囲まれた地に生きるクナシリアイヌはそれ以上だ。冬の海でも造作《ぞうさ》はないと、力強く請《う》け合《あ》った。

「では、そのツキノエという者が戻るまで、ここで待つということですね？」

山口の説明に、大石が応じる。下役の疑問には、青島がこたえた。

「試し交易の仕上げもあるし、我ら上役は御用船に乗って松前に帰らねばならない。逸平、ひとつおまえに見届け役を頼めぬか？」

「お任せくださりませ、俊蔵殿。アッケシで残務を片づけるとの建前で、ここに残ります。ツキノエの知らせを、必ずや松前にお届けします」

青島の下役たる大石が、かっきりとうなずく。徳内は、そのとなりでそろりと手を挙げた。

「私も、ここに……アッケシに残りたいのですが……」

「おお、そうか、構わぬぞ。逸平の話し相手になってくれ」

「話し相手としては、いまひとつだが。徳内は、アイヌ語ならようしゃべるのにな」

大石の茶化しに座が和《なご》む。山口の顔が、にわかに引き締まった。

「このままおめおめと、引き下がるつもりはない。確たる調べがつくまで諦めぬのが、我ら普請役《ふしんやく》の身上《しんじょう》だ。当地で冬を越し、来春もう一度、見分を行う所存だ」

「おお、それが叶えば何よりでございますな」

「今度《こたび》の見分は、初手《しょて》からつまずきが多かったからな。松前で相談した折に、玄六郎にも同じ腹積もりはあった。見分が不首尾に終わったとなれば、なおさらだ。玄《げん》六郎《ろくろう》を通して、ご公儀に願い出るつもりでおる」

佐藤玄六郎は、見分隊の隊長である。いまは松前で留守居役を務めており、東西各組が戻りしだい、御用船とともに江戸へ帰参し、田沼主殿頭《とのものかみ》と松本伊豆守《いずのかみ》に報告を行う。その際に、来年の探索の許しを得るつもりだと、山口には明かしていたという。

山口と青島は、半月ほどアッケシに滞在し、交易に関わる仕事を済ませ、十月初旬に神通丸と自在丸に便乗して、松前へ向けて旅立った。

「すっかり寂しくなったなあ。おまえも少しは、にぎやかしに加われよ」

「私は、コタンに行かねば」

「相変わらず、つれない奴だな」

むっとした顔を作りながらも、大石は快く徳内を送り出す。この半月、浅利たちがいたために、コタン通いが途絶えていたからだ。

コタンでは、フルウの父親、チャレンカに改めて挨拶し、上達したアイヌ語を駆使して、クナシリへの旅の話をあれこれと仕入れた。

そして、上役らがアッケシを去った、わずか三日後のことである。一艘の蝦夷船が浜に着いた。

「どうして、玄六郎殿がここに……?」

「松前に、おられるはずでは……」

その姿に、大石と徳内は、ぽかんと口をあけた。

「逸平、徳内、久方《ひさかた》ぶりだな。達者なようすで何よりだ」

にこりともせず、淡々と告げる。

浜に下り立ったのは、隊長の佐藤玄六郎だった。

第五話　イコトイ

「そうか、鉄《てつ》や俊蔵《しゅんぞう》とはすれ違いになったか。残念であったな」

感情のこもらない口ぶりは、さして残念そうにもきこえない。

「弥六《やろく》や新兵衛《しんべえ》も、息災であったぞ」と、西組隊員の名を出す。

「おふたりに、会われたのですか？　では、ソウヤに足を運ばれたと？」

「さよう」

「もしや、ソウヤから西廻りの道筋でここまで？」

「松前《まつまえ》まで戻れば、蝦夷《えぞ》を一周したことになりまする」

「いかにも」

大石と徳内《とくない》の驚きと羨望《せんぼう》の眼差しを、淡々と受けとめる。

佐藤は下役《したやく》さえ連れず、小者《こもの》ふたりと四人のアイヌ人とともに蝦夷船でアッケシ浜に着いた。そもそも隊長の佐藤は、隊員や物資の差配のために松前にいるはずだ。疑問や動顛《どうてん》が団子になって、下役がつんのめるように上役《うわやく》を問い詰める。

では？」

「いったいどうして、隊長殿が？　たしかソウヤには、沖右衛門《ちゆうえもん》殿が向かうはず

「蝦夷の北の果ては、どのような？　カラフトには渡られましたか？」

「少し待て、飯が先だ。まともな飯は、ひと月ぶりであるからな」

厚切りの塩焼き鮭《ざけ》をおかずに、黙々と飯を腹に詰め、ワカメの味噌汁をすする。

食べるあいだは大石と徳内に、アッケシでのあれこれを語らせた。

「見張りの目を欺《あざむ》いて、毎日コタンに通ったか。それは愉快《ゆかい》な」

ちっとも愉快そうには見えないが、褒めてはいるようだ。飯を終えると、佐藤は

改めて自らが旅立った理由と、ここまでの経緯《いきさつ》を明かした。

「旅の出立《しゆったつ》が遅れた故《ゆえ》、今年限りでは見分を果たせそうにない。わしはこの冬、

江戸に戻り、来年の見分を願い出るつもりでおる」

「はい、鉄殿からも、そのように伺いました」と、大石が応じる。

「申し出るには、相応の材が要る。わしが蝦夷をろくに知らぬようでは、伊豆守《いずのかみ》さ

まもお認めになるまい。故に、わし自らが立つことにした」

「では、松前には……」

「沖右衛門を残してきた。あやつには、恨み言をこぼされたわ」

「それは気の毒に」と、大石が苦笑する。

「しかし、良い旅であった……見知らぬ土地で道なき道を行くのは、心躍るものがある」

瞳を輝かせ、しみじみと語った。交渉と事務方に優れた能吏《のうり》とだけ捉《とら》えていたが、違った一面を垣間見《かいまみ》たように、徳内には感じられた。見知らぬものへの興味と探求心、それに伴う行動力を、佐藤は備えている。少々堅苦しく見えたこの上役が、妙に近しく思えた。

「わしは下役の鈴木清七《せいしち》を伴って、五社丸《ごしやまる》でソウヤに向かった。松前を出たのは六月八日。風向きが良かった故、わずか二十日でソウヤに着いて、弥六たちと会うことができた」

ソウヤにも会所《かいしよ》があり、請負《うけおい》商人はアッケシと同じ飛驒屋《ひだや》久兵衛《きゆうべえ》である。飛驒《た》屋が松前に支払う運上金《うんじようきん》の額は、二百五十両、アッケシの倍以上だ。運上金の多寡《か》は儲《もう》けの大きさに比例するが、会所の規模はアッケシと変わりない。額が大きいのは、カラフトが近いからだ。アイヌ人は古来から、カラフトを通して大陸との交易を行っていた。

清国《しんこく》の絹織物や陶磁器は、アムール川流域の民である山丹人《さんたんじん》やカラフトアイヌを経て、蝦夷アイヌへともたらされたが、いまや交易品のすべては、松前藩と商人の手にわたる。

幕府が許可していないだけに、いわば密貿易にあたる。厳重な処罰もあり得たが、今回はそれを逆手《さかて》にとって、目をつむるかわりにソウヤでの試し交易を承知させた。

ソウヤに着いた西組は、交易の段取りをつけながら、カラフトに渡る仕度《したく》を整えていた。

「わしもカラフトに赴《おもむ》きたかったが、試し交易の手配りがあったからな。弥六と新兵衛を向かわせた。ソウヤでの仕事が思いのほか手間取って、ひと月以上も費《つい》やしてしもうた。そのうち弥六たちが帰ってきてな」

「では、弥六殿は、カラフトを見分されたのですね！」

「カラフトは、陸続きですか？　島ですか？」

「あいにくと、島かどうかはわからなかったそうだ」

庵原《いはら》弥六らがカラフトに向けてソウヤを立ったのは、七月初旬。松前藩より借り受けた船で荒波を乗り切って、カラフト南端に着岸した。地図もなく、いま自分たちがどこにいるのかさえわからない。陸《おか》に上がってみたものの道らしきものはまったく見当たらず、海岸は岩礁《がんしょう》だらけだ。やむなく蝦夷船に乗り換えて、岸に沿って西岸を北上した。

岸辺に寒そうに縮こまる集落をいくつか見つけ、道をたずねながら船を進ませ、十日余りかかってようやくタラントマリという大きな村に行き着いた。しかしそこで蝦夷船に積んだ食糧の半分が尽き、引き返さざるを得なかった。きけばカラフトはまだまだ懐《ふところ》が深く、タラントマリはほんの入口に過ぎない。大陸と地続きかどうかすら、村の者たちは知らなかった。

後世に判明したカラフトの南北の長さは、実に二百四十里余。仮に蝦夷の東にななめに置けば、クナシリから始まる千島《ちしま》列島をすべて呑《の》み込み、ロシアのカムチャツカ半島に達するほどの大きさだ。

庵原はひとまず、カラフト南部の地形だけでも確かめようと試みた。松前船が待つ南端へと戻り、方角を東に変えた。カラフト南端には東西ふたつの半島が突き出しており、大きな湾を形作る。土地の者たちは、アニワ湾と呼んでいた。

西組が最初に着岸したのが西の半島であり、東の半島を回るだけで七日を要した。それから東岸を北上したものの、西岸ほどの距離は稼げず、およそ西岸六十里、東岸三十里のみを把握したと、庵原は隊長に報告した。

「ふたつの半島とアニワ湾の形を記し、タラントマリに行き着いただけでも大きな手柄だ。来年の見分の足掛かりとなり得よう」

「やはり来年の見分は是が非でも遂げたいと、東組のおふたりも同じ志をおもちでした」

千島探索が不首尾に終わった旨《むね》を、大石が語る。

「さようか……鉄もさぞかし気落ちしておろうな。いや、気持ちはようわかる」

神妙な面持《おもも》ちの佐藤を、大石がちらとながめる。

「もしや、カラフトに行けなんだ意趣返《いしゅがえ》しのつもりで、蝦夷の東岸を回られたのですか」

「わしはただ、松前に戻る途次《とじ》にあるだけだ。弥六も西から帰れとは言わなんだからな」

と、すまし顔でこたえる。交易荷を積んだ五社丸を、松前に向けて出帆させたのは八月二十日だった。その三日後、己《おのれ》の下役を庵原に預け、佐藤はソウヤを立った。

「弥六がな、当地での越冬を試みたいと申してな。念のため新兵衛に加えて、清七も残してきた」

「では、西組はソウヤに残られたのですか？」

庵原の下役が引佐《ひきさ》新兵衛、佐藤の下役が鈴木清七であり、両名ともソウヤに留《とど》まったという。東南部にあたるアッケシですら、この寒さだ。最北端のソウヤではいかばかりか。雪国育ちなだけに冬の辛《つら》さは身にしみており、徳内がつい案じ顔を向ける。

「皆さまは、無事に冬を越せましょうか……」

憂《うれ》いが先に立ったのは、各地の会所に詰める商人たちですら、土地に慣れた小屋番を残して、冬は松前や郷里に戻るときいていたからだ。空っぽに等しいソウヤ会所で、江戸育ちの者が厳しい冬を凌《しの》げるだろうか。

「おれも一度は止めたのだが、弥六は生真面目なぶん頑固でな……松前からの供もついておるし、弥六たちなら耐えられよう」

ソウヤ会所には見分隊ばかりでなく、松前藩から従った者たちも共に居残った。総勢で十二、三人はおり、松前者なら蝦夷の冬にも慣れていよう。

杞憂《きゆう》を一掃するように佐藤は告げたが、徳内の中ではかえって不安が増した。

コタンに通い続けて実感した。アイヌの暮らしは、酷寒《こっかん》の地で生き抜くための知恵と工夫に満ちている。家であるチセに床を張らないのがいい例だ。土座にすることで、炉《ろ》の熱が土に蓄積されて冬でも温かい。対して会所の建物は江戸などと変わりなく、暑気と湿気を避ける工夫に富んでいるが、こと防寒については何とも心許《こころもと》ない。

徳内の心配を払うためか、大石がずけずけと文句を言い立てた。

「無茶なら、玄六郎《げんろくろう》殿も同じですよ。蝦夷船で荒海に漕《こ》ぎ出すなぞ、あり得ません」

「案内人《あない》はアイヌ人であるからな、慣れておる蝦夷船の方がよかろう。現に陸に寄せるには、まことに勝手がよかった。蝦夷の東北の岸は砂浜続きでな。時には陸を歩いて、検地《けんち》も試みた」

八月二十三日にソウヤを出て、東岸を南下し、アバシリを過ぎシレトコ半島を迂回《うかい》した。半島の付け根から三里ほどのシベツに着いたのは、九月下旬だった。

「そういえば、シベツである噂を耳にしてな。ツキノエというアイヌ人が、公儀《こうぎ》役人に会いたがっていると……」

「ツキノエに、会ったのですか！」大石が思わず大声になる。

「いや、あくまで噂でな。わしは先を急いでおった故、結局会えなんだが」

「そこは是非とも、会《お》うていただきたかった……」

がっくりと肩を落とした大石の代わりに、徳内が事情を説く。

「なるほど、ツキノエとやらが、鉄や俊蔵の代わりにクナシリの先を見届けに行ってくれたのか」

少なくとも、ツキノエがシベツに帰着したのは間違いなかろう。大石がやおら顔を上げた。

「それがし、明日にでもさっそくシベツに向かい、ツキノエより仔細《しさい》を伺うて参ります」

「うむ、大儀だが頼むぞ、逸平《いっぺい》。シベツでの役目を終えしだい、松前に帰参せよ。わしは江戸に行かねばならぬからな、先に松前に戻る。徳内、おまえもわしに従え」

「え、私も……？」

「申上書《もうしあげしょ》は江戸にてまとめるが、そのための下書きやら地図やらで何かと書き物が多くてな。おまえにも手伝ってほしいのだ」

わかりました、と応じながら、正直にも顔がうつむく。松前への帰参は、チライカリベツコタンとの別れを意味する。それこそコタンに留まって、フルウらと越冬したいくらいだ。

「そんな顔をするな、徳内。来年、また来ればよいではないか。コタンの者にもそう伝えろ」

大石はそのように励まして、翌日、蝦夷船でシベツへと立った。

すでに見張りの小者を含めて、松前の者たちは去った後だ。徳内はコタンに赴き、フルウやムシウカをはじめ村の者たちと、心置きなく別れを惜しんだ。明朝、佐藤に従いアッケシを離れるが、来年もまた必ず訪れると約束を交わした。

しかし、その晩のことである。出立の仕度を済ませ、そろそろ床《とこ》に就《つ》こうかという刻限になって、外から仮屋《かりや》の窓が叩かれた。あくまで控えめな調子で、合間に小さな声がする。

「トク、トク」

「あの声は……フルウか！」

急いで叩かれた窓蓋《まどぶた》を開けると、オムシャの礼の夜と同様に、格子《こうし》を両手で握るフルウの姿があった。

「こんな夜更けにどうした！　いくらおまえでも危なかろう」

「ヒトリ、ナイ。ミチ、ウサムエアプカㇱ」

「そうか、父御のチャレンカ殿も一緒か」

「レン」と、フルウが三本の指を立てる。

「三人？　では、もう一人おるのか？」

フルウが三人目の名を告げる。え、と驚きが声になった。フルウの後ろから、大きな男が顔を出す。室内から届く細い火影《ほかげ》で、髭《ひげ》に覆《おお》われた顔の造作《ぞうさく》が辛《かろ》うじて見てとれた。

「イコトイ殿……」

夜半に仮屋を訪ねてきたのは、アッケシアイヌの惣乙名《そうおとな》、イコトイであった。

「夜、スマナイ。江戸ノ人、会イタイ」

片言ながら、これまで会ったどのアイヌよりも、和語が達者だった。

東蝦夷アイヌの惣乙名であるだけに、徳内はもちろん見知っているが、言葉を交わすのは初めてだ。佐藤は初対面だが、惣乙名の訪問を知ると、すぐさま仮屋の内に招《しょう》じ入れた。

徳内は今日、チライカリベツコタンに赴いた折に、見分隊の隊長たる佐藤が来たことも伝えていた。イコトイは別のコタンに住まっているが、チャレンカとは親しい間柄だ。チャレンカを通して、隊長がいまこの地におり、明日にはアッケシを去ることを知り、夜を待って密《ひそ》かに仮屋を訪ねてきたのだ。むろん、会所の者たちの目につかぬようにとの用心だ。

「さ、チャレンカ殿とフルウも、お上がりくだされ」

板間に招いたが、フルウは首を横にふる。

「オレ、ミチ、カエル。ジャマ、ダメ」

ふたりはイコトイを引き合わせるためについてきたが、惣乙名の大事な相談を、邪魔してはいけないとの配慮のようだ。

最後にもう一度、会いたかったと告げられて、胸がいっぱいになった。

「トク、オヤパ」

「ああ、来年、必ず戻るからな。待っていてくれ」

フルウが腰にしがみつき、徳内も力いっぱい抱きしめた。フルウからは、木漏《こ》れ日《び》の落ちる森のにおいがした。

目立たぬようにふたりを外に送り出し、佐藤とイコトイが向かい合う板間に戻る。

『是非ともきいてもらいたいことがあり、今宵参上しました』

イコトイの和語と、徳内のアイヌ語。佐藤もまたソウヤからの長旅で、多少のアイヌ語は身についていた。ところどころつっかえながらも、陳情《ちんじょう》の概《おおむ》ねは摑《つか》むことができた。最初はやはり、松前藩と請負商人の横暴に、アイヌが苦しんでいるとの訴えだった。

『初めのうち干鮭十束《たば》は、米八升でした。それが少しずつ目減りして、いまでは十五束で、わずか三升にしかなりません』

「それはひどい。たしか一束は、鮭二十匹であろう」

「三百匹もの鮭が、米三升とはあまりに」

聞き手のふたりが、思わず憤慨《ふんがい》するほどの値の落差だ。しかもやり方がこすからい。与える米の量をごまかしながら、徐々に下げていったのだ。

『アイヌは数に疎《うと》いと侮《あなど》られた上でのやり方ですが、それは違います。我らもごまかしには気づいていますが、アイヌは争いを好みません。また気前の良さも、己の首を絞めました。何より、こうまで阿漕《あこぎ》をはたらく者がいるとは、思いもしませんでした』

善人には、悪人の胸中は推《お》し測れない。太古の昔から中国やカラフト、そしてロシア人との交易を行ってきただけに、こうまで因業《いんごう》な真似をするとは予見できなかったのだ。

奪うのは物ばかりではない。労力としても駆り出される。漁はもちろん、鰊《にしん》から油を搾《しぼ》り、鮭の腹を裂いて干す作業までも課せられる。おかげで春の鰊漁から秋の鮭漁まで、わずかな米や酒、煙草《たばこ》と引き換えにこき使われる。

しかしイコトイの何よりの嘆きは、交易や使役など目に見えるものではなかった。

『我らには、あらゆることが禁じられています。和語を学ぶことも、農耕を行うことも。ある者が稗《ひえ》を作ったときには、実った稗はもちろん種まで残らず取り上げられ、過料《かりょう》まで収める羽目になりました』

田畑が見当たらないのも道理だ。アイヌは狩猟を旨とするが、畑は彼らに暮らしの安堵《あんど》や定住をもたらす。しかし松前はあくまで、不安定な立場に彼らを置くことで搾取《さくしゅ》し続けるつもりなのだ。

言葉を教えないのが、その証《あか》しだ。アイヌ人も松前の役人の前では、決して和語を話さない。一方で見分隊の者たちには、安心して片言ながら応えてくれる。

『ぜひ、農耕と和語の習得をお許し願いたい。我らの切なる願いです』

「相わかった。江戸に戻ったら、必ず御勘定《かんじょう》奉行を通して、上さまや田沼さまにお伝えしよう。この佐藤玄六郎、しかと請け負《うお》った」

佐藤は己の胸に拳を当てて、深くうなずく。それまで張り詰めていたイコトイの肩から、初めて力が抜けた。仮屋を訪ねるには、相当な勇気が要ったはずだ。下手をすれば、咎《とが》めを受ける恐れもある。それでもアッケシの、いや、蝦夷に暮らす全てのアイヌのために、惣乙名の役目を果たしに来たのだ。

囲炉裏《いろり》で赤く燃える薪《たきぎ》のように、胸の中が熱くなる。

イコトイが本当に言いたかったのは、別のことかもしれない。人が生きるには、なくてはならないものがある。ある意味、糧《かて》以上に大事なものがある。

それは誇りだ――。人として、民族としての誇りこそが、生を営むには欠かせない。

対等の立場にあってこそ自尊が芽生え、見かけの貧富にかかわらず暮らしを支える。昔日《せきじつ》のアイヌの民のように自然の中で伸びやかに暮らせば、何の不足もない。誇りを支えるものは自由であり、両者は表裏一体のものだ。徳内は改めて、胸に刻んだ。

談を終えたイコトイは、ていねいに暇《いとま》の挨拶《あいさつ》をして仮屋を去った。

翌朝、徳内と佐藤は蝦夷船に乗り、アッケシを離れた。


ふたりが松前に帰着したのは十一月半ば、先に戻っていた山口と青島、留守居役を務めた皆川らが迎えてくれた。

「蝦夷地を一周したとは天晴《あっぱれ》な。おそらく誰も成し遂げた者はおりますまい」

青島は存分に褒めたたえたが、山口や皆川は不満たらたらだ。

「別に羨《うらや》ましくなぞないぞ。だいたい隊長たるものが、陣地を空《あ》けるとは何事だ」

「人身御供《ひとみごくう》さながらに松前に置いていかれて……この借りは、いつか返してもらいますぞ」

軽口を交えながら、久方《ひさかた》ぶりの再会を喜び、それからしばらくは慌《あわただ》しい日々が続いた。

二艘《そう》の船に積んだ交易品を検《あらた》めながら、大急ぎで集めた資料の整理をした。五社丸は一足先に出帆しており、佐藤は神通丸《じんつうまる》と自在丸《じざいまる》に便乗《びんじょう》し、十一月の末に江戸に向けて立った。

シベツに行った大石逸平が松前に戻ったのは、その二日後だった。ツキノエに会うことができ、千島のようすをきき取ることができたと報告する。ただ成果はあまりなかったと、残念そうにつけ足した。

「ツキノエは、クナシリの先にあるエトロフ島からウルップ島まで渡ったそうですが、オロシヤ人の姿はなく、ウルップの島民にもたずねましたが、少なくとも今年は一度も見ていないとのことでした」

「さようか……まあ、我が国にとっては良いことなのだが」

少々物足りないと言いたげに、隊長代理の山口は応じた。

佐藤が出立してからも、隊員たちは資料整理と地図の作成に従事したが、心はすでに来年の探索へと飛び立っていた。

「今年は出立の遅れが、最後まで響いたからな。来年は早《はよ》う松前を出立し、奥地へと向かいたいものよ」

「庵原ら西組の者たちも、待ちかねていよう。速《すみ》やかにソウヤに向かわねばな」

「西組には、松前の者たちも共におるのだろう？　ソウヤ会所との繋ぎは、ひとまず松前に預けてもよいのでは？」

「そうだな、カラフトを西組に任せれば、我らは心置きなく東蝦夷に赴けるというものだ」

第二次となる探索へと、誰もが思いを馳《は》せる。もっとも鼻息の荒いのは、上役たちだ。

「どうせなら、隊長の戻りを待たず、年が明けたら出掛けるか？」

「それは良い思案です。留守居の切なさを、玄六郎殿にも味おうてもらわねば」

「おふたりとも、肝心のことを忘れてますぞ。御用船が着さねば、糧や仕度が整いませぬ」

勇み立つ山口と皆川を、青島がいさめる。

しかし誰よりも尻が落ち着かぬのは、徳内であった。

酒食や色街に興味がないだけに、松前には用がない。とにかく一刻も早く松前を出たいと、その望みばかりが嵩《かさ》を増す。やがて年が明けると、思いはさらに募《つの》った。

天明《てんめい》六年、元旦。初日の出は拝《おが》んだものの、昼頃になってにわかに雲が厚みを増し、日食かと見紛《みまご》うほどに空は暗くなった。

「今年の門出だというに、何とも不吉な……」

空を見上げて、青島は眉《まゆ》を曇らせた。その日の晩、徳内は青島に願い出た。

「旅に、出たいと……」

「我らとて気持ちは同じだ。隊長と御用船が着きしだい早々に……」

「それでは、間に合いません！」

めずらしく声を張る従者に、青島は怪訝《けげん》な顔を向ける。

「……もしや、ひとりで旅に出たいと申すのか？」

はい、とかっきりとうなずいた。今年が最後の見分となる。年内にどうしてもクナシリの先まで見届けたいと、たどたどしいながらも懸命に説いた。

「もちろんおれもそのつもりだが、二月には隊長殿も戻られる。それから立っても遅くはないはず」

「船なら……でも、陸を歩かねば」

うん？　と青島がきき返す。

「検地して、地図を」

「ああ、なるほど。確かな地図を描くためには、陸を行くべきだというのだな？」

こくりと、徳内はうなずいた。測量をしながら陸路を辿《たど》るとなれば、海路の何倍も時を要する。

「おまえの言い分はもっともだが、ひとりで出すわけにはいかぬ。松前ですら、これほど雪が積もっておるのだぞ。人家はおろか、まともな道すらない土地で、独り旅なぞさせられるものか」

「道は、アイヌの民が」

「途次の村々で、きいてまわるというのか。確かにおまえのアイヌ語は、隊でも随一といえるが……いや、いかんいかん、やはり許しは与えぬぞ」

ふと浮かんだ甘い言葉を自ら戒《いまし》めるように、青島は頭《かぶり》をふった。

「おまえにもしものことがあれば、音羽《おとわ》先生に申し開きが立たぬわ。おれは先生から、おまえの身を預かったのだ。危うき真似なぞ決してさせられぬ」

青島はそこで話を打ち切って、逃げるように座を立った。

それでも徳内は諦めなかった。次の日も、また次の日も、しつこく青島に願い出る。さらには山口や皆川にも、くり返し同じ嘆願《たんがん》を続け、正月半ばに至った。

「まったく、何というしつこさだ。山蛭《やまびる》の方が、まだかわいいくらいだ」

「おれは神さまにでもなった気分です。毎日律儀《りちぎ》にお参りされて、へとへとです……俊蔵はさらに参っているな。まるでお百度参りさながらであるからな」

皆川に労《ねぎら》われ、はあ、と青島は力なく応える。

「いちばん参るのは、徳内の申しように理があるからです。今年こそ功をあげねば、我らばかりでなく、主殿《とのも》さまや伊豆さまの立つ瀬がない」

「おれとてわかっておるわ。狂いのない蝦夷の地図と、クナシリやカラフトの先をどこまで見届けられるか、そこにかかっておるからの」

「気持ちではとっくに、徳内の側に傾いているということか」

やれやれとため息をつく皆川に、残るふたりの上役も苦笑を返す。

「恐れながら、それがしに折衷案《せっちゅうあん》が」

それまで黙って脇に控えていた、下役の大石逸平が申し出た。

「徳内の性分は、ようわかっております。あれは決して諦めません」

「だろうな。弁の立つ者なら撥《は》ねつけることもできように、お願いしますとぼそりと言ったきり、あの黒豆のような目でいかにも悲しそうにこちらを見詰めるのだ」

「あれは敵《かな》いませんな。捨て犬に乞われているような気になりまする」

山口と皆川が、まことに厄介《やっかい》だと愚痴《ぐち》をこぼし合う。

「ですから許しを与えずに、許すのです」

「どういうことか、逸平？」

青島にたずねられ、大石が策を明かす。なるほど、と上役たちがうなずいた。

「されど、やはりひとりで行かせるのは……夏場ならまだしも、極寒の地ではあまりに危うい」

「おそらく、ひとりではありますまいよ」

三人の上役に、大石はにっこりと返した。

一月二十日の真夜中、徳内はむくりと起き上がった。

座敷には七、八人の小者が寝ていたが、昨晩は大石の音頭《おんど》で酒盛りが開かれて、誰もが呑み潰れ、いつも以上に鼾《いびき》が騒々しい。布団の下に隠してあった旅装束に手早く着替えて、難なく寝間《ねま》を抜けた。足音を忍ばせて廊下を伝い、裏口から外に出る。


正門とは反対側、屋敷の裏手となる北塀へと急ぐ。途中で庭木の陰に隠してあった荷物をとり出した。ふりわけ荷物の他に、風呂敷包みがひとつある。

今日は朝から雪が降ったが、幸い午後には晴れた。饅頭《まんじゅう》を縦にしたような二十日《はつか》の月が空にあり、雪の照り返しで存外明るい。人が滅多《めった》に通らぬ場所だけに雪かきもされておらず、腿《もも》まで雪に埋まりながら、敷地の西北にあたる塀の角へと向かう。

東には家来の長屋が並ぶが、西と北は塀のみだ。高い木が数本、塀を見下ろすように立っており、どの木がよいか見繕《みつくろ》っているうちに、背後から押し殺した声がかかった。下役の大石だった。

「念のため、綱も担《かつ》いできたが……行けそうか？」

「この木なら」

「ふむ、塀の上までは登れそうだな。だが、向こう側に下りられるか？」

「雪が降ったので」

塀の外は、夕方のうちに確認済みだ。積もった雪は塀の半分以上に達していて、その上にさらに雪を盛って固めておいた。

「よし、万事抜かりないな。後のことは任せろ」

「逸平殿……ありがとうございます」

「よせよせ、いまさら水くさい。アッケシで、共にお松殿《まつどの》を出し抜いた仲だろうが」

照れ隠しか、ぽん、と背中を押す。お松殿とは、隊員の中で使われる隠語で、言うまでもなく松前藩のことだ。まずふりわけ荷と風呂敷包みを、塀の外に放り投げる。

「えらく軽そうだが、その風呂敷包みは何だ？」

「道中手形です」

大石が、きょとんとする。中身を明かすと、なるほど、と納得した。

山育ちだけに、木登りは得意だ。するすると登り、太い枝を伝って塀の上に下りた。下から仰ぐ大石が、ほっと息をつく。

「おれたちも、できるだけ早く後を追う。露払《つゆはら》い役は任せたぞ」

ふり向いて、はい、とうなずいた。塀の上に腹這《はらば》いになり足を伸ばすと、盛った雪山に足が届いた。向きを変えて、短い雪の坂をすべり下りる。荷を拾い上げ、風呂敷包みを袈裟懸《けさが》けにして背中に負い、ふりわけ荷を肩に担いで笠を被《かぶ》った。

「では、行ってまいります」

「道中の無事を祈っておるぞ」

塀を挟んで小声でやりとりし、深々と辞儀《じぎ》をすると、徳内は雪道に足を踏み出した。


本来なら箱館《はこだて》方面に向けて東に進路をとるべきだが、徳内はまず西に向かった。夜通し酒宴に興じているのか、盛り場の方角から三味《しゃみ》の音や笑い声が響いてくるがかなり遠い。すでに雪かきがなされた大通りに人気《ひとけ》はなく、やがて西の外れに出た。饅頭形の月が、海岸に迫る山と細い川をひっそりと照らす。

川を渡り、山側へと入る道を辿ると、ほどなく懐かしい場所に出た。腰掛代わりの丸太は、いまは雪に埋もれていたが、少し開けた空間と木立の枝ぶりから、あの場所だとわかる。その風景だけで、胸がいっぱいになった。

「この道の奥にあるアイヌコタンというと、おそらくはこのふたつのどちらかだな」

昨夜、皆川沖右衛門は、自ら描いた地図を示して徳内に説いた。地図には松前、箱館、江差《えさし》の三湊を含む、渡島《おしま》半島の南半分が描かれ、海岸線の形などは測量にもとづいてかなり詳細に記されている。そして地図のところどころには、白い丸が点在していた。

「この印が、アイヌの集落だ。とはいえ、おれが足を運んだのは、海辺に近い二、三のコタンだけでな。松前の役人が張りついていた故、ろくに言葉も交わせなかった。他は松前城下の町人や、出会《でお》うたアイヌからきいて、おおよその目星をつけたに過ぎぬ」

地図を書き写す徳内に、あまり信用するなと忠告を与えた。

「暗いうちに、森に入るでないぞ。朝を待って、コタンを探せ。いや、昼間でも無闇に入るのは危ない。人が通るのを待って、たずねるように」

子供を諭《さと》すように、くどくどと念を押された。ひとまず従うことにして、ふりわけ荷を下ろしその上に腰を落とす。懐に懐炉《かいろ》を収めてきたから寒さは凌げる。保温性の強い麻殻《あさがら》の灰に木炭を混ぜて棒状に練り固め、通気孔をあけた金物容器に入れて布で包んだものだ。じんわりと温かい懐を確かめて、ついでに煙管《きせる》を出して一服する。

煙がたなびくと、友の名が口をついた。

「イタクニップ殿……」

達者に暮らしているだろうか、松前の者たちから手酷《てひど》い仕打ちを受けてはいまいか。友を案じる思いは、別の心配を誘発した。

アイヌは争いを好まない――。イコトイの言葉がよぎる。

争いを避け、耐え忍んできたからこそ、連綿《れんめん》とこの地で生を営んできたのだろう。しかし何事にも限界はある。イコトイから感じたものは、怒りというよりも危惧《きぐ》だった。

イコトイはアッケシアイヌに留まらず、キイタップやクナシリアイヌにも影響力をもつ。古くから交易をしていただけに横の繋がりが密で、互いの状況も把握していた。

クナシリを含む東蝦夷のアイヌは、いつ爆《は》ぜてもおかしくない。そんな憂慮《ゆうりよ》が、思慮深い面《おもて》から察せられた。深夜に佐藤玄六郎を訪ね、陳情したのがその証しだ。

あれこれ考えているうちに、いつのまにか眠気に襲われた。後ろにそっくり返り、凍った雪の小山に派手に頭をぶつける。

「いいか、戸外《こがい》では決して寝るなよ！」

大石の叱責《しつせき》がよみがえり、己の頰を叩いて気合を入れる。

「やはり、算術か」

こんなときは、算術にかぎる。

「壺《つぼ》の積《せき》でも求めるか……口一尺《しゃく》、肩一尺五寸《すん》、胴のふくらみ二尺、腰一尺八寸、底七寸。高さは肩までが三寸、それ以下二尺二寸として、水がどれだけ入るか……」

そんな問答を延々とくり返す。夢中になると眠気はとび、気づけば月は沈み、日が昇っていた。懐の懐炉は、まだ温かい。うん、と伸びをした拍子に、雪の上に足跡を見つけた。足跡というより、細いながらも踏み分け道だ。昨日降った雪だから、跡は新しい。

立ち上がり、荷を担いだ。雪がへこんだ跡は、森の奥まで続いている。迷うことなくその道を辿った。山道というより、山の裾野《すその》をぐるりと回るような道筋だ。二里ほど進んだろうか。徳内の鼻に、煙のにおいが届いた。自《おの》ずと歩みが速くなる。

ふいに森が切れ、コタンが現れた。チセの数からすると、フルウのいるチライカリベツコタンと、同じくらいの集落だ。外で遊んでいたらしい子供たちが、目をまん丸にしてこちらを見詰めている。和人《わじん》が来ることなど、滅多にないのだろう。

「ヘカッタラ、ヘー」と、笑顔を向けた。

ヘーは、もっとも単純なアイヌの挨拶で、本来は見知った者同士のあいだで、

「久しぶり」「しばらく」として交わされるが、「こんにちは」としても使われる。ヘカッタラは、「子供たち」という意味だ。

ひとまず警戒は薄れたようで、口々にへーと叫びながら、徳内の周りに集まってくる。

「イタクニップ、ウヌカラ、アンキ　アン」

会いたいと告げたつもりだが、自信はない。それでも伝わったようで、子供たちはイタクニップの名をくり返しながら、コタンの奥を示す。男の子のひとりが、徳内の手をとって奥を指差しながら歩き出した。連れていこうというのだろう。イヤイライケレ、とアイヌ語で礼を伝えると、男の子がふり向いてニコリとする。ちょうどフルウと同じくらいか。懐かしさが募り、鼻の奥がつんとした。

集落の奥の住まいにいるものと思っていたが、男の子は森の中に分け入っていく。どうやら別のコタンまで案内してくれるようだ。小さい子供たちまではしゃぎながらついてくるところを見ると、そう遠くはないようだ。

道々、子供たちに話しかけられ、わかる範囲で応えながら、トクだと名乗った。おそらく半里ほどの道のりだろう。ふたたび森が切れ、コタンに出た。細長い集落で、チセの数は十にも満たない。ポニユタニコタンだと、手を握った子供が教えてくれた。集落の形から名付けられたのだろう、小さい杵《きね》という意味だと後で知った。

子供らが一軒の家に声をかけ、中から男が出てきた。紛《まぎ》れもない、懐かしい友の姿だ。

「イタクニップ殿……」

「トク……トク！」

雪に足をとられながら、友に駆け寄り、互いの無事と再会を喜び合う。

「エ・イワンケ　ヤ」

お元気でしたか、とアイヌ語で伝えると、少し驚いた表情になる。

「ク・イワンケ　ワ」

元気でしたよ、とイタクニップが応え、嬉しそうに笑み崩れた。

第六話　陸の海

また、雪が降り出した。

天気が良ければ、対岸にある津軽《つがる》領の島影が見えるそうだが、海の向こうは靄《もや》がかっていて、陸地らしきものは見えない。

箱館《はこだて》から東に七里ほど。この汐首岬《しおくびみさき》は、もっとも本州に近いと教えられた。

「たったひとりで、歩いてアッケシに？　そら、死ににいくようなものですわ」

昨晩、泊めてもらった商家では、驚きを通り越して呆《あき》れられた。

松前《まつまえ》から、海岸沿いを東に向かった。箱館に至る前に日没となったが、ちょうど集落にさしかかり、ひときわ間口の広い店で宿を乞うた。能登《のと》に本店をもつ商家だけに、手代《てだい》の話しぶりには西の響きがあった。

「箱館は、松前に劣らぬほどに栄えとりますが、そこを過ぎるとなあんもありませんわ。汐首岬の向こうに、世多良《せたら》いう土地がありましてな、東に川が流れとります。トイ川と申しまして、その川が和地《シャム》の境ですわ」

松前から世多良まで、三十里余。和地と呼ばれる松前領には、七十七ヵ村、六千八百戸、二万六千人余が暮らしていると松前できいていた。しかし蝦夷地《えぞち》を屋敷にたとえれば、厠《かわや》ほどの狭い土地でしかない。

「トイ川を渡った先は、道もろくになく海沿いまで山が迫っとります。何よりも、恐ろしき夷人《いじん》がおりますからな。山ん中で会《お》うたら、食われてしまうかもしれませんわ」

アイヌは夷人、あるいは地名と同じ蝦夷《えぞ》と呼ばれているが、脅し文句の方はきき流した。

「心配は無用です。お守りがありますから」とだけこたえた。

山また山の道なき道だとの、手代の言葉だけは本当だったが、それも承知の上だ。昨年、東進した折に、船から陸地をながめたが、見事に山ばかりだった。さらに今回は、陸地を測量しながらの旅である。一日に稼げる距離は数里がせいぜいで、山には未だ深く雪が積もっている。

何よりも応えたのは、やはり寒気である。大きく息を吸うと、肺腑《はいふ》までが凍りそうになる。健脚《けんきゃく》自慢の徳内《とくない》ですら、きつい旅だった。

それでも、心だけは軽《かろ》やかだった。仲間のいない心細さはあるものの、松前の小うるさい目も届かず、自由と解放感が物寂しさを凌駕《りょうが》した。

ちょうどこの地の大気のようだ。冷たくとも、澄んでいる。

そして懐《ふところ》には、心強い守り刀がある。

汐首岬を過ぎてトイ川を渡り、渡島《おしま》半島の東端にあたる恵山岬《えさんみさき》に出た。岬からは方角を北西にとる。やがて狭いながらも、なだらかな海岸に出た。

「たしか、この辺りの川沿いときいていたのだが……」

川が何本もあるために迷ってしまったが、幸い、海岸でアザラシ猟をしていた男たちがいた。アイヌ語でたずねると、親切に道案内してくれる。中の一本を遡《さかのぼ》り、ほどなくコタンに着いた。

「このコタンに、タサニク殿はおられるか？」

名を出すと、村の者がひとりの男にとりついでくれた。見知らぬ和人《わじん》を前にして、長髪の隙間《すきま》から覗く目は、訝《いぶか》しげにこちらを見詰める。しかし徳内が懐から守り刀を出すと、すぐに合点《がてん》がいったようだ。明るい声で、その名を叫んだ。

「イタクニップ！」

徳内も思わず笑顔になって、うなずいた。イタクニップが旅の餞別《せんべつ》にとくれたのは、マキリという小刀だった。鞘《さや》や柄はカエデやクルミなどの木製が多いが、中には鹿角や獣の骨製もある。アイヌは日々の仕事のために、男女を問わずマキリを携《たずさ》える。用途や形もさまざまで、獣を解体するイリマキリや、調理用のスケマキリ、女性用のメノコマキリなどがあり、いずれも精緻《せいち》で美しい紋様《もんよう》が刻まれていた。

着物や鉢巻きに刺繍《ししゅう》された紋様と同様に、マキリの意匠もまた、土地や村、一族によって決まり事があり個性が出る。タサニクはイタクニップとは親戚筋にあたり、そのマキリをひと目見ただけで、誰のものか見極めたのだ。

「そうか、トクはまた、旅に出るのか。それにしても、わずかなあいだにたいそうアイヌ語がうまくなったなあ」

ポニユタニコタンを訪ねた折、イタクニップはアイヌ語の上達ぶりを大いに褒めて、旅に役立つ知恵をあれこれと授けてくれた。

「和地を抜けると、ところどころに和人のいる運上《うんじょう》小屋もあるが、数はそう多くない。山には熊や狼もいるから、野宿は避けた方がいい。方々のコタンを頼って、宿をとり案内《あない》を乞え」

アイヌ語にも方言があるのだと、初めて知った。アッケシで覚えた言葉とは、随所に違いはあるものの、何度かきき返しながら、どうにかイタクニップの説明をくみとった。

「トク、これを持っていけ。おれが彫ったマキリだ。これを見せれば、タサニクがきっと力になってくれる」

友の励ましと、託されたマキリは、何よりの安堵《あんど》の材となった。事実、タサニクは、まるで旧知の友のように徳内を家に招き入れ、汁物のオハウや、根菜や豆を潰して塩と油で味付けしたラタㇱケㇷ゚などをふるまってくれた。

「タサニク殿、これは？」

「ソㇹカナトだ。もとはカラフトアイヌの料理でな、この辺ではめずらしい。ぜひ、食べてくれ」

カジカという魚の腸袋に、肝《きも》を詰めたものだ。以前の徳内なら尻込みしたろうが、アッケシでコタンに通い続けただけあって、肝や臓物にもすっかり慣れた。こってりとして多少クセはあるものの、寒さで凍えたからだに熱を与えるような力強さがある。

「冬は特に、肝や腸《わた》を食べぬとからだが参ってしまうんだ」

「まことですか。それは何故《なにゆえ》に？」

「どうしてかはわからんが、昔から言われている。肝を嫌って、肉ばかり食べていた男が、春の訪れとともに倒れてしまう。そんな昔話も伝わっていてな」

アイヌ料理では、臓物をあたりまえに使う。代表的なものは、チタタㇷ゚だ。いわゆる魚のタタキに近いが、魚や獣の肉だけでなく、臓物はもちろん軟骨やエラまで一切を細かく刻み、行者《ぎょうじゃ》ニンニクや野蒜《のびる》で臭みを抑える。

自然の恵みを無駄にせぬようにとの知恵でもあるが、長年のあいだに培《つちか》った養《よう》生訓《じょうくん》でもあったのかと、徳内は非常に感心した。

翌日、タサニクは親切にも、次のコタンまでの案内役を買って出てくれた。

ここから先は、内浦湾《うちうら》岸を辿《たど》る。渡島半島にほぼ正円に穿《うが》たれた湾であり、これを一周するだけでかなりの日数を要した。

ただ、旅そのものは快適だった。雪道にもようやく慣れて、土地の者たちに後れをとらぬほどに山越えにも難がなくなった。からだが慣れたためばかりではない。行く先々で案内を務めてくれた、アイヌ人たちの存在も大きい。

タサニクは次のコタンまで徳内を送り届けると、大事な友人だと告げて、その村の別の者に徳内を託した。次の村でも、また次の村でも、やはり同じように遇された。まるで飛脚を繋ぐがごとくに、徳内の身はアイヌ人の手によって先へ先へと運ばれる。

道連れができたことで、旅の楽しさも倍加した。測量の合間に、熱心に案内人と話をする。土地やコタンによって装束や言語に特徴や差異が見受けられ、新たな文化に触れるごとに胸が高揚した。ことにユーカラやウエペケレといった文学には、心を揺さぶられた。

ユーカラは、神々の物語や少年の英雄譚《たん》を語った叙事詩であり、ウエペケレは、民話や昔話である。戯作《げさく》や浄瑠璃《じょうるり》には疎《うと》いだけに、内容そのものよりも、文字をもたないアイヌ人が、雄大な文学を伝承してきた、その事実に強く感動した。

ウエペケレなら日本の昔話と同様に、口伝《くでん》されたのもうなずける。しかしユーカラは、ごく短い一節もあるが、語り終えるまでに何日もかかるという壮大な物語もある。文字という媒体なしに連綿《れんめん》と伝えられてきたのは、驚嘆に値する。徳内はその理由を推測した。

単純に、ユーカラが面白かったから、つまりは娯楽であったためではないか。蝦夷地の冬は長く、いったん雪に覆《おお》われれば動きが制限される。吹雪に見舞われて、何日も屋内に閉じ込められることもある。そんな折、古老が語る神々の逸話《いつわ》や少年の冒険譚は、どんなに心が躍り慰めになることか。それこそが、文化のもつ意義であろう。

実際、夏に通ったチライカリベツコタンでは、叙事詩や物語に触れる機会は案外少なかったが、今回の冬旅ではあちこちで語りを耳にした。ユーカラやウエペケレをもとに、歌や踊りが作られ、遊戯《ゆうぎ》や寸劇も存在する。同じ物語でも、土地や語り部によって独自の型や変化もあって、何度きいても飽きなかった。

その一方で、彼らが訴える窮状《きゅうじょう》や切望は、見事なまでに一致していた。農耕を行いたい、和語を覚えたい、この土地で自由な民として独立したい――。

その三つに尽きるのだ。アッケシの惣乙名《そうおとな》、イコトイの訴えと寸分たがわず同じだった。

徳内は悲しかった。己《おのれ》の非力が情けなかった。幕臣でも豪商でもない徳内には、何を動かす力もない。和語を教えるくらいがせいぜいだが、それとて見つかれば松前より咎《とが》を受ける。イタクニップの件で学んではいたが、それでも徳内は、せめてもの礼として求められれば喜んで字や言葉を教えた。

内浦湾岸を北上すると、ユーラップという大きな川に出た。河口は広く、蝦夷船で川を渡った。それからオシャマンベ、アブタ、ウスと湾を一周する。やがて内浦湾の東端、エトモに着いた。後に室蘭《むろらん》として栄える土地である。

ユーラップ川からエトモまでは三十六里、松前からユーラップ川までは、ほぼその倍の距離があった。おおよそですでに百里以上は歩いたことになる。東海道《とうかいどう》を西に上れば、伊勢《いせ》に達するほどの道程だ。それでも全行程の三分の一にも達していない。

岬に位置するエトモから北東に向かい、シラオイを経てシコツ村に着いた。シラオイから内陸に入ると、同じ名をもつ大きな湖もあるそうだが、シコツ村はシラオイから海岸沿いに八里ほど東に進み、ユウフツ川の河口にあたる。

シコツは大村で、運上小屋が十四戸もあった。松前からの道々にも運上屋は存在したものの、掘建《ほつた》て小屋に近い侘《わび》しい建物がひとつから数戸、冬場はほとんどが無人であったが、稀《まれ》に番人のいる小屋もあり、無聊《ぶりよう》を慰めるふいの客として歓迎された。徳内は運上小屋を見つけるたびに必ず立ち寄って、青島俊蔵《しゆんぞう》から託された役目を果たした。

「ほほう、ではこの後に、御上御用《おかみごよう》のご一行が参られるのですか？」

「はい、おそらくは五日ほど遅れて着するはずです。私は露払《つゆはら》い役として、先に立ちました」

徳内の言《げん》に違《たが》わず、山口鉄五郎《てつごろう》率いる二度目の東蝦夷見分隊は、すでに松前を立っていた。

策を思いついたのは、下役の大石逸平《いつぺい》だった。

単独の東進を、徳内にくり返し嘆願《たんがん》され、早々に出立《しゆつたつ》したいとの思いは上役《うわやく》たちも同じだった。しかし隊長の佐藤玄六郎《げんろくろう》は、まだ江戸にいる。戻りは早くとも二月になろう。今年の探検の許可すら、未だ松前に届いていない。勝手を通すわけにもいかず、さりとて手をこまねいていては昨年の二の舞になる。

「ですから許しを与えずに、許すのです」

「どういうことか、逸平?」と、青島俊蔵がたずねる。

「徳内は今夜にでも、松前を立たせます。我らの露払い役とすれば、ご公儀《こうぎ》にも松前にも建前が通りまする」

「つまり……徳内の勝手を許すのではなく、あえて役目を与えよということか」

「ふむ、悪くはないな……いや、それが最善の策だ。何より良いのは、我らも東蝦夷に赴《おもむ》くことができるということよ」

隊長代理の山口鉄五郎は即座に賛成したが、皆川沖右衛門《みながわちゆうえもん》は、やや慎重な態度をとった。

「よいのですか、鉄殿。隊長の許しも届かぬままに出立しては、後々面倒になりますまいか」

「いまの逸平の話で、思いついたのだがな。要は建前を通し、帳尻さえ合えばよいのだ。玄六郎とて、我らと思いは同じはず。なれば隊長の差配を待つのではなく、逆にこちらから報を送ればよい話よ」

顎《あご》をなでながら、山口がにんまりする。

その晩、家老宅をひそかに抜ける前に、徳内は大石から念を押された。

「おまえのアイヌ語なら、和人のおらぬ土地でも旅を続けられよう。まずはイタコとかいうアイヌ人にも、助力を頼むのだ」

「イタコではなく、イタクです」

「どちらでもよいわ。ともかく後続の者たちは、おまえほど言葉が達者ではないからな。道中にある運上屋が頼りとなる。小屋の者たちに頼み置いてくれ。いわばおまえは、よしなにと乞う先触れの文というわけだ」

しかし実際に蝦夷地を踏破《とうは》してみると、十五里以上ものあいだ小屋の一軒すらない辺地もあった。そんな場所では、後続隊の力になってほしいと案内役のアイヌ人に頼んできた。

徳内が立った翌朝、山口鉄五郎は江戸に向けて文を認《したた》めた。宛人は、山口らの直属の上役にあたる、普請役《ふしんやく》の組頭《くみがしら》である。

佐藤の帰着を待たず東蝦夷見分に赴き、同時にソウヤにいる庵原《いはら》らと連絡をとるべく西蝦夷にも人を送ると報告した。そして、大事なことがもうひとつ。今年の見分には、松前藩士の随行《ずいこう》を断る旨《むね》が明記されていた。

むろん松前は、なかなか承知してくれなかった。しかし松前を排除した上で見分を行うべきだと、全隊員の意見は一致している。矢面《やおもて》に立ち交渉に当たってくれたのは、皆川沖右衛門である。山口では喧嘩になりかねないが、松前に長く滞在していただけに皆川は勘所《かんどころ》を心得ている。粘り強く相手を説き伏せて、どうにか折衷《せっちゅう》案に辿り着いた。

米田勘左衛門《よねだかんざえもん》という藩士格の者と小者《こもの》、医師と通詞《つうじ》がひとりずつ。計四名のみが
同行することになった。藩士ではなく、藩士格が味噌である。さらに、もしも同行
者に不都合があれば、途中からでも松前に差し戻すとの条件をつけたのは、皆川の
手柄であった。
ただ、この交渉事が響いたのか、皆川はひどい風邪を引いて寝込んでしまった。
もともと寒地がからだに合わないらしく、昨年からしばしば体調を崩し、松前に残
留させられたのにはその理由もあった。
当面のあいだ皆川の代わりは、青島が松前に留《とど》まり務めることとなり、徳内を追
う東組は山口が率いることとなった。下役《したやく》三名も同行する手筈《てはず》になっていたが、直
前になって大石が山口に願い出た。
「鉄殿、それがしはソウヤに向かいたいのですが、お許しいただけませぬか」
「ソウヤだと？　しかしそちらは、松前に頼むことにしたのだぞ」
西蝦夷組には松前藩士らも同行し、ともに現地に留まっている。春になれば再度
カラフトの探検を試みる手筈となっており、ソウヤとの連絡や物資の運搬は、ひと
まず松前に任せる運びとなった。これもまた、皆川の立てた折衷案である。つまり
西は松前に預けるかわりに、東は普請役に託せとの建前だ。
しかし大石には、是が非でもソウヤに行きたい理由があった。

「ははあ、さてはおまえ、カラフトに行きたいのだろう。去年は東組におったからな。今度は西組としてカラフトに渡り、北の果てを拝《おが》みたいと、いつぞや申しておったのを覚えておるぞ」

「それも、ありまする」

と、大石は素直に認めた。ただ、大石の顔つきは冴《さ》えず、深い憂《うれ》いが滲《にじ》んでいた。

「弥六《やろく》殿や新兵衛《しんべえ》の身が、案じられてならぬのです」

「さようか……そういえば、一昨年であったか、弥六と俊蔵は同じ役目に就《つ》いておったな」

「はい、西のさる領地の調べのために、当地に十月《とつき》おりました。その折に、弥六殿にはたいそう世話になり、新兵衛とも馬が合いました」

庵原弥六の下役が引佐《ひきさ》新兵衛であり、大石逸平は青島俊蔵の下役を務めている。上役たちが同じ役目を賜《たまわ》り、遠地に逗留《とうりゅう》しているあいだに親交を深めたようだ。

「埒《らち》もない話ですが……数日前、新兵衛が夢枕に立ちまして」

「夢、か……新兵衛は何と？」

「早《はよ》う来てくれ、と……一日も早う来てくれと、それがしを呼ぶのです」

目が覚めたときには、ことさら寒い晩にもかかわらず、ぐっしょりと寝汗をかいていた。起き抜けに見た夢は、妙に生々しい。以来、西組の安否が気掛かりでならなくなった。

ふうむ、と山口は髭を撫《な》でながら、しばし黙考した。

臨機応変が普請役の身上《しんじょう》であり、勘もまた判断の大きな材となる。未知の場所での探索となればなおさら、虫の知らせや胸騒ぎ、逆の意味で吉兆も疎《おろそ》かにはしない。

「よし、わかった。下役ふたりがおれば、東組は事足りる。おまえは松前の者たちに同行し、ソウヤへ向かえ。おそらく出立は、三月頃になろう」

「ありがとうございます、鉄殿！」

東組はまもなく隊を率いて出立し、青島と皆川、大石はひとまず松前に残留した。

その辺りの仔細《しさい》は、徳内はもちろんまだ知らない。

徳内はただ、広大な原野の広がりに目を奪われていた。

「何という広さか……どこまでも平地が続き、果てすら見えない」

空は高く、広い。そして、空に負けぬほどの大地が、眼下に広がっていた。

アイヌ人の案内で、小高い場所から景色を一望した。後に勇払《ゆうふつ》平野と呼ばれる一帯で、山に遮《さえぎ》られることなく石狩《いしかり》平野まで続いている。

雪の残る荒涼とした眺めであったが、徳内の目には鮮やかな風景が映っていた。

「これがすべて、田畑になったら……」

金の稲穂と緑の作物が、見渡す限りどこまでも続く光景が浮かんだ。どれほどの糧食が賄《まかな》え、どれほどの民が救われるか――。

川も多く、土地も肥えていると、案内人は語った。この肥沃《ひよく》な原野にくらべれば、諸藩の領地は猫の額《ひたい》に等しい。規模を異《こと》にする壮大な眺望だった。

「先生、わかりました……。北方を拓《ひら》けと先生がくり返し説いていた理由《わけ》が、腹の底から呑《の》み込めました」

師の本多利明《ほんだとしあき》の面影《おもかげ》に向かって、徳内は告げた。

何もできぬ非力を嘆いていたが、この圧倒的な大きさの前では、己《おの》が悩みなどあまりに小さい。吹きつける風にとばされて、いじましい気持ちが剝《は》がれてゆく。残ったものは、純粋な思いだった。

「ここに田畑を拓くには、土地の者たるアイヌの力が要る。アイヌもまたそれを望んでいると、イコトイは語った。ならばおれは、アイヌ人と和人を結ぶために力を尽くそう！　そのために、おれはここにいるのだ」

自分のすべきことが、踏み出す道筋が、ようやく見つかった。

そこから先は、足取りも軽くなった。シコツを立ち、サル川を渡ると、平原が終わり山が迫る。蝦夷地でもっとも険《けわ》しい、日高《ひだか》山脈である。

その手前、シブチャリは、徳内がぜひとも立ち寄りたいと思っていた土地だった。

シコツほどではないが、シブチャリもまた大村だった。運上小屋も数軒あったが、目的は百二十年前の出来事だ。

シャクシャインの乱――。いまからおおよそ百二十年前、寛文《かんぶん》の頃に、シブチャリの惣乙名シャクシャインが、兵を率いて和人を襲撃した事件である。決起したアイヌ人は二千人、侍や商船を襲ったことから怒りの矛先《ほこさき》は明らかだ。

当時は首長同士の争いが続き、アイヌ社会も混迷を極めていたが、やはり松前の交易独占が何よりの火種となった。それまでは津軽をはじめ和人とも自由な交易を行っていたが、それが禁止され、アイヌ人は甚《はなは》だしい不利益を被《こうむ》っていた。

七月末に火蓋《ひぶた》を切った戦《いくさ》は、三月《みつき》以上も続く長期戦となった。

鉄砲を携えた松前軍に対し、アイヌ軍は弓矢である。勝敗の行方《ゆくえ》は明らかで、シャクシャインは陣を後退させた。しかし長引く戦に業《ごう》を煮やした松前は、卑劣な手段を講じた。和睦《わぼく》を申し入れ、その酒宴の席でシャクシャインを毒殺したのである。

戦が収束せねば交易も再開できず、幕府の不興を買って改易《かいえき》の恐れすらある。松前の焦《あせ》りが見えるようだが、騙し討ちの上に毒殺とは、あまりにもやり方が汚い。

この乱は江戸にもきこえた大騒動であり、津軽藩史にも詳細に記されている。

徳内も本多利明からきかされており、松前の横暴を実際にまのあたりにして、いっそうシャクシャインに肩入れする気持ちがわいていた。シブチャリのコタンでは、未だに英雄として語り継がれている。じっくりと彼らの話を拝聴し、アイヌの英雄を偲《しの》んだ。


荘厳《そうごん》な峰々は、来る者を拒むように荒々しくそそり立ち、徳内を見下ろす。

日高山脈は、この旅最大の難所だった。心積もりはしていたが、厳しさは予想をはるかに上回る。深い雪に足をとられ、歩はいっこうに進まず、手足はかじかみ指の感覚はすでにない。獣道すら雪に覆われて、滑落《かつらく》しそうになったことも何度もある。足許《あしもと》ばかり見ていると、今度は雪の眩《まぶ》しさに目をやられる。

案内に立った三人のアイヌ人がいなければ、確実に遭難していたろう。彼らは冬の山中でも狩りをする。

「冬山でも獲物は多い。鹿や兎、狐やリス、たまには熊もいる」

「熊は、冬籠《ふゆごも》りをする獣ではないか」

冗談かと一笑したが、本当に熊が出たときには肝が縮み上がった。

大きい――。徳内も山育ちなだけに、熊は知っている。薪《たきぎ》を拾っている折に遠くで姿を見かけたり、マタギの爺さんが仕留めた熊を見物にいったこともあるが、それより倍ほどもでかい。足がすくんで動かず、叫び出しそうになった。

「トク、大声を出すな。おれたちの真似をしろ」

案内の三人は、倒木の上に立ち、両手を上げてゆっくりと揺らす。こちらの姿を大きく見せるためであり、その上で、穏やかに熊に話しかける。

「立ち去りませ、山神さま。あなたさまを、傷つけるつもりはありませぬ。我らもここを退《の》きまする。立ち去りませ、山神さま」

そのアイヌ語は、歌のようにもきこえ、やさしい音色で響く。ついきき惚《ほ》れていたが、「行くぞ、トク」と耳打ちされた。向きを変えず後退する形で、少しずつ後ろに下がる。

ヒグマは追ってはこず、やがて向きを変え森の奥へと消えた。

「びっくりしたか。たまにいるんだよ、冬場でも山をうろつくマタカリプがな。鹿などの獲物が多いから、穴に籠らずとも冬を越せるんだ」

ヒグマはキムンカムイ、山の神と呼ばれて敬《うやま》われるが、中には悪い熊もいる。マタカリプもそのひとつで、意味は穴持たず熊。冬眠せず、山中をうろつく熊のことだ。

「てっきり、矢を射るものと……」

三人は肩に弓を担《かつ》ぎ、矢を入れた箙《えびら》を背負っている。この弓矢は兎や山鳥を仕留めるためのもので、熊に対しては驚かさないようにして立ち去るのが上策だと語る。

捕食のために近づいてくるなら、大きな音や声で威嚇《いかく》するのも有効だが、それ以外は基本、熊は人を避けようとする。逃げたり叫んだりすれば、かえって驚かせて刺激しかねず、熊から目を逸《そ》らさず、ゆるゆると後退するのが得策だと教えられた。

「矢の二、三本が当たったところで、ヒグマは倒せんからな」

「熊狩りには、アマッポを使う。矢尻の窪《くぼ》みにスㇽクを塗ってな、熊の通り道に仕掛けておく」

アマッポは仕掛け弓、スㇽクは矢毒のことだ。毒はトリカブトの根を使い、猟師によって独自の製法があるという。ヒグマは巨体の上に、気性が荒い。まともに対《たい》峙《じ》すれば怪我人や死人が出る。故に熊と接することなく倒す方法を編み出したのだ。何とも頭のいい狩猟法だと、徳内はたいそう感心した。

日高山脈は、海岸線まで突き刺さるように南北にそそり立っている。海沿いを進んでも山道が続き、やがて岬に出た。蝦夷の最南端にあたるエリモ岬である。岬をまわり、およそ八里。トカチという港に至ると、いきなり山が途切れ視界が開けた。

勇払平野を凌《しの》ぐ大平原が、はるばると広がっていた。

まるで陸の海だ。あまりに大き過ぎて、田畑を拓く目処《めど》すらつかめない。

「蝦夷は、こんなにも広いのか……」

トカチには運上小屋が三戸あり、この辺りの交易の中心地となっていた。二日ほど滞在し山越えの疲れを癒《いや》し、つき合ってくれた案内の三人とは、ここで名残りを惜しんで別れた。

陸の海とたとえたのは、間違いではなかった。

トカチからは実に四十里ものあいだ、ひたすらに原野が続き、運上屋のたぐいもなかった。川や湖沼に沿ってコタンを探し、宿を求め案内を乞うた。

シラヌカという土地に至って、ようやく一軒の運上小屋を見つけた。番人の男がひとりきりで留守居をしており、徳内も和人に会ったのは久方《ひさかた》ぶりだ。互いに和語に飢えていて、勧められるまま二泊した。どんなにアイヌ語に馴染《なじ》んでも、母語で語れるひと時は格別だ。

小屋番は、馬吉《まきち》という陸奥《むつ》の南部《なんぶ》にいた男で、その東北訛《なま》りも徳内の耳には懐かしく響いた。

「野辺地《のへじ》って知ってっか？　おれはそこの出だ」

蝦夷に渡る前に、通った土地だ。下北《しもきた》半島のつけ根に位置し、陸奥湾に面した大きな港がある。

「古い昔には、アイヌも多く住んでたそうでな。野辺地って名も、アイヌ語からきておるそうだ」

野辺地は南部領の端にあたる。夏はヤマセが吹くために作物の育ちが悪く、冬は屈指の豪雪地帯だ。さらに飢饉《ききん》が追い打ちをかけ、馬吉は百姓の倅《せがれ》だが、在所を出て港で荷運びなぞをしていた。その折に北前船の者に声をかけられ、小屋番の職を得た。

「おかげで食うには困らねえが、冬のあいだは寂しくってな。肴《さかな》は漬物と干物くれえだが、寒さ凌ぎに酒はたんとある。ここいらは雪は少ねえども、寒さばかりは野辺地の比ではねえからな」

うんと塩辛い糠漬《ぬかづ》けは徳内にとっては懐かしい味であり、コマイという魚の干物も淡泊ながら独特の旨味《うまみ》があった。

「こっから十里ほど行けば、クスリに着く。おれは歩いたことはねえども、クスリからアッケシまではおそらく、七、八里でねえべか」

「そうか……ようやくアッケシに届くのか」

一月二十日に松前を立ち、すでに暦《こよみ》は三月になっていた。実に五十日近くにもおよぶ旅であり、感無量の思いが募《つの》る。チライカリベツコタンの皆は、息災であろうか。育ち盛りのフルウは、また背丈が伸びたろうか――。

馬吉との別れを惜しみつつ、アッケシに思いを馳《は》せた。後続の見分隊を、くれぐれもよろしくと頼み置き、シラヌカを立った。

日高を越えた頃、海にはまだ氷片が漂っていた。気づけばそれが、すっかり消えている。北の地も、遅い春を迎えたのだ。

クスリで一泊し、翌日の夕刻、徳内はアッケシに到着した。


「トク！　トク！　イナンカラプテ！」

フルウが徳内にしがみつく。勢いで倒れそうになり、子供の成長ぶりに驚いた。

「半年も経ていないというに、ずいぶんと丈が伸びたな。二寸《すん》ほども長じたのではないか？」

手で伸びたという仕草をすると、ちょっと得意そうに胸を張る。アイヌ人はおしなべて体格が良いが、気づけばフルウも、すでに徳内とそう変わらぬほどに成長していた。

「トクも伸びた」

「この歳で、背丈が伸びるわけがなかろう」

「背丈でなく、レキだ」

レキとは髭のことだ。ひと月半余りの長旅のあいだ、一度も剃《そ》らなかったため、顔の下半分をわさわさと覆っている。

「アイヌにはおよばないけど、和人にしては立派なもんだ」

幕府は役人の髭を禁じており、商人も髭は伸ばさない。伸び放題にしていたのは、単に面倒で剃る必要がなかった理由もあるが、アイヌ人に近づきたいとの思いもたしかにあった。まるでその思いを汲むように、フルウが言った。

「イワン　コタン　カマ　レキヒ　スイェプ　ヘマンタ　ネ　ヤー」

「キケパラセイナウ」

相槌《あいづち》を打つようにこたえていた。チライカリベツコタンに通い始めた頃に教わった。

六つの村を越えて、髭をなびかせるものは何か？

謎かけのこたえは、髭のように見える神具、キケパラセイナウだ。

「トクは、キケパラセイナウだ」

髭をなびかせ、多くの村々を渡る者。その姿は、徳内の抱く大望と、ぴたりと重なった。誇らしさに胸がいっぱいになり、同時に己の力不足も見えてくる。

「まずは、アイヌ語にもっと磨きをかけねば」

「前よりは、うんと上手くなったよ」

旅のあいだ、ほぼアイヌ語漬けのありさまだった。語彙《ごい》が多少、豊富になったと自負していたが、フルウが褒めたのは発音だった。

「プやクの音が、だいぶ上手くなった。他はまだまだだけど」

生意気な師匠は、正直に告げる。そうか、と目を細めた。

「フルウはどうだ？　和語の修練は進んだか？」

これにはわかりやすく、もじもじする。

「他の修練で、忙しかったんだ。本当だよ！　そのおかげで、イコトイのウタレになったんだ」

「まことか？　フルウがイコトイ殿のウタレに？」

ウタレとは、家来の意味だ。傍《かたわ》らにいたフルウの父親のチャレンカも、本当だとうなずく。

「これもトクのおかげだ。まだ若いが、和語を解するウタレは重宝《ちょうほう》される。冬のあいだ、おれがみっちり仕込んで、こちらの腕も上達したからな」

チャレンカが、船を漕《こ》ぐ真似をする。

「なるほど、チャレンカ殿は船を操る名人であったな。父御に学んで、フルウも会得したか」

フルウの逞《たくま》しさを見れば、一目瞭然《いちもくりょうぜん》だ。背丈ばかりでなく、肩や腕にも相応の筋肉がついた。

「だからね、トク、今度はおれも、東への船旅に同行できるんだ。トクも行くんだろ？　出立はいつだ？」

逸《はや》る気持ちは徳内とて同じ、いや、フルウ以上だ。長い旅を終えたというのに、慣性《かんせい》を得たかのように、未だにからだが東へ東へと引っ張られる。

しかしいまは、後続隊を待つしかない。幸い、いまのアッケシには松前の目もなく、徳内はコタンを足繁《あししげ》く訪ねたり、フルウと共に海に出たりと気ままに過ごした。

イコトイの元にも初日に挨拶《あいさつ》に行ったが、その折に聞き捨てならない話を耳にした。

「本当なら昨年、そちらの首長殿に明かすべきであったのだが……」

首長とは、隊長の佐藤玄六郎のことだ。長い話だけに、拙《つたな》い和語では語りきれず、また初対面の佐藤に対し気後れもあった。松前に知れれば、処罰を受けかねない始末だけに、用心が先に立ったのも無理はない。

あえて明かす気になったのは、二年続けてアッケシを訪れた普請役への信頼と、何よりもその身を案じての配慮からだ。

「イコトイ殿、まもなく後続の隊が参ります。その折に、いまの話をもう一度、語ってくださりませ。松前の者は外して、通詞は私が務めます」

その条件ならと、イコトイは承知した。

徳内に遅れること四日、山口率いる東組が到着した。

三月七日、江戸では桜が満開の頃だった。


「相わかった。松前の耳には、決して入れぬと約束しよう。どのみち東の島々へ赴く前に、松前を交えずにイコトイに相談するつもりであった」

山口は即座に請《う》け合《あ》って、その夜のうちにイコトイを招いた。

再会を喜び合って、ささやかな酒宴を開いた。その席にも、松前から随行した米田勘左衛門らの姿はない。最初は難色を示したが、皆川のつけた条件を楯《たて》に、山口に押し切られた。

「我らにとって不都合ならば、即刻、松前に差し戻しますぞ」

米田は藩士格であるだけに、立場が弱い。強面《こわもて》の山口に半ば脅されて引き下がった。

「さて、イコトイ殿、改めて伺いたい。ラッコ島で、何やら騒ぎがあったとか。詳しくは、いつ頃の話になるか？」

「かれこれ、十五、六年前の話になります」

和暦に換算すると、明和《めいわ》八年頃となる。

イコトイは、肩書上はアッケシの惣乙名であるが、クナシリ以東の島々を含む、東蝦夷地すべてのアイヌを束ねていた。ラッコ島、すなわちウルップ島もまた、彼の治める土地である。イコトイ配下の者たちは、この島を猟場としてラッコを獲っていた。

「しかしこの年、突然、ラッコ猟の最中に、大勢の赤人《あかひと》に襲われたのです」

「何だと？　オロシヤ人が攻めてきたというのか！」

山口もさすがに動揺した。昨年はクナシリ島で探索を断念したが、エトロフ島を挟んで、ウルップ島はすぐその先にある。ロシア人の来島はきいていたが、攻めてきたとなれば話は別だ。襲われたのはアイヌ人でも、いわば国土を侵されたに等しい。

ロシア人は千石船《せんごくぶね》よりも大きな帆船で、ウルップ島にやってきた。その数は八十人余。鉄砲を放って脅されたために、猟師たちはエトロフ島へ逃げるしかなかった。ロシア人は存分に猟物を得て、アイヌが捕獲したラッコをも奪い立ち去ったという。

「クナシリやエトロフの乙名たちは、歯噛みをするほどに悔しがりました」

「さもありなん。わしも武士《もののふ》のはしくれとして、気持ちはようわかる。たとえ相手が鉄砲でも、せめて一太刀なりとも浴びせせぬと気が済まぬわ」

「サンキチやツキノエも、同じことを言いました。我らは刀ではなく弓矢ですから、まさにイッシムクインと、血気に逸っておりました」

一矢報《いっしむく》いんと、そこだけは和語で語った。サンキチとツキノエはクナシリの顔役で、ツキノエは昨年、山口や青島の代わりにクナシリの先に赴いた。徳内がつい、口を挟んだ。

「アイヌ人は誰もが、穏やかで仁愛にあふれておりまする。武士のごとき猛々《たけだけ》しさは、もとよりないと思うておりましたが……」

素直な感想に、イコトイは苦笑を返した。

「和人の前では大人しゅうしておりますが、コタン同士の小競り合いなどは茶飯事《さはんじ》です。ことにクナシリやエトロフのアイヌは、勇猛《ゆうもう》果敢《かかん》で知られております。私としては争いを避けたかったのだが、若い乙名たちを止められなかった」

「もしや……オロシヤ人と、一戦交えたというのか！」

イコトイは髭に埋もれた顔を、黙ってうなずかせた。

第七話　霧の病

「相手は鉄砲を携《たずさ》えたオロシヤ人だ。弓矢だけで、どう戦ったというのだ？」

山口鉄五郎《てつごろう》が大きく身を乗り出し、アイヌの惣乙名《そうおとな》イコトイはこたえる。

「待ち伏せです」

ラッコの猟場たるウルップ島を、ロシア人に襲われた翌年、クナシリやエトロフのアイヌたちは二百を越える数を集め、五十余艘《そう》の船を率いてふたたび島に渡った。ロシア人はきっと、去年と同じ時期にラッコ猟を始めるはずだ。そう踏んで、それより半月ほど前から島に潜《ひそ》み、船を隠して待ち構えた。

予見どおり、ロシア人は帆船に乗ってやってきたが、人の数は倍以上にも増えていた。総勢二百人ほど、しかし数ならこちらも負けてはいない。上陸したところをいっせいに襲い、毒矢を射掛け、その場で十数名を即死させた。敵も鉄砲で応戦し、数名のアイヌ人が命を落としたが、勇猛で知られた千島《ちしま》アイヌたちはまったく怯《ひる》まない。相手のロシア人は兵でも武人でもなく、猟師や水夫《かこ》であろう。銃対弓矢という戦《いくさ》の利を考える間もなく、決死の形相《ぎょうそう》と勢いに震え上がったに違いない。

ロシア人は船で逃げ出し、アイヌ側は勝鬨《かちどき》をあげた。

「そうか、勝ったか！　それは何とも天晴《あっぱれ》な」

戦記物の講談さながらに、熱心に聞き入っていた山口が、思わず両の拳を握る。

ただ、語り手たるイコトイの顔は冴《さ》えない。

「仕返しは、次の仕返しを招き、戦は次の戦を呼ぶ。それが世の常です」

「もしや、ふたたびオロシヤ人に襲われたというのか？」

「そうとも言えるし、そうでないとも言える」

イコトイは、たっぷりとした髭《ひげ》をさすりながら瞑目《めいもく》した。

猟場を奪還した一年後、ロシア人は三度《みたび》ウルップ島にやってきた。去年は相手のふいを突いたが、今年は逆だ。帆船の姿を認めるなり、猟をしていた者たちは誰もが動顛《どうてん》し、小舟に乗り込みエトロフへ逃げようとした。運悪く、その日はひときわ風が強かった。波は大きく逆巻《さかま》き、漕《こ》ぎ出した十数艘の船は、ほとんどがエトロフに辿《たど》り着くことなく百人以上が溺れ死んだという。思わず徳内《とくない》の目がうるむ。

「なんといたわしい……いくら戦に勝っても、それではあまりに……」

「赤人《あかひと》には勝ったが、我らはいわば、我ら自身に負けた。やられたらやり返す、攻めれば攻め返される——その思い込みにとりつかれた」

「思い込みとは、疑心ということか？」

山口が口を挟み、アイヌの大首長は重そうに首をうなずかせる。

「疑心とはもしや……三度目の来島の折、オロシヤ人には戦の心積もりはなかったと？」

「そのとおりだ、トク。赤人は土産物まで持参して、和睦のために島に来たのだ」

島には、船に乗れず逃げ遅れたアイヌ人が、二十人ばかり残された。てっきり殺されるものと慄《おのの》いていたが、ロシア人は通詞《つうじ》と仲介のために、ウルップより北方の島に住むアイヌ人を数名連れていた。誤解は解けて、後日改めて顔役を交えて話し合いが行われた。以来ウルップ島は、赤人とアイヌ人、共有の猟場となったという。

「では、ウルップ島には毎年、オロシヤ人が来ておるということか？」

「それればかりではございません。ウルップから北の島々は、すでに赤人領となっており、しかも少しずつ南下を試みております。ウルップを足掛かりに、猟場をエトロフにまで広げようとして、現にいまもエトロフに三人のオロシヤ人がおるそうです」

山口に向かって、イコトイは訴える。徳内も懸命に通訳した。

過去のいざこざを踏まえて、ロシア人も正面からの衝突は避けている。あくまで交渉という形でエトロフ以南の入会権《いりあい》、つまりは猟場に立ち入る権限を得ようとしていた。

「すでにエトロフにまで、オロシヤの影は伸びているのか……」

「エトロフの惣乙名は、私の舅《しゅうと》にあたります。エトロフまでは、間違いなく皆さまを無事にお届けしますが……そこから先、ウルップ以北は油断がなりません。赤人と出くわすやもしれませんし、土地の者ではなく公儀《こうぎ》の方々と知れば、向こうがどう出るかわからない。それでも、向かわれますか？」

決して脅しではなく、隊員たちの身を案じてのことだ。

また見分隊の行動は、単なる冒険や探索では済まない、ロシアとの外交も織り込まれている。もしもしくじれば、不利を被《こうむ》るのはアイヌ人だ。直《ただ》ちに猟や漁獲に影響しかねない。一切を承知の上で、イコトイは見分隊に――ひいては和人《わじん》と江戸幕府の側に立つと決めたのだ。

「そうか、イコトイはそこまで……我らも覚悟を決めねばならぬな」

徳内の通訳に、山口が深く感じ入る。武骨《ぶこつ》な面《つら》をきりりと引き締めて、山口は請《う》け合《あ》った。

「万一、争い事になれば、我らも引かぬ。必ずエトロフの向こうまで、オロシヤ人を押し返してみせようぞ」

「仕度《したく》だけは、固めていくべきかと。船も船乗りも、こちらで用意いたします」

「うむ、頼んだぞ、イコトイ」

ふたりの橋渡しをひとまず終えると、徳内がたずねた。

「出立《しゅったつ》は、いつ頃に？」

「そうだな、イコトイも仕度があろうし、我らもアッケシですべきことがある。今年も引き続き、試し交易の仕事があるからな。終えるまで、おそらく半月ほどはかかろうか」

「半月……」

しゅん、とわかりやすく肩が落ちる。東へと引かれる気持ちは、抑えようがない。山口らを待つほんの数日でさえ難儀だった。この上半月も、とても凌《しの》げそうにない。

「先に、クナシリに……」

「何だと？」

「駄目なら、シベツでも……」

ぽそりぽそりと呟《つぶや》いて、黒豆の瞳がじっと見詰める。山口は早々に音《ね》を上げた。

「やめんか、その目は。こちらが苛《いじ》めておるようで、落ち着かぬわ」

一度言い出したら、山蛭《やまびる》以上にしつっこい。松前《まつまえ》ですでに懲《こ》りている。

「わかった、わかった。おまえは先に行け」

ぱあっと表情が明るくなり、黒豆が艶《つや》を増す。現金さに呆《あき》れながら、山口はイコトイに徳内のための船を頼んだ。

「船の漕ぎ手と案内役《あないやく》、三人ほどはつけましょうか？」

「いや、ひとりで十分です、イコトイ殿」

「と、言いますと……」

「フルウを連れていきまする」

三日後、徳内とフルウは、一艘の小舟に乗り込んでアッケシを立った。

吹きつける潮くさい風が、懐かしい。半年ぶりの船旅だった。

まだ風は冷たいが、幸いにも順風だ。二本の支柱に結《ゆ》わえた筵《むしろ》の帆《ほ》は、舞い上がる凧《たこ》のように、空に向かって傾《かし》いでいる。

「これなら五、六日で、クナシリに着くよ、トク」

船尾で帆綱《ほづな》を握るフルウが、徳内に向かって叫ぶ。帆綱を引っ張ったり緩《ゆる》めたりしながら、帆の向きや張りを按配《あんばい》し、風と潮目を読むことも忘れない。父親から仕込まれた腕を、フルウは存分に発揮する。

アッケシを出たのは三月十日、月半ばにはクナシリに到着する勘定《かんじょう》になる。

「今頃、江戸では、桜が満開であろうな」

「サクラって何？」

「そうか、桜を知らぬか。そういえば蝦夷地《えぞち》では、あまり見かけぬな」

徳内は帳面に桜の絵を描いて、フルウに見せた。家紋《かもん》のように五枚の花弁をもつ単純な図だが、フルウが嬉しそうに叫ぶ。

「カリンパニ！」

「アイヌ語では、そう呼ぶのか。ということは、アッケシにも桜があるのか？」

「うん、山に生えていて、あとひと月くらいで花が咲く。……そうか、トクは去年、夏に来たから見逃したんだね。山のあちこちに桃色の霞《かすみ》がかかって、とってもきれいなんだ」

「桜に心が躍るのは、いずこも同じだな。江戸では弁当や酒を手に花見に出かけてな、呑《の》めや歌えやの大騒ぎだ」

へええ、と楽しそうに聞き入っていたフルウが、ふと、真顔になる。

「なあ、トク……おれもいつか、江戸に行けるかな？」

「フルウは、江戸に行きたいのか？」

「うん、行ってみたい。クナシリやシベツなら、父さんと一緒に行ったけど、アッケシより西へは行ったことないんだ。この海を渡って、江戸に行きたい。トクみたいに見知らぬ土地を見てみたい！」

期待に満ちたその笑顔が、思いのほか深く胸に刺さった。

未知の場所を、見たい知りたいと欲するのは、ごくあたりまえの願望だ。十三歳の男の子ならなおさら、こうして蝦夷地に渡った徳内には痛いほどよくわかる。

だがおそらく、願いは叶《かな》わない。公文書の中では、アイヌ人は夷人《いじん》と記される。つまりは蘭人《らんじん》や露人《ろじん》と同じ、異国の者としてあつかわれるのだ。蘭人が長崎の出島《でじま》に籠《こ》められているのと同様に、アイヌ人は蝦夷地に封じられている。

去年ならきっと、「いつか行けよう」とこたえていた。フルウがまだ子供であったからだ。子供の夢を壊さぬよう、曖昧《あいまい》に望みを繋げていた。

だが、いまのフルウは違う。イコトイのウタレとなったのだから、元服を迎えたに等しい。大人として認められたということだ。大人に対してのごまかしは、嘘をつくのと同じことだ。

「たぶん、無理だ……フルウは江戸には行けぬ。フルウがアイヌである以上、蝦夷地を離れることは許されない」

言いながら、心がきしむ。徳内に、和人に与えられた旅の自由が、アイヌには許されない。その理不尽に、きりきりと胸が絞られる。徳内が納得できぬことを、十三の少年にどう呑み込めというのか。

「そっか……江戸には行けねえか。残念だな……」

　わかりやすく、がっかりする。それでも思ったよりも、からりとしていた。

「仕方ない、おれはアイヌだからな。出ちゃいけないってことは、蝦夷はアイヌの土地ってことでもあるんだろ？　だったら、それでいいや。おれはいつか、父さんやイコトイみたいな、立派なアイヌになるんだ。それがおれのいちばんの望みだ」

　帆綱を手に、胸を張る姿は、誇らしさに満ちている。眩《まぶ》しさに目を細め、ふと、気づいた。

　イコトイはいわば、和人とロシア人、どちらにつくべきか考えて、和人の側を選んだ。

　だが果たしてそれは、正しい選択だったのか？

　もしも蝦夷地を幕府が直轄《ちょっかつ》すれば、真面目に手を抜かず、アイヌを支配しようとするだろう。和語を学ばせ、農耕を伝え、金や商法を行き渡らせる。それらはおしなべて和人化を意味し、アイヌ文化そのものが駆逐《くちく》されるやもしれない。

　その上で、アイヌの誇りは保たれるのだろうか？

　もしもアイヌ人がアイヌらしく生きることを望むなら――蝦夷地がロシア領となる方が、望みはあるのではないか？

何故なら、ロシアはあまりに広大だからだ。

音羽塾《おとわじゅく》で見た世界地図や地球儀で、ロシアの大きさは把握している。北米を除く、地球の上辺をすべて覆《おお》うほどの、あり得ない広さだ。日本など、豆粒に等しい。加えて首都は欧州に近く、東の果ての豆粒の先にまで、うるさく口を挟む真似はしないのではあるまいか？　目が届かぬなら、アイヌにとっては、よほど気ままに暮らせよう。

広大な勇払《ゆうふつ》原野を目にしたときの決意が、にわかに揺らぐ。

この荒地が田畑になれば、飢えた民草《たみくさ》がどれほど救われるか――。だが、描いた夢の絵に、フルウが憧れる雄々《おお》しいアイヌの姿は存在するだろうか？

「トク、どうした？」

気づけば、不思議そうなフルウの顔が覗き込んでいる。

「いや……フルウはおれの、舵《かじ》なのだなと思うてな」

「おうよ！　クナシリまでの船旅は、任せてくれ！」

フルウはあたりまえの意味にとり、どん、と己《おのれ》の胸を叩く。

さっきの疑問のこたえは出ない。それでも、方角を決める舵だけは得たように思える。

迷いが生じたら、フルウを思い出せばいい。この少年の行く先が明るいものになるよう、そのための道を選ぶのだ。

力強い舵を得て、船はすべるように東を目指す。


クナシリ島に着岸したのは、フルウの見当通り五日後だった。

この辺りには集落もなく、今晩はここで野宿だと、フルウが告げる。

「島には熊や危ない獣はいねえし、湯治場《とうじば》もあるんだよ」

「湯治場とは、イショヤというあの湖か？」

白い岩肌には黄色い塊がこびりつき、強い硫黄《いおう》のにおいがただよう。においの方角を辿ると、湖があった。

「あんな煮えた湯に入ったら、たちまち火ぶくれになっちまう。もっといい場所があるから、後で案内するよ。その前に、屋根だけでも拵《こしら》えないと」

フルウは器用に、即席の小屋を組み立てる。一本の支柱のまわりに傘状に細い丸太を配した、三角錐《すい》の小屋である。

「これは、厠《かわや》ではないのか？」

「似てるけど、厠じゃねえぞ。狩猟用の小屋だ」

コタンにある厠も、閉じた唐傘《からかさ》の形をしている。しかしフルウが拵えた小屋は中がずっと広く、ふたりで寝るには十分だった。

「さ、湯に入ろう。とっておきの場所があるんだ」

フルウが連れていったのは、川だった。イショヤ湖から湯が流れ込み、ほどよい加減になっているという。フルウは川のあちこちに足を突っ込んでいたが、「お、この辺がいい具合だな」と、その周囲を石で囲う。即席の露天風呂ができ上がった。徳内に入るよう勧め、自分も素っ裸になって飛び込む。

「どうだ、トク、湯加減は？」

「申し分ないわ、フルウ。いやあ、極楽極楽」

心地のいい湯に、からだの芯がゆるゆるとほぐれていき、火照《ほて》った頬を海風がほどよく冷ます。見上げると、雪かと見まごうほどの白い星が天空いっぱいに瞬《またた》いていた。

「ありがとうな、フルウ。湯の心地とこの星空だけで、旅に出た甲斐があるというもの」

「うん、おれも。トクとこうして旅したこと、たぶん一生忘れない」

心もからだもポカポカに温まり、小屋に戻るなりたちまち睡魔に襲われた。

朝までぐっすり熟睡し、起きてみると、景色が一変していた。

「海が……ない……」

たった一晩で、海が消えていた。海の青も失《う》せ、打ち寄せる波音も絶え、潮のにおいさえしない。

昨日まで海があった場所は、一面の氷原と化していた。

「あちゃあ、やられたなあ。いま時分でも、まだ来るかあ」

「フルウ、これは……？　まさかたったひと晩で、海が凍りついたというのか？」

「こいつは、流氷《アブ》だ」

海が凍ったわけではなく、北の果てから流れ着いた氷の塊が、吹き寄せられて接岸したものだとフルウが説く。数百もの氷片が隙間《すきま》なく岸を埋め、氷の厚さは薄いものでも五、六間《けん》、中には二十間におよぶ塊もある。

波の消えた海は静寂に満ち、異世界にでも迷い込んだような錯覚を覚える。ぶつかった氷片同士がせめぎ、きしみ合う音が、時折、女の悲鳴のように響いた。

「この辺りから北の海では、毎年冬になると押し寄せるって」

「だが、すでに春であろう？」

「言ったろ、蝦夷の春はひと月先だよ。三月の流氷はさすがにめずらしいけど、たぶん昨日の夜中、よほど強い東北風が吹いたんだ」

フルウは、海岸から少し奥まった林の中に小屋を建てた。おかげで風の被害もさほど受けず、朝まで寝こけていたのだ。

「舟を浜に上げておいてよかった。そのままにしていたら、潰されちまってた」

「これではとても、船出はできぬな」

「たぶん、何日か経ったら、どこかへ失せるよ。それまで待つしかないな」

「しかし、食い物はどうする？　これでは魚も獲れぬぞ」

「心配いらねえよ、魚の代わりにもっと大きな獲物がある」

フルウは銛《もり》を片手に、流氷の上を沖合まで渡る。遠ざかる姿が、いまにも氷の裂け目に落ちて見えなくなるのではないかと、徳内は気が気ではない。フルウが肉の塊を抱えて無事に戻ってきたときには、心配のあまり徳内の方が疲れきっていた。

フルウが抱えてきたのは、アザラシの肉だった。

「脂が乗っていて旨《うま》いぞ。一匹仕留めたから、三、四日は十分食える」

初めて食べた肉は、鯨に似ていたがコクと甘みがあり、意外なほどに美味《うま》かった。まず生のまま刺身で味わい、残った肉は香草や焼き昆布と一緒に叩いてチタタプにする。氷上で保存できれば天然の氷室《ひむろ》となるのだが、海鳥につつかれてしまう。チタタプにすれば数日は保存でき、終《しま》いの方はつみれとして汁に入れた。

しばし足留めを食らったが、温泉に加え食べ物も確保でき、何よりフルウのおかげで退屈せずに済んだ。徳内は和語に留《とど》まらず、測量の方法や算術のいろはを教え、フルウからは獣の種類によって変わる罠《わな》の手法や、湖の氷に穴をあけてヒメマスを釣る方法などを学んだ。

来たときと同じに、流氷はある日、忽然《こつぜん》と姿を消した。氷が着岸して、四日目の朝だった。

「なにやら、狐に化かされていたような心地がするな」

数日前と同じに、青い海原から白い波が寄せては返す。

「あっ！　トク、見て！　船が来るよ」

アイヌ人は目がいい。フルウよりしばし遅れて、徳内もふたつの帆影《ほかげ》を認めた。二艘の船に六、七人のアイヌ人が乗っている。彼らが上陸すると、フルウが嬉しそうに叫んだ。

「ツキノエ・アチャ！」

ツキノエの噂はきいている。クナシリの惣乙名の息子であり、去年、山口や青島の頼みを受けて、エトロフの先まで見届けてくれた。そのせいか、和人寄りの風体《ふうてい》を思い描いていたが、まったく印象の違う男だった。

「あれがツキノエか……」

アイヌ人の中でも、ひときわ目立つ。背が高く体格にも恵まれているが、威風堂々とした態度は、大鹿を思わせた。野性味にあふれた精悍《せいかん》な佇《たたず》まいは、初見の者には近寄りがたさを感じさせる。けれどフルウに接したとたん、鋭さが消えた。

「しばらく見ぬ間に大きくなったな、フリューエン。これでは高い高いもしてやれんな」

「いつの話だよ！　もう子供じゃないんだぞ。イコトイのウタレになったんだから」

「そうかそうか、だが、ちょっと背丈が足りないな」

「これから伸びるんだい。いつかツキノエより、でかくなってやるからな」

歳は徳内より二、三下、まだ二十代のはずだ。若いこともあり、こうして見ていると歳の離れた兄弟のようだ。アチャとは叔父の意味だが、縁故でなくとも使われる。ツキノエおじさんとして、フルウは親しんでいるのだろう。

しかし徳内に対しては、態度が一変した。

「イナンカラプテ　クアニ　アナクネ　トク　クネ」

初めまして、トクと申します、と名乗っても、徳内の身なりを不躾《ぶしつけ》にじろじろとながめるだけだ。

「あんた、刀は？」

「刀？」

「前に来た旦那方は、腰に差していた」

「ああ！　私は武士ではないので、刀は持ちません」

「何だ、侍じゃねえのか」

正直なままでの侮蔑《ぶべつ》を浮かべる。身分の低さを侮《あなど》っているのか。相手の無礼を怒るより、不思議が先に立った。数多《あまた》のアイヌ人に会ったが、こんな男は初めてだ。

「トクは侍でなくとも、すんごい物知りなんだぞ！　長老よりも色んなことを知っていて、何でも教えてくれるんだ」

ぼんやりしている徳内の代わりに、フルウが拳を握って抗弁する。

「ふうん、長老よりもねえ。どうりでジジくさいはずだ」

フルウの後押しも功を奏さず、興味がないと言いたげに徳内に背を向ける。

「あのう、この後、山口さまが率いる本隊が参りますので……」

「ヤマグチって……山口ニシパか？」

ニシパは物持ちの意味で、旦那と同じように使われる。こくりとうなずくと、面白いほどに態度が豹変《ひょうへん》する。

「それを早く言えよ。そうかあ、山口の旦那が来るのかあ。こいつはぼさっとしてられねえ、さっそく迎えるための仕度をしないとな。宿に飯に船に人……他に要る物があれば、何でも言ってくれ」

本隊の設営を頼むまでもなく、すでに大乗り気だ。ひとまず船でツキノエの村に向かうこととなり、徳内とフルウも自分たちの舟で後に続く。

「ごめんよ、トク。ツキノエは悪い奴じゃないんだが、ちょっと戦バカなところがあってさ。たぶん、自分と同じに強い者が好きなんだろうな」

「ツキノエは、そんなに強いのか？」

「東蝦夷では、ツキノエに敵《かな》う者はいない。弓矢じゃなく、エムシで突っ込んでいくんだぜ」

エムシはアイヌの長刀で、本来は儀礼に使われる。ために刀身はあってもほとんどは鈍《なまくら》だが、ツキノエは自ら刃を研いで自慢の一振りを拵えた。小刀であるマキリと同様、鞘《さや》や柄《つか》には美しい模様が刻まれて、和人から得た刀鍔《かたなつば》もついているという。

「なるほど……侍を敬《うやま》うのもそれ故《ゆえ》か。山口さまは、いかにも武人然としているからな」

さっき抱いた不思議が氷解《ひょうかい》する。身分の高低ではなく、刀を携えた武人であることが、ツキノエには大事なのだ。

「ああ見えて、根は案外優しいんだ。おれたちのことも、シベツで噂をきいて、わざわざ迎えにきてくれたんだ」

「うむ、わかるぞ。ツキノエは立派な男だ」

前を行く船に、腕を組んで立つ姿は、頑丈な帆柱のように頼もしく映った。


やがて山口とイコトイが率いる本隊が、クナシリに到着した。徳内と合流したのは、三月末のことだった。

「いやあ、すまん、遅くなってしもうたな。明日にもアッケシを立とうという折に、玄六郎《げんろくろう》の便りが届いてな。松前におる沖右衛門《ちゆうえもん》が送ってくれたのだ」

「佐藤さまは、何と……」

徳内が、固唾《かたず》を呑む。公儀の許しが下りなければ、今年の探索は頓挫《とんざ》する。山口の髭面《ひげづら》が、にっとほころんだ。

「『今年もひきつづきの御下知《ごげじ》、無事に頂き済ました』と書いてきた」

ほうっと徳内が胸をなでおろす。

「そのつもりで試し交易もすでに仕度していたが、いよいよ急がねばならなくなってな。アッケシでの仕事が増えたのだ。目処《めど》が立たぬ故、後は小市郎《こいちろう》に任せてきた」

交易に関わる仕事は、自身の下役《したやく》である大塚《おおつか》小市郎に託したようだ。

「そういえば、玄六郎がひとつ、面白きことを書いてきた。蝦夷地に田畑を拓《ひら》くにあたって、伊豆守《いずのかみ》さまにはお考えがあってな。玄六郎はいま、そのために動いておるそうな」

勘定奉行の松本《まつもと》伊豆守は、すでに蝦夷開拓にとりかからんとしている。迅速《じんそく》な動きに、思わず目を見張った。

「伊豆さまは、どのように？」

「蝦夷地に人を送り込むというのだ。その数なんと、七万人だ」

「七万……！」

あまりの多さに、まず驚愕《きょうがく》した。実地主義の松本が出した数なら、決して机上《きじょう》の空論ではないはずだ。同時に、にわかに疑問が生じる。それほどの数の民を、どこから連れてくるというのか？　天明《てんめい》の飢饉《ききん》で食いはぐれた者たちを、諸国から集めるつもりだろうか？　いや、農民は誰よりも土地に固執《こしつ》する。武家には国替えがあっても、農民にはないからだ。領主がいくら代わろうと、先祖伝来の田畑を守り耕してきた。そして土地に留まるよう強《し》いてきたのは、ほかならぬ幕府だ。いまさら覆《くつがえ》すような真似はできまい。

ましてや極寒の蝦夷地を、一から開拓するとなれば困難は並大抵ではない。わざわざそんな苦労を買って出る者が、七万人もいるだろうか？

徳内の表情から、戸惑いを察したのだろう。山口が、勘定奉行の腹蔵《ふくぞう》を明かした。

「伊豆さまが話をもちかけておるのは、浅草弾左衛門《あさくさだんざえもん》だ」

「弾左衛門……あの非人頭《ひにんがしら》の？」

「さよう。たとえ身分はなくとも、あの男の力は侮れない。なにせ日本中に令を下すことができるのは、畏《おそ》れ多くも上さまと弾左衛門だけであるからな」

非人と呼ばれる者たちのまとめ役を担うのが、非人頭である。代々、弾左衛門を名乗り、浅草を根城にしていたことから浅草弾左衛門とも称された。江戸や関八州《かんはっしゅう》はもちろん、東海から陸奥《むつ》の南までを統轄《とうかつ》し、事が起これば、国中の非人に令を発する権限すら持つ。

「すぐに動かせる直々《じきじき》の手下《てか》だけで、七千人。国中に触れて集めれば、七万は固いと請《う》け合《お》うたそうだ」

「なるほど……思いもよりませなんだ」

「しかも、弾左衛門が出した求めはひとつきり。蝦夷に渡る者たちに、百姓身分を与えてほしいと、それだけを乞うておる」

百姓は、武士に次ぐ歴《れっき》とした身分である。弾左衛門にとって、百姓身分は悲願であったろう。江戸に留まる自分は恩恵に与《あずか》れずとも、数万の者が農の身分を得られるなら、申し出を受ける価値は十二分にある。弾左衛門は、そのように返答した。

「弾左衛門との相談もまた、玄六郎が任されておってな。それ故に、なかなか江戸から動けぬようだ」

松本伊豆守の知恵には、舌を巻くほどに感心した。一方で、別の不安が胸に兆《きざ》す。

「アイヌの民は、大丈夫でしょうか？」

山口が、濃い眉《まゆ》の間に、苦し気なしわを寄せる。

「おまえなら、そう言うと思っておった」

七万もの人間が蝦夷に渡れば、衝突は避けられない。アイヌにとっては、それこそ自分たちの土地を土足で蹂躙《じゅうりん》されるに等しい。移民の側もすでに退路はなく、この地で足場を築こうと躍起《やっき》になる。

「双方が折り合って、仲良うしてくれれば良いのですが……」

「それもどうやら難しい。玄六郎が、アイヌと手を携えるよう説いておるが、蛮人《ばんじん》とは馴《な》れ合えぬとごねているそうだ……おかしなものだな」

優劣の軛《くびき》をつけることでしか、人は安堵《あんど》を得られないのか――。

人間の業《ごう》の深さを、垣間見《かいまみ》る思いがする。

「弾左衛門の側の申し出も、同じく難渋《なんじゅう》しておる。町奉行が、首を縦にふらぬそ

た。

行当人ではなく、おそらくは町奉行支配の町人たちであろうと、山口がつけ加え

奉行にくり返し談判したが、未だに結果は出ていない。承知を拒んでいるのは、奉

非人の差配は町奉行の領分であり、勘定奉行は本来なら手が出せない。松本は町

うだ」

「田沼さまなぞ、弾左衛門の求めにあっさりと応じられたそうだ」

田沼や松本、隊員たちや徳内自身にはこだわりはない。だが、それもまた、恵まれた立場故の傲慢《ごうまん》かもしれない。上にいる者には、ずっと下に置かれていた者の無念や執着は、計り知ることができないからだ。

アイヌもまた、長く憂目《うきめ》に遭ってきた。いまですら難儀に喘《あえ》いでいるのだ。この上に厄介《やっかい》が被《かぶ》されれば、弾けてしまうのではなかろうか？

——和人の前では大人しゅうしておりますが……ことにクナシリやエトロフのアイヌは、勇猛果敢《ゆうもうかかん》で……。

イコトイの声が思い出され、ひとりの男の姿が浮かぶ。

「山口ニシパ！」

頭に浮かべた当人が、こちらに向かって駆けてくる。幸いなことに、満面の笑みだ。

「おお、ツキノエではないか！　久しいのう、達者であったか」

「見てのとおり、旦那も相変わらずで何よりだ。エトロフに行くんだろ？　おれが案内してやらあ」

「それは心強い。さっそくだが、まずはアツイヤに向かわねば」

アツイヤは、クナシリ島の北端にあたる。山口は昨年、訪れていただけに、アツイヤからエトロフに渡ることも承知していた。惣乙名たるイコトイが自ら差配し、またツキノエらクナシリアイヌの助けもあって、ほどなくアツイヤに至った。

ただ、そこから先、エトロフへの渡海は、思うように進まなかった。

「こいつは駄目だ、旦那。北風が強過ぎる。無理に漕ぎ出しても、とんでもねえ方角に流されちまうだけだ。南風に変わるまで待つより他にねえ」

この辺りの海に慣れたツキノエが、渋い顔をする。十数隻の船団を組み、素人同然の見分隊を連れている。万一のことがあってはならないと、イコトイも風待ちを勧めた。

クナシリに留まること、実に二十日。四月十八日に、念願の南風に変わった。空は冴えるように晴れわたり、南風はほのかに暖かい。

「きっと誰かがつむじを曲げて、引き止めておったのだろうな」

乗船の際、山口が漏《も》らした冗談は、ある意味、真実だったのかもしれない。奇妙な符合が生じたからだ。

四月十八日、まさにこの日、大石逸平《いっぺい》がソウヤに到着した。


「これはいったい……どういうことだ？」

暗い小屋の中には、病み衰えた男たちが、屍《しかばね》のように横たわっている。

強い異臭が鼻を突く。病と、そして死のにおいだ。無事でいる者は、ひとりもいない。

大石は戸口に立ったまま、しばし動けなかった。

あの夢は、やはり虫の知らせだったのか。早《はよ》う来てくれ、と呼ぶ声が耳許《みみもと》によみがえる。たちまち背中が粟《あわ》立ち、その姿を求めた。

「新兵衛《しんべえ》！　引佐《ひきさ》新兵衛はおらぬか！」

小屋の中ほどから、かすれた声が返った。

「いっ……ぺい……か？」

「……新兵衛？　おまえ、新兵衛か！」

同輩の引佐新兵衛だった。別人と見紛《みまご》うほどに面変《おもが》わりしている。皮膚は土気色で目の下は窪《くぼ》み、瞳は黄色く濁っている。

「新兵衛、何があった。寒気にやられたか？　流行病《はやりやまい》か？」

「わからん……霧に、中《あた》ったのやもしれん」

「霧、だと？」

冬のあいだは、寒さに凍えながらも皆息災だったという。それが春になり、霧が出はじめた頃から、バタバタと病に倒れた。総じて二月から調子を崩し、三月に入り寒気がゆるむと病状はいっそう悪化した。霧より他に、病の因《もと》が思いつかぬようだ。引佐はひび割れた唇で、うわ言のように語った。

蝦夷地は内陸に行くほど、寒気がきつくなる。ソウヤは蝦夷の最北端にあたるが、海沿いだけに寒さはさほどでもない。ただし海風は強く、極寒の経験のない者には厳しいものになろう――。松前の者たちからは、そのようにきいていた。

この西組には、松前藩士や小者《こもの》も多い。しかし蝦夷地に住まう彼らでさえも、やはり病については皆目《かいもく》わからなかった。

大石が、ふと気づいた。数が、足りない――。

小屋の内に七人を認めたが、西組の員数は十二人であったはずだ。

何よりも、隊を率いていた男の姿がない。

「新兵衛……弥六《やろく》殿は……？」

「……亡くなられました」

まさか、と呟いた自分の声が他人のもののようだ。

必死の看病も空《むな》しく、隊長の庵原《いはら》弥六は、ひと月前に世を去ったという。庵原の下役たる引佐には、断腸《だんちょう》の思いであったろう。濁った瞳から、ほろほろと涙をこぼす。

佐藤玄六郎の下役である鈴木清七《せいしち》も、小屋の奥に同様の姿で床《とこ》に臥《ふ》していた。症状はいずれもよく似ていた。最初は脱力感に襲われ、からだのあちこちに痛みを覚える。一様に痩せはじめ、薄い皮膚や歯肉から出血し、歯が抜けるようになる。引佐にはとっくに治った古傷があったが、それがぱくりと開いたという。

引佐のか細い語りをききながら、大石も涙が止まらなかった。

遠い地の果てで、未知の病を得る恐ろしさは、想像を絶する。病のからだを押して互いに看病し合いながら、いよいよ動けなくなると空しく死を待つしかない。

三月二日、松前藩の鉄砲足軽が、最初に息を引きとった。

その五日後、長右衛門《ちょうえもん》という通詞が後を追った。

長右衛門は病のからだを引きずりながら、最後まで己の役目を全《まっと》うせんとした。近在のコタンに行き、アイヌの者に看病を頼み、この危急を松前まで知らせてほしいと文を託した。この文は、大石と入れ違いに松前に届けられ、すでに家臣がソウヤに差し向けられていた。長右衛門は寝付く暇すらなく、役目を終えて安堵したかのように歿《なくな》った。

そして三人目の犠牲が、庵原弥六であった。三月十五日のことだという。

「清七とふたりで、懸命にお世話したが甲斐なく……情けのうて悔しゅうてならんかった。おれもいっそ、弥六殿の後を追うべきかと……」

「馬鹿を言うな！　おまえや清七まで失《うしの》うたら、おれの方こそ死んでも死にきれぬわ！」

「逸平……」

「新兵衛と清七が生きておったことが、どんなに有難いか……きっと庵原殿が、見守ってくれたのだろうて。新兵衛、よう頑張ったな、後はおれに任せろ」

安堵したのか、閉じた目の端から、ふたたび涙が流れる。

三月二十一日と二十八日には、ふたりの松前藩士が落命し、ひと月のあいだに五人もの命を奪って、病魔はようやく矛《ほこ》を収めた。

「おまえや清七、他の者も、すぐに松前に帰してやるからな。まずは養生してからだを治せ」

「だが、カラフトへの見分が……」

「それも任せろ。カラフトへは、おれが行く！」

大石逸平は、力強く痩せた手を握った。

第八話　外つ国の友

薄茶色の髪に、顔から鋭角に突き出した、とびぬけて高い鼻。

そして何よりも、瞳の色だ。春に萌える青草か、海の浅瀬を思わせる淡い緑色。

つい、まじまじと見詰めると、髭《ひげ》のない口許《くちもと》が動いた。

「ズドラーストヴィチェ」

「おお、お初にお目にかかる」

相手が片手を胸に当てて腰を屈《かが》め、徳内《とくない》も辞儀《じぎ》を返す。

「トク、赤人《あかひと》の言葉がわかるの？」

「いや、まったく。挨拶《あいさつ》と思えたのでな、返したまでのこと」

フルウが、ロシア人のとなりに立つアイヌ人に話しかけた。イパヌシカという名の青年は、エトロフアイヌである。訛《なま》りが強く、徳内には聞き取りづらいアイヌ語を、フルウが通訳した。

「さっきのは、やっぱり挨拶だって。イナンカラプテと同じで、ていねいな言い方みたい」

「ズドラー……何といったか」

「ズドラーストヴィチェ」と、異人がくり返す。

「ズドラー、スト、ベチ？　ベチュ、か？　いや、何とも難しいな」

巻き舌の発音が独特で、どうにも舌がまわらない。しかし何度も試すうち、相手の薄緑の目から警戒の色が消え、親し気に細められた。

徳内に向かって、別の言葉を発する。イパヌシカとフルウを経て、伝えられた。

「イジュヨ、と呼んでくれって」

「それがこの者の名か？」

「本当の名は、すんごい長いから、後で教えるってイパヌシカが」

今日は端午《たんご》の節句《せっく》。徳内が初めてロシア人と会ったのは、五月五日だった。


四月十八日、山口鉄五郎《てつごろう》とともに、イコトイ率いるアイヌ船団に守られて、クナシリのアツイヤを出航した。エトロフには立ち寄らず、一気にウルップ島の海域まで行き着いたが、島への上陸は差し控えた。ウルップにはラッコの猟場として、ロシア人が来島する。ひとまず海上からようすを見るべきだと、イコトイより進言されたからだ。

忠告に従って、このときは舟でウルップ島を一周し、海岸の地形や集落の状況などを確かめるに留《とど》めた。目測ながらウルップ島は、エトロフ島の半分ほど、クナシリ島とほぼ同じくらいの大きさと思われる。

懸念《けねん》していた赤人の姿は見受けられず、海岸の猟場にいないところを見ると、今年は未だ来島しておらぬのだろうと推察された。

「ふうむ、ここまで来てオロシヤ人に会えぬとは……安堵《あんど》もあるが、少々残念でもあるな」

百人を超すアイヌ人と船団は、長く引き連れていくには億劫《おつくう》だ。山口はいったんクナシリに戻り、船団を解散させることにした。礼として酒や煙草《たばこ》を弾んだだけに、大方のアイヌ人は機嫌よく、それぞれのコタンに帰っていった。

「チッ、クソ面白くもねえ。赤人と派手にやり合えるはずが、当てが外れた」

武人を自負するツキノエだけは、ぶちぶちと文句を垂れていたが、敬愛する山口になだめられ、渋々ながら引き下がった。

クナシリに帰ると、思いがけない顔が一行を迎えてくれた。

「青島さま！」

と、徳内がまっ先に駆け寄り、山口も続く。

「おお、俊蔵《しゅんぞう》ではないか！　いつ、松前《まつまえ》を立ったのだ？　沖右衛門《ちゅうえもん》は息災か？

玄六郎《げんろくろう》は戻ったか？」

矢継《やつ》ぎ早《ばや》の問い責めに、青島俊蔵が浅黒い顔をほころばせる。

「鉄五郎殿、順を追って説きます故《ゆえ》。徳内も久しぶりだの」

その晩は、ささやかながら再会の祝宴が開かれて、互いの近況を語り合った。

四月上旬、御用船の五社丸《ごしゃまる》と自在丸《じざいまる》が、松前に入港した。寒気が緩《ゆる》み、皆川沖右衛門の疝癪《せんしゃく》の病もほとんど快癒《かいゆ》した。松前での荷卸しと荷揚げを差配して、青島は二艘《そう》の船とともに四月十日に松前を出帆した。途中の運上屋《うんじょうや》で試し交易の責務をこなし、アッケシでは山口の下役《したやく》、大塚小市郎《こいちろう》と再会を喜び合った。さらにキイタップの運上屋まで至り、二艘の船は当地に係留し、自身は小者《こもの》ふたりを従えて、蝦夷船《えぞぶね》でクナシリまで渡ってきたという。

「あいにくと、隊長殿には未だ会えず仕舞いだが、おそらく神通丸《じんつうまる》とともに今頃は松前に着していよう」

「西組のようすは、何かつかめたか。逸平《いっぺい》からの報《しら》せは、まだ届かんのか？」

「いえ、そちらも未だに……さすがに、案じられますな」

ソウヤからの第一報は、通詞《つうじ》の長右衛門《ちょうえもん》が、命を賭《と》してアイヌ人に託した文である。この文が松前に届いたのは、青島が松前を立った後のことだ。西組の悲惨な状況を、クナシリにいる者たちは知る由《よし》もなかった。

青島と再会を果たした翌日、イコトイがある報せを携《たずさ》えてきた。

「なに？　エトロフにオロシヤ人が？　オロシヤ船が、着いたということか？」

「いえ、違います。どうやら来島したのは去年のようで、数も二人か三人の少数だと」

エトロフの惣乙名《そうおとな》は、イコトイの舅《しゅうと》にあたる。アッケシ、クナシリ、エトロフは、強固な縁戚関係を結んでいた。

数名のロシア人は、おそらくは昨年、ウルップ島に漁に来て、何らかの理由でとり残された者がエトロフに渡ってきたのではないかと舅は報せてきた。エトロフ島は広く、大小合わせていくつかの村や集落がある。島の東にあるシャルシャムというコタンから、赤人の噂は届いたようだ。

「では一年も前から、エトロフにはオロシヤ人がいたというのか？」

「はい……皆さまの来島にあたり、赤人を見かけた者はおらぬかと、全村に問い糺《ただ》したところ報せが参ったと」

イコトイの話を通訳しながら、何かが引っかかった。すっきりとしない違和感に似たものを感ずる。ただ、疑念と呼べるほど濃厚なものではなく、気になったという程度だ。

「そのオロシャ人に、会うことは叶《かな》うか？　ぜひとも仔細《しさい》を聞き取りたい」

「では、私がシャルシャムに赴《おもむ》き、赤人を見つけしだいクナシリまで連れてまいります」

「うむ、頼んだぞ、イコトイ」

うなずいた山口に、そろりと手を上げる。

「あの、私もご一緒したく……」

「この手のことばかりは、徳内はせっかちが過ぎるな」と、青島が苦笑する。

「まあ、よいわ。俊蔵とおれは、クナシリでの交易御用があるからな。徳内、代わりに行ってまいれ」

五月四日、イコトイと数人のウタレとともに、徳内はクナシリを出発した。

「どうした、フルウ？　落ち着かぬな」

「え？　あ、いや……赤人に会うのは初めてだから……」

わかりやすく、視線を逸《そ》らせる。

その日はエトロフの西にあるナイホで一泊し、舟は翌日、シャルシャムに到着した。

探しに行くまでもなかった。大首長の来訪は、すでに当地に達せられていたらしく、大勢のアイヌ人が浜に集まりイコトイを迎えた。

その群衆の中に、二人のロシア人も混じっていたのである。すっかりシャルシャムコタンに馴《な》染《じ》んでいるようすは、隠れ潜《ひそ》んでいたとの報告からはほど遠い。いささか狐につままれたような心地がしたが、異民族同士が仲良く交わるさまには気持ちがやわらぐ。

ロシア人に対する緊張や不安がにわかに氷解《ひょうかい》し、自ずと親しみを込めた微笑が浮かんだ。

徳内の気持ちは、イジュヨというロシア人にも伝わったようだ。

「今宵、ぜひ馳走にお招きしたい。お二人でお運びください」

との徳内の誘いに、喜んで応じた。コタンの者の助けを借りて、浜辺の小屋に席を設け、飯を炊き肴《さかな》を用意した。そして日が落ちると、二人のロシア人は正装して現れた。

服装からすると、イジュヨが上役《うわやく》で、もうひとりのイワンという男は従者の立場であるようだ。イジュヨは羅紗《らしゃ》や緞子《どんす》の美しい上着を着用し、革の靴を履いていた。対してイワンは裸足《はだし》のままで、服も木綿の簡素なものだ。

飯や酒の接待に加え、徳内のていねいなあつかいに心を開いたようだ。イパヌシカの通訳を介《かい》して、これまでの経緯を話し出した。

「私たちは去年、帆船に乗って七十人ほどの仲間とともに、ウルップ島にラッコ猟に来たのですが、仲間内で争いが起こりまして……私たち三人は山中に逃げ込んだのです。ほどなく船は出てしまい、そのまま島に取り残されました」

「三人、というと？」

「今宵の席は遠慮しましたが、もうひとり、山丹人《さんたんじん》の下男がおります」

ウルップ島には猟のための小屋しかなく、三人きりでの越冬は困難だ。幸い、シャルシャムのアイヌ人が来島したことから、舟でエトロフに渡り、そのまま世話になっているという。

「シャルシャムの者は皆親切で、とてもよくしてもらいました」

にこにこと顔をほころばせ、イジュヨは語る。ロシアのイルクツコイという土地の出身で、歳は三十三歳。イワンは漁師だが、イジュヨは網元の立場にいるようだ。

「ただ、故国に帰りたいとの存念はあります。どうか私どもの帰国を、お取り計らい願えませんか？」

「ウルップから東の島沿いに、帰国なされればよいのでは？」

かわります」
「その航路では、争った仲間といつ出遭うやもしれません。下手をすれば、命にか

「しかし、それ以外の航路というても……」

「漂流民として保護していただき、故国に帰してもらうことはできませんか？」

徳内の立場では、即答は難しい。公儀《こうぎ》役人たる山口や青島に、改めて申し出ては

どうかと助言するに留まった。イジュヨの顔が、不安気に曇る。

「お役人は、厳しいお方でしょうか？」

「顔は強面《こわもて》だが、心延《こころば》えは優れた方々だ。詮議《せんぎ》はされるが、無体なあつかいは決

してなさらない。イジュヨ殿の苦境は、私からもお話しする。どうかともにクナシ

リにお出でくだされ」

徳内に説得されて、イジュヨもクナシリに赴くことを承知した。

今回、徳内は、役人たる山口の務めを託されてもいる。正式に初手《しょて》の聞き取りを

行う立場もあり、明日もう一度、改めて三人から口書きをとることにした。

「それでは、また明日」

友の家を辞するように、イジュヨとイワンは和《なご》やかに帰っていった。

その晩は、宴席を設けた小屋に、フルウとふたりで止宿《ししゅく》した。イコトイや配下たちは、シャルシャムのコタンで世話になる。

とはいえ、初めてロシア人に会った興奮は、そう簡単には冷めやらない。

「オランダ人に会《お》うたためしはないが、絵で見たことはある。金や薄茶の髪、色のついたとんぼ玉のような瞳、高い鼻、白い肌。イジュヨ殿やイワン殿は、その絵にそっくりだ。おそらくオロシヤ人もオランダ人も、先祖は同じかもしれぬな」

床《とこ》を並べて横になってからも、めずらしいほど饒舌《じょうぜつ》にあれこれと語り続けた。

フルウは短いながらも律儀《りちぎ》に相槌《あいづち》を打っていたが、だんだんとその声がしおれていく。眠くなったわけではなさそうだ。寝返りを打つ音もひっきりなしで、気配が落ち着かない。

「あのさ、トク……」

「うん？」

「いや、何でもない……」

また、もそりと音がする。灯《あか》りがなくて見えないが、徳内に背中を向けたようだ。

「フルウ、何か気がかりでもあるのか？」

やや間があいて、ない、とくぐもった声が返る。闇に慣れた目に、夜具を頭から被《かぶ》ってこんもりとふくらんだ姿が映る。

「イジュヨたちをかくまっていたのは、ほかならぬエトロフアイヌの長《おさ》ではないのか?」

できるだけ穏やかに告げたが、フルウの反応は鋭かった。夜具をはねのけて、徳内に詰め寄る。

「トク、知ってたの? どうして!」

「知っていたわけではない。何やら、ちぐはぐなように思えてな。あれこれ考えて、そのこたえに行き着いた」

「イコトイは決して、裏切ったわけじゃないんだ。嘘をついたのは悪かったけど、エトロフアイヌの長を庇《かば》うために、仕方なかったんだ!」

「ああ、わかっている。そんなに騒ぐな」

エトロフアイヌの惣乙名はイコトイの舅《しゅうと》であり、おそらくイコトイも、イジュヨらのことは最初から知っていたのであろう。さらに言えばイコトイ自身も、彼らとは今日が初対面ではなく、過去にすでに会っていたのではないか。口や顔に出さずとも、気配は伝わる。両者のあいだの距離や空気から、徳内はそのように判じた。

「フルウはイコトイから、知らされていたのか?」

「違う。イコトイとエトロフの長の話をきいちまったんだ……」

人気《ひとけ》のない場所で、二人は深刻そうに額《ひたい》をつき合わせていた。気になって、こっそりと傍《そば》に寄り、話を立ち聞いたという。徳内を含めた公儀役人の前では一芝居打ち、エトロフの長とロシア人の関係を覆《おお》い隠す。そのようなやりとりが交わされていた。

「おれ、トクに嘘ついてるのが辛《つら》くって、申し訳なくて……でも、ウタレだからイコトイの邪魔はできなくて」

しょんぼりと床に座す、フルウの肩に手を置いた。

「イコトイのウタレなら、あたりまえだ。むしろ立派な心掛けだと思うぞ」

クナシリを立った頃から、ようすがおかしかった。さぞかし心を痛めていたのだろう。

「トクはこのこと、山口ニㇱパに言う？」

「……いや、言わぬ」

「どうして？　トクは青島ニㇱパのウタレだろ？」

「あの者たちが、誰の世話になっていたかなぞ、上役のお二人にとっては小さきこと」

いちいち知らせるまでもなく、ロシア人をクナシリに運ぶことだけが徳内の使命だ。そのように説くと、フルウはようやく安心した。

「フルウは最初から、何も知らなかった。イコトイと長の話もきかなかった。従って、おれにも何も明かさなかった。そう考えればよい」

うん、と素直な返事が届く。胸のつかえがとれて、眠気が一気にきたのだろう。ほどなく健やかな寝息がきこえた。しかし徳内は、やはり眠れなかった。先刻までの高揚とは違う重苦しさが、胸の上に載っていた。

問題は、事実を隠したことではない。何故、隠さねばならなかったのか、その理由だ。イコトイと長が、内緒話をしていたことも気にかかる。

エトロフアイヌは、ロシアの側に与《くみ》する腹積もりではないか？

思考の果てに、その解答を導き出した。

イコトイが治める東蝦夷のアイヌは、決して一枚岩ではなく、彼が影響力をもつ土地の中で、もっともロシアに近いのはエトロフだ。クナシリと違って運上屋も存在せず、和人《わじん》よりもむしろ、となりのウルップに来島するロシア人に慣れ親しんでいる。イジュヨらの世話をしたのも、当然の成り行きだ。どちらにつくかと問われれば、ロシアをえらんでも何ら不思議はない。

では、クナシリは？　ツキノエ親子ら、クナシリアイヌの存念はどうなのか？

いまはまだ迷っているか、あるいはロシア側に傾いているのではなかろうか。

ツキノエが、山口や青島を慕っているのは事実だ。しかし個人の好き嫌いより前に、ツキノエにはクナシリの乙名という立場がある。島の運上屋で、和人から受ける手酷《てひど》いあつかいや、エトロフとの距離の近さを考え合わせると、エトロフの長に、ひいてはロシアに加担しても不思議はない。

イコトイが芝居という小手先を使い、本当に覆い隠したかったのは、こちらの事実ではなかろうか――。その考えに行き着いたとき、首裏から氷柱《つらら》を差し込まれたように背筋が冷たくなった。

仮初《かりそめ》とはいえ、徳内もいまは公儀役人の下っ端だ。山口や青島をはじめ見分隊員たちには、恩も誼《よしみ》も感じている。たとえ推察に過ぎなくとも、報告や相談を行うのが筋であろう。それでも――。

徳内はとなりの床に手を伸ばし、フルウの頭の上に置いた。

迷ったときは、この少年の側に立とうと徳内は決めた。弟子に対して、師匠はそれだけの責を負う。最初の師である永井右仲《うちゅう》も、そして本多利明《ほんだとしあき》も、そのように徳内を導いてくれた。役目や立場を超えたところにある弟子への思いは、人道と呼ぶのがもっともふさわしい。

「フルウよ、おまえもいつか、大人たちの争いに巻き込まれるやもしれん。それでも生き抜く力を、授けてやりたいものだな」

師匠の語りかけに、弟子はむにゃむにゃと寝言で返した。

翌六日は、二人のロシア人に加え山丹人の下男も呼び寄せ、さらに詳しい話を述させて口書きをとった。

そして五月七日、イジュヨとイワンを連れて、徳内はイコトイらとともにクナシリ島に帰還した。下男の山丹人は、詮議の必要がないと判断してシャルシャムに残した。

クナシリでは、徳内の調書をもとに、山口と青島の前でふたたび吟味《ぎんみ》が行われた。

ただ、やはり言葉の壁は如何《いかん》ともしがたい。まずイジュヨたちの言葉を解するイパヌシカのロシア語も甚《はなは》だ怪しく、難解なエトロフアイヌの言葉を、フルウの助けを借りて徳内が通訳するから、恐ろしく時間がかかる。

辛《かろ》うじてエトロフに滞在していた経緯と、千島《ちしま》とは別の方角から帰国を望んでいる旨《むね》だけは、山口と青島にも伝わった。

「どういたしますか、鉄殿。他の方角というと、カラフトくらいしか浮かびませんが」

「カラフトからでは道筋がわからぬ上に、イルクツコイまでの道程が遠すぎると、イジュヨは申しておりました」と、徳内が青島に申し述べる。

「さすればやはり長崎まで連れていき、南蛮船に託すしかなかろうか？」

「イジュヨ殿も、それを望んでいるようですが」

「馬鹿を申すな、夷人《いじん》を連れて国をまたげるはずがなかろうが。下手をすれば、夷人ともども我らも打ち首になるわ」

山口が早々に却下して、それ以上の知恵も浮かばない。ここまでで、その場の誰もがすでに疲れきっており、その日の詮議は終《しま》いとなった。ロシア人と通詞たちを宿とした小屋に帰してからも、見分隊の三人はしばしその場から動けなかった。

「ここまで詮議に時を食うとは……いったい何日費《つい》やせばよいやら、先が見えぬわ」

「これからエトロフ島とウルップ以北も見分せねばならず、試し交易もある。長く留まってはおられぬ故、困りましたな」

首を回し肩の凝《こ》りをほぐしながら、山口と青島がため息をつく。

「せめて三月あれば、少しはオロシヤ語に馴染めるのですが……」

徳内の呟《つぶや》きに、上役たちが顔を見合わせる。

「おお、それだ！　徳内がオロシヤ語を覚えれば、詮議もたいそう楽になる」

「さようさよう。徳内、我らが東方の見分に赴くあいだクナシリに留まって、あの二人からオロシヤ語を学べ。それが最善の策だ」

「それはつまり……東の見分には、ご一緒できぬと」

「まあ、そうなる。ほれほれ、そんな顔をするな。ここまでは先手《さきて》を務めさせてやったのだ。たまには我らに譲っても、罰《ばち》は当たるまい」

「鉄殿の仰《おつしや》るとおりだぞ。考えようによっては、イジュヨらを通して、東の島々よりもっと先の見分を広めることも叶おう。すべてはおまえのオロシヤ語しだいだ」

上役たちになだめすかされながら、なるほど、とも思えた。イジュヨたちの頭の中には、あの広大なロシアが息づいている。イルクツコイはロシア領の中では外れに位置し、国土のすべてを把握しているわけではなかろうが、少なくとも日本の領土より何倍も広い範囲を彼らは行き来している。歴史や風土、民俗や習慣など、興味の種も尽きない。

結局、徳内は承知して、イジュヨらとともにクナシリに残ることにした。


蝦夷の夏は短く、季節は待ってくれない。

五月十日、ロシア人と対面してわずか三日後、山口と青島はクナシリを離れ東に向かった。イコトイはアッケシに戻らねばならず、同行はツキノエに任せた。

「エトロフの長には、話を通してある。惜しまず力を貸してくれるそうだ」

ツキノエはそう請《う》け合《あ》ったが、徳内の胸に、先日の懸念がふと頭をもたげる。

「ツキノエ殿……山口さまと青島さまを、くれぐれもお頼み申します」

よもや身の危険が及ぶような真似はしなかろうが、それでも心配が先に立つ。その案じ顔が、少々癇《かん》にさわったようだ。不機嫌そうに返す。

「頼まれるまでもない。旦那方の身は、おれが命に代えても守る！」

荒っぽいところはあるが、曲りのない男だ。嘘はあるまいと安堵がわいた。

そしてその日から、徳内は二人のロシア人から言葉を学んだ。というよりも、眠るとき以外は、ほとんど終日をともに過ごした。

「何だかあのふたり、トクに懐いてるね」

「クナシリの地は初めてで、イパヌシカより他には見知りもおらぬからな。心細いのだろう」

最初は通詞役のイパヌシカを介していたが、ほどなくやり方を変えた。言葉はわからずとも、気持ちは伝わるものだ。心が通えば、言葉も自ずとついてくる。相手を尊重し、風俗や習慣の理解に努め、ひとつずつ親密を築いていく。アイヌ語を学んだときと同じ方法が、ここでも通用した。

アイヌ人とロシア人と日本人。外見や言葉がこうまで違っても、心のありようは何ら変わらない。その真理には、感動すら覚える。

「あんな大きな形《なり》をして、心細いなんて似合わないね」

「そういうフルウも、そろそろアッケシが恋しいのではないか？　この前、寝言で母さまを呼んでいたぞ」

「そんなことあるもんか！　トクのきき間違いだい」

真っ赤になった顔を背《そむ》け、走っていく。その先には、イジュヨとイワンがいる。懐いているのは、フルウも同じだった。つき合い始めると、彼らの人柄もわかってきた。

イジュヨは相応の教育を受けているらしく、礼儀正しく慎重な男だ。イジュヨより四つ下、二十九歳のイワンは生粋《きっすい》の漁師で、学はないものの快活で気のいい青年だった。じっとしているより、からだを動かす方が性に合うようで、アイヌ人に交じってよく漁に出ていく。自ずとロシア語の師匠は、イジュヨが務めることが多くなったが、こちらも終日、小屋にこもっているわけではない。

徳内とフルウとともに島内を探検したり、木の実を摘《つ》んだり、ときには釣りもする。イパヌシカは、その日によって同行したり、イワンと漁に出たり、あるいはクナシリアイヌと戯《たわむ》れていたりと、気ままに過ごしていた。

傍目《はため》には遊んでいるように見えても、毎晩、覚えたロシア語を帳面に加えることだけは忘れない。

「ドーブラエ　ウートラ。ドーブリイ　ヂェン。ドーブリイ　ビーチェル、と」

おはよう、こんにちは、こんばんは、という意味だ。挨拶の言葉は和語に匹敵《ひってき》するほど多く、使い方にもさほどの違いはない。ただ、この言語には、和語にはない

ある特徴があった。

「ドーブラエとドーブリイは、どのように使い分けるのだ？」

「ウートラは中性だから、前につく形容詞の語尾はラエとなり、ディェンやヴィーチェルは男性だから、形容詞の語尾はリイとなる」

イジュヨから説明されたが、何のことかさっぱりわからなかった。その場にいたイパヌシカもやはり、首を傾《かし》げる。言葉に性別が存在するということを理解するのに、丸々一日を費やした。

ロシア語の名詞には、男性、女性、中性、さらに複数形と、四つの形が存在する。名詞の形によって、形容詞の語尾が変化するのだ。

「よもや言葉に男女があるとは、思わなんだ」

音羽塾《おとわじゅく》にいた頃、蘭語《らんご》も少々学んだが、男女の別はなかったはずだ。同じ名詞

に四つも形があるとは複雑極まりないが、かえって面白いとも言える。

六月に入る頃にはイパヌシカに追いつき、七月には少々込み入った話も交わせるようになった。海が見渡せる丘に、イジュヨとふたり並んで座った。

「トク、折り入ってききたいのだが……トクの上役たちに、私は何か疑われているのだろうか？　日本の本土に入れぬのも、ナガサキから帰してもらえぬのも、それ故だろうか？」

正直に言えば、徳内にも最初は疑心があった。

分別《ふんべつ》に長《た》けたこのロシア人が、どうして争いに巻き込まれ、山中に逃げる羽目に至ったのか？　同船していた他の網元と、ラッコ猟場の利権争いが起き、挙句《あげく》の果てに置いてきぼりを食らい島に取り残された――イジュヨはそのように語った。

仮に一切が作り話であり、エトロフアイヌの長に取り入った経緯も含めて、この国を探るために放たれた隠密《おんみつ》だとしても、確かめる術《すべ》はない。

それでも淡い緑の目には、ただ望郷の思いだけが映っている。

ふた月以上のつき合いを経て、徳内の胸からはイジュヨを疑う気持ちは消えていた。

「疑われているのはイジュヨではなく、オロシヤ国だ。世界一の広さを誇る強大な国に、つけ入る隙《すき》を与えまいと躍起《やっき》になっている」

「ロシアはたしかに広いが、世界一の強国はイギリスだ」

「エゲレス、だと？　たしか彼《か》の国は、日本と同じほどの大きさではなかったか？」

「そのとおりだ。だが、アジアやアフリカの国々を次々と植民地化し、どこよりも領地を広げているのはイギリスだ。対してロシアは国土こそ広いが、半分以上が雪と氷に閉ざされた未開の土地だ。他の欧州諸国にくらべれば、決して先んじているとはいえない」

　今回の蝦夷地見分隊のきっかけとなったのは、工藤平助《くどうへいすけ》の『赤蝦夷風説考《あかえぞふうせつこう》』だ。ロシアについて、でき得るかぎり調べ上げていたが、その大元にある思惑は、ロシアの南下を食い止め、蝦夷地を死守せよとの啓蒙《けいもう》である。師の本多利明も、ほぼ同じ意見を持ち、田沼意次《たぬまおきつぐ》もまた、その脅威を抱いたからこそ早急に見分隊を送った。

　いわばいま目の前にいるロシア人は、紛《まぎ》れもなく敵国の民と言える。

　ふいに、徳内の口許から笑いがこぼれた。

「どうした、トク？　おかしなことを言ったつもりはないのだが……」

「いや、すまん。ここはロシアにとっても日本にとっても、最果ての地だ。その地で世界について語り合うているのが、くすぐったくも思えてな」

「たしかに、傍《はた》から見れば滑稽《こっけい》かもしれんな」

互いの大きな笑い声が、高く青い空に吸い込まれる。ひとしきり笑い、ぽつりと呟いた。

「国というものは、厄介《やっかい》なものだな」

内乱も外乱も、戦《いくさ》が起きるのは必ず国境《くにざかい》だ。たった一本の線で縄張を分け、どちらが広いだの入ってくるなだの、まるで猫の喧嘩に等しい。他ならぬ徳内自身が、その国境の見極めのためにわざわざ出張《でば》ってきたのだ。

けれどもこうして異国の者と親しんでみると、その線引きがひどく馬鹿馬鹿しく思えてくる。笑いが込み上げたのも、そのためだ。

「トク、イジュヨも、こんなところにいたのか。探したぞ」

「おお、フルウか。おまえも一緒にここで昼寝をせんか、気持ちよいぞ」

「呑気《のんき》だなあ、トクは。山口ニシパに怒られるぞ」

「ということは……」

「東に行ったニシパたちが、帰ってきたんだ。トクやイジュヨも、早く浜に来いよ」

「そうか、戻られたか！　ご無事で何よりだ」

喜び勇んで立ち上がったが、ふり向くと、不安気なイジュヨの顔があった。

「イジュヨ殿、私はこのふた月余を、無駄にするつもりはないぞ」

「トク……」

幕臣ではない徳内には、イジュヨらの身のふり方を決められるほどの権限はない。せめて上役たちに精一杯進言し、でき得るかぎり安全に国に帰してやりたい。イジュヨには、そう告げた。

「トク、私は今回、これまででいちばんの豊漁を得た。トクという、日本人で初めての友に出会えたことだ」

イジュヨが大きな手を、徳内に向かってさし出す。握手という挨拶は、イジュヨから教えられた。徳内は心を込めて、イジュヨの手を握った。


「エトロフ島については、島長の合力《ごうりき》を得てつぶさに見分を致したが、ウルップ以北へは渡ることを断念した」

「先の海からの見分で、ウルップ島に住人がいないことは確かめておるしな。その先の島々には、すでにオロシヤ人の建物が築かれて、大船も出入りしている。見分を押し進めれば、下手をすれば相手に囚《とら》われるやもしれないと、島長に言われてな」

続くが、いずれもウルップより東には、クリル諸島が居留してい

エトロフの長の忠告は、間違ってはいない。ウルップより東には、クリル諸島が続くが、いずれもウルップより東には、ロシア人が居留している。イジュヨやイワンからも、そのようにきいていた。

「つまりはクリル島より東は、オロシヤ領だと我らは断じた」

「たとえオロシヤ領でも、この目で確かめるべきか最後まで迷うたが……幕吏《ばくり》たる我らが、万が一にでも、オロシヤとの戦の火種となるわけにもゆかぬ」

エトロフ以西の千島が日本領、クリル諸島以東がロシア領、ウルップはいわば両国の緩衝《かんしょう》地帯にあたる。山口と青島は、隊長の佐藤玄六郎に、そのように報告すると徳内に伝えた。

「さて、残る気がかりは、あのロシア人たちのあつかいだが……」

「山口さま、二人には何卒《なにとぞ》、格別のお計らいを。我らや国を害する心持ちは、露《つゆ》ほどもございません。イジュヨはいたって生真面目な男で、イワンは朗らかで裏表のない気性です。どうかあの者たちを、故郷へ帰してやってくださりませ」

二人の上役に頭を下げたが、しばしのあいだ返しがない。そろりと頭を上げると、いかにも意外そうな上役たちの顔があった。

「徳内が、こんなに長々と述べるとは」

「まことにめずらしい。それがしも初めてです」

「あのう、勘所《かんどころ》はそこではなく……」

「よいよい、お主の訴えはようわかった。オロシヤに帰すことには、我らにも異はない」

「それでは……」

「ただし、長崎まで連れてはいけぬ。やはり島伝いに、カムサスカへ渡るより他になかろう」

「さようですか……」

山口の申しように、徳内の肩が落ちる。青島が、なぐさめるように口を添えた。

「徳内、これは鉄殿よりの情けだ。ここからカムサスカへ渡るのが、あの者らにとってもっとも難のない道なのだ」

長崎に渡るより前に、松前や江戸で投獄される恐れの方が大きい。ロシアはあくまで敵国であり、庇い立てする理由は幕府にはない。いまなら詮議の結果、お咎《とが》めなしとして、山口の裁量で帰国させることができる。

「わかり申した。山口さまのお心遣いは、イジュヨたちにも通じましょう」

徳内が仔細を告げると、イジュヨはひとつだけ条件をつけた。

「ラッコ猟の時期が終われば、私たちと猟場を争っていた者たちも、本国に引き上げるはず。しばしのあいだ、エトロフに留まりたいのですが」

どのみち七月いっぱいは、クナシリで試し交易の仕事がある。それまでなら構わぬと、山口も許しを与えた。道中の無事は、ツキノエを通してエトロフアイヌの長によくよく頼み、山丹人を加えた三人を、ウルップの先のクリル諸島まで必ず無事に届けると、島長も約してくれた。

八月二日、すでに蝦夷は秋が深まっていた。

「イジュヨ殿、イルクツコイまで長旅になりましょうが、どうかご無事で……」

「トク、本当に世話になった。トクのことは、決して忘れない。和人の心延《こころば》えの豊かさ、温かさを、私は生涯忘れない！」

イジュヨとイワンを乗せた蝦夷船が、風に乗ってみるみる遠ざかる。

その帆影《ほかげ》が豆粒のように小さくなっても、徳内は浜辺に立ち、ちぎれるほどに手をふり続けた。

第九話　実らずの実

その報に接したとき、とても信じられなかった。

「庵原弥六《いはらやろく》が、死んだだと……？」

山口鉄五郎《てつごろう》は、そう呟《つぶや》いたきり言葉もない。

青島俊蔵《しゅんぞう》と徳内《とくない》も、報をもたらした皆川沖右衛門《ちゅうえもん》の前で、ただ茫然とした。

クナシリでイジュヨらロシア人を見送ると、三人もすぐにクナシリを立った。強い東北風は、たちまち船を西南に運び、翌日にはアッケシに着いた。

三人を待っていたのは、十日ほど前に当地にやってきた、皆川沖右衛門であった。

冬のあいだは疝癪《せんしゃく》の病に苦しんでいたが、夏を迎えて病もすっかり癒《い》えた。隊長の佐藤玄六郎《げんろくろう》が江戸から松前《まつまえ》に戻ったこともあり、後事《こうじ》を託してアッケシに赴《おもむ》いたという。

念願であった旅に出たというのに、皆川の表情は晴れやかとは言い難い。東組の者たちに、ソウヤの悲劇をまず告げねばならなかったからだ。

「五月の十日頃であったか、大石逸平《いっぺい》の文が松前に届いてな……弥六をはじめ、よもや五人もの死人が出るとは、思いもせなんだ」

しかし皆川には、同輩の死を悲しむ間もなかった。松前に異国船が現れたとの噂が流れ、情報収集に奔走《ほんそう》していたからだ。

仲間との再会で気持ちが緩《ゆる》んだのか、皆川はひたすらに庵原を惜しんだ。

「皮肉なものだ……病に臥《ふ》していたおれが、こうして生き延びて、あれほど達者であった弥六が、もうこの世におらぬとは……」

「泣くな、沖右衛門！　もとより我らは、身命を賭《と》して蝦夷《ここ》に来た。弥六とて、すでに覚悟は……」

泣くなと言いながら、山口の頰に滝のように涙が伝う。

「弥六殿は、穏やかでありながら、芯のあるお人柄でありました……」

青島も堪《こら》えきれず、手で口許《くちもと》を覆《おお》う。むせび泣く三人の背後で、徳内もまた、顔を拭《ぬぐ》うこともせず涙が落ちるに任せた。

ソウヤは蝦夷《えぞ》の突端、つまりは日の本の最北端だ。そのような北の果てで落命した庵原も、また見分隊につき従って不帰《ふき》の身となった松前藩の者たちも、哀れでならない。

未開の土地に、探検に赴くのだ。誰もが命を捨てる覚悟でここに来た。しかし人とは総じて、楽観的な生き物だ。心構えと、死という現実のあいだには、想像以上に大きな隔《へだ》たりがある。いまは誰もが、その落差に打ちのめされていた。

「弥六は、苦しんだのであろうか……」と、山口が呟いた。「やはり寒気にやられたのか。沖右衛門と同じ、疝癪を患ったのであろうか？」

疝癪とは、胸や腹の差し込みである。蝦夷に入ってから、皆川はたびたび胸の疼《とう》痛《つう》に襲われ、冬場は特にひどかった。寒気が緩むとともに快方に向かい事なきを得たが、ソウヤに蔓延《まんえん》した病は、どうやら違うものらしいと皆川が告げる。

「霧に中《あた》ったと、逸平は書いてきた」

「霧、だと？」

春が来て寒気が遠のいてから、隊員たちはバタバタと倒れた。症状は人によって差異があり、重い者も軽い者もいたが、罹《かか》らなかった者は一人もいない。

「風邪はむろん、水中りや食中りとも、病のようすが違う。春になって出始めた霧より他に、病の因《もと》が思いつかぬそうだ」

大石の便りにあった病の仔細《しさい》を、皆川が口で説く。ふと、徳内は思い出した。

――冬は特に、肝《きも》や腸《わた》を食べぬとからだが参ってしまうんだ。

コタンで世話になった折、イタクニップの親類、タサニクからきかされた。

——どうしてかはわからんが、昔から言われている。肝を嫌って、肉ばかり食べていた男が、春の訪れとともに倒れてしまう。そんな昔話も伝わっていてな。

カジカという魚の腸袋に肝を詰めた、ソホカナトを徳内にふるまいながらタサニクは語った。単なる昔話だときき流していたが、あれは物語になぞらえた戒《いまし》めかもしれない。

肝や腸を食さぬまま冬を越し、春の訪れとともに倒れてしまう——。

西組を襲った病と、ぴたりと合致するではないか。だが確証はなく、いまさら思いつきを口にしても詮《せん》なきことだ。ただ、徳内は、悔しくてならなかった。

徳内とて、身の危うさは何度もあった。しかしそのたびに、アイヌ人とその知恵に助けられてきた。生死を分けたのは、その一点ではなかろうか？

土地の者の助力を、恩恵を受けたからこそ、徳内たちはこうして生きている。同時に、その恩恵に与《あずか》れなかった庵原たちの死が、無念でならない。

アッケシにいた者たちで、簡素な仏事を行った。

浜辺に立ち、詠じ慣れた般若心経《はんにゃしんぎょう》を唱え、ソウヤにも繋がっているであろう海に向かって手を合わせた。

「弥六殿……弥六殿の心残りは、我らが必ず成し遂げまする。どうぞ安らかに、成仏召され」

前に立つ青島の呟きは、徳内の胸にも刻まれた。

青島に限らず、隊員の誰もが同じ志を肝に銘《めい》じていた。

二年にわたった見分の完遂と、でき得るかぎり詳細な報告が旨《むね》とされる。

「ではな、俊蔵、徳内。陸はおまえたちに任せたぞ」

数日後、皆川と山口に見送られ、青島と徳内はアッケシを立った。

探索と報告に加え、試し交易の仕上げも大事な職務だ。皆川はしばらくアッケシに滞在し、東蝦夷の交易を受け持ち、一方の山口は船で松前に戻り、佐藤とともに報告書のとりまとめを行う。

青島と徳内は、測量をより完璧にするべく、今年の早春に徳内が歩いた道筋を逆に辿《たど》って松前に帰ることとなった。主従には、小者《こもの》がひとりつけられた。

「めずらしく、大人しいな」

いつもとはようすが違う小者に、徳内は声をかけた。

「だって……ていねいな物言いは、まだ難しくて。和語だと、うまく話せねんだ」

アイヌ語のひそひそ声でこたえる。徳内が笑いをもらし、前を行く青島がふり返った。

「うん？　どうした、徳内？」

「青島さまの前で、柄《がら》にもなく固くなっておるようで」

「エラい人のお供だから粗相をするなと、父さんにも言われてさ。おれ、困ってるんだ」

フルウのアイヌ語をそのまま訳すと、青島が笑い出す。

「いつもどおりで構わぬぞ。徳内には及ばぬが、おれもだいぶアイヌ語に慣れたからな」

和語とアイヌ語のちゃんぽんはお互いさまで、敬語の必要もないと諭《さと》されて、フルウが大げさなまでに安堵《あんど》の息をつく。

「よかったあ！　おれ本当は、嬉しくってたまらないんだ。旅なんて初めてだし、それも松前の都だろ。あんまり楽しみで、昨日は眠れなかったんだ」

子供らしい笑顔につられて、主従の顔もほころぶ。

松前まで、フルウを連れていきたいと申し出たのは、徳内だった。

江戸には連れていけないと、フルウに語ったことがある。罪滅ぼしのつもりもあったが、単にフルウと別れ難かった、それが何よりの理由だ。

今年のうちに、見分隊は江戸に帰参する。幕府の役人ですらない徳内が、再び蝦夷の地を踏む機会は容易には訪れまい。フルウはいわば、徳内にとっての初めての弟子であり、師の授ける事々を貪欲《どんよく》に吸収する。花が開くさまは見られずとも、伸び盛りの若芽を、もう少しだけ見守りたかった。上役《うわやく》の青島の許しを得て、またイコトイやフルウの家族も快く送り出してくれた。

「松前からアッケシまで、五十日近くかかったと申したな？」

「はい。まだ雪が深くて、山越えが大変でした」

「ということは、雪のないいまなら、もっと早《はよ》う進めそうだな」

「いやいや、青島さま。そう上手くは運ばないぞ。雪はなくても、別の厄介《やっかい》があるからな」

半日ですっかり青島に馴染《なじ》んだフルウが、首を横にふる。フルウの助言の正しさは、アッケシを立って早々に、身にしみてわかった。

「いや、道なき道とはきいていたが……どこをどう測ればよいのか、見当すら摑《つか》めぬわ」

「よもやこれほどの繁《しげ》りようとは……春よりもよほど難儀です」

夏のあいだに伸びた草木がぼうぼうと繁り、どこもかしこも覆われている。砂浜が少ない土地だというのに、海岸から一歩入れば、行けども行けども藪《やぶ》に塞《ふさ》がれる。先頭を行くフルウが、今回の旅に向けてイコトイから授けられたマキリを得意げにふりかざし、藪を切り拓《ひら》いてくれるのだが、大人たちには少々狭い。

一時《いっとき》ほども歩いて、ようやく大きな藪を抜けた。青島と徳内が、互いに顔を見合わせる。

「徳内、おまえ、ひどい姿だぞ」

「いえ、青島さまこそ」

「ふたりとも、まるで葉っぱのお化けだ」

枝や葉をからだ中に張りつけた姿に、フルウが笑いころげる。

「おれ、水を汲んでくる。近くで水の音がしたんだ」

まとわりついた枝葉を落とし、主従は草の上に腰を下ろした。

駆けてゆく野兎のような背中を目で追いながら、青島がしみじみと言った。

「あの子がおると、気持ちが引き立つ。連れてきて、よかったな」

はい、とこたえながら、青島の含みには気づいていた。庵原の死が、応えているのだ。

「庵原さまとは、親しゅうしてらしたのですか？」

「前にも一度、同じ役目を賜《たまわ》ってな。おれが普請役《ふしんやく》の見習いに就《つ》いたばかりの頃だ。何かと行き届かぬおれに、嫌な顔ひとつせず……良いお方だった」

「はい……」

「その折の下役《したやく》も、逸平と新兵衛《しんべえ》であった。ご縁があるなと、弥六殿と話していたのだが……ソウヤで目《ま》の当たりにした逸平も、さぞかし辛《つら》かったことだろう」

　上役と下役の組み合わせは、固定されてはいない。役目によって顔ぶれも変わるが、今回は先の役目と同じに、庵原に引佐《ひきさ》新兵衛、青島には大石逸平が、それぞれ下役に就いた。

「弥六殿のお宅に、招かれたこともある。ご妻女に何と伝えればよいのか、思うだけで気が揉める。いっそおれが、弥六殿の代わりに西蝦夷へ赴くべきだったと……」

「青島さま……」

「すまん、埒《らち》もないことを申した。おれは独り身故《ゆえ》、江戸に待つ者もおらぬしな。お子たちの顔を浮かべると、どうにも……」

　庵原には三人の子がおり、長男は元服を迎えた。まだ若いが、せめてつつがなく普請役を継がせてやりたいと、青島は語った。

「青島さまにも、親御さまやご兄弟が……」

「もう、誰もおらぬ。兄と弟がいたが早死にしてな、両親《ふたおや》もすでにない」

　思いがけず、青島の孤独を知らされた。気性に陰がないだけに、まさか天涯孤独とは想像もしなかった。不覚にも、涙がこぼれそうになる。

　家族のいる庵原の代わりに、自らが犠牲になるべきだったと、たとえ不用意な言葉にせよ口にした青島の孤独が、ふいに胸に迫ったのだ。

「おい、徳内、どうした？」

砂糖を含み過ぎた黒豆のような目に、青島がにわかに慌てる。

「いえ、庵原さまのことが思われて……」

咄嗟《とっさ》にごまかした。竿取《さおとり》の分際で、上役の武士を哀れむのは無礼になろう。代わりに、少し間をおいてたずねた。

「青島さま、使用人などは？」

「いや、置いておらぬ。役目柄、家を空《あ》けることが多いからな」

「では、江戸に帰ったら私がお仕えを。飯炊きも掃除も薪割《まきわ》りもできます」

徳内の心遣いは、いくばくか伝わったのかもしれない。

「それは助かる。おかげで江戸に帰る当てができたわ」

青島は嬉しそうに、色黒の顔に白い歯を見せた。


「おお、徳さんでねえか！　いやあ、よく来たよく来た。ささ、上がってけれ」

クスリを経てシラヌカに至ると、懐かしい顔に再会した。

小屋番の馬吉《まきち》である。南部《なんぶ》の野辺地《のへじ》の出で、冬場はひとりきりで運上《うんじょう》小屋の番をしている。いまの時期は、商人たちが出入りして活気があった。

晩の食膳も豪勢で、刺身はウニとボタンエビ、炙《あぶ》り物はカレイにホッキ貝と北の幸がならぶ。四人で和《なご》やかに夕餉《ゆうげ》をとった。

「ほう、この坊主は徳さんの弟子か。どうだ、旨《うめ》えか？」

「ふん、ふはひ」

酒を呑《の》まないフルウは、口いっぱいに飯を詰め込む。

「おれはアイヌ料理は苦手だども、いっぺんだけ、えれえ旨《うま》いもんを食ったことがある」

クスリに近い海岸で行き合ったアイヌ人が、ふるまってくれたという。

「鮭《さけ》の腹子《はらこ》をバラしたもんでな、丸くて紅くて粒々してただ」

「あまり旨そうにも思えぬが……」

青島は顔をしかめたが、飯を呑み込んでフルウが叫んだ。

「チポロ！」

「おお、坊主も知ってっか。また食いてえだが、どこで手に入るべ？」

残念ながら難しいと、フルウが応える。

「チポロは赤人《あかひと》から伝わったんだ。赤人の言葉では、イクラというそうだ」

鮭の腹子をほぐして塩に漬けたものだが、アイヌの集落では塩は貴重品だ。また、新鮮な腹子が手に入るのは、卵を抱いた鮭が遡上《そじょう》する時期に限られ、せいぜい半月ほど。その頃でなければ味わえない珍味だという。

「アッケシのコタンでは、儀式のときにしか食べられないご馳走だ。父ちゃんの話だと、チポロを食うのは東蝦夷のアイヌだけだって」

おそらくは、ウルップに来島したロシア人から伝わって、イコトイの治める東蝦夷のコタンにのみ広まったのだろう。外見や食感が、和人《わじん》には好まれない代物《しろもの》かもしれない。しかし馬吉やフルウには、何よりの美味であるようだ。

「あの旨さときたら……舌の上でとろりと溶けて、口いっぱいに塩気と旨味が広がってな」

「団子にチポロを添えたチポロシトは、すげえ旨いんだ。おれのいちばんの好物だ」

ふたりの話をきくだけで、生唾が出てくる。食べ物談議で大いに盛り上がったが、フルウが先に休み、大人だけになると、少々剣呑《けんのん》な話題となった。

「いやあ、今年もこっちで冬を越すつもりでいたども、物騒な話をきいちまってな。何でも異国船が、松前に現れたとか」

「そうか、このような田舎にまで、噂は流れていたか」

「んだば、お侍さま、まことでごぜえますか？」

「おれや徳内も、つい先だってきかされたばかりだが」

皆川沖右衛門が、もたらした報《しら》せだった。

五月半ば過ぎ、松前領の沖合に異国船が数回にわたって出没した。さらに松前藩の足軽が、異国船と遭遇したというアイヌ人を見つけて、証拠の品を手に入れた。アイヌ人は船で鮑漁《あわび》をしていたが、異人に乞われて鮑をさし出すと、返礼の品を渡された。

酒を一本と、餅のようなものが二つ。松前に滞在していた長崎会所《かいしょ》の役人が、これは異国の酒と、パンという食べ物だと判じた。

その頃には佐藤玄六郎が江戸から戻っており、松前藩と相談の上、異国船の南下に備えて出羽《でわ》や越後《えちご》の津々浦々に触れを出した。異国船の噂は、松前では市井《しせい》にも広まっている。シラヌカに寄港した商船を通して、馬吉の耳にも入ったようだ。

「噂は本当だが、異国船が攻めてくるようすはひとまずない。むしろ、津軽《つがる》の凶作の方が切実だ。今年も豊作の兆《きざ》しはなく、民は飢えに苦しんでおる」

いま野辺地に帰っても、苦労は目に見えていると諭した。青島の説得には実がある。異国船の不安が払われたこともあり、もうしばらくこの地に留《とど》まると、馬吉は素直に応じた。

「徳さんたちは、江戸に帰っちまうんだべ。寂しくなるな」

「江戸に戻ったら、文を書きます。シラヌカの運上屋宛で届くでしょうか？」

「そっだら、野辺地の嶋屋《しまや》という商家宛に出してけせ」

嶋屋は酒造業と船問屋を営み、馬吉にとって雇い主になるという。

「おれは読み書きは得手《えて》じゃねえども、楽しみに待っとるだ」

翌朝、馬吉に見送られ、三人はシラヌカを立った。

春先よりはいくぶん旅程を稼いだものの、やはり相応の日数がかかった。アッケシを立って四十日、九月半ば過ぎに松前に入った。


松前では、懐かしい数々の顔ぶれが出迎えてくれた。

「ようやく戻ったか。久方《ひさかた》ぶりだの」

「おまえたちの松前入りを、首を長うして待っておったぞ」

隊長の佐藤に挨拶《あいさつ》を済ませ、先に船でアッケシから戻った山口も強面《こわもて》をほころばせた。

「おまえたちがアッケシを立った二日後に、誰が参ったと思う？　何と逸平よ」

「まことでござるか？　して、逸平のようすは？」

「案じるには及ばぬ。むろん、弥六の死には痛手を受けておったが……だがな、弥六の代わりにカラフトへ渡ったことで、少しは吹っ切れたようだ」

「大石殿は、おひとりでカラフトへ？」

徳内の問いには、佐藤がうなずく。数人の小者や、案内役のアイヌ人は同行したが、松前藩の者もおらず、大石はひとりでカラフト探索に赴いたという。

「おまけにカラフトから戻ると、去年、玄六郎が辿ったと同じ東廻りで、ソウヤからアッケシに至ってな。隊長に続いて蝦夷地ひとめぐりを果たしたと、自慢しておったわ」

山口の冗談めいた説きように、青島は大きく安堵の息を吐いた。

大石は上役たちとは別の屋敷に寝泊まりしていたが、青島や徳内の到着を知らされて、時を置かず駆けつけた。長旅を経て、からだが引き締まったようだ。以前より日に焼けて、顔つきも凜《りん》として見えた。

「俊蔵殿、ご無事のお戻り、何よりにございます」

「それはこっちの台詞《せりふ》だ。逸平、よう戻った。辛い務めを、よう果たした」

青島らしい、心からの労《ねぎら》いだった。張り詰めていた糸がふいに弛《ゆる》むように、大石の眉尻《まゆじり》が情けなく下がる。

「弥六殿のご不幸が、あまりに無念で……亡くなった松前の者たちも、哀れでなりませぬ。もっと早《はよ》うにソウヤに向かっておれば、あるいはと、つい詮なきことを

「……」

「いいや、逸平は、まことにようやった。おまえが駆けつけたからこそ、新兵衛や清七《せいしち》らの命が助かったのだ。おれはそう思うぞ」

「有難き、お言葉……」

嗚咽《おえつ》を堪えるように、口許を手で覆う。

「弥六殿の志を継いで、カラフト見分を成し遂げたのも、逸平、おまえではないか」

「ですが……カラフトの全てを確かめることは、叶《かな》いませなんだ」

大石は、半月ほどソウヤに留まり、病人の看病やソウヤ会所の差配に従事した。幸いにも生き残った者たちは病の峠を越え、回復の兆しを見せた。

もうしばらくソウヤで養生に努め、足腰が立つようになれば松前に戻れよう。後の心配は要らないと、引佐新兵衛や鈴木清七らも、大石にカラフト行きを促《うなが》した。

去年の探索が捗《はかど》らなかったのは、出発の時期が遅かったこともあるが、食糧が潰《つい》えたことが何よりの敗因だった。それを踏まえて大石は、五艘《そう》もの蝦夷船に食糧を積み込んで、五月初旬、ソウヤを出発した。庵原が残した探索記録を辿りながら北上を試み、昨年よりもかなり踏み込んだ土地にまで到達した。

しかしカラフトの懐《ふところ》は、あまりに深かった。土地のカラフトアイヌの話では、この先は人家も少なく、次の大きな集落までは、およそ二百里はある。未だカラフトの半ばにすら達しておらず、復路を考慮すると糧食が到底足りない。

「諦めざるを得ず、むざむざとソウヤに戻って参りました」

ソウヤに帰港したのは七月初旬。まるまるふた月を費《つい》やしても、カラフトが陸続きなのか島なのかすら判じることができなかった。

悔しそうに、描いたカラフト絵図をふたりに見せる。カラフトのおよそ南半分の地形が、岬《みさき》や湾はもちろん、川や湖水、さらに二十以上の集落まで記されている。

「いえ、大石殿、これは見事です」

下半分とはいえ、これほど詳しいカラフト図は、異国の世界図にも描かれてはいない。

「半分は、去年の見分によるもの。おれひとりの手柄ではない」

「では、この絵図は、いわば弥六殿と逸平が合力した賜物《たまもの》だ。よう仕上げたな、逸平。立派な仕事を成した」

「庵原さまもきっと、お喜びくださいます」

青島と徳内の賞賛は、心からのものだ。大石は涙を拭い、笑顔を見せた。

九月の末まで、見分隊の者たちは懸命に働いた。松前組は上役・下役総出で、見聞録のとりまとめに従事し、徳内やフルウもこれを手伝った。皆川はアッケシに残り、また山口の下役の大塚小市郎《こいちろう》はシベツにいた。

御用船の神通丸《じんつうまる》と五社丸《ごしゃまる》、雇い船の自在丸《じざいまる》の三艘は、松前での積荷を終えて、九月の上旬に出帆していた。いったん東に向けて舵《かじ》をとり、アッケシやキイタップ、シベツなど、東蝦夷各地の運上小屋を廻って荷を回収し、それから一路、江戸に向けて南下する。皆川や大塚は、荷積みの差配のために東蝦夷に残されていた。

ソウヤでからだを壊した引佐新兵衛も、松前での養生ですっかり回復し、自ら望んで東蝦夷に赴き、やはり同じ任務に就いている。

庵原の後任としてソウヤに据えられたのは、皆川の下役たる里見平蔵《さとみへいぞう》である。里見はソウヤでの交易仕事と後始末を終えて、すでに松前に戻っていた。

庵原らの死は応えたものの、隊員たちの士気は高かった。蝦夷各地に散りながら、それぞれの地で己《おの》が役目を果たそうとひたむきに努めた。二年にわたる見分は、ようやく刈り取りを迎えようとしている。誰もが信じて疑わなかった。

ただ、月が押し迫るごとに、佐藤と山口の顔色が冴えなくなった。

佐藤は五月の末から三度にわたって、江戸に飛脚便を送っている。現状の報告と、江戸表《おもて》への伺いのためだ。しかし状の宛人たる組頭《くみがしら》からも松本伊豆守《まつもといずのかみ》からも、何の音沙汰《おとさた》もない。果たして状が届いているかさえ心許《こころもと》なく、念のため三通目は、松前藩の飛脚を使わず、町飛脚で仙台まで届け、江戸までは仙台藩の飛脚に頼んでみたが、やはりなしのつぶてであった。

「ゲンさまとテツさまは、どうしたのかな？　ため息の数が、ずいぶん増えた」

「おふたりは、隊を率いておるからな。何かと気苦労も多かろう」

九月晦日《みそか》を控えたその日、徳内とフルウは松前城下を散策していた。

徳内は役目の合間に、できるだけフルウを連れ出して、こうして町歩きをした。大きな商家、めずらしい品々、江戸や京風の美々《びび》しい装束と、十三の少年にとっては何もかもが目新しくてならないようだ。

「やっぱり松前はすごいや。何べん見ても飽きないや」

広い通りに出ると、瞳を輝かせて見物に精を出す。

「フルウは、このような大きな町に住んでみたいか？」

「おれは、松前には住みたくない」

妙にきっぱりと、フルウは応えた。フルウの視線の先には、道端にかたまった数人のアイヌ人がいた。

「松前のアイヌ人は、ひどくしょぼくれて見える。窮屈そうだし、ちょっと湿っぽい。見ていると、辛くなる」

　フルウの横顔は、いつになく大人びて見える。アイヌにとって住み良い町ではないことを、肌で感じているのだろう。

「おれ、本当はさ、大人たちが和人にへこへこするのが嫌だったんだ。イコトイみたいな大首長ですら、和人の前では形無しだろ？」

「イコトイ殿は、おれが会ったアイヌの中では、誰よりも立派なお方だ」

「うん……それもわかってる」

　もっとも敏感な年頃だ。アッケシでは父親やイコトイの庇護《ひご》の下にあったが、今回の旅を通して、徳内が考える以上に、さまざまなことを吸収しているに違いない。それは決して、明るい景色ばかりではない。その現実が、徳内には我が事のように辛かった。

「それでもな、松前にくらべれば、アッケシやクナシリのアイヌは、よほどのびのびしているなって思ったんだ。長い冬のあいだは、和人も来ないしな」

「そうだな……土地柄もあるかもしれない。あれほど広々とした土地は、日の本中を探してもどこにもないからな」

「へえ、ヒノモトは案外狭いんだな」

「それに、松前アイヌもな、城下では大人しゅうしているが、一歩外に出れば存外のびのびしているぞ」

松前で会った、イタクニップの話をした。

「おれもその人に、会ってみたかったな……でも、もう時がないや」

別れの寂しさを滲《にじ》ませた。フルウをアッケシに帰すための船が、ようやく見つかったのだ。

風にもよるが、海路なら概《おおむ》ね十日ほどでアッケシに着く。すでに晩秋、夏場にくらべると、東蝦夷へ向かう船は数が限られる。

アッケシやキイタップを廻ってから、本土に渡る船があり、出航は明日に迫っていた。

別れの辛さは、徳内とて同じだ。でき得るかぎりの知恵を授け、我が子のように慈《いつく》しんだ。油断をすると、涙がこぼれそうになる。

自らの気を引き立てるために、師匠らしく弟子に達した。

「和語の手習いを怠らぬよう、最後まで気を抜くでないぞ」

「トクはすぐそれだ」と、不満げに口を尖《とが》らせる。

「では、試しをいたそう。あの看板は、何と読む？」

「ゑびす屋だろ。仮名《かな》はもう読めるって。漢字も少しは……」

「では、あれは？」と、通りの先にある看板を指さした。

「何だ？　ひのふのみ？」

「惜しいな、一二三《ひふみ》屋と読む」

内心では徳内も、弟子の出来にはいたく満足していた。仮名の読みはすべて習得し、書く方も、平仮名はまだ怪しげだが、片仮名は文のやりとりができるほどに上達した。漢字は覚えたてながら、簡単な字を三十ほど仕込むことができた。

徳内はフルウとともに、一二三屋の暖簾《のれん》をくぐった。徳内がたびたび通った書物問屋で、フルウへの土産にもたせようと、文字の教本なぞをいくつか見繕《みつくろ》った。

「おれ、こっちがいい。絵がいっぱいあって、面白そうだもの」

フルウの求めに応じ、框《かまち》に腰かけて絵本のたぐいも物色した。フルウは一冊を手にとり、題をながめる。

「ええっと……行と日しか読めないや」

「『高慢斎行脚日記《こうまんさいあんぎゃにっき》』だ。行はあん、日と記でにっきと読む」

書店の手代《てだい》は、他の客の相手をしており、徳内も気を抜いていた。

いきなり背後から手が伸びて、フルウの手から乱暴に黄表紙《きびょうし》を奪いとる。

「どういうことだ……？」

ふり向くと、徳内の見知った侍が、仁王立ちでふたりを見下ろしていた。

「何故に夷人《いじん》の小僧が、和語を解する？」

松前藩の家臣、浅利幸兵衛《こうべえ》だった。イタクニップとのつきあいを、咎《とが》めた侍だ。昨年はアッケシにまで同行し、何かと徳内をうるさく監視していた。

「こたえよ！　最上《もがみ》徳内！」

鬼のような形相《ぎようそう》で、鋭く問い詰める。フルウを庇《かば》うように浅利の前に立ち、徳内は告げた。

「この者は、アッケシから連れて参った通詞《つうじ》であり、私の弟子にございます」

「弟子、だと？　よもや、読み書きを教えたのではあるまいな？」

「もちろん、教えました。師として、あたりまえのことです」

「愚か者がっ！　松前の禁に触れると、承知の上でのふるまいか！」

「私は、江戸から参った竿取《さおとり》に過ぎませぬ。松前の法に、従う謂《いわ》れはありませぬ」

浅利のこめかみに青筋が浮き、徳内を、次いでその肩越しにフルウを睨《にら》みつける。いまにも摑みかからんばかりの形相だ。

「私の弟子に、構い立てはご無用に願いたい！」

相手の眼光に負けぬよう、浅利を睨み返した。徳内の威嚇《いかく》に屈したわけではなく、人目をはばかったのだろう。浅利が矛《ほこ》を収め、踵《きびす》を返す。騒ぎをききつけて、書店の前に人垣ができはじめていた。

「この不始末は、ご家老に申し上げるからな。覚えておれ」

忌々《いまいま》し気に捨て台詞を残し、浅利は立ち去った。

「すまんな、フルウ。怖い思いをさせた」

何よりもまず弟子を気遣ったが、驚いたことに浅利の姿が消えるなり、フルウは笑い出した。

「いまの侍、アッケシに来た嫌な奴だろ？　あの顔ときたら……まるで釣り上げられた魚みたいだった」

目玉を見開き、口を開けた魚そっくりだと、腹を抱える。

フルウのようすには安堵したものの、この件は直《ただ》ちに注進され、その日のうちに佐藤と青島が家老の呼び出しを受けた。

暮れ方に戻ってきたふたりの上役に、徳内が首尾をたずねる。

「いかがで、ございましたか？」

「どうにか収まったわ。フルウは明日、松前を離れるからな。構い無用を約束させた。ただし書物のたぐいは、一切持ち帰りならずと達された」

「フルウは事なきを得たが、徳内に対してはたいそうご立腹でな。次に参っても、二度と蝦夷の地には足を踏み入れさせぬと息巻いておった」

佐藤と青島が、松前の沙汰を告げる。

「つまりは、蝦夷所払《ところばら》いというわけですか……」

さすがに徳内がしゅんとする。ぽん、と大石が下がった肩に手をおいた。

「所払いと言うても、要は松前の者に見つからねばよい。広い蝦夷には、港はいくつもあるからな」

「逸平の申すとおりだぞ、徳内。お主とフルウには縁がある。またきっと、再び会う機に恵まれよう」

青島にも励まされ、徳内も気をとり直す。

翌日、フルウは便船に乗り、松前を立った。

「トク！　トク！　ありがとう、トク！」

船上から、フルウがちぎれんばかりに手をふり続ける。

小さな弟子が、豆粒ほどに小さくなっていく。たまらなく切なくて、船影が見えなくなっても、徳内はその場に佇《たたず》んでいた。

弟子の旅立ちに、感傷に浸っていた徳内はもちろん、松前にいた者たちは知る由《よし》もなかった。役目を終えたはずの見分隊には、この先、いくつもの嵐が控えていた。

ひとつめの嵐は、八月二十五日に起きた。

十代将軍、家治《いえはる》の薨去《こうきょ》である。

十代将軍家治の死は、九月八日まで下々《しもじも》には知らされなかった。

この十二日間のあいだ、幕府内では大きな人事の動きがあった。

家治の懐刀として、絶大な権力を誇っていた田沼意次《たぬまおきつぐ》の失脚である。

病に臥す家治の枕元に侍《はべ》ることすら許されず、薨去からわずか二日後に老中を罷《ひ》免《めん》された。

これほど速《すみ》やかに事が運んだのは、いわゆる御三家御三卿の意図が大きかった。ことに次期将軍家斉《いえなり》の実父である一橋《ひとつばし》卿は、意次を相当に疎《うと》んじていたという。

彼らの意を受けて、この劇的な人事の糸を陰で捌《さば》いていたのは、次の政権を握る白河公《しらかわこう》、松平定信《まつだいらさだのぶ》であった。

この頃、田沼意次の評判は、地に落ちていた。

進取果敢《しんしゅかかん》な重商主義は、保守的な幕臣たちを逆撫《さかな》でし、農民の反発を買った。

意次は決して、農を軽んじていたわけではない。その証《あか》しが、印旛沼《いんばぬま》の干拓である。干拓は、利根川《とねがわ》流域の村々を水害から守り、新田も開拓できる一挙両得《いっきょりょうとく》の策だった。大枚と人手を投じ、遂にこの年、天明《てんめい》六年に完成する見通しが立っていた。

その夢が、脆《もろ》くも崩れた。六月から七月にかけて、関東は連日、豪雨に見舞われた。あらゆる河川があふれ出し、江戸開府以来といわれる大洪水が関東一円を襲った。

利根川は、荒川《あらかわ》とともに暴れ龍と化し、田畑も家も人の暮らしも呑み込んだ。工事の途上にあった干拓設備も、この憂《う》き目《め》を免《まぬが》れなかった。村々を守るための長大な堤防も、水位を下げるために築かれた江戸湾への水路も、一切が濁流に呑まれた。

水が向かったのは海であり、もっとも海に近い江戸もまた、甚大《じんだい》な被害を被《こうむ》った。

景色は一面の泥海と化し、呆然と佇む人々は、為政者を恨むより他に為すすべがなかった。

その噂は、またたく間に広まった。田沼が推《お》し進めた干拓こそが、水害の元凶だとの風説だ。

いつの世も、時代を先取りするものは憎まれる。彼らの描く先々が、足許《あしもと》ばかりに目を落とす大衆には見通しようがないからだ。

米より貨幣に注目し、経済を回すことで幕府の、ひいては国庫の赤字財政を根本的に解決しようとしたが、役人への賄賂《わいろ》をはじめとする弊害も多く、拝金主義だと叩かれた。

何よりも天明二年から続き、この年で五年目に入った天明飢饉《ききん》が、田沼政治に影を落とした。苦難が続けば、人は変化を求める。

幕府の重鎮らは、家治薨去という千載一遇《せんざいいちぐう》の機を見逃さなかった。迅速《じんそく》かつ容赦《ようしゃ》なく時の老中筆頭を切り捨てることで、政治の刷新を演出し、権力をとり戻すことも叶う。

田沼の失脚とともに、蝦夷見分隊の意義も失われた。まるで穴に落ちるがごとく、彼らの立場は暗転する。

やがて襲い来る過酷な現実を、蝦夷にいる誰もまだ知らなかった。

彼らはすでに、別の嵐に見舞われていた。

「何ということだ……我らの労苦が、まさに水泡に帰すとは」

アッケシにいた皆川沖右衛門が報を受けたのは、九月十日、家治薨去が公にされた二日後だった。

「神通丸《じんつうまる》と五社丸《ごしゃまる》……御用船が二艘とも、だと?」

「荷を守らんと、船乗りも港の者たちも懸命に働いたのですが、その甲斐もなく……」

下役の大塚小市郎《こいちろう》が、無念極まりないようすで唇を噛みしめた。

神通丸と五社丸は、アッケシやシベツに寄港しながら順調に積荷を増やしていた。しかしすべての荷積みを終えた直後に、猛烈な暴風雨に見舞われた。沖に停泊していた船から荷を下ろそうと、大塚小市郎を先頭に多くの者が奮闘したが徒労《とろう》に終わった。

「ほぼすべての積荷が水底に沈み、船も大破しました……」

苫屋《とまや》雇いの自在丸《じざいまる》もまた消息不明であり、試し交易は成果どころか全損も危ぶまれる。さらに船を失ったことが、何より痛い。御用船を苫屋に払い下げることで、造船費用の大方を賄《まかな》う話がついていたからだ。荷と船の両方を失えば、大枚の借金がそのまま残ることになる。半ば茫然として、皆川は思わず呟いた。

「何かひとつくらい、良い話はないのか……」

問いではなく独り言だったが、大塚は律儀《りちぎ》に返答した。

「人死にだけは、出さずに済みました。沖に出た会所の者もアイヌも船乗りも、誰も溺れ死ぬことなく戻りました」

「そうか……助かったか」

皆川の口許にうっすらと笑みが上ったが、目はぼんやりと見開かれたままだった。

この悲報が松前に伝えられたのは、ほぼひと月後、十月初旬の内だった。

誰もが愕然《がくぜん》とし、失意の底に沈んだが、真っ先に声をあげたのは大石逸平だった。

「どういたしましょう、青島さま。何卒《なにとぞ》、我らにお指図を！」

「そうであったな、逸平。どんな難儀にも、打つ手は必ずある。できることはすべていたそうぞ」

青島は力強くうなずき、その日からさっそく動き出し、配下にも次々と指示を出した。というのも、松前にいる上役が、青島ひとりきりであったからだ。

この数日前、佐藤玄六郎と山口鉄五郎は、江戸からの便りが途絶えたことを案じて、先に松前を出発していた。

青島は直ちに、永寿丸《えいじゆまる》という船を借り受けて、アッケシに向かわせた。会所に残存する荷や、皆川や大塚が大急ぎで集めた産物、大破した船から辛うじて引き上げた品々などを回収するためである。

唯一の幸いは、行方《ゆくえ》知れずであった自在丸が、無事に嵐を乗り切っていたことだ。

自在丸が松前に元気な姿を現したのは、さらにひと月が過ぎた閏《うるう》十月だった。

天明六年は閏年であり、十月の後に閏十月が来る。荷が無事であることを確かめて、青島は自在丸を江戸に向けて出帆させた。自在丸はその後、十一月一日、品川に入港した。

　皆川ら東蝦夷に居残っていた面々は、それより少し前、閏十月の内に松前に帰っていた。見分の完了を喜び、互いの苦難を慰め合ったが、そのようすを横目でながめながら、不吉な文句を洩らす者がいた。徳内を目の敵《かたき》にする、浅利幸兵衛である。

「呑気《のんき》なものよ。おまえも上役たちも、すでに先はない身というのに」

「浅利殿、それはどういうことですか？」

「おっと、これは口がすべった。忘れてくれ、最上徳内。おまえの顔も、そろそろ見納めであるからな。晴れ晴れしく見送ってやらんとな」

　たっぷりと含みを残し、浅利は去っていった。

　江戸にいる組頭は、過日、一通の書簡を隊長宛に送っていた。そこには佐藤の伺い立てに対する返答と、将軍薨去に際する政情の変化などが記されていた。その文は津軽海峡を越えたが、佐藤ら隊員に届くことはなかった。かねて佐藤が危惧《きぐ》したとおり、松前藩が握り潰していたからだ。

　此度《こたび》の政変は、松前藩にとっては至上の幸運だった。数々の不届きを論《あげつら》った見分隊の報告書は、藩を根本から揺るがせる大砲玉に等しい。処罰は必至、改易《かいえき》もあり得る。それが田沼意次の老中罷免により、松前家は首の皮一枚で繋がったのだ。

松前の者たちは素知らぬふりを通したが、心境の変化は自《おの》ずと態度に出る。これまで下手に出ていた侍たちが横柄《おうへい》になる。見分隊の者たちは、何がしかの居心地の悪さを感じながら、江戸からの沙汰を待っていた。

すでに十月の末には、見分隊の運命は決していた。誰よりも早くその報に接したのは、江戸にいた佐藤と山口だった。


ふたりが江戸に帰着したのは、十月晦日のことだった。

「両人とも、よう戻った。まことに大儀であった」

組頭の金沢安太郎《かなざわやすたろう》は、訪れた両人をまず労った。

金沢は勘定奉行《かんじょうぶぎょう》勝手方の組頭で、見分隊は金沢の組に置かれていた。金沢は松本伊豆守と見分隊の間をとりもち、事務方の一切を担っていた。

「玄六郎、そちからの書状三通も受けとった。返状は松前上屋敷に託したのだが、どうやら届いておらなんだようだな」

金沢は六十に近い歳ではあるが、松本が見込んだだけあって仕事は手堅く、また人柄も温厚な人物だ。本当なら、蝦夷見分の完遂を配下とともに存分に喜び、今後の輝かしい展望を語り合いたかった。しかし金沢の表情は冴えず、配下たちもその理由を知っていた。

「おまえたち、十代さまのご薨去と主殿頭《とのものかみ》さまの顚末《てんまつ》は、きいておるか？」

「はい……関八州《かんはっしゅう》に入った頃からぽつぽつと、人の噂が入りまして」

「初めは耳を疑い、嘘であってほしいと念じておりましたが……」

佐藤と山口は、畳に目を落としたまま応える。両名とも旅装束のままで埃《ほこり》まみれだ。身仕度《みじたく》を整えて上役宅に出向くのが礼儀だろうが、金沢は叱らなかった。ふたりがどんなに焦燥《しょうそう》に駆られて組頭宅に急いだか、その心中を察したからだ。配下たちが飢えているのは、何よりも情報だった。

しかし、喜ばしい報せはひとつとしてない。むしろ、将軍の薨去より田沼の失脚より、さらに酷《むご》い報せを告げねばならない。その無念を一時でも払うように、金沢は大きく息を吐いた。

「そなたらに、達することがふたつある」

はは、と、ふたりが畳に手をついて頭《こうべ》を下げた。

「まず、蝦夷地に関する一件は、すべて打ち切りと相成った」

佐藤と山口は微動だにせず、この残酷な達しを受け止めていた。

打ち切られたのは、見分調査だけではない。二年にわたる調査は、すでに終了している。

「蝦夷地に関する一件すべて」とは、蝦夷地開拓も、異国に対する海防も、松前藩の糾弾《きゅうだん》も、すべてが差し止められたことを意味する。見分隊の成果は、花さえ咲かず小さな実すら結ばず、まったくの無駄に終わったということだ。

山口の口許がかすかに震えた。あの道なき大地を踏破《とうは》した過酷な旅は、何だったのか。庵原の死は、無駄死にだったというのか！　大声をあげたい衝動を、必死で堪えた。発しそうになったのは、怒声ではない。喉を嗄《か》らして泣きたくなったのだ。生き残った我らはまだいい、だが、弥六は……命を落とした庵原弥六には、どう詫《わ》びればよいのか！

山口の頭はその思いに占められ、となりにならぶ佐藤も同じだった。

「蝦夷地一件の差し止めは二日前、十月二十八日に下知《げち》されてな。同日、松本伊豆守さまは、勝手方から吟味方《ぎんみかた》に配された」

田沼なき後、松本だけが頼みの綱だったが、それすらも断ち切られた。表向きは、吟味方を務める奉行との入れ替え人事であったが、要は早急に見分隊を解体させるために、その長である勝手方から松本を外したのだ。

田沼の右腕であった松本が無事でいられるはずもなく、もはや風前《ふうぜん》の灯《ともしび》だった。松本の凋落《ちょうらく》は、金沢や見分隊員の先行きをも暗示する。

「話は、もうひとつある。皆川沖右衛門より火急《かきゅう》の報せが参ってな……御用船の神通丸と五社丸が、嵐に見舞われ、ともに大破した」

それまで頭を垂れていたふたりが、驚愕《きょうがく》の表情で顔を上げた。

「積み荷は……どうなりましたか？」と、震える声で佐藤が問う。

「大方が海に沈み、掬《すく》い上げた荷も水に浸かって使い物にならぬそうだ」

「自在丸は、無事なのですか？」

「わからん。未だ行方が知れぬと書いてきた」

造船の相談を、苫屋と直《じか》に交渉したのは佐藤である。試し交易の失敗が何を意味するのか、誰よりもよくわかっていた。あまりの不運に、胃の腑《ふ》が張り裂けそうだ。

意気揚々と江戸への帰還を果たし、その成果は喝采《かっさい》をもって迎えられるはずだった。しかし現実は、光など一筋もなく、先にはただ暗い大穴が口を開けている。

田沼主殿頭の次に松本伊豆守が、その後を見分隊の面々が、悄然《しょうぜん》と肩を落として闇の中に吸い込まれていく。そんな姿が、佐藤の脳裡《のうり》に映った。

「我らもやはり、責めを負うことになりましょうな」

「お構いなしとはいかんだろうな……お役御免も、覚悟しておけ。むろんわしも、同じ定めだがな」

「申し訳ございません、組頭！」

山口が、畳に身を投げ出すようにしてひれ伏した。

「此度の不始末は、隊を率いた我らに責めがございます。玄六郎ともども、いかような罰も厭《いと》いませぬ。代わりに他の者たちには、何卒、寛大なお取り計らいを！」

山口の意図を察して、佐藤が倣《なら》う。

「沖右衛門は病を得て難儀しましたし、俊蔵は見習いに過ぎませぬ。ことに落命した弥六には、せめて庵原の家督を子に継がせてやりとうございます」

「下役や竿取に至っては、あくまで我らの命《めい》に従ったまで。見分に大いに力を尽くした大石逸平や最上徳内には、褒美こそがふさわしく罰するなど滅相《めっそう》もありませぬ」

配下を庇おうと、必死に弁明するふたりをながめ、金沢は口を開いた。

「褒美こそが、ふさわしいか……そのとおりだ」

ふたりに目を合わせ、金沢は穏やかに告げた。

「佐藤玄六郎、山口鉄五郎。ふたりとも、よう励んだ。難儀な役目を、よう全《まっと》うした。組頭として、わしは誇らしいぞ。大儀であった。実に大儀であった」

ふたりにとっては、何よりも有難い褒美であった。

山口の喉がえずくような音を立て、佐藤もまた堪えきれぬように顔を伏せる。声を殺した泣き声が座敷に浸みわたり、畳を濡らした。

その日のうちに、江戸への帰参を命じる御用状が、松前に残る隊員宛に送られた。

評定所《ひょうじょうしょ》にて、田沼主殿頭と松本伊豆守の裁きが決したのは、それからわずか五日後、閏十月五日だった。田沼意次は二万石を削《けず》られて謹慎、松本は小普請に落とされ、逼塞《ひっそく》を命ぜられた。明らかに罪あっての処罰であり、数々の罪状の中には次の一文が含まれていた。

『蝦夷地に関わる件は、不埒《ふらち》の至りに尽きる』

二年にわたる蝦夷地見分隊の、それが成果であった。

第十話　浪々

「今日も下谷《したや》へ行くのか、よう続くの」

　永井塾《ながいじゆく》を出ようとしたところで、背中から声がかかった。塾の同輩の、鈴木彦《ひこ》助《すけ》である。

「給金すらろくに出ないというのに、毎日出向く謂《いわ》れがどこにある」

「おれの勝手だ」

　ぼそりとながらも、存外はっきりと返す。蝦夷《えぞ》から戻って以来、前よりも己《おのれ》の意志を外に出すようになった。それがまた、彦助には小憎らしく映るのだろう。いっそうぽんぽんとつっかけてくる。

「いいか、青島さまはもうご浪人なのだぞ。しかも罪を受けて、お役を免ぜられた身だ」

「罪など、ひとつもない」

「わかっておるわ！　御上《おかみ》に先見の明がないことはな。せめて己の身を厭《いと》えと言うておるのだ！」

蝦夷から戻って以来、徳内《とくない》は本多利明《ほんだとしあき》の音羽塾《おとわじゆく》ではなく、永井右仲《うちゆう》の塾に寝泊まりしている。下谷に住まう青島のもとに日参するには、音羽からでは少々遠い。師の許しを得て、湯島《ゆしま》にある永井塾から通っていた。

「おまえがせっせと下谷に通えば、痛くもない腹を探られるやもしれん。おまえのためにも、青島さまのためにもならぬだろうが。せめて毎日通うのは、やめておけ」

「……行ってくる」

「おまえという奴は、何というわからずやか！」

構わず歩き出す徳内を、彦助がふたたび引き止める。

「待て、これをもっていけ」

「これは？」

「小鰻《こうなぎ》だ。もらいものだが、活《い》きは良い」

実にわかりやすく、徳内の目が輝く。

「彦助、ありが……」

「ほれ、鰻の活きが落ちぬうちに、さっさと行け」

礼を皆まで言わせず、送り出す。徳内の後ろ姿が消えぬうちに、彦助に声がかけられた。

「彦助は案外、面倒見が良いのだな」

ふたりの師の、永井右仲だった。

「徳内が心配か？」

「あいつは他人《ひと》の世話にかまけて、己のことはぽっかり抜けておりますから」

「まあ、それが徳内よ」と、永井は好もしそうに目尻を下げる。

「そういうことではございません。二年の間に差を広げてやろうと、必死に算学に励んだというのに……あいつはアイヌ語だのオロシヤ語だの、よけいな語学ばかり増やしおって……」

「わかったわかった、算学にかけては、おまえが上手《うわて》だ」

「いいえ！　おれが三日かけても解けなかった問いを、あいつはぺらりと解を述べたのですぞ。悔しゅうてなりませんでした！」

「あ、そっちか……」

学問好きはおしなべて、嫉妬《しっと》心や敵愾《てきがい》心が強い。彦助はその最たる者で、だからこそここまで伸びたとも言える。しかし本当に才ある者は、周囲なぞ眼中にない。もっと遠くを、もっと先を見通さんとしているからだ。

それが彦助には、少し寂しいのかもしれない。必死に食らいつかんとし、また徳内の身を案じているのも本当だろう。

「徳内はこの先、どこへ行くのでしょうか」

「そうだな……いまの関心は、やはり蝦夷ではないか？」

「松前家《まつまえ》から、出入りを禁じられたのですぞ。まったく、相変わらず不器用な」

ぶつぶつと不平を洩らす弟子をながめ、さっきと同様に永井は目を細めた。不器用は、彦助も同じであるからだ。親切や優しさを、素直には表せない。

「彦助、面白い算題があるのだが、どうだ？　おれもまだ、解が得られなくてな」

「それはぜひ！」

永井の褒美に、彦助はたちまち食いついた。


湯島から下谷までは、わずかな距離だ。

職を解かれた青島は、下谷坂本町《さかもとちょう》二丁目の粗末な長屋に暮らしていた。

徳内は、皆川や青島らとともに、去年の師走《しわす》上旬に江戸に戻った。

年が明け、天明七年。すでに四月に入ったから、四月《よつき》前のことだ。

あのときの無念を思うと、いまでも胸が塞《ふさ》がる。

『蝦夷地見分は、公儀《こうぎ》御用に非《あら》ず』

幕府の政策ではなく、田沼意次《たぬまおきつぐ》が私腹を肥やすために行った愚策であると断じられた。

蝦夷探索のすべてが、無に帰しただけに留《とど》まらない。佐藤玄六郎《げんろくろう》以下、上役《うわやく》と下《した》役《やく》の十人に、御役御免が申し渡された。

『御用之《こ》れ無きにつき、各々勝手帰村致すよう』

情け容赦《ようしゃ》のない放逐《ほうちく》である。徳内はその場にいたわけではないが、理不尽に震える隊員たちが目に見えるようだ。褒め文句はおろか慰労すらなされず、汚い虫でも払うように追い出された。まさに理不尽極まりない処遇であった。

上役と称された勘定所普請役《かんじょうしょふしんやく》は、町奉行所の同心と同様、表向きは一代限りの抱え席である。代々続く家禄《かろく》もなく、役を罷免《ひめん》されれば即刻、幕府の役人としての地位を失い無禄となる。

下役に至っては御雇役《おやといやく》、つまりは奉公人と同じあつかいだ。これほど不安定な立場にありながら、大石逸平《いっぺい》は単独カラフト探検を成したのだ。その何が、罪にあたるというのか。

御上の代が替わっただけで、手の平を返すように言質《げんち》をひるがえす。黒いカラスを白いと押し通すほどの、あまりに無体《むたい》な仕儀《しぎ》だった。

せめて仲間同士で集まって、酒を酌《く》み交わしながら愚痴《ぐち》やら不満やらを言い合うことができれば、少しは慰めにもなったろうがそれすら叶《かな》わない。ことに存命する四人の元上役に対しては、監視の目がうるさかったからだ。

だからこそいっそう、徳内の足は自ずと下谷に向かう。

「約束が、あるからな」と、言い訳のように呟《つぶや》いた。

江戸に帰ったら、独り身の青島の世話をすると約束した。組屋敷を追い出され、浪々《ろうろう》の身に落ちた青島への憐憫《れんびん》もある。ただ、それだけではない。

青島のもとを去れば、音羽塾の門下生としての、以前と変わらぬ日常が待っている。それがたまらなく嫌なのだ。むろん音羽塾に、不満があるわけではない。

過酷でありながら、いや、険《けわ》しい道程だったからこそ、生きる喜びを肌で感じた。徳内の裡《うち》では、蝦夷での二年の日々が、ことのほか輝いて映るのだ。その景色の中にフルウが浮かぶと、いっそう明るさを増す。土と森と獣のにおい。海風の唸《うな》りと、森閑《しんかん》とした雪原。はるか遠くまでさえぎるもののない、海のようなあの大地。

五感がいっぺんによみがえり、どうしようもなく血が騒ぐ。

もとの生活に戻れば、幕府が意図したとおり、一切がなかったことになりそうでたまらなく怖かった。おそらく青島も同じだろう。文の代筆などで糊口《ここう》を凌《しの》いでいるが、極貧の暮らしぶりだ。使用人を置く余裕はなく、それでも少ない家計の中から徳内に心付けを渡す。青島にとっても徳内にとっても、互いこそがあの輝かしい時の証《あか》しなのだ。

「ほう、鰻か。これは奢《おご》っておるな」

徳内が手にした桶を覗き込み、青島が笑みをこぼす。その笑顔に、安堵《あんど》がわいた。武士という立場上、人前では決してあからさまにはしなかったが、役を解かれた頃は相当に参っていた。それでもこの四月のあいだに、抑えがたい諸々の感情を少しずつ消化していったに違いない。その笑みは、蝦夷にいた頃の青島を彷彿《ほうふつ》とさせた。

「小鰻ですが……」

「小さくとも、鰻は鰻だ。今宵の飯は、楽しみだな。したが徳内、おまえが捌《さば》くのか？」

「さすがに鰻は……近所の鰻屋に頼んできます」

ひと走りして鰻屋に桶ごと預け、長屋へととって返す。まずははたきを手にし、掃除にかかった。

「徳内、掃除はそうまめにせぬともよいぞ。どうせやもめ暮らしだ」

「いえ、これから夏ですから、虫のたぐいも増えますし、やはり掃除は欠かせません。青島さま、しばしどいてくださりませ」

「やれやれ、仕方ないのう」

ぼやきながら、青島がとなりの板間へと移る。棟割り長屋とはいえ六畳二間ある。畳があるのは奥の一間きりで建具も古びていたが、家主の作兵衛《さくべえ》の好意で、障子だけは張り替えられていた。普請役は顔が広い。作兵衛とはその頃からの知己《ちき》で、長屋を安く貸してくれたという。

はたきをかけてから箒《ほうき》で掃き、固く絞った雑巾《ぞうきん》で畳の目に沿って拭《ふ》き清める。てきぱきとした仕事ぶりをながめながら、青島が言った。

「嫁要らずの働きぶりだが……おまえも三十二だろう。そろそろ嫁をもらってはどうか？」

「青島さまが先では？」

「職もないのに、嫁をもらってどうする。ともに行き倒れるわ」

青島をふたたびどかせて、座敷と板間の掃除を済ませると、炊事にかかった。おかずは煮売り屋で購《あがな》った方が安くつくが、炊き立ての飯と汁は何よりのごちそうだ。それだけは欠かさず毎日拵《こしら》えた。洗濯だけは、三日に一度まわってくる洗濯婆に頼んでいた。

飯が炊き上がると、ふたたび鰻屋に走り、駄賃を払い蒲焼に拵えてもらった鰻を受けとった。脂を含んだ甘辛《あまから》い匂いを嗅ぐだけで、腹が鳴る。丼によそった飯の上に蒲焼を載せて、主に供した。

「うん、旨《うま》い！　やはり鰻は格別だな、飯が進むわ」

ぱくぱくと腹に納めていたが、丼の中ほどまでくると、ふと箸《はし》が止まった。

「江戸に帰って、鰻は二度目だ。長屋に移ってすぐに、作兵衛が祝儀代わりに鰻屋に連れていってくれたのだが……食べたとたん、妙な心地がした」

「妙とは？」

「江戸の奢侈《しゃし》を、改めて思い知らされたようで、何やら異な心地がした。実はな、これまでにもしばしばあったのだ。役目で諸国に赴《おもむ》き、田舎の暮らしに慣れてきた頃に江戸に戻ると、まるで異国に渡ったような気がしてな」

江戸と地方の落差は、あまりに大きい。江戸の奢侈は、諸国の貧で支えられている。下働きの者たちまでが白い米を毎日食し、釣瓶《つるべ》を落とせばいつでもきれいな上水を汲み上げられる。江戸のあたりまえがどんなに贅沢なものか、地方に行けば否《いや》応《おう》なくつきつけられる。

「わかります……私もこちらに戻ってしばらくは、借りてきた猫のようでした」

音羽塾や永井塾は、何も変わっていないのに、どうも何かがずれているように感じた。二年にわたる旅暮らしを経て、変わったのは徳内の方だった。松前城下こそきらびやかだったが、一歩出れば茫漠《ぼうばく》たる原野が広がる。アイヌの民の自然に根差した営みは、江戸の奢とは対極にある。両者がひどく遠いからこそ、蝦夷の暮らしに馴染《なじ》んだからだが、江戸に置かれて大きく揺さぶられる。

とはいえ、ひと月ほどで慣れてきて揺れは収まる。それがいっそう、徳内の中に寂しさを生んだ。青島の抱く思いも、よく似たものに違いない。

この感覚を共有できる存在が傍《そば》にあることが、ともに有難くてならない。

主従は嚙みしめるように、黙って鰻飯を食《は》んだ。


後片付けを終え、徳内がそろそろ帰ろうとしたときだった。

ほとほとと、外から戸を叩く者がいる。

「こんな遅い時分に、どなたでしょうか？」

「作兵衛かもしれん。開けてやれ」

戸を開けると、ふたりの男が立っていた。相手は提灯《ちょうちん》をもっておらず、屋内の灯《あか》りも届かない。顔を判じられずにいたが、前に立つ男が文句を放った。

「ひどいな、徳内。おれの顔を見忘れたか？」

「その声は……大石殿！」

「しいっ！　声が大きい。せっかく人目を忍んできたというに、早く中に入れろ」

「すみません、どうぞ中へ……あのう、その方は？」

訪ねてきたのは、蝦夷で青島の下役を務めていた大石逸平だった。その後ろに、ひっそりと立つ者が、遠慮がちに続いた。ふふん、と大石が、得意そうに鼻を鳴らす。

「このお方はな、庵原《いはら》殿だ」

「……え？　もしや、庵原弥六《やろく》さま……？」

庵原弥六はソウヤで没した。よもや幽霊を連れてきたのかと、徳内の腰が引ける。

「ははは、引っかかったな。この方は、庵原弥九郎《やくろう》殿、弥六殿のご長男だ」

「なんと、庵原殿の嫡男《ちゃくなん》だと？」

驚いて奥から出てきた青島に、年若い侍は、ていねいに辞儀《じぎ》をした。

「そうか、この春で十六になられたか。いや、大きゅうなったな」

三人が座敷で向かい合う。茶はないから白湯《さゆ》を出し、徳内は板間に控えた。

「ふいにお訪ねして、申し訳ございませぬ。まずはお知らせがございまして」

やや紅潮した顔で、弥九郎が申し述べる。

「このたび、水戸《みと》徳川家への仕官が叶いました」

「まことか！　それは何とも目出度《めでた》い。さぞかし弥六殿も、草葉の陰で安堵いたしておろう」

　はい、とそれまで緊張ぎみだった弥九郎も、表情を和《なご》ませる。

　将軍の親戚筋である水戸家は、参勤交代を免じられ、藩主は江戸定府《じょうふ》である。弥九郎も江戸勤番として、母や弟妹《ていまい》とともに水戸屋敷のお長屋に引き移るという。

「これもひとえに、佐藤さまや山口さまをはじめ、見分隊の皆さま方のおかげです。青島さまにも、お礼を申し上げねばと」

「おれは何もしておらんが……」

「いいえ、皆さま方が成し遂げられた見分こそが、水戸公のお目に留まったのです。蝦夷に赴いておらぬ私が、その幸甚《こうじん》に与《あずか》るのはお恥ずかしい限りですが……」

　ていねいが過ぎて、いまひとつ仔細《しさい》が把握しきれない。青島が得心のいかない顔を元下役に向け、その先を大石が引きとった。

「こちらにもお届けした、『蝦夷拾遺《えぞしゅうい》』を覚えておられますか？」

「むろんだ。玄殿と鉄殿が見分の仔細をまとめられ、御上に差し出した見分録だ。……ただ、ご評定所《ひょうじょうしょ》からは、即座に突っ返されたがな」

　佐藤玄六郎と山口鉄五郎《てつごろう》は、皆川や青島が江戸に戻る前に、この見分録を認《したた》めた。

『蝦夷拾遺』と題したのは、かつて新井白石《あらいはくせき》が著《あらわ》した『蝦夷志《えぞし》』にちなみ、その志を継ぐ書物との心意気があってのことだ。全五巻からなり、稿は五、六十枚にもおよぶ。

昨年閏十月に仕上げ、同月二十二日に組頭《くみがしら》の金沢《かなざわ》を通して、松本《まつもと》伊豆守《いずのかみ》に替わり新たに勝手方に就《つ》いた勘定奉行に提出されたが、評定所は受理の要なしと、中を検《あらた》めることもせず差し戻した。

隊員たちと同様に無残に打ち捨てられたが、それを拾う者があった。

現水戸公の、徳川治保《とくがわはるもり》である。水戸家は御三家の一として田沼失脚には加担したものの、治保自身は幕閣《ばっかく》には関わりが薄く、政変による旨味《うまみ》も享受《きょうじゅ》していない。勢いを増したのは俄然《がぜん》御三卿であり、中でも十一代将軍を擁《よう》する一橋《ひとつばし》家は隆盛を極めていた。御三家から見れば、八代吉宗《よしむね》の血筋である御三卿は新参者としか映らず、さぞかし癇《かん》にさわろう。

そのような私情めいた経緯もなきにしもあらずだが、治保が蝦夷拾遺に着目した何よりの理由は、水戸家が異国や海防に高い関心を寄せていたからに外ならない。いまから五十年ほど前になるが、安房《あわ》や陸奥《むつ》に立て続けに異国船が着岸した。同じ船かどうかは判別しかねるが、いずれもロシア船だったことはわかっている。水戸は、安房と陸奥のあいだに位置する。水戸にもいつ現れるかと、にわかに緊張が高まった。

水戸はもとより、黄門《こうもん》さまとして名高い光圀《みつくに》の頃から北方の異国、つまりロシアには高い関心を寄せていた。その気風が、蝦夷拾遺とともに書物を著した者たちを拾い上げた。

「隊の皆さま方を、ぜひとも水戸家に迎えたいと、水戸公は仰《おつしや》っておられます。とはいえ、御上の目に留まれば、厄介《やつかい》なことになりまする。三年ほどの時をかけて、おひとりずつ目立たぬように抱えたいと申されて」

「その一人目が私というのは、我ながら如何《いかが》なものかと思いまするが……」

ひたすら恐縮する弥九郎に、青島は気持ちのこもった眼差しを向けた。

「いいや、誰よりも立派な務めを成したのは、お父上の弥六殿だ。大手をふって水戸にお入りなされ」

「そうですよ、弥九郎殿。玄殿や鉄殿からも、同じ言葉を賜《たまわ》ったではありませんか」

最初に水戸公から話をもちかけられたのは、当然、拾遺の著者である佐藤や山口だ。しかし両名はまず、庵原弥六の忘れ形見にその席を譲ったのだ。

「実を言えば、水戸家と隊の皆さま方の橋渡しを務めていたのは、私でして。このたび弥九郎殿のおつきとして、ともに水戸家に奉公できることになりました」

「さすが逸平だ、ちゃっかりしておるな」

「ちゃっかりとは、聞き捨てなりませぬ。残る隊の皆さま方を、できるだけ多く水戸家に入れていただかねば。いわばそのための手回し役ですぞ」

「わかったわかった。だが、逸平、おれのことはひとまず措《お》いておけ。独り身故《ゆえ》、気楽であるからな。まずは玄殿や鉄殿のために働いてくれ」

青島の思いを受けとめて、御意《ぎょい》、と大石は短くこたえた。

弥九郎は青島にていねいな謝辞を伝えてから、驚いたことに徳内に向かって座り直した。

「最上徳内、そなたにも心より礼を述べたい。蝦夷見分を成したことはむろんだが、此度《こたび》の仕官は、青島さまとそなたがおらねば叶わなかった」

当の徳内には、まったく心当たりがない。首を傾《かし》げる徳内に、大石が言った。

「なんだ、きいておらぬのか。蝦夷拾遺を水戸さまに献上したのは、音羽先生だぞ」

「まことですか！」

庵原家の若い当主の肩越しに、思わず青島と顔を見合わせる。

音羽塾を率いる本多利明は、北方やロシアに関しての権威である。水戸公が見逃すはずもなく、かねてより両者は知己にあった。

青島が佐藤から受けとった蝦夷拾遺は、徳内が筆写して、一冊を師の本多利明に渡してあった。水戸公に渡ったのは、その写本であるという。

「音羽先生は、何も……」

「いかにも先生らしい、いたずらだな。弟子であるおれや徳内に、だんまりを通すとは」

青島が、苦笑いを浮かべる。にんまりとほくそ笑む、師の顔が見えるようだ。

その夜、遅くまで、四人は蝦夷の思い出話に存分に浸った。

悲運に怯《ひる》むことなく前を向く彼らの姿は、何よりの励みとなった。

翌日、青島は晴れやかな顔で、一冊の書物を手にした。

「おれもいつまでも、気落ちしてはおられぬからな。いまのおれにできることを、為すことにした」

佐藤と山口が著した『蝦夷拾遺』を開き、青島はその改訂にとりかかった。目立つ粗《あら》はないものの、いかんせん大急ぎで書き上げた上に、目的は幕府への報告だった。青島はこれを増補して、後世に残すための書物に仕上げたいと徳内に語った。

「では、私もお手伝いを……」

「いや、徳内、助けは要らぬ。おまえは今日で、お役ご免だ」

「……え？」

「今日を限りに、ここに通うことを差し止める」

里芋に似た顔がみるみるひしゃげ、黒豆の目がじっと主人を見返す。

「馬鹿者、そんな顔をするな。おまえはおまえの道を行けと、言うておるのだ」

「青島さま……」

「今日までよう仕えてくれた。ろくな手当も出せぬのに、陰日向《かげひなた》なくまことによう働いた。おまえが傍におってくれたおかげで、蝦夷の冬よりきつかったこのいく月かを、凌ぐことができた」

勿体ない言葉だと、徳内が目を潤ませる。

「おれは大丈夫だ。だからおまえも先へ行け。音羽塾に戻り、学問に励むのもよいが……おまえがいま、真に欲しておるのは何だ？」

「私は……」

海原に似た、果てのない大地が浮かんだ。雑草に覆《おお》われた夏の地は、緑の毛氈《もうせん》を敷き詰めたごとく。ひとたび雪が降れば、穢《けが》れのない白い世界に一変する。

むき出しの自然と圧倒的な大きさが、徳内を引きつけてやまない。江戸に帰って、ますますその思いが募《つの》った。

「私はいま一度、蝦夷の地を踏みたい！」

　思いがけず、大きな声が出た。青島は叱ることなく、笑みを深めた。

「ならば、行ってこい。おれの代わりに、彼《か》の地に渡れ。それが新たなおまえの役目だ」

「では、青島さま……」

「ここへの通いは差し止めるが、暇を与えるとは言うてはおらんぞ」

　実にわかりやすく、里芋が張りを取り戻す。ただ、蝦夷に渡るには、もうひとつの難題が控えていた。徳内は松前藩から、出入り禁止を申し渡されている。

「やはり僧に身をやつして、松前城下に入ろうかと」

　この案を授けたのは、昨晩訪ねてきた大石逸平だ。見咎《みとが》められぬためには、僧侶の出立《いでた》ちがもっとも無難であり、あるいは商人か水夫《かこ》の身なりで、松前港を避けて上陸するのもひとつの手だと、策に秀《ひい》でた大石は、さまざまな思いつきを口にした。

「だがな、徳内、その後はどうする？　おまえが望む地は、松前ではなく、東西の奥蝦夷であろう？」

　東蝦夷には、フルウやイコトイをはじめとする、懐かしい顔がある。また踏破《とうは》できずに終わった西蝦夷も、ぜひこの目で確かめたい。たとえ上陸は果たせても、肝心の目的が達せられぬのでは本末転倒だと忠告する。

「突飛な考えではあるのだが……徳内、いっそのこと、松前に仕官してはどうか？」

「……え？」

面食らい、徳内が小さな目をしばたたかせる。

「それはさすがに……松前はもちろん、私もご免こうむりまする」

松前藩も徳内も、互いを蛇蝎《だかつ》のごとく嫌っている。それでも、幕府が手を引いたいま、蝦夷地見分を行うには他に手がないと、青島は説いた。

松前を一歩出れば、何処《いずこ》の土地も閑散としている。東蝦夷の津々浦々では、徳内の顔はよく知られており、西蝦夷においても、外からの人間はたちまち目につく。遅かれ早かれ松前に注進が行き、捕縛《ほばく》の憂《う》き目《め》に遭うことは明らかだ。そうなれば入牢はもちろん、事によると死罪もあり得る。青島は誰よりも、徳内の身を案じていた。

「松前がおまえを抱えることは、九分九厘なかろうが、残る一厘に賭けてみぬか？そのための伝手《つて》も見繕《みつくろ》った」

「と、申しますと？」

「法幢寺《ほうとうじ》の秀山《しゅうざん》和尚だ。おまえも、お会いしたであろう」

法幢寺は松前家の菩提寺《ぼだいじ》であり、庵原弥六以下、五人が落命した折には、当寺で葬儀が営まれた。住職の秀山は、懇《ねんご》ろに経を上げ、心から死者を悼《いた》んだ。秀山は見分隊にも隔《へだ》てなく接し、隊員たちもこの住職には信を置いていた。

「まずは寺を訪ねて、ご住職に松前への顔繋ぎを頼むのだ。首尾よくいかずとも、秀山和尚が後ろに控えておれば、酷《ひど》いあつかいは受けぬはずだ」

青島の言い分は、理が通っている。徳内の語学や測量技術は、抱える側としては使い道があり、また徳内にしても、蝦夷の地を自由に行き来するには、松前家の承諾が是が非でも必要だった。

しかし往来の自由を手に入れれば、心の自由を失う。アイヌの酷使に手を貸すのは、どうしても承服できない。

「いっそ逆手《さかて》に考えてはどうだ？　おまえがあいだに立つことで、彼の者たちの辛苦を少しは軽くできるかもしれん」

松前を主と仰ぐのは納得できずとも、わずかでもアイヌの助けになるのなら、まだ立つ瀬はある。忸怩《じくじ》たる思いはあったが、徳内も終《しま》いには承知した。

「わかりました。秀山和尚を頼ってみます」

「そうか。では、おれからもご住職に文を書こう」

師匠の本多利明や永井右仲の許しを得て、徳内は四月の末に江戸を立った。

第十一話　野辺地

海と空の境に、蜃気楼《しんきろう》のような島影がただよう。

徳内《とくない》はただ、浜辺に座って灰色の隆起《りゅうき》をながめていた。

「毎日ごごさ座って、何見とるだ？」

漁師の子供たちが浜辺を駆けてきて、ひとりがたずねた。

「蝦夷《えぞ》だ」

正直にこたえると、たちまち子供たちが笑い出す。

「ありゃあ、蝦夷でね。田名部《たなべ》だべ」

もちろん徳内も、よくわかっている。笑いながら通り過ぎる姿を見送って、ため息をついた。毎日飽きもせず、この浜辺に通うのは、ただ途方に暮れているからだ。

陸奥湾《むつわん》を隔《へだ》ててここから見えるのは、田名部を有する下北《しもきた》半島だ。その向こうに、蝦夷地がある。まさに目と鼻の先だというのに、徳内にとってはあまりに遠い。

この地へ来て、もうすぐ一年。徳内は、南部領野辺地《なんぶりょうのへじ》にいた。

奥州路《おうしゅうじ》を北へ行くあいだも懊悩《おうのう》は消えず、松前家《まつまえけ》への反発は根深かった。互いの憎しみを秤《はかり》に載せれば、不思議と釣り合うものだ。徳内と松前藩の場合も、ぴたりと均衡がとれた。

恭順《きょうじゅん》の意を示すために頭を丸め、秀山《しゅうざん》和尚も人事を尽くしてくれたが、その甲斐もなく即座に松前から追い払われた。入牢に至らなかったのは幸いで、徳内もまた、松前に仕えずに済んだことに、心のどこかでほっとしていた。

津軽《つがる》の三厩《みんまや》に送り帰されたものの、江戸に戻る気にはなれなかった。さりとて行く当てもなく、路銀《ろぎん》も底をついていた。

「せめてフルウや、コタンの皆に会いたかった……。馬吉《まきち》さんも、どうしているだろうか」

独り言を呟《つぶや》いて、ふと思い出した。シラヌカの小さな運上屋《うんじょうや》で、小屋番をしていた馬吉のことだ。文をくれるなら、雇い主宛に出してほしいと馬吉は言っていた。

「野辺地の……たしか、嶋屋《しまや》という商家だったか」

三厩から野辺地までは、たいした距離ではない。行ってみようか、とその気になったのは、馬吉から嶋屋の主人の人となりをきいていたからだ。

「旦那さんは三代目でな、大きな声では言えねえども、道楽者で知られておるだ。商《あきな》いにはまったく頓着《とんちゃく》せず、日がな一日本ばかり読んでいる。徳さんとは、話が合うかもしれねえな」

どんな学問を好み、どんな本を読むのか、興がわいてたずねたが、馬吉はそこまでは知らぬという。主人が腰を入れぬだけに商いも振るわないが、そのぶん奉公人にもきつく当たる真似はせず、鷹揚《おうよう》な人柄だともきいていた。

三厩から海岸沿いに南下し、馬門《まかど》の関を過ぎれば、まもなく野辺地に至る。

津軽と南部の国境《くにざかい》には、馬門という関所があり、番所役人が往来する人や物を監視していた。両国には根深い確執《かくしつ》があり、馬門関はその象徴でもあった。

かつて陸奥の北はすべて南部領だったが、戦国時代、大浦《おおうら》氏が、津軽地方を治《た》めていた南部の豪族を滅ぼし、津軽を名乗った。津軽氏は政治にも長けていて、豊臣《とよとみ》秀吉《ひでよし》にも認められ、徳川の御世《みよ》になると弘前藩《ひろさきはん》を立てていまに至る。

南部からしてみれば裏切者に外《ほか》ならず、その因縁は、馬門を過ぎるとよくわかる。話しぶりががらりと変わるのだ。方言そのものに大差はないものの、音や響きが違う。南部弁はおっとりとしていて女性的であり、津軽弁はより猛々《たけだけ》しく男らしい。

馬門関を過ぎると、懐かしい心地がした。徳内の生国《しょうごく》である出羽《でわ》の言葉は、南部弁により近いからだ。関を過ぎ、ほどなく野辺地に至った。

野辺地は、南部領でも指折りの港町だった。

松前のようなきらびやかさには欠けるが、富の匂いを放つ大きな商家が立ち並び、往来は活気に満ちている。富を運ぶのは、港を埋めるほどに来航する多くの船である。

南部藩は土地は広大ながら、くり返される冷害で田畑の実りには恵まれない。藩財政を支えるのは、南部銅や長崎俵物《たわらもの》だった。輸出される海産物を長崎俵物といい、干鮑《ほしあわび》や煎海鼠《いりこ》、鱶鰭《ふかひれ》などは、清国《しんこく》で料理の材として重宝《ちょうほう》された。一方の銅は、御用銅としてまずは大坂に運ばれ、精錬した後にやはり長崎から輸出される。

これらの産物は野辺地に集められ、北前船で上方《かみがた》や長崎に積み出された。

多くの豪商が野辺地に出店を築き、ことに夏場は船の出入りが多いだけに宿も充実している。陸路における宿場町の役目も果たしており、見分隊が蝦夷から江戸へ戻る際にも、やはり野辺地で宿をとった。

とはいえ一泊しただけだから、町中には不案内だ。馬吉から教えられた所宛を頼りに、人に道をたずねながら、嶋屋に辿《たど》り着いた。

酒造業と船問屋を営む嶋屋は、思った以上に大きな構えであったが、野辺地の商家としては中程といったところか。ちょうど客が立て込んでいて、奉公人は忙しそうだ。声をかけるのもためらわれ、しばし店先で待っていた。

「おめ、こっだらどごさ何すてっど？」

ふいに背中から声をかけられて、慌ててふり返った。

若い女が、不審の目を向けていた。

「あ、いや、その……こちらの奉公人の馬吉さんに……」

「マキチ？　んだ者、いだべが？」と、首を傾《かし》げる。

「馬吉さんとは、蝦夷のシラヌカで会いまして……」

事情を説明しながら、ふと気づいた。歳は娘ほどに若いが、既婚の化粧を施している。着物も地味な色柄ながら、奉公人とは明らかに違う。

「もしや、嶋屋のお内儀《ないぎ》ですか？」

女が一瞬、きょとんとし、こちらがびっくりするほど派手に笑い出した。

「ちげちげ、主人さ妹だ」

徳内の勘違《かんちが》いがよほどおかしかったのか、なかなか笑いが収まらない。その笑顔と声の朗らかさが、不思議なほどに安堵《あんど》を運んだ。

二度目の蝦夷渡航は失敗に終わり、ほぼ一文なしのありさまだ。先刻まで先々を憂《うれ》えていたが、その気鬱《きうつ》がからりと吹き払われる心地がする。何やら気が抜けて、つるりと生国のしゃべりが出た。

「ここさご主人さ、学問好きだてきいとるだが」

「んだ。漢学だば、ちった名ば知れとっど」

「んだかあ。おらば算学だで」

「あんだも学者先生がえ。そっだら、兄ちゃさ会ってくんなせ」

少々面食らうほどに、とんとん拍子に話が進む。

主人の清吉《せいきち》は、土地では有名な漢学者であり、北辺の長崎を思わせる野辺地には、流浪の文人墨客《ぶんじんぼっかく》を手厚くもてなす気風があった。

「そえば、名《な》ぁ教《おせ》であんせ」

「最上《もがみ》徳内でがんす」

「がんすだば、出羽さ生まれど？」

「んだ、出羽村山《むらやま》だで」

出羽から来る商人も多く、言葉遣いで気づいたようだ。

「おら、ふでだ」

てらいのない笑顔で、おふでは返した。

「よぐおんでくんさりあんした。まんず、ゆるりとしてけせ」

主人の嶋屋清吉は四十七歳。まだ十代の妹とは、親子ほども歳が離れていたが、兄弟の多い家ではままあることだ。

清吉もまた徳内をたいそう歓迎し、夕餉《ゆうげ》の席にも招いてくれた。食べ物にはこだわりのない徳内も、新鮮な雲丹《うに》や帆立貝《ほたてがい》に舌鼓《したつづみ》を打った。

「こげホタテ、うめがぁ」

「ウニこも旬だで食べてけろ。枝豆もうめえど」

妹のおふでも給仕のために同席し、にぎやかな夕餉となった。

算術ほどではないにせよ、徳内も漢学はかじっている。出羽から江戸に出てきた頃、煙草《たばこ》問屋で働きながら、元水戸藩士であった足袋屋《たびや》の主人から、二年ほど唐《とう》の古典を教わった。主人と漢学の話に興じ、驚いたことに、おふでも遜色《そんしょく》なくふたりの話についてくる。

「おふでぁ賢《さか》しい娘っこでな。漢書さ読むし、書も上手《うめ》え」

ほう、と思わず、妹をながめる。おふでは背が低く、目も鼻も口もちんまりしている。頬が赤いから、りんごに種で目鼻をつけたようだ。美人とは言えないが、開けっ広げで物怖《ものお》じしない気性は、人付き合いの苦手な徳内には心安く感じた。

と、襖《ふすま》が外から開き、子供の顔が覗いた。五つくらいの女の子は、べそをかいている。

「母ちゃ、一緒さ寝さえ」

「なんだ、おさん、まんだ寝てねえど？」

おふでは身軽に腰を上げ、女の子をなだめながら座敷を出ていく。

「あの子は、おふでさの？」

「んだ。十四で嫁さ出したども、亭主と折り合いば悪くてな、勝手に出戻ってきちまった。どうも気性が強ぐで、女ながらにゆるぐね」

清吉はぼやきながら、妹の経緯を語る。江戸ではあまりないが、田舎では十四、五で嫁ぐことはままある。おふでは今年十八になり、娘のおさんは数え五つだという。

おふでにとっては、兄の清吉が父親代わりで、学問好きや自由気ままな性質も兄譲りであろう。嫁いだ家とは家風が合わず、亭主ともうまくいかなかった。娘を産んでまもなく、乳飲み子を抱えて実家に戻り、周囲がどんなに言葉を尽くしても、二度と婚家には足を向けなかった。

「じょっぱりな女子《おなご》だで、再縁だばまんず難しいべ。困った妹だ」

困ったと言いながら、甘やかすように目を細めた。

「そっだらごとよか、蝦夷ば話きかしてくんろ」

清吉は、二年にわたる蝦夷地見分に大いに興味を寄せ、語り部としては決して流暢《りゅうちょう》とはいえない徳内の話に、いくつも問いを挟みながら熱心《あずか》に耳を傾けた。死人まで出した過酷極まりない旅が、隊員たちにはまったく与り知らぬ、幕府のいわば勝手で実を結ばなかったことには、深い同情を示した。

「この先、どうすっだか？　江戸さ戻るだら、銭こ貸すども」

「いんや、返す当てどもねえでがんす。それに……どしたって諦めらんね」

「もういっぺん、蝦夷さ渡るど？」

清吉の問いにうなずいた。いま江戸に帰っても、すべきことはない。青島から通いを差し止められ、徳内が帰る場所は音羽《おとわ》塾《じゅく》より他にないが、蝦夷への未練を引きずったままでは、学問にも打ち込めない。この二年余りで、徳内の関心は算学から北方へかっきりと移っていた。

「江戸さ立づどぎ、音羽先生がおらに言っただ」

今回、出発する折、師の本多利明《としあき》は弟子に問うた。

「二年前、わしが何と申して、おまえを送り出したか覚えておるか？」

徳内はうなずき、師の言葉をそのまま諳《そら》んじた。

「おまえがわしの耳目《じもく》となって、あますところなく蝦夷を見分し、その身に蓄《たくわ》えて土産とせよ、と」

「うむ、よろしい。が、此度《こたび》はあえて、違う言葉を授ける」

徳内は居住まいを正して、師の教えを待った。

「あますところなく蝦夷を見分し、その身に蓄えよ」

「……ほぼ、前と同じかと」

「馬鹿者、前後が抜けておろう。わしの耳目となれとは、言うてはおらぬ」

たしかに、と素直にうなずく。

「今度は……いや、今後は、だな。これからはおまえ自身のために存分に見分し、識を深めよ。いつかおまえが、師たるわしを越えるためにな」

「先生を、越える……？」

腑《ふ》に落ちぬ顔を向ける弟子に、利明はわかりやすく説いた。

「算学においては、右仲《うちゅう》や彦助《ひこすけ》をはじめ、優れた弟子に恵まれておる。だが北方については、徳内、わしを越える者は、おまえしかおらぬのだ」

「弟子は、師を越えてよいのですか？」

「むろんだ。師の歩んだ足跡をそのまま踏むなぞ、それこそ不肖《ふしょう》の弟子だ。師の教えを礎《いしずえ》にして、いつかは已《おのれ》の足で新しき道を切り拓《ひら》いてこそ、師への何よりの恩返しと心得よ」

その瞬間、蝦夷で見た雪原を思い出した。

獣の通った跡すらない、まっさらな雪を踏みしめたとき、ひそかに心が躍った。道標《みちしるべ》もなく、先人の通った足跡もなく、方角すら定まらない。雪の下は、薄氷に覆《おお》われた湖沼かもしれず、下手に踏み出せば冷たい水底に落ちるかもしれない。日が陰れば、たちまち吹雪に見舞われることもあり得よう。

それでも足は、何もない場所に進もうと、しきりに徳内を唆《そそのか》す。

未開の地には、未知があふれているからだ。

学門好きは、総じて知りたがりだ。新たな発見こそが生きる糧《かて》となり、甲斐となり得る。そろそろ五十路《いそじ》にかかる本多利明や、からだの弱い永井右仲は、自ずと机に縛《しば》られざるを得ないが、徳内は頑健に生まれついた。自らの足で、実地に学ぶことが叶《かな》うのだ。

それこそが、最上徳内という一学者の、たぐいまれなる取り柄だと師は告げた。

「徳内、おまえは思うままに、己が行くべき道を決めて進め」

師の力強い励ましに、柄《がら》にもなく心が高鳴った。あの思いは未だ後を引き、徳内の中で消えずにくすぶっている。このまま江戸に帰るのは本意ではなく、これ以上、蝦夷から離れたくはなかった。

「旦那さ、おら、しばらくここさ留《とど》まりてえ。どこだかに働き口さねえだろか？」

徳内は畳に手をついて、主人に乞うた。

「仕事だば、世話してやれっども……」と、清吉はしばし徳内をながめる。

嶋屋は船問屋だけに、荷運びの人足《にんそく》や水夫《かこ》の手伝いなら、すぐにも口利きが叶う。徳内はそれで構わないとこたえたが、主人は首を横にふった。

「そっだら勿体ねえごどさできね。算学ば教えだらよがんべ。場所だら仕度《したく》できすけ」

清吉は数日のうちに、徳内の落ち着き先を見繕《みつくろ》ってきた。嶋屋に縁のある船頭の家で、飯の面倒も見てくれるという。そのひと間を借りて、子供たちに算術や読み書きを教える塾を開いた。また、清吉が知り合いに声をかけ、学問好きの旦那衆を集めてくれた。大人には、算術に留まらず、求めに応じて地理や天文学も講義した。

「これもみんな、馬吉さんのおかげだ」

嶋屋を通して、シラヌカにいる馬吉に礼状を書き送った。

それが去年の七月のことだった。あれからもうすぐ一年が経つ。

この地にもすっかり馴染《なじ》み、弟子たちからは徳先生と呼ばれて慕われている。不足はないはずが、安堵を得れば得るほど、徳内の中にくすぶる火が、消えるのを渋るように煙を吐く。すでに燃えカスに過ぎぬはずが、未だ胸を焦《こ》がすのだ。

そのくすぶりをもてあまし、このひと月ほど、毎日のように浜辺に通った。

初秋のいまは、白い帆《ほ》を張った大船が何艘《そう》も沖に停泊し、港を埋め尽くすほど多くの小舟が盛んに行き交う。

あの船に乗れば、すぐにも蝦夷地に行けるのに――。

ここから見える下北半島ではなく、その向こうに広がる大地に、ひたすら思いを寄せる。そのくり返しだった。

本多利明が示した徳内の取り柄は、ある意味、厄介《やっかい》な虫でもあった。

安寧《あんねい》より冒険を、既存の識より未知や新規へと、徳内を引きつけてやまない。

この国に唯一残された知られざる土地は、蝦夷地だけだった。

「先生！　徳先生！」

誰かが徳内を呼んだ。声はすれど、姿は見えない。浜と町のあいだは、緩《ゆる》い丘陵をなしている。はるか遠くの丘の天辺《てっぺん》に、豆粒ほどの姿を認めた。豆粒は丘を下り、見る間にぐんぐん大きくなる。女とは思えない、呆《あき》れるほどの速さだった。

「おふでさか」

着物の裾《すそ》をたくし上げ、裸足《はだし》で駆けてくるようすは、とても商家のお嬢さまには見えない。

「こっだらとごさおったっだか。探したべ」

　息を切らせて、徳内の元に辿り着く。露《あら》わな脛《すね》とその笑顔が眩《まぶ》しくて、つい目を逸《そ》らした。

「こんだ早くから、どうした？　今日ぁ塾さ日ではなかろ」

　兄の清吉にくっついて、おふでも徳内の塾に通うようになっていた。部屋の隅で黙ってきいているならまだしも、旦那衆をさしおいて遠慮なく口を出す。

「なして今が暦《こよみ》さ、昔ば暦に劣るんだべか？」

　この問いには、一瞬こたえに詰まった。天文学の講義で、徳内はいまの暦の不備について細かに説いていたのだが、途中でおふでが疑問を挟んだ。

　三十年ほど前、暦は改訂されたが、現行の宝暦暦《ほうりやくれき》は、前の貞享暦《じようきようれき》よりも、甚《はなは》だ使い勝手の悪い代物《しろもの》だった。このような改悪に至ったのは、幕府の天文方《てんもんがた》と朝廷の陰陽師《おんみようじ》との対立にある。暦に西洋天文学を取り入れようと、幕府は改暦を試みたが、日本古来の暦学に固執《こしつ》する朝廷に、平たく言えば負けてしまった。

　結果、随所に欠陥のある暦となり、多くの天文学者から不満の声があがっていた。

「間違っとるだら、直せばよかんべ？　なしてまんまさしておくだ？」

　政治的な要因だの改暦の手間暇などは、説くのが非常に難しい。

「いつとまでは私も言えぬが、きっと近いうちに改暦は行われるだろう」

と、本多利明が語ったそのままをなぞったが、おふではなおも食い下がる。

「んだども次ば暦でまだ、陰陽師さ出できだら、どうすんだ？」

これにはさすがに、ぐうの音《ね》も出なかった。子供の問いと同じに、思いがけない方向から飛んできて、なかなかに鋭いところを突いてくる。教える側としては刺激になり、知ったかぶりをする旦那衆よりもよほど手応えがあるのだが、周囲は露骨《ろこつ》に迷惑がる。

まだ若いみそらで、下手な噂でも立てられては再縁にも障《さわ》りかねない。清吉は妹を案じて、旦那衆の講義とは別に、兄妹ふたりだけで訪ねてくるようになった。

野辺地に着いた日の夕餉のように、三人で学問話に興じるのは気楽で愉快《ゆかい》だった。

「先生に荷っこば届いとった。届けに来ただが」

油紙で包まれた、書物と思《おぼ》しき四角い荷を見せる。差出人の名に、思わず目を見張った。

「青島さまか！」

ひとまず野辺地に落ち着いたと青島には知らせてあり、文の宛先は嶋屋にしてあった。

紐《ひも》を外し、油紙を開けることすらもどかしい。中からは、了見どおりの書物が現れた。

『蝦夷拾遺《えぞしゅうい》』の、改訂版だった。

「そうか……ついに成し遂げられたか」

日付を確かめると、天明《てんめい》八年六月とある。およそ二年の歳月を経て、増補を成したのだ。

序文は漢文で書かれ、その末尾に筆者が記されてある。

山口鉄五郎《てつごろう》、佐藤玄六郎《げんろくろう》、皆川沖右衛門《ちゅうえもん》、庵原弥六《やろく》、青島俊蔵《しゅんぞう》――。

見分隊を率いた五人の名が、しかと記されていた。

思いが突き上げて、どうしようもなかった。おふでがいなければ、声を限りに泣き叫んでいたろう。声はどうにか押し留めたものの、目からあふれるものは堪《こら》えようがない。

書物を胸に抱き、からだが前のめりになった。

「……先生？」

おふではびっくりしたのだろう。わけをきくこともせず、黙ってとなりに座っていた。

落ちるそばから、涙は白く乾いた砂に吸い込まれる。それが見分隊や我が身のようにも映り、いっそう泣けた。この『蝦夷拾遺』に、どれほど熱い思いが凝縮されているることか。

しかし国家や権力の前では、砂に落ちた涙に等しい。砂に染みを作るのがせいぜいで、半時もせぬうちに跡形もなく消えてしまう。

情けなく、悔しく悲しい。せめてもの抗《あらが》いのように、涙は後から後からあふれてくる。

気づけば徳内の背を、おふでが撫《な》でていた。

太陽を内に包んでいるかのように、その手はひどく熱かった。


「……え？　いま、何と？」

嶋屋清吉の前で、つい間抜けな声が出た。

「んださけ、おふでば嫁こに、もらってくれねが？」

算学の難題よりも、よほど難しいのだろうか。頭がさっぱり働かない。ぼんやりしている姿を、主人は逆に解釈したようだ。大きなため息をついた。

「あっだらじょっぱり女子だで、やっぱし駄目か……」

「いや、旦那さ、おふでさばまことに立派な女子でがんす。おらには勿体ねえと

「……」

「んだな、立派さ女子だの、嫁こさしたかねえだでなあ……」

「そっだらごどさねえだで……」

清吉の早合点《はやがてん》を払おうと、懸命に言葉を継いだ。

おふでは十九、徳内は今年、三十四になった。十五の歳の開きはめずらしくはないものの、おふでの若さもまた、徳内に迷いを促《うなが》す。

「旦那さ、正直に言うだ。こったら世話さなっとって恩知らずだども……おら、この先ずっと野辺地さ留まるつもりはねえだ。おらはまた、蝦夷さ渡る。何年かかろうと諦めね。きっと果たすと決めとるだ」

それまで抱えていた思いのたけは、口にしたことでいっそう気持ちが定まった。

誰のためでもない。ただ自分のために、北の大地を踏みたい――。

強い欲求の先にあるものを、徳内は初めて意識した。

本当は、蝦夷よりもっと先に行きたい。世界一広大なロシアの向こうには欧州が、東に向かえば米国がある。赤道を越えれば、さらなる未知の国が待ち受けている。

多種多様な国々の存在が、どうしようもなく徳内の血をさわがせる。

こんな男に嫁ぐ女は不幸であろう。いつ戻るとも知れず、彼《か》の地でいつ果てるかわからない、夫の帰りを待ち続ける——。

若いおふでには、あの天真爛漫《てんしんらんまん》な娘には、あまりにそぐわない。

「んだから、おら、嫁は取らねえと……」

「そっだらこどさ、心配ねえ。おふでぁ承知してっから」

「……承知？　おふでさが？」

「徳先生ば嫁こなりてえと言うたが、おふでだで」

思考がぴたりと止まり、徳内は口を開けた。


「先生、おはよごぜえます」

翌朝、浜辺に座っていると、またおふでがやってきた。

清吉の申し出が、何かの間違いだったかと思えるほど、ようすはいつもと変わらない。目が合っても恥じらうことなく、下からまっすぐ見返してくる。

「旦那さから、きいたども……」

「先生、おらんごと嫌《きれ》えか？」

「嫌えではね。むしろ……」

女とは、徳内にとって縁遠い存在だった。学問や旅とは相容《あいい》れず、また尻込みもある。

ただ、これまで会ったどんな女人《にょにん》よりも、おふでは際立《きわだ》っていた。世間の目を気にせず学問に励み、恥じらいを美徳とする風潮の中で、まっすぐに人を見る。その無邪気な眼差しは、子供と同じだ。まわりに囚《とら》われず真を見極めようとする姿は、むしろ好もしかった。

もごもごと口ごもりながら、おふでに不足はないと、辛《かろ》うじてそれだけは伝える。

「んだば、嫁さしてくろ」

「だども……」

「兄ちゃからきいただ、蝦夷さ行きてえと。先生が行きてえだば、行ったらよかんべ」

「行って、良《え》がか?」

「おら、足ば達者だで。ついて行けっから心配ね」

「いやいやいや、そっだらことさせらんね」

柄にもなく慌てた。怖いもの知らずのこの娘なら、本当に蝦夷までついて来かねない。

「おふでさには、おさんがおるだで」

「こぶつきの出戻りだで、嫁こば無理だか?」

「ちげ、おらだで、おさんばめんこいだ」

おふでの娘、おさんは六歳になり、今年の二月から徳内の塾に通っていた。母親とは逆に、恥ずかしがりの大人しい女の子だが、手習いに真面目にとりくむ姿勢だけはよく似ていた。

「良がったあ。おさんも先生ば好いとるだで、父《だだ》さなってけだら面白《おもしれ》えって」

嬉しいも喜ぶも、この土地では面白いと言いあらわす。

おさんが徳内と母のことを認めてくれたのは、素直に嬉しかった。

「だども、嶋屋さ娘だば、もっと良え縁談だであんべ?」

無邪気に見開かれた小さな目が、そのときだけはふっと陰った。徳内から視線を外し、海をながめる。

「良縁なぞ、なあんも面白ぐね。いっぺん嫁いで懲《こ》りただ」

嶋屋の先代たる父親は、六十を過ぎて若い後添《のちぞ》いとのあいだに、おふでを儲《もう》けた。末娘が物心つく前に先代は往生《おうじょう》し、母親はおふでを嶋屋に残して他家に再嫁《さいか》した。おふでは両親の顔すら覚えていないが、学問好きの兄のもとでのびのびと育てられた。

十四で嫁いだのも、いわば好奇心が先に立ったからだ。見合い話が持ち込まれた折、兄は早過ぎると反対したが、他家という見知らぬ場所に、おふでは興味をそそられた。

しかしいざ嫁いでみると、広いはずの世間は、女にとってあまりに狭かった。あれも駄目これも駄目、女らしくあれ嫁らしくしろ。臨月が迫り他にすることがないのに、本を開くことすら止められた。女が賢《さか》しい真似をしては、子に響くというのだ。舅姑《きゆうこ》は仕方がないとして、十《とお》も歳が離れていない若い夫もまた、あたりまえに親に同意する。

おふでにとっては、天地がひっくり返るほどの驚きだった。

我が家の常識は世間の非常識であり、むしろ実家の兄やおふでこそが、変わり者とみなされるのだ。気づいたとき、恥じるでも悲しむでもなく、おふではひたすら呆れかえった。

この世はなんと、不自由な世界なのだろうか。

もっと歳を重ねていれば、諦めてかしずく道もあったろうが、おふでは若過ぎた。

子を産んだとき、おふでは決心した。こんな不自由な場所で、娘を育ててなるものか。せめて嶋屋の兄のもとなら、自分も娘も、ずっと楽に息ができよう。

婚家に離縁を乞い、相手の返事も定まらぬうちに、娘を抱いて実家に戻った。

面目を潰された腹いせか、婚家からはおふでに対する散々な噂が広められたが、馬耳東風《ばじとうふう》だった。娘は健やかに育ち、好きなだけ本や書に親しむことができる。おふでには満足この上なく、二度と他家には嫁がないと、兄にもそう宣言した。

しかしそこに、徳内が現れた。

おふでの書物好きを、疎《うと》むどころか逆に褒めてくれる。

「文《ふみ》さ達者で、書も見事だで。おふでさぁ、ええもんだな」

身内以外から、賛辞をもらったのは初めてで、ことのほか嬉しかった——。

穏やかな遠浅の海をながめながら、おふではそんな話をした。徳内もまた、同じ姿勢で同じ海を見遣《みや》る。

「先生さとなりだら、海さうんと広く見える。それぁ一番大事なことだで」

徳内が毎日ここから、下北半島の向こうに思い見ていた蝦夷を、おふでは一緒に見ようとしてくれる。叶わぬ夢だと笑うことをせず、精一杯励まそうとする。

感動に近い温かな思いが、胸に広がった。おふでに内包された太陽が、伝染《うつ》ったかのようだった。

「先生ぁ、好きさとごさ行ったらえがんべ。おら、どごさだでついてぐ。まっことであんす」

おふでが徳内に顔を向ける。ちんまりとした造作《ぞうさく》にそぐわない、大らかな笑みだった。

女子供を、蝦夷地にまで連れてはいけない。頭ではわかっているのに、この眩しい笑顔は不思議と、氷のような不安や心配を溶かしてゆく。

くすぶり続けていまにも消えそうだった火が、勢いをとり戻す。

「おふでさ、おらが嫁こさなってくんろ」

「あい」

東から昇る日が、嬉しそうな顔を明るく照らしていた。

第十二話　乱

その年の初秋、徳内《とくない》とおふでは祝言《しゅうげん》を挙げた。

徳内はこの手のことに派手を好まず、おふでは再縁ということもあり、新婦の兄の清吉《せいきち》は、ささやかに過ぎると気を揉んでいたが、酒造業と船問屋を営む嶋屋《しまや》が仕切っただけに、十二分に立派な婚礼だった。

徳内は居候《いそうろう》していた船頭宅を出て、街中に仕舞屋《しもたや》を借り、妻と娘とともに移り住んだ。

「父《と》っちゃ、ご本読んでくろ」

「うん？　どれどれ」

六歳のおさんもすっかり懐き、よく纏《まと》わりついてくる。本好きは、母親の影響であろう。

「え、こっだらもん読めってか？　おさんにぁ早かろ。大人ば読物だで」

「だども、面白《おもしれ》えから読んでみろって、母《か》っちゃが言っただ」

「まったく……仕方のねえ母っちゃだで」

おさんがさし出した黄表紙《きびようし》をながめ、ため息をつく。このくらいの歳の子供が読む絵草子は、赤本《あかほん》と呼ばれる。そちらがよかろうと妻に意見したが、あっけらかんと返された。

「んだども、桃太郎も舌切り雀もカチカチ山も、おさんばみいんな覚えちまっただ。なあ、おさん？」

こっくりと、嬉しそうにおさんがうなずく。

「んだすけ、黄表紙ば与えただ。山東京伝《さんとうきようでん》さ話ば、えれえ面白えだで」

「いくら何でも、『江戸生艶気樺焼《えどうまれうわきのかばやき》』はなかんべ。若旦那が色街さ通う筋書きだで」

え、と徳内が手にした本を改めて、おふではけらけらと笑い出した。

「おらば与えたが、別の本だで。おさんば間違えただな……ほれ、徳さ、こっちだ」

同じ山東京伝作の、『時代世話二挺鼓《じだいせわにちようつづみ》』を示す。こちらは平将門《たいらのまさかど》を主役に据えた伝奇物だという。徳内はぱらぱらとめくり、中身を確かめた。

「おさんにぁ、難しんではなかろか？」

「わがんなくても構わね。父っちゃに読んでもらうが嬉しいだで」

そういうものかと納得し、おさんと並んで畳の上に本を開く。娘に読みきかせながら、やがて気づいた。平将門の討伐を滑稽《こっけい》に描いているのだが、その端々に京伝らしい風刺が効いている。風刺の対象は、田沼《たぬま》政権である。

一昨年、田沼意次《おきつぐ》が失脚し、昨年、所領をすべて召し上げられ蟄居《ちっきょ》の身となった。黄表紙は、正月に刊行されるのが通例だ。戯作者《げさくしゃ》にとっては格好のネタとなり、今年の正月にはいくつもの風刺本が出された。この京伝作もそのひとつである。

たとえ終焉《しゅうえん》を迎えた政権であろうと、幕府を揶揄《やゆ》するのは変わりない。一見してそれとわからぬように、巧妙に作中に紛《まぎ》らせており、おふでにも何の他意もなかろうが、だんだんと苦いものがこみ上げる。

「お父っちゃ……？」

挿絵に見入っていたおさんが、徳内を仰いだ。おさんは敏感な子供で、大人の顔色をすぐに察する。なんでもないという代わりに、娘の頭に手を置いた。

「なあ、徳さ、将門がからださ七つもあっただで、まことだろか？」

台所から、おふでの声がかかる。

「作り話であろう」

「だども、終《しま》い辺りでな、七人の将門が……」

「終いば話さしたら、おさんが面白くねえだで」

それもそうか、と台所でおふでが首をすくめる。おさんが徳内の袖を引っ張り、先を促《うなが》す。文字を追う徳内の声に、調子っ外れなおふでの鼻歌が重なる。

さっき覚えた苦い思いは消えていた。

妻と娘のいる暮らしは、思いのほかに居心地がよく穏やかだった。


このまま何も起きなければ、徳内は野辺地《のへじ》に留《とど》まったかもしれない。

翌年一月に改元が行われ、寛政《かんせい》となった。

天明《てんめい》は飢饉《ききん》が続き、昨年一月には、京で大火災が起きて内裏《だいり》までが丸焼けとなった。凶事を払拭《ふっしょく》するための改元とされたが、為政者の意図が少なからず働いているように徳内には思えた。意図というより、強い意志を感ずる。

田沼意次に代わって政権の中心に躍り出たのは、白河公松平定信《しらかわこうまつだいらさだのぶ》であった。すでに老中首座の地位に上り詰め、八代吉宗《よしむね》公の行った享保《きょうほう》の改革を手本に、新たな政治を始めていたが、この改元は定信の毅然《きぜん》たる決意を表していた。

旧《ふる》いものは天明に置き去り、寛政の新たな一時代を築く。

旧態とはすなわち、田沼の成した一切合切だ。

三十歳で老中を拝命し、若く有能な仁《じん》であることは市井《しせい》にも広まっている。ただ、その若さ故《ゆえ》か、定信は過ぎるほどに潔癖だった。

そんな定信が蛇蝎《だかつ》のごとく嫌ったのが、ほかならぬ田沼意次である。

意次自身はもとより、重用されていた家臣も悉《ことごと》く排除された。見分隊を組織した松本《まつもと》伊豆守《いずのかみ》も小普請《こぶしん》に落とされて、逼塞《ひっそく》の刑を受けた。昨年、赦《ゆる》されたものの、身分は回復せぬままだ。

定信の狭量は、人だけに留まらず、田沼が成したすべての事々を、悪しきものとみなし切り捨てたことにある。ふたりの考えは相容《あいい》れるところがなく、水と油であったことは疑いない。しかしやり方が気に入らぬのなら、目先を変えて別の方法でとり組むのが、為政者としての責務であろう。

ことに外憂は、国内の事情に関係なく、諸外国の動静に左右される。定信にはそれが見えず、あるいは田沼憎しが先んじて、あえて目を逸《そ》らした。まるで外に背を向けるかのごとく、内憂の細々《さいさい》に腐心《ふしん》した。それが寛政の改革である。

その足許《あしもと》をすくうように、北辺の蝦夷地《えぞち》で乱が勃発《ぼっぱつ》した。

一月二十五日の改元から、わずか三月余、五月初めであった。

「アイヌが、乱を起こしただと……？」

きいたときは、耳を疑った。知らせをもたらしたのは妻の兄、嶋屋清吉である。

「ど、どこで？　いつ？　誰が？　兄さ、教えてくろ！」

「いや、私《わ》も港できいたばかりだで……」

蝦夷から野辺地に入港した船が、伝えた話だという。

「仔細《しさい》ばわからんだども、その船ぁ東蝦夷から逃げてきたと」

「東蝦夷……」

薄氷が張るように背筋が凍った。兄をその場に残し、足が勝手に港へと走り出す。走りながら、ひたすら念じた。

「フルウ……フルウ……どうか無事でいてくれ！」

神でも仏でもいい。大事な弟子をお守りくださいと、胸の内で必死に懇願《こんがん》した。

港はたいそうな騒ぎになっていた。沖に泊まった帆影《ほかげ》はいつもより多く、さらに一艘《そう》、また一艘と増えつつある。常にはのんびりとした風情の砂浜も人であふれていて、誰もが声高《こわだか》に、蝦夷の騒動を語っていた。

「きいたか、船が夷人《いじん》に襲われたそうな。荷を奪われた上に、斬り殺されたと！」

「蝦夷さおった船ば、みいんな南逃げで、野辺地さ入っとるそうだ」

「船だけに留まらねえ。方々の運上屋《うんじょうや》を襲って、和人《わじん》を皆殺しにしておると」

「和人と見れば、問答無用で片端から殺されるちゅう話ですわ。人死には、百や二百ではきかへんで。千には届くときいとりまっせ」

「いつかこうなると思っとったわ。東蝦夷といえば、飛驒屋《ひだや》さんでっしゃろ？　アイヌに阿漕《あこぎ》を働いていたさかい、罰《ばち》が当たったたんどすわ」

「飛驒屋ばかし責めらんね。飛驒屋だで運上繰りさ、えれえ切ねえときいとるだ」

「いちばん悪いのは、松前《まつまえ》であろう。会所《かいしょ》を商人に任せて、甘い汁だけ吸いおって」

さまざまな国の言葉で、さまざまな噂が語られる。ただ、ひとつだけはっきりした。

乱が起きたのは、東蝦夷か――。きしむほどに、奥歯を噛み締めた。

東蝦夷のどこで乱が起きたのか、憶測めいた噂がとびかってはっきりしない。ネモロともクナシリともアッケシとも言われる。いずれも徳内が旅をし、知己《ちき》ができた土地だった。

黒い煤《すす》のように胸に広がるのは、後悔だった。こうなる前に、何かできたのではないか？　アイヌの苦難を、誰よりも理解していた自分は、防ぐ手立てを講じるべきではなかったか？

周りで人が死ぬと、誰もが同じ思いに駆られる。たった一度会っただけの疎遠《そえん》な間柄でも、たとえ仲違《なかたが》いした相手でも、似たような後悔に襲われる。死という絶対の理《ことわり》に、ひとりの人間はあまりにも無力だと、思い知らされる。いまできることは、知己を得た数々の者たちの安否を確かめることだ。

フルウとその家族、イコトイ、ツキノエ。旅で出会った数多《あまた》のアイヌたち。いや、和人が襲われているというなら、むしろそちらが心配か。シラヌカにいる馬吉《まきち》には、雇い主の清吉から、すぐにも文を送るときいていた。運上屋を担う役人や商人も、たとえアイヌ人の敵であっても、死ねばいいなどとは決して思わない。

千人も殺されたとの出まかせも広まっていたが、噂には誇張《こちょう》や尾ひれがつくものだ。夏場のこの時期ですら、東蝦夷の運上屋で働く和人の数は、二百にも届くまい。ただ、それだけに、死者の数がどれほどになるのか気にかかった。

それから毎日、徳内は港に通い詰め、野辺地に寄港する船の者たちから話をきいてまわった。多少大げさに伝わったとしても、死人は五人や十人ではなさそうだ。いずれも殺されたのは和人ばかりだと、その一点も揺らぎがない。それがさらに焦燥を煽《あお》った。

松前が討伐に乗り出せば、もっと多くのアイヌ人が犠牲になるかもしれない。松前の背後には、幕府が控えている。討伐が長引けば、この陸奥《むつ》からも兵を遣《つか》わして鎮圧《ちんあつ》に乗り出そう。実際、すでに南部《なんぶ》家では、派兵の仕度《したく》を整えているとの噂も入っていた。

最悪、東蝦夷のアイヌは、根絶やしにされるかもしれない。

想像するだけで、たまらなかった。まんじりともせず夜を明かす日々が続き、わずかな眠りのあいだは悪夢に襲われた。血まみれで倒れたフルウの傍《かたわ》らに、イコトイやツキノエの首が転がっている。叫びながらとび起きたが、血腥《ちなまぐさ》い匂いは目覚めた後も鼻の奥に残っていた。

「徳さ、大丈夫か？　ああ、ああ、こっだら汗かいちまって」

となりで眠る妻も、声に驚いて目を覚ました。ぐっしょりと寝汗をかいた夫の首筋を拭《ぬぐ》い、着物を替えさせる。

「なあ、徳さ、そっだら心配だば、いっそ蝦夷さ行ってみてぁどうだ？」

え、と妻をふり向く。闇の中で表情はわからないが、思いのほか気配は穏やかだった。

「行って……えがか？」

「あい。おらも一緒さ行きてえだども、腹こさ障《さわ》るだで」

「腹こば、加減悪いだか？」

「そうではね」

くふ、と嬉しそうにおふでが笑う。あ、と徳内が気づいた。

「もしや……ややか？」

「んだ。年の暮れにぁ生まれるだで」

「そうか……そうか……」

喉の奥に、熱いかたまりが込み上げた。たとえ乱の最中でも、子は生まれる。人が死んでも、生まれる命もある。それがこんなにも、ありがたいものとは――。

徳内は妻を抱きしめて、そうか、そうか、と呟《つぶや》き続けた。


東蝦夷の報が、どこよりも早く届いたのは、おそらく野辺地だった。

乱は五月初めに起き、半ばには徳内の耳に入った。後になって知ったが、乱の報《しら》せが松前に伝えられたのは、六月一日のことであった。

五月のうちに、徳内は江戸にいる青島俊蔵《しゅんぞう》宛に、文を書いた。

『酉《とり》五月中蝦夷地において騒動之れ有る趣、追々承及び候に付、早速注進いたし候はば――』

公儀《こうぎ》は必ず調査のために、蝦夷に役人を派遣する。青島は、見分役を務めるには誰よりもふさわしいはずだ。自ら名乗り出て、お役を拝命すれば、堂々と蝦夷地に乗り込むことができ、同時に、浪々《ろうろう》の身からも脱することが叶《かな》う。

松前から渡航差し止めを食らっている徳内もまた、青島の従者としてなら、ふたたび蝦夷の地を踏むことができよう。

「この野辺地にて、青島さまのお越しを、首を長《なご》うしてお待ち申しております る」

最後にそのように認《したた》めて、町飛脚に文を託した。

青島ならきっと、成し遂げてくれる。伝手《つて》を頼り、自らを売り込み認めさせるだけの才も経験もある。徳内はそう信じていた。

六月に入ると、松前から討伐の兵が出たとの噂が入った。

安産祈願のために、一家で八戸《はちのへ》の白山《はくさん》神社に参った徳内は、合わせてフルウやイコトイらの無事を祈った。

新たな報を得ようにも、これから戦場となる東蝦夷に向かう船なぞない。噂はふっつりと途絶え、焦燥を募《つの》らせながら、ひたすら青島の来訪を待ちわびた。

その名を耳にしたのは、六月下旬だった。

「ツキノエだと? それはまことか? まことにツキノエが?」

嚙みつきそうな勢いでたずねられ、商人が困り顔を返す。

「わては松前で、そうききましたわ。ツキノエちゅう蝦夷《えみし》が、東の果てで乱を起こしたと」

東蝦夷への船は絶えているが、松前や江差《えさし》には未だ通う船がある。

「ツキノエが……この乱を率いたというのか……」

からだから、力が抜けていく。若く逞《たくま》しい姿が、目に焼きついていた。

東の果てとは、クナシリだ。クナシリアイヌを首謀者とする説は、単なる噂に留まらない信憑性《しんぴょうせい》がある。まさかと口にしながら、あの勇ましい男ならやりかねないとの不安がつきまとう。

不安の正体は、クナシリやエトロフの背後にいるロシアだった。

島に滞在していた折、徳内は彼《か》の大国の匂いを嗅いだように思えた。

もしも両島のアイヌがロシアと手を結び、この叛乱《はんらん》を企てたとしたら——日の本にとっては、とんでもない事態だ。この話を、青島に書き送るべきか。いや、裏打ちがない以上、決めつけるべきではない。またぞろ煩悶《はんもん》する日々が続いた。

六月が過ぎ、暦《こよみ》が閏《うるう》六月に替わったその日、嶋屋清吉が一通の文を携《たずさ》えて訪れた。

「シラヌカぁ馬吉から、ようやく文ば届いただ。松前行ぐ船さ預けただで、こっちさ届くが遅れたみてえだ」

開いてみると、ひどい悪筆な上にかな文字ばかりで、読むのに難儀した。二度検《あらた》めたという清吉が、中身を語ってくれる。

馬吉が乱の勃発を知ったのは、野辺地と同じ頃、五月半ばだった。

シラヌカにもアイヌが攻めてくるとの噂が広まり、会所の者たちと慌てて逃げる仕度を始めたが、そんな折、三人のアイヌがシラヌカを訪ねてきた。

「おめさ見知りだで書いてあるだ。名ばよくわからんども、ふるでえがか？」

「ふる……フルウか！　フルウが、馬吉さとこに？」

「そう書いてあるだ。ほれ、ここだ」

清吉が示した一文に、たしかにふるとある。その先を、懸命に読み進んだ。

フルウは乙名《おとな》ふたりとともに、惣乙名《そうおとな》イコトイの伝言を携えていた。

『アッケシより西では、決して戦《いくさ》など起こさない。大首長イコトイがそう請《う》け合《あ》った。シラヌカも心配は要らない』

フルウは通詞《つうじ》のために遣わされたのだろう。フルウを含めてふたりは、和語が達者だったと馬吉は書いていた。

乱はごく一部の者たちの暴挙《ぼうきょ》であり、これまで築いた和人との間柄を壊すつもりはない。イコトイはそのために、事の鎮圧に当たっていた。日高《ひだか》までの津々浦々の会所と、同時に、方々のアイヌコタンにも大首長の意志を伝えるべく、三人を遣わしたのだ。

多くの和人はその言葉を額面通りには受けとらず、油断をさせる騙し手かと疑う者もいたが、馬吉はフルウを信じた。

徳内が野辺地にいて、文のやりとりをしていると明かしたところ、フルウが手放しで喜んだからだ。徳内に文を書くから、一緒に送ってほしいと頼まれたという。

「徳さ、これだで」

清吉が一枚の紙をさし出した。半紙の半分くらいの紙片が、ふたつ折りにされていた。

開くと、不格好ながら堂々と力強い三文字が躍っていた。

『大丈夫』

たったそれだけで、これまでの不安や焦りが氷解《ひょうかい》した。

春の雪解けのように、どっと涙があふれる。

「そうか……大丈夫か……。フルウ、よかった……本当によかった」

傍らで清吉が、うんうんとうなずく。

フルウと馬吉の便りは、安堵《あんど》とともに幸運を運んできたのかもしれない。

翌七月、青島俊蔵が野辺地に着した。

「青島さま、お懐かしい。よくお越しくださいました」

「徳内も達者で何より。よう知らせてくれたな」

色黒の顔に、闊達《かったつ》な笑みを広げる。江戸の長屋にいた青島とはまるで別人で、蝦夷を旅していた頃を彷彿《ほうふつ》させる。

「よもやふたたび、普請役見習《ふしんやく》いに返り咲けるとは。これもおまえのおかげだ、徳内」

「いえ、青島さまなら、きっとお取り立ていただけると信じておりました。やはり、組頭《くみがしら》殿に掛け合うたのですか？」

「さよう。金沢《かなざわ》殿に申し出て、丹後守《たんごのかみ》さまへの目通りが叶った」

勘定《かんじょう》組頭の金沢安太郎《やすたろう》は古参であり、田沼意次が老中に就《つ》く以前から組頭の任にあった。故に意次との関わりも特に取り沙汰《ざた》されることなく、役目を安堵された。青島にとっては唯一の伝手《つて》であり、また事がこれほどとんとん拍子に進んだのは、徳内の目論見《もくろみ》どおり、幕府もまた青島のような人材を求めていたからだ。

ことに松本伊豆守の後釜《あとがま》として、勘定普請方を務める久世《くぜ》丹後守にとっては切実だった。

松前藩から江戸表《おもて》に乱の一報が届いたのは、六月二十日過ぎのことだ。

たとえ辺縁《へんえん》の地で夷人が起こした乱であろうと、背後にはロシアが控えているかもしれない。幕府としても即刻手を打たねばならぬ案件となったが、さりとて長い平安の中、戦とは無縁であった。派兵となれば百数十年ぶりの一大事だ。

まず蝦夷地の現状を確かめるのが急務で、久世はその人選を任されていた。

有能な普請役は、松平定信がすべて切り捨ててしまった。途方に暮れていたまさにその折に、組頭を通して青島から名乗りがあったときかされたのだ。直《じか》に会ってみると、能力も人柄も申し分ない。

青島は当年三十九歳。算術測量や地理に明るく、文筆にも優れている。近年蝦夷地に渡った経験があり、何よりも当人がやる気にあふれていた。

目通りしてすぐさま、久世は老中に伺いを立てたというから、これ以上の人材はないと確信したのだろう。

「越中守《えっちゅうのかみ》さまだけは、良い顔をされなかったそうだが……終《しま》いにはお認めくださったと組頭から伺《うかご》うた」と、青島が苦笑いをこぼす。

老中筆頭の松平越中守は、せっかく一掃した田沼一派の者を、ふたたび召し抱えることには難色を示した。しかしこの難事を収束させるには、正確な情報は不可欠だ。侍然《さむらいぜん》とした堅物《かたぶつ》を遣わしても役には立たず、目端《めはし》の利《き》く者が必要となる。

「此度《こたび》は表向き、長崎俵物《たわらもの》御用を仰《おお》せつかっていてな」

体裁《ていさい》を繕《つくろ》うために、青島は町人姿の男をひとり同道させていた。

交易商の常盤屋《ときわや》を名乗っているが、笠原五太夫《かさはらごだゆう》という御小人目付《おこびとめつけ》だった。

内々に命ぜられたのは、もちろん蝦夷地騒乱の糺《ただ》しである。

「徳内、もちろんお主も蝦夷へ連れていく。此度は小者《こもの》として、常盤屋の供をせよ」

「となれば、私も商人の形《なり》をせねばなりませぬか？」

「どのみちおまえは、松前では顔が知られている。下手な芝居はいまさらだが、建前だけは通さねばな。どうだ、それで構わぬか？」

「むろんです。また蝦夷へ渡ることだけを、願《ねご》うておりましたから」

「おれも同じだ、徳内。お互い厄介《やっかい》な病を抱えておるな」

青島もまた、机上《きじょう》の書物より、旅や実録に強く惹かれる性分だ。あるいは、蝦夷に潜《ひそ》む白い魔物に、青島も魅入《みい》られたのか。

二度目の渡航が許されたことは、青島にとっては格別の良薬になったのだろう。鬱々《うつうつ》と暮らしていたのが悪い夢であったかのように、潑剌《はつらつ》としている。

ただ、その薬は、思った以上に苦いものだった。

「おれはイコトイとの約束を、忘れてはおらん。玄殿や鉄殿も同じだろう。此度の乱は、いわばその約束が果たされぬがために起きたとも言える」

松前の専横《せんおう》とアイヌの窮状《きゅうじょう》を幕府に訴え、蝦夷地を実り多い土地にする。田畑を拓《ひら》き和語を覚え、対等の取引をしたい。イコトイはそう望んでいた。

「イコトイは乱に加担せず、鎮撫《ちんぶ》のために動いておると思われます」

馬吉から得た報を、青島に伝えた。

大丈夫、とのフルウの文字には、二重の意味が込められている。自身の無事とともに、アッケシアイヌは乱に与《くみ》してはいないと、徳内に知らせたかったのだ。

ただ、憂《うれ》うべき名も挙がっている。

「ツキノエとは、クナシリで会うたあのツキノエか？」

おそらく、と面《おもて》を伏せる。ツキノエの名が伝わったのは、野辺地の浜からながめていた下北《しもきた》半島の田名部《たなべ》からだった。

東蝦夷には夏のあいだ、田名部から多くの者が渡っていた。未だに戻ってこず音信不通の者たちは数十人にもおよび、そのほとんどが殺されたと噂される。

命からがら田名部に帰還した者たちが、叛乱軍の長はツキノエだと言い立てていた。

「間違いであってほしいが……」

青島も顔を曇らせる。

「一刻も早く蝦夷に渡り、仔細を確かめねば。おれは明日にでも、ここを立つつもりでおるのだが」

「私も、否《いな》やはございません」

「よいのか？　ふいの出立《しゅったつ》では、妻や子に泣かれるのではないか？」

「私の妻は、さように女々しい女子《おなご》ではありません」

「女々しくなくば……雄々《おお》しいということか？」

「さようです」

腑《ふ》に落ちぬ表情の青島に、徳内は胸を張って応えた。


翌朝、青島と徳内は、常盤屋と三人で野辺地を立った。

「おまえの言ったとおり、妻女は気丈な女子だな。身重でありながら、心細い顔を見せなんだ。まるで武家の妻のようだの」

「代わりに嬢ちゃんには、泣かれてしもうたな。あんなにお父ちゃんを慕《しと》うて、可愛いらしいこっちゃ」

商人姿で上方弁《かみがた》を流暢《りゅうちょう》に話すさまは、とても武士とは思えない。

「わてはもともと西国生まれでな、商人役は板についとるんや。役目柄、隠密《おんみつ》もこなさなあかんからな」

小人目付とは、いわば目付の下役にあたり、普請役同様、遠国への隠密にも手慣れている。今回の役目には好適だが、徳内はどうも居心地の悪さを覚えていた。

ふりもあるのだろうが、明朗でよくしゃべる。そのくせ細い目の底が見通せず、視線が妙に張りつく。

目付とはもしや、青島と徳内のためではないか？　青島の登用に難を示した松平定信がつけた、見張り役ではなかろうか？

そんな疑念がわき、一日目は落ち着かなかったが、翌日、三厩《みんまや》から船で海峡を渡ると、心配事は背中から剝《は》がれていった。

海は碧く、波の白が際立つ。七月半ば、すでに風は秋の気配を含んでいた。

江戸はもちろん、野辺地の海風ともどこか違う。野辺地の浜に吹く風は、人を撫《な》でるようなまろみがあった。対して海峡の風は、人を寄せつけぬように鋭く冷たい。それがかえって、自然への憧憬《どうけい》をかき立てる。

やがて船は、松前の港に入った。徳内とは相性が悪かったが、その街並みすら懐かしい。人は相変わらず多かったが、伸びやかな活気は失《う》せていた。

松前で旅仕度を整えて、できるだけ早く東蝦夷に赴《おもむ》きたいところだが、陸路では時がかかり過ぎる。船を調達せねばならないが、混乱の最中にある土地に向かう船を見つけるのは容易ではあるまい。

「近在のコタンに頼んで、蝦夷舟を出してもらいましょうか？」

「蝦夷舟て、あの猪牙舟《ちょきぶね》みたいな小っさい舟やろ？　あれで海を渡るなぞ、わてはご免やで」

「やはり松前に頼むのが、早道なのだが……」

「それはいけませんわ。わてらはあくまで隠密や。こうして商人に身をやつしておるのも、松前や運上屋のもんに見咎《みとが》められんためやがな」

常盤屋は真っ向から反対し、たしかに理は通っている。

「仕方ない、漁師船を雇って、浜から浜へと乗り継いでいくとするか」

「蝦夷舟の方が、よほど早いのに……」

「いややと言うたやろが。あんたもいけずやな」

常盤屋が徳内に向かって、口を尖《とが》らせる。

その晩、旅籠《はたご》で相談はまとまったが、翌朝のことだ。思いがけぬ男が、旅籠を訪ねてきた。

「浅利幸兵衛《こうべえ》殿……！」

青島が名を叫び、それきり絶句する。

「やはり青島殿と徳内か。港で見かけたという者がいてな、家中に知らせてきたのだ」

よりによって、もっともまずい相手に見つかってしまった。

また前回のように、津軽《つがる》に返されるのか――。徳内も半ば諦めていたが、驚いたことに、浅利は深々と頭を下げた。

「これまでの数々の非礼は、このとおりお詫《わ》び申し上げまする。何卒《なにとぞ》、お許し願いたい」

いったい何が起きたのか、さっぱり呑《の》み込めない。目を白黒させる主従に、浅利は神妙に乞うた。

「ご家老が、ぜひとも会いたいと申されておる。どうか屋敷まで、お越し願いたい」

罠《わな》だろうかと訝《いぶか》ったが、浅利の表情を見て、違うと悟った。

浅利の顔は真っ赤で、額《ひたい》や鬢《びん》からは汗が噴き出していた。よほどきまりが悪いのか、決して目を合わせようとしない。

「あんさんら、顔売れ過ぎやわ。こら招きに応じるしか、ありまへんなあ」

ふたりの背後で、常盤屋がぼやいた。青島はひとまず、今回は俵物御用で来たと建前を述べ、常盤屋も商人のふりを貫く構えでいる。

その上で、浅利に従って家老屋敷に出向くことにした。

浅利は屋敷までの案内役を務め、数歩先を歩く。後ろをふり返った折に、一度だけ徳内と目が合った。浅利はびくりとし、急いで顔を戻す。

徳内は、そのとき初めて気づいた。浅利のようすには、強い怯《おび》えが見てとれた。

やがて、以前、見分の折に寝泊まりしていた家老屋敷に到着した。

屋敷の家臣もまた、慇懃《いんぎん》なほどていねいに三人を客間に通す。座敷の上座《かみざ》に青島を座らせ、続きの間に常盤屋と徳内が控える。

待たされることなくすぐに家老が現れ、その歓迎ぶりにも大いに面食らった。

「おお、青島殿！　よう来た、よう来てくれた」

家老は三人の来訪を、手放しで喜んだ。狐につままれたような心地で青島と徳内が、開け放たれた障子越しに、怪訝《けげん》な眼差しを交わし合う。

「徳内も、達者で何より。一昨年のことは、すまなんだ。こちらの不手際と思うて、水に流してくれ」

はあ、と曖昧《あいまい》に家老に返す。先ほどの浅利と同じものを、家老からも感じとれる。

「東蝦夷で起きた一揆《いっき》は、お主らも知っていよう。まことに驚天動地《きょうてんどうち》の出来事でな。以来、枕を高くして眠れなんだ」

相槌《あいづち》を打つ青島に、家老はまくしたてるようにして訴える。

「この松前にまで攻めてくるのではないかと、気が気ではなくてな。しかしお主らがおれば心強い。夷人どもと交わり、アイヌ語に長《た》けたそちらの助けを、ぜひ乞いたいのだ」

大げさなまでの歓待の裏には、不安が張りついていた。

不安の底にあるものは、いじましいまでの恐怖であろう。これまで夷人と侮《あなど》って酷使してきた者たちに、仕返しされるのではないか。因果応報を恐れているのだ。

これを機に、アイヌへの施策を改めてくれればよいのだが、人というものは実に現金なものだ。乱の制圧が叶えば、腹いせに前にも増してきつく当たるのは目に見えている。

その隙間《すきま》に、少しでも大きな楔《くさび》を打つのが、青島と徳内の役目だ。

「すでに松前から、鎮撫《ちんぶ》の兵が向かったと伺いましたが」

鎮圧隊の先陣が松前を立ったのは、六月十一日。乱の報せを受けた十日後だった。十一日から十九日にかけて、二百六十余名の軍勢が派兵されたという。この年は閏六月があったから、ふた月ほど前になる。船ではなく陸路を行ったのは、仕度が整った兵や荷物を順に送り出したことに加え、行く先々で情報を収集する必要があったからだ。

ただ東蝦夷は、松前から遠い。先陣がネモロに着いたのは七月八日で、徳内らが渡海したほんの数日前だった。むろん松前には、鎮撫が成ったとの報せは未だ届かず、藩や城下の者たちは、慄《おのの》きながら毎夜を凌《しの》いでいた。

「我らが先に会った、東蝦夷アイヌが惣乙名イコトイは、此度の乱に加わっておるのですか?」

素知らぬふりで、青島がたずねる。

「いや、あの夷人の長《おさ》は、与してはおらぬようだ。わしもつい先立って、知らされたばかりだが」

日高を越えたトカチ港で、先陣はその事実を摑《つか》み、急ぎ松前まで報せてきたという。

「では、乱を率いた者は? 目星はついておりますか?」

「まだわからぬが、クナシリアイヌだとの報は受けておる」

やはり、そうなのか——。一縷《いちる》の望みが絶えたように思えた。顔を伏せたまま、ぎゅっと目をつむる。

「鎮撫の隊には間に合わずとも、お主らが行けば夷人どもの気持ちも多少なりとも和《やわ》らぐかもしれん。頼む、青島殿! 我らを助けると思うて、東蝦夷まで行ってはくれぬか? むろん、船も仕度もこちらで整え申す」

青島たちにとっては、まさに渡りに船だ。手をついて乞う家老の頭越しに、素早く青島が常盤屋に目配せする。常盤屋がうなずいて、話は決まった。

松前藩の船を借り受けて、二日後、一行は東蝦夷へと立った。

第十三話　鎮撫

青島ら一行が、船でアッケシに着いたのは八月初旬だった。

松前《まつまえ》を立って半月、幸い順風に恵まれて、思いのほか早い到着となった。

「なんや、人はおらんけど、特に荒らされとるふうもなさそうや」

もぬけの殻となった運上屋《うんじょうや》を覗いて、常盤屋《ときわや》こと笠原五太夫《ごだゆう》は拍子抜けした顔をする。

「いや、それでも、アッケシが無事でなによりだ。やはりイコトイは、この乱に加担しておらぬという何よりの証《あか》しであるからな」

「はい、私も安堵《あんど》いたしました」

青島と徳内《とくない》は、一様に胸をなで下ろした。

「にしても、なあんもあらへんところやな。こないに寂れた景色は初めてや」

「何もないからこそ、良いのです」

常盤屋の言いようが癇《かん》にさわり、徳内がめずらしく言い返す。ひょろりとした常盤屋がふり向いて、に、と笑った。

「さいでっか」

諾《だく》でも否《ひ》でもなく、こちらが押してもぬるりとかわされる。

「たしかにいま時分であれば、昆布漁が盛りで、鮭漁《さけりよう》も始まる頃だ。会所《かいしょ》がいちばん活気づく頃というに、物寂しく感ずるな」

ふたりのあいだをとりもつように言って、青島は海をながめた。

潮風はすでに秋の気配を含み、がらんとした会所に吹きつけると、からからと音がしそうだ。本当なら夏場から九月まで、こういう天気の良い日には浜いっぱいに昆布が敷き詰められて、八月に入れば鮭の季節が来る。

しかしいまのアッケシからは、その活気が消え失《う》せていた。

「討伐隊は、すでに東に進んだようだな。おそらくイコトイらも同行したのだろう」

「青島さま、近在のコタンに行けば、詳しい模様がわかるかもしれません。私に行かせてください」

徳内の申し出に青島がうなずいたとき、おや、と常盤屋が耳をすませた。

「なんや、声がきこえまへんか？　誰ぞ呼んでおるような……」

主従も倣《なら》い、耳をそばだてる。潮風に乗って、高い子供の声が小さく届いた。

「トク！　トク！」

子供がひとり、砂を蹴散らせながら浜を走ってくる。一瞬、フルウかと思えたが、近づいてくる人影は女の子だった。十歳くらいのその子は、躊躇《ちゅうちょ》なく徳内に抱きついた。女の子が、顔を上げる。

「トク、へー」

正面から顔をとらえ、ようやく思い出した。

「おまえは……そうか、おウタか！」

うんうんと女の子がうなずく。フルウの五つ下の妹で、出会ったときはまだ七つだった。子供の成長は早く、いまは十《とお》を越えているはずだ。

「大きくなったな、おウタ。わからなかったぞ」

「その子、あんさんのお見知りでっか？」

常盤屋が、怪訝《けげん》な目を向ける。フルウの妹だと、改めて上役《うわやく》らに紹介した。名はウルパアシユというのだが、徳内には発音できず、和風におウタと呼んでいた。

「そうか、おウタというのか。兄に似て、利発そうだ」

青島が目を細める。ウタは早口のアイヌ語で懸命に語るが、三年の空白は大きく、徳内のアイヌ語はだいぶさびついていた。

「おウタ、もう少しゆっくり話してくれぬか。ええと、ゆっくりはアイヌ語で何といったか……」

もたもたしているうちに、子供を呼ぶ声がした。浜に数人の女たちの姿があり、その中にフルウの母親、ソラノもいた。懐かしそうに近づいてきて、三人の前でお辞儀《じぎ》する。

「おお、ソラノ殿、へー」

「トク、へー」

互いに久しぶりだと挨拶《あいさつ》する。一緒にいた女たちも皆、徳内の顔見知りだった。徳内が足繁《あししげ》く通ったフルウの村、チライカリベツコタンの者たちだ。

浜に腰を下ろし、改めて女子《おなご》衆から話をきくうちに、さびついたアイヌ語もだいぶよみがえり、大筋だけはどうにか摑《つか》むことができた。徳内が、話を整理して上役に伝える。

「イコトイ殿ら村の男たちは、討伐隊に加わって東に向かったそうです」

松前では、鎮撫軍《ちんぶぐん》と呼んでいる。その第一陣がアッケシに着いたのは、山の狩猟を始めようとしていた頃だという。アイヌはほぼ一年中狩りをするが、盛夏から晩夏までのふた月ほどだけは、禁猟とする風習があった。獲物の脂が落ち、味が劣ることに加え、獣が子育てをする時期でもあるからだ。狩猟期の開始は和暦に換算すると、ちょうどひと月前、七月に入ってすぐの頃か。

　この先、初秋以降は、食料集めにおいて一年でもっとも大事な時期だというのに、惣乙名《そうおとな》のイコトイは、その決断を下した。今年の糧食《りょうしょく》よりも、和人《わじん》の反感を少しでも軽減することが、いまは大事だと判断したに違いない。

　自ら案内役に立ち、アッケシアイヌの男たちも討伐隊に加えると申し出た。フルウも、その父親のチャレンカも、やはり隊に同行したという。

「夫や息子は、大丈夫でしょうか……」

　ソラノをはじめ女たちは、ただそれだけを案じていた。その後のようすについては知るべくもないが、意外なことに、乱の起きたきっかけだけは、かなり詳しく伝わっていた。

「毒殺だと？」

　思わず徳内の声が大きくなる。確かめるように身を乗り出した常盤屋に向かって、青島がうなずいた。

「間違いない。さるクナシリアイヌが、和人に毒を盛られて死んだと言うておる」

　青島もまた、アイヌ語はある程度耳に馴染《なじ》んでいる。

　後になって摑んだ詳細では、毒を盛った和人とは松前藩の足軽であり、殺されたアイヌがクナシリの乙名であったことから、松前藩や請負《うけおい》商人への怒りが一気に暴発したようだ。

死んだアイヌはもともと病床に臥《ふ》せっていて、足軽が薬として与えたものが、本当の死因かどうかはわからない。むしろその足軽が、そのような卑劣な真似をしてもおかしくないと思われるほど、深い恨みを買っていたことが真の発端と言えるだろう。

別の女も、やはり毒入りの食物を与えられたとか、薪《まき》で叩かれて死んだ者もいるとか、女たちは口々に仕入れた話種を披露する。

今回蜂起《ほうき》したのは、クナシリとメナシの者たちだ。メナシとはアイヌ語で東方を意味し、知床《しれとこ》半島の東側にあたる。メナシ会所はかねてより、あつかいの酷《むご》さで悪名を馳《は》せていた。アッケシなどよりも労働がきつく、手当もあまりに少ない。昨今では、アイヌへの礼たるオムシャすら行われず、働きが悪ければ殺すぞと脅される。

そしてもっとも反発を買ったのは、アイヌの女房たちに対する「密夫《みっぷ》」である。藩の足軽や商人を問わず、アイヌの女を手籠《てご》めにしては無体をはたらく。夫や父親が文句をつけようものなら、かえって殴る蹴るの狼藉《ろうぜき》を仕掛けられる。

この世には実にさまざまな人種や民族があるが、尊厳に対しての考えは不思議と一致する。誇りを踏みにじられることは、ひもじさ以上の怒りを喚起《かんき》する。

「なんという不埒《ふらち》な真似を……」

「あまりに情けのうございます」

青島と徳内ですら、込み上げる義憤に打ち震えた。

東蝦夷《えぞ》のアイヌは、もとより剛強《ごうきよう》だと恐れられていた。中でもクナシリアイヌや、メナシを含むネモロアイヌは従順とはほど遠く、たびたび交易を拒絶したり、運上小屋や船を襲う者もいた。しめつけが厳しくなったのは、そのためとも言えるが、互いの利を図るのが交易というものだ。

遠い山丹《さんたん》やロシアと交易してきた東方のアイヌにとって、松前藩や商人が押しつけてきたのは、交易ではなく略奪だった。

「ともあれ、先を急ぐとしよう。ひと月前というと、すでに決着はついておるかもしれぬが、我らの目で仔細《しさい》を確かめねば」

どちらが勝っても、アイヌの行末には暗い影を落とそう。せめてフルウが戦《いくさ》に巻き込まれておりませんようにと、目を閉じて祈った。

その日はソラノたちが運んでくれた料理で腹を満たし、人気《ひとけ》のない運上小屋で一夜を明かした。

翌朝、女たちは朝飯や弁当まで整えて、一行を見送りにきた。

「トク」

「おお、おウタも見送りにきてくれたのか。うん？　おれに何かくれるのか？」

ウタは嬉しそうにうなずいて、背中に隠していたものをさし出した。

木彫の人形だった。蠟燭《ろうそく》ほどの太さの枝は、片端が削《けず》られ、豆のような目鼻が描かれている。顔の下の部分が鉋屑《かんなくず》のように削られて、髭《ひげ》を表していた。

アイヌの男を模《も》した人形かと思えたが、ウタは人形を掲げて叫んだ。

「トク！」

となりにいた青島が、喉の奥で笑った。

「言われてみれば、徳内、おまえに似ておるわ。先にアッケシにいた折は、ろくに髭も剃《そ》らず、ちょうどこんなふうであったぞ」

アイヌのような立派な髭には育たず、もさもさと顔の半分を覆《おお》っていた。ウタはまだ力が足りないのか削り具合が不均等で、それもまた徳内の半端な髭を彷彿《ほうふつ》させる。

「トクに渡すために、昨日遅くまで彫っていたんですよ」と、ソラノが言葉を添えた。

枝の人形を渡されて、胸が熱くなった。ウタの指先には、小さな切り傷がいくつもついていた。

「ありがとうな、おウタ。大事にするぞ」

「ミチ、ユプ」

「ああ、父さんや兄さんに会ったら、母さんとおウタが心配していたと伝えるからな」

チライカリベツコタンの女たちに見送られ、船は出航した。

「夷人《いじん》らに、えろう懐かれておりまんなあ」

常盤屋が、ぼそりと呟《つぶや》いた。きこえぬふりで、徳内は甲板から手をふり続けた。


アッケシより東にある運上場所は、キイタップとクナシリだけだ。

とはいえキイタップ場所は、根室《ねむろ》半島から知床半島まで、蝦夷地南東岸すべてを含む広大な土地だ。会所は方々に散っていて、特に大きな会所は、根室半島の中央北岸に位置するノッカマフと、知床半島のつけ根、クナシリにもっとも近いシベツである。そしてメナシもまた、キイタップの会所のひとつであった。

根室半島の周囲をまわる形で船を進めると、ノッカマフ会所が見えてきた。

「青島さま、あれを！」

「うむ、どうやら討伐隊に追いついたようだの」

アッケシからここまで、三日かかった。アッケシから先は、船を下りて歩いた方が速かったかもしれないが、クナシリまで行くつもりであったから、逸《はや》る気を抑えて海路をとった。

ノッカマフ会所が真っ黒に見えるほど、多くの者が行き交っている。遠目でははっきりしないが、その風体《ふうてい》から和人とアイヌ人、双方いると判じられた。ひとまず船を沖で碇泊《ていはく》させて、小舟で岸に漕《こ》ぎ出す。

「人は仰山《ぎょうさん》おりまっけど、物々しい気配はなさそうや。こらもう、片がついたんかもしれまへんなあ」

常盤屋は額《ひたい》に手をかざし、傍観者《ぼうかんしゃ》の体《てい》でのんびりと告げる。舟を漕ぐ徳内は、逆に鼓動《こどう》が速くなった。片がついたとは、討伐が成ったことを意味する。

旅で知り合った、数多《あまた》のアイヌたちの顔が、走馬灯《そうまとう》のように次から次へと流れていく。

乱に巻き込まれていまいか。咎人《とがびと》として討たれてはいまいか。

乱の報を摑んで以来、くり返し祈ってきた。生死のわからぬことが不安でならなかったが、いざ目の前に近づいてくると、顚末《てんまつ》を知ることが怖くてならない。

浜に上がった三人を、数人の松前兵が迎えた。青島が名乗り、性急にたずねた。

「事は、どうなった？　乱は収まったのか？」

「はい！　見事我ら鎮撫軍が、夷人どもを打ち捕《と》りました！」

若い松前兵は、誇らしげに胸を張る。徳内と、同じ思いに駆られたのだろう。青島はごくりと唾《の》を呑む。

「して……咎人は、どこに？」

「もちろん、すべて死罪と相成り、斬首、あるいは撃ち殺しの刑に処せられました」

「何だと！　松前に送ることなく、刑は行われたというのか！」

青島が目を剝《む》く。徳内もまた、膝から力が抜けるようだ。からだを支えながら、喘《あえ》ぐように口を挟んだ。

「ツキノエは……咎人の中に、ツキノエという者もおりましたか？」

アイヌ人の名など、いちいち覚えてはおらぬと言いたげに、若い兵は首を傾《かし》げたが、となりにいた別の兵が、ああ、と声をあげた。

「たしか咎人の中に、そのような名がありました。月の江とは風流だと、覚えておりまする」

「そうか……やはりツキノエであったか」

青島が、唇を嚙む。多少荒々しいが、牡鹿《おじか》のように伸びやかな男だった。サムライを好み、山口鉄五郎《てつごろう》や青島には敬意を払っていた。よくまとわりついていただけに、徳内よりもその死は応えたのかもしれない。目を閉じたのは、冥福《めいふく》を祈っているのか。

兵のひとりが呼びにいったらしく、上役がやってきた。身分は足軽だが、キイタップ場所内に知行地《ちぎょうち》をもつ故《ゆえ》に、此度《こたび》の一件の落着を任されたという。

「新井田孫三郎《にいたまごさぶろう》と申す。公儀《こうぎ》お役目とはいえ、きけば長崎俵物《たわらもの》御用とか。何故にかような戦場《いくさば》に？」

青島と同年配の男だが、物言いは横柄《おうへい》で、あからさまに迷惑顔をする。松前の浅利幸兵衛《こうべえ》を彷彿とさせ、何かと鋭敏な浅利に対し、新井田は鈍重な印象だ。ただ、不遜《ふそん》なさまは同じだった。

「いかにも、俵物御用として蝦夷地に参ったが、松前のご家老より格別の御用を仰《おお》せつかってな……こちらを、お読みくだされ」

家老から預かってきた書状を、新井田に渡す。

——青島を公儀役人として丁重に迎え、当地で不自由なきよう世話をせよ。また、数年前に東蝦夷に赴《おもむ》いた仁《じん》だけに、アイヌ語に長《た》け、夷人たちにも顔が利く。討伐に手こずるようなら助力を頼み、鎮撫を成した暁《あかつき》には、そのお調べに手を貸すように。くれぐれも粗相なきよう、しかと申し伝える。

おそらくは、そのような文面であったに違いない。

新井田がたちまち顔色を変え、露骨《ろこつ》なまでにへつらいを顔に浮かべる。

「こ、これは、ご無礼いたしました。あちらに一席設けますので、まずは旅の疲れを……」

「いや、ご遠慮いたす。何よりも先に、これまでの仔細を伺いたい。詳しい者を、集めていただけぬか？」

「かしこまりました。直《ただ》ちに呼び寄せまする」

あたふたと新井田がその場を離れ、その背中をながめて常盤屋が呆《あき》れた声をあげる。

「松前のしょうもなさはわてても耳にしとったが、思った以上の体《てい》たらくやなあ。なんちゅうか、武士《もののふ》の根太《ねだ》が抜けとりまんな」

常盤屋とは馬が合うとは言えないが、こればかりは上手いたとえだ。

「こら早急に、何とかせなあきまへんな」

その呟きに、深い意味があるとは、そのときは気づかなかった。

常盤屋が小用に行くと、青島が深いため息をついた。

「おまえの憂《うれ》いが、当たってしまったな。あのツキノエが、乱を起こした謀反人とは……」

「謀反などではございません。アッケシできいた狼藉がまことなら、これは蜂起です！　松前や商人からの、あまりの仕打ちに耐えかねて起こした一揆《いっき》です！」

「声が大きいぞ、徳内」

低くたしなめながらも、それ以上は叱ることをしない。青島も胸中は同じだろう。

「さぞかし無念であったろうが、あの男の雄々《おお》しさだけは忘れまい。せめて墓を築いてやりたいが、咎人とあらばそれも難しかろうな……」

「クナシリに行って、身内とともに弔《とむら》いだけでも……」

しんみりするふたりの背後から、ふいに声がした。

「誰の弔いだって？」

ふり向いた主従が、そろってぽっかりと口を開ける。目の前にいる男の姿が、どうしても信じられない。

「……ツキノエ？　おまえ、ツキノエではないか！」

「どうして、ツキノエ殿がここに？」

大鹿を思わせる精悍《せいかん》な佇《たたず》まいは、少しも変わっていない。紛《まぎ》れもなくツキノエだ。

「久しぶりだな、旦那方。なんだよ、ふたりとも間抜けな顔をして。あ、わかった！　大方、噂を鵜呑《うの》みにしちまったんだろ。このツキノエが乱を率いたと、あっちこっちで噂になっているからな。まあ、おれとしては、名を馳せるのはまんざらでもなかったが、危うく咎人として括《くく》られそうになったときは、さすがに慌てたぜ。イコトイが証しを立ててくれたおかげで、濡れ衣は……」

「この、馬鹿者が！」

快活に語るツキノエを、青島が一喝した。武士にしては優しい風情の男だ。怒鳴ったことなど、ついぞなかった。

「心配をかけおって……おまえがウェンカムイと化したのではないかと、どんなに……」

青島が声を詰まらせる。ウェンカムイとは、アイヌの魔物のことだ。武士故に道中は顔に出さなかったが、憂いの深さを初めて露《あら》わにした。

「前に、山口ニシパからきいた。ジンあってこその侍だと。ジンがいまひとつわからなかったけど、いまわかった。青島ニシパは、ジンある立派な侍だ」

ジンとは仁、思いやりだ。礼にもとづき自己を抑え、他者を慈《いつく》しむ心は、侍の徳とされていた。

「よう生きていた、ツキノエ……よかった、本当によかった」

互いの両手を握りしめ、改めて再会を喜び合う。

「おれも、青島ニシパに会えてよかった……この乱はおれにとって、辛《つら》いものだったから」

傲岸《ごうがん》なまでに自信にあふれた表情が、悲しそうに陰った。

「おれの名があがったのには、もうひとつわけがある……乱を率いたひとりは、おれの弟だ」

ツキノエのたくましい肩が、堪《こら》えきれぬように震えた。


「いやあ、疲れたわ。あの連中、二言目には成敗ではなく打捕《うちとり》やて、そればっかりや」

三人の宿舎となった小屋に戻ってきて、常盤屋がひとくさりこぼす。

「ああもこだわるのは、合戦《かっせん》のかの字もなかったと、ばらしとるのと同じことや。そっちはどやった、徳内」

「はい、やはり討伐隊との戦は、まったくなかったとききました」

炉端《ろばた》にどっかと座った常盤屋に、徳内が申し述べる。

青島が松前家の者から乱の模様を知らされるあいだ、徳内はツキノエらから顚末をきき取っていた。常盤屋は青島に従ったが、商人だけに同席は許されない。それでも広くもない小屋だから、土間の上がり框《がまち》に腰かけていれば、中の話はまるぎこえだ。しばし拝聴していたが、途中で飽きて戻ってきたという。

「向こうは新井田の他にふたりおったんやが、言うことはおんなしや。おれは何人撃ち殺したと、くだらん自慢ばかりくどくどと。阿呆《あほ》らしゅうてならんかったわ」

罪人を「成敗」したのではなく、勇猛に合戦して鉄砲で「打捕」を果たしたと、新井田らはありもしない手柄を印象づけるのに必死だった。

「そら、大砲《おおづつ》まで担《かつ》ぎ出したんやさかい、何もしまへんでしたでは言い訳も立たん。あの大砲、何に使われたかきいたか？」

「はい……たいそう酷《ひど》い有様だったと……」

「よりによって、牢に籠《こ》めて身動きできぬ罪人に撃ち込むとはな。罪人が騒いで牢が破られそうになったっちゅう話やが、大方、恐れをなして撃ってもうたんやろ」

その中に、ツキノエの弟はいなかった。弟のセツハヤフは、すでに首を斬られていたからだ。武人らしい最期を遂げたのが、せめてもの救いだと、ツキノエは語った。

「この乱を収めたのは、ひとえにイコトイやツキノエら、アイヌの顔役たちの働きによるものです。あの者らが説き伏せたことで、ただのひとりも抗《あらが》わず、大人しくこのキイタップに自訴《じそ》しました。それを吟味《ぎんみ》すら行わず、直ちに斬首とはあまりに……」

目の前の男が、形相《ぎょうそう》を変えた。商人から公儀目付に、たちまち豹変《ひょうへん》する。

「徳内！　おまえ、どっちの味方や！　あやつらは七十一人も和人を殺したんやで！」

鋭い叱声《しっせい》に、返す言葉もない。唇を嚙み、暗い小屋の中でそこだけ赤く光る炭火を見詰めた。

「対してアイヌの咎人は三十七人。ざっと半分の命で済んだんや。わしとしては、十倍は殺さな、腹の虫が収まらんがな」

どんな理由があろうと、仕掛けたのはアイヌの側であり、非もまた彼らにある。徳内とて、わかっている。それでも、蜂起するしかなかった心情を、ぎりぎりの選択であった事情を、よく承知してもいる。今回のことは、まさしく一揆だ。鍬《くわ》や鋤《すき》を手に、領主に歯向かうよりほかに生きる術《すべ》がなかった農民と何ら変わりない。ただ、野生の獣と対峙《たいじ》し、武に優れていただけに、そのぶん犠牲も大きかった。

人死にの出なかった一揆ですら、首謀者は軒並《のきな》み死罪となる。それを考えれば、今回の処分は妥当と言えよう。それでも徳内の中には、やりきれない思いがわだかまる。

言葉にできぬ憤懣《ふんまん》や苛立《いらだ》ちが、炭の中心が赤く燃えるように身の内でくすぶっていた。

ごとりと戸の開く音がして、青島が小屋に入ってきた。

「声を慎まぬか、笠原殿。外まで筒抜けだ」

「えろうすんまへん。つい口が過ぎましたわ」

「幸い小屋のまわりに、人はおらなんだがな」

差料を腰から外し、青島は炉端に胡坐《あぐら》をかいた。徳内は、炉で温めていた鍋の蓋《ふた》をとった。煮過ぎたようで、具は形が崩れて汁も減っている。松前から運んできた大根とネギに、土地で採れた茸《きのこ》、そして旬の鮭《さけ》をたっぷりと入れた。

「旨《うま》そうやなあ。あんさん、料理もいけまんのか。助かりまんなあ」

さっきのやりとりなどなかったように、鍋に味噌をとく手許《てもと》をながめて目を細める。

「正直、この前みたいな夷人料理が続いたら、どないしよ思てましたわ。獣臭《くそ》うて脂がぎとぎとしとって、呑み込むのに難儀したわ」

「なんだ、旨そうに食べていたから、てっきり気に入ったものと」

「いけずなこと言わんといてや、青島はん」

飯はすでに炊き上がっている。飯と汁をよそい、ふたりの上役の前に置く。

「徳内、給仕はよいからおまえも食べろ。飯を済ませたら、互いの話をすり合わせねばならぬからな」

うなずいて、自分の飯を仕度《したく》する。徳内は黙々と飯を食《は》んだが、いつものことだ。常盤屋がたくみなしゃべりで、青島の興を引く。

鰻《うなぎ》のような男だ。ぬるりとして摑みようがない。

松前の雁字搦《がんじがら》めの見張りと違って、笠原五太夫は何も制約しない。叱責《しっせき》されたのも、これが初めてだ。

鰻はどこで生まれてどこから来るのか、誰も知らない――。

そんな話をきいたことがある。江戸前の鰻は、あたりまえのように堀や川に生息しているが、誰も稚魚《ちぎょ》や卵を見たことがない。駿河《するが》辺りでは、鰻の稚魚のシラスウナギが獲れるそうだが、江戸には成魚しかいないのだ。

江戸っ子にこれほど親しまれながら、その実、生態はまったくわからない。

愛想がよくしたたかで、己《おのれ》の手の内を見せない笠原は、まさに鰻を思わせる。

さっき垣間《かいま》見《み》せた夷人への敵意も、和人なら誰もが抱く、ある意味あたりまえの感情だ。他の誰かに言われたとしたら素通りもできるのに、何故だか言い返したい衝動にかられた。青島が間合いよく戻らなければ、危うく口論になったかもしれない。

「徳内、後片付けは済んだか？　そろそろ始めるぞ」

青島に呼ばれて、台所にいた徳内は囲炉裏端《いろりばた》に急いだ。

「まず、おまえからだ、徳内」

と、青島が首をまわす。青島と笠原が向かい合わせに座り、徳内は青島の右手に座した。

「乱の起こりはクナシリだそうだが、ツキノエがおりながら何故止められなかった？」

「ツキノエは、ウルップでアザラシ猟をしていたそうです。ツキノエの留守中に、病の床《とこ》にいたさる乙名が毒殺された。その一件で、若い者が蜂起をしたとのこと」

「うがった見方をすれば、ツキノエの留守を見計らって事を起こしたのかもしれまへんな」

クナシリの一揆は、すぐに知床半島のメナシに広がった。

故にクナシリ・メナシの乱と呼ばれる。

血気に逸った男たちは、長《なが》の鬱憤《うっぷん》をぶちまけるように容赦《ようしゃ》のない殺戮《さつりく》に走った。

クナシリ島内で二十二人、メナシの数ヵ所で三十八人、そして沖に停泊していた飛騨屋《ひだや》の船も襲われて、十一人が命を落とした。合わせて七十一人。その中には運上場所を知行していた松前家臣もいたが、ほとんどは商人や出稼ぎ者、つまりは町人や農民だ。

これではどのような言い訳も立たない。一報を受けてからの、イコトイの行動は迅速《じんそく》だった。同朋の村々には一揆に加担せぬよう伝令し、同時にキイタップやクナシリの乙名たちに助力を乞うた。

アイヌの犠牲を最小限に食い止めるためには、恭順《きょうじゅん》の意を示すしかない。そう考えて、歩みの遅い鎮撫軍に先んじて、キイタップ、シベツ、メナシ、クナシリとまわり、ウルップから帰ったツキノエや各所の乙名たちとともに、乱を起こした者たちの説得に当たった。

「アイヌの誇りを示さんとした、おまえたちの気持ちは痛いほどわかる。我らとて思いは同じだ。だがな、我らの肩には、何万もいる蝦夷中の同朋の先々がかかっている。おまえたちの行いは、残る数万のアイヌのこれからを左右する。どうか仲間のためと思って、松前軍に自訴してくれ」

イコトイもまた、ひと昔前は勇猛で知られた男だ。そんな男が涙を流して若者にまで頭を下げたという。イコトイは未だキイタップの各所をまわり、騒動の後始末をしていた。

「大首長がそんな真似をしてるんだ。おれも従って、弟たちを懸命に説き伏せた。でもよ……」

徳内に語るツキノエの奥歯が、悔しそうにきしんだ。

「でも本当は、あいつを、セツハヤフを、褒めてやりたかった！　五年前ならきっと、おれも一緒に戦っていた。あの腐った連中を、片っ端から斬り殺してやりたいと何百遍も思った。おれの思いを、弟が代わりに遂げてくれたんだ！」

率直な男だけに、本音がついこぼれたのだろう。はっとして、口をつぐむ。

「構いませんよ、ツキノエ殿。私が上申《じょうしん》するのは事の顛末だけ、裏の気持ちまでは告げはしません」

「あんたのことは、信用してるよ。なにせフリゥーエンが、あれほど懐いているからな」

「フルウは無事なのだな？　怪我なぞ負ってはいないのだな？」

「あんたもしつこいな。イコトイと父親が一緒なんだ。傷のひとつもついちゃいないと、なんべんも言っただろ」

何度きいても、そのたびに胸をなでおろす。そのうちキイタップに戻ってくるというフルウの到着だけが、いまの徳内には唯一の慰めだった。

ツキノエも三十代になり、乙名たちの中で序列も上がっている。クナシリアイヌを守るためには、弟をさし出すよりほかになかった。

「ただ、イコトイもおれも、思っちゃいなかったんだ。まさか鎮撫軍に渡してすぐに、処刑されちまうなんて……」

謀反を働いた者はすべて、長たちの説得に応じて、大人しくキイタップ会所に自訴した。その数、三十七人。罪の多寡《たか》も異なり、松前かキイタップで吟味と裁きを受けた後、刑を受けるものと思っていた。

「セツハヤフは馬鹿じゃねえ。死罪はとっくに覚悟していた。それでも吟味がなされるなら、理由《わけ》もたずねられる。その折に、足軽と飛驒屋の非道の一切を訴えるつもりでいたんだ。なのに……」

「ろくな吟味もなく、自訴からわずか一日で斬首と相成ったのだな」

「そうだ。だからあんな騒ぎになったんだ。誰もが弟と同じ思いを抱えていた。死ぬ前に訴えたくて、牢内で騒ぎになった。それを松前の連中は……」

三十七人は牢に籠められて、ひとりずつ引き出され斬首された。牢といっても小屋に過ぎず、外で何が行われているか瞭然《りようぜん》だ。セツハヤフは五人目に処刑されたが、首を斬られる刹那《せつな》、腹の底から声を出して叫んだ。

『カントオロ　ワ　ヤク　サクノ　ア・ランケペ　シネプ　カ　イサム！』

ツキノエは、弟の末期《まつご》の言葉を、正確にくり返した。

「『天から役目なしに降ろされたものはひとつもない』……アイヌに伝わる諺《ことわざ》だ」

本来は、害をなす鳥などに使われる諺だと、ツキノエは語った。人間が身勝手に害鳥と決めつけているが、鳥は木の実を食べて糞となし、種を運ぶことで自然の役に立つ。

それぞれが役目を得て、天から降ろされている——との教えである。

自分たちを害鳥にたとえながらも、セツハヤフは最後まで誇り高く訴えたのだ。

『これは天の采配！　自らの行いを、少しも恥じてなぞいない！』

本当は、そう言いたかったのだろう。その言葉を残して、セツハヤフは二十年にも満たない短い生涯を閉じた。

若いアイヌのその言葉が、牢内にいた者の心をどれほど震わせたか、想像に難くない。

囚人がいっせいに騒ぎ出し、牢を破らんとして小屋が大きく揺れた。

松前兵は、怯《おび》えたのだ。この夷人たちは、七十一人を殺している。自分たちが七十二人目になるかもしれないと恐れ戦《おのの》いた。即座に大砲が使われたのが、その証しだ。

牢に向かって大砲を撃ち込み、同時に数多の鉄砲で一斉射撃を浴びせた。

彼らが合戦と豪語したのは、かように情けない理由による残酷な殺戮に過ぎない。

「もしも自慢の長刀が腰にあれば、おれはその場に突っ込んでいって、銃で殺《や》られる前に五人は斬っていたろう」

しかし武器はすべてとり上げられ、他の乙名たち数人がかりで押さえつけられた。

「おれが本気を出せば、じいさんたちをふり払うこともできた。だがな、どうしてだかあいつの手は払えなかった……フリゥーエンだ」

はっとして、いまは虚《うつ》ろに見えるツキノエの横顔を見詰めた。

「フリゥーエンは、セツハヤフと歳が近いからな。本当の兄弟みたいに仲がよかった。あいつが、泣きながらおれにしがみついて言うんだよ」

『セツハヤフの言ったことは真実《ほんとう》だ！　ツキノエにも、天から与えられた役目がある。弟の仇《かたき》を討つことじゃない。本当の役目を、思い出してくれ！』

「フルウが、そのようなことを……」

「ガキの訴えは、大人には痛くてな」

徳内が土産としてきた刻みを煙管《きせる》に詰めて、ツキノエは長い煙を吐いた。

「ツキノエ殿、よう堪えた、よう穏便に始末をつけた。おまえさまが、クナシリアイヌの明日を繋げたのだ」

「トク……」

ツキノエは潤んだ目を逸《そ》らし、煙管を膝に打ちつけて灰を落とした。

徳内が着して四日目、イコトイらがキイタップに戻ってきた。

フルウの父親のチャレンカも一緒で、まずは大人たちと挨拶し、再会を喜び合った。

「で、フルウはどこに？」

「ああ、あっちで荷を降ろしている。フルウ！　こちらに来てトクに挨拶しなさい」

父親に呼ばれ、しゃがんでいたフルウが立ち上がった。

「これはまた……しばらく見ぬ間に、すっかり背丈が伸びて」

「去年、父親を越えてしまいましてな。髪も伸ばし始めました」

チャレンカが、苦笑いしながら語る。アイヌの子供の髪型は、地域によって異なり、和人の子供に似た罌粟《けし》坊主なども見かけるが、アッケシアイヌの男の子は、短いおかっぱ頭にしていた。ただ、十代の半ばになると散髪をやめて髪を伸ばすのは、どこも同じだった。大人のように立派な髭と長い髪を蓄《たくわ》える、仕度を始めたということだ。

子供の三年は、大人の十年分にも相当する。てっきり妹のように、とびついてくると予想していたのに、見違えるほど大人びた青年は、ゆっくりと近づいてくる。

「お久しぶりです、トク先生。またお会いできて、とても嬉しく存じます」

正確な和語で、流暢《りゆうちよう》な挨拶を述べる。

前に立たれると、徳内よりも頭半分は上背《うわぜい》がある。顔はたしかにフルウなのに、肩まで伸びた髪のせいか、別の相手と接してでもいるようだ。

「大きくなったな、フルウ。和語もひときわ達者になって、師として頼もしい限りだ」

「ありがとうございます。先生もお変わりなく、何よりです」

「そういえば、馬吉《まきち》さんを通して文も受けとったぞ。ちょうど心配が昂《こう》じていたからな、あの文のおかげで、だいぶ楽になった」

「文字はまだまだですが、お役に立てたなら幸いです。馬吉さんには、シラヌカでお世話になりました」

完璧な受け応え故に、寂しさが募《つの》った。弟子の成長は、師にとって何よりの喜びではあるのだが、子を旅立たせる親と同じ、一抹《いちまつ》の寂しさもつきまとう。

己の仕事が、ひとつ終わったのだと、徳内は痛切に感じた。

「私たちは、青島さまにご挨拶してきます。フルウは、トクと積もる話もあろう。ここに残りなさい」

イコトイらと共に立ち去るチャレンカを、徳内はその場で見送った。顔を戻すと、すこんと晴れた空から、何故か雫《しずく》が落ちてくる。そのとき、初めて気づいた。見上げたフルウの顔が、情けなく崩れている。

「フルウ、どうした？　何を泣いている？」

大きなからだが、がばっと徳内にしがみついた。

「トク、トク！　会いたかったよぉ！　また会えて嬉しいよぉ！」

徳内の頭を抱えながら、おいおいとフルウが泣く。

「おれ、おれ、本当は怖くって……トクに色々相談したくて、でも文字にできなくて、だから、大丈夫としか書けなくて……」

「そうか、そうか。フルウの気持ちは、あれで十分に伝わったぞ。イコトイ殿らとともに、フルウもよう努めたな。立派であったぞ、師として実に誇らしいぞ」

役目柄、イコトイや父の前では、精一杯大人のふりを通していたが、緊張の糸が切れてしまったに違いない。たぶん潰されそうになるほどに、大きな不安を抱えていたのだ。

「大丈夫、大丈夫だぞ、フルウ。もう心配はいらないからな」

大きな背中をなでながら、弟子が書いてきた文句を何度もくり返した。

第十四話　凱旋

イコトイやフルウがキイタップに着してまもなく、鎮撫軍《ちんぶぐん》は松前《まつまえ》への帰途についた。

この帰還には、多くのアイヌ人も同行した。

此度《こたび》の騒動を、松前公に直々に詫《わ》びるためとの建前だが、同行を促《うなが》したのは松前の側である。謀反人は厳しく処罰されたが、たとえ夷人《いじん》でも功労ある者には厚く遇する、と世間に周知するためだ。

この騒動による余波を、松前は何より懸念《けねん》していた。アイヌが不満を抱えているのは、東蝦夷《えぞ》に留《とど》まらない。蜂起《ほうき》や騒動が飛び火することを松前は恐れていた。一揆《いっき》はあくまで一部の狼藉者《ろうぜきもの》が企てたこと。その証拠に、遠い東蝦夷からこれほど多くの夷人が、松前公に挨拶《あいさつ》に出向いた。それを大袈裟《おおげさ》に喧伝《けんでん》するための策だった。

青島ら三人は往路と同様、鎮撫軍とは行動をともにせず船で戻ることになったが、またツキノエやフルウらと松前で再会できる。徳内《とくない》は楽しみにしていたが、残念そうにフルウは語った。

「え、フルウは松前には行かぬのか？」

「うん、イコトイも父さんも、それにツキノエも東蝦夷に残るんだ」

イコトイの家来として、フルウもやはり残るという。

「そうか、それは残念だな……。しかし、イコトイ殿とツキノエ殿は、いわば鎮撫の立役者であろう。ふたりともに不参とは……」

フルウは屈託《くったく》を顔に出し、少しの間を置いて理由を語った。

「ふたりのやりように、怒っている者も多いんだ。アイヌのために立ち上がった者たちを、松前に差し出して殺させたって」

「だがそれは、アイヌの先々を思って……」

「わかってる。でも皆が皆、納得しているわけじゃない」

さもありなんかと、徳内も思い至った。松前や幕府にとっては叛乱《はんらん》でも、アイヌの側に返せば、蜂起という当然の帰結だ。仲間を売って妨げた乙名《おとな》たちは、裏切者とみなされても仕方がない。

イコトイやツキノエら主だった乙名たちは、これからそれらの者たちの誤解を解き、二度と乱など起こさぬよう説き伏せなければならない。代わりに松前には、彼らの親族を含めた数十人が向かうことになっていた。

「でも本当は、誰も行きたくないんだ。おれだって嫌だもの」

これ以上、松前に尻尾をふる真似をしたくない。それが本音だろう。よくわかるぞ、とうなずいた。

「でもやっぱり、トクと別れるのは寂しいよ。今度こそ、コンの別れになるかもしれないのに」

「コン……今生《こんじょう》の別れか？」

「ああ、それ！」

フルウがいると、湿っぽいはずの別れすら、つい微笑がわく。

「さように難しい言葉も使うとは、和語の修練を欠かさなかった証《あか》しだな。よく続けてくれたな、フルウ」

「和語を忘れたら……トクとの縁も消えちまうような気がして」

泣き出しそうな、情けない顔を向ける。思わず、ぱん、と長く伸びた二の腕を叩いた。

「忘れるものか！　たとえ耄碌《もうろく》しても、フルウだけは忘れぬわ」

うん、うん、とうなずきながら、堪《こら》えきれなくなったのか涙をこぼす。

「それにな、フルウ、私は今生の別れになぞするつもりはないぞ。きっとまた、蝦夷に渡ってフルウに会いにくるからな」

「本当？　必ず？　違《たが》いなく？」

「ああ、約束だ。何度だって、会いに訪れるからな」

徳内の胸には、明るい勝算があった。この役目を成し遂げれば、青島は幕府に認められ、正式に仕官が叶《かな》おう。徳内もまた従者として、今度は大手をふって蝦夷の地を踏むことができる。

仮に青島が蝦夷探索の役目に就《つ》かずとも、野辺地《のへじ》と蝦夷はごく近い。幸い松前家との遺恨も消えて、少なくとも追い返されることはあるまい。野辺地を足掛かりに何度でも渡り、蝦夷全土はもちろんカラフトまで踏破《とうは》する。その希望がむくむくとわいて、止めようがなかった。

「うわあい！　それならおれも、いっそう和語の修練に励むよ」

「私も負けてはいられないな。少し後れをとってしまったが、改めてアイヌ語を学び直すぞ」

先々に光があれば、別れにも希望が伴う。互いの両手を握りしめ、師弟は再会を誓った。

少し離れて、青島もまた、イコトイやツキノエと別れを惜しんでいる。青島の内にもまた、徳内と同じ光が灯《とも》っているはずだ。表情には、明るい自信が漲《みなぎ》っていた。

馴染《なじ》みの顔に見送られ、三人は船でキイタップを立った。

小舟から大船に移り、甲板から豆粒ほどの人影に手をふる。

「別れは済んだようやが、肝心のことは確かめたんか？」

常盤屋《ときわや》にたずねられ、はい、とうなずいた。

「此度の乱には、オロシヤも赤人《あかひと》も関わりありません。どこをどうつついても、影も形もありませんでした」

「徳内の言うとおりだ。ウルップ島に渡るオロシヤ船すら途絶えて、島にあった赤人の小屋も取り壊されたそうだ」

懸念とは逆に、この三年、ロシアは蝦夷から遠ざかっていた。

「オロシヤが関わっておらぬとわかれば、さぞかし安堵《あんど》しよう。御上《おかみ》も、そして世情もな」

「そうなれば、よろしおますがな」

意味深な言葉を吐いて、常盤屋は往路よりも冷たさを増した海風にからだを縮めながら、船の屋倉《やぐら》に入っていった。

船が松前に着いたのは、九月上旬だった。鎮撫軍が帰着したのはそれから数日後で、目を見張るような凱旋《がいせん》行列が行われた。

騎乗の武士は白鉢巻を締め陣羽織をまとい、鉄砲、弓、槍《やり》持ちが続く。塩漬けにした三十七の首級《くび》を収めた箱が七つ、運ばれていく。大きな歓声があがったのは、その後だった。

豪奢《ごうしゃ》な模様の入った蝦夷錦を身につけ、その上から色鮮やかな異国の外套《がいとう》を羽織る。背高く威風堂々とした姿には、派手な装束が実によく映える。

「あれが東蝦夷を束ねる、アイヌの長《おさ》だそうだ」

「ほう、さすがに立派な出立《いでた》ちだ。あんな贅を尽くしたものを、毎日着ているのかね？」

「いやいや、あれは殿さまからの借り物だときいたぞ。お行列を雅《みやび》にしようとのお計らいだ。いかにも派手好きな殿さまらしい話じゃないか」

町人たちの声高《こわだか》な話し声が、徳内の耳にも届く。真偽が入り混じり、噂されているようだ。もちろんイコトイは、この行列には加わっていない。しかし装束に関しては、的を射ていた。

松前に従ったアイヌ人は、四十三人。その身なりを飾り立てたのは松前だ。藩主の派手好きは城下にまで知れ渡っているが、この行列の仕立てには示威《じい》が隠されている。これほど立派な夷人を討伐した松前は、さらに天晴《あっぱれ》だと知らしめるためである。

イコトイとみなされたのは、その弟だった。イコトイの弟はふたり従っており、またイコトイの実母も、行列の中にいた。この母親はクナシリに暮らしており、老齢ながら決起した若者たちの説得に、一方ならず心を尽くした鎮撫の陰なる功労者だった。

――本当は、誰も行きたくないんだ。

フルウの声が耳の奥に響いて、行列の終《しま》いを待たず、徳内は目を逸《そ》らした。人込みをかき分けて、宿へと戻る。松前に着いた三人は、家老屋敷ではなく旅籠《はたご》に宿をとった。

とはいえ家老の肝煎《きもいり》で、城下でも指折りの大きな宿である。

「なんだ、徳内、おまえも帰っておったのか」

相前後して、青島も宿に戻ってきた。浮かない顔の理由を、すぐに察する。

「そのようすでは、おまえも行列は楽しめなんだようだな」

「はい……見ていると、胸が苦しくなるようで」

「おれも同じだ。だからな、一席設《かし》けることにした」

「一席、とは？」と、徳内が首を傾げる。

「彼《か》のアイヌの者たちを招いて、ここで酒宴を催《もよお》すのだ」

「まことですか！　招くとは、どのくらい？」

「むろん、四十三人すべてだ。この宿であれば広間もあるし、造作《ぞうさ》はなかろう」

「良い思案です、青島さま！」

　たちまち元気づいた従者に、青島は本音を語った。

「改めて彼の者たちから、仔細《しさい》を確かめたいとの腹蔵《ふくぞう》もあるがな。吟味《ぎんみ》の席では話しづらいことも、酒の席なら易《やす》かろう。だが何よりも、このままあの者たちを帰すのは、何やら寝覚めが悪い。たっぷりともてなして、楽しき一夜を過ごさせたいと思うておる」

「ではさっそく、宿に頼んで酒食の仕度《したく》をさせまする。ああ、その前に、皆に伝えねばなりませぬな。明日の宵でよろしいですか？」

「うむ、よかろう。任せたぞ、徳内」

　嘘のように軽くなった足取りで、帳場《ちょうば》に急いだ。

　翌日の晩は、掛け値なく楽しい酒宴となった。四十三人のアイヌ人が広間に打ち揃《そろ》う姿は壮観で、最初は誰もがかしこまっていたが、酒が入るとすぐに緊張が解《ほぐ》れた。青島の気遣いや徳内の通詞《つうじ》も功を奏したが、意外にも常盤屋が接待に一役買った。

「呑《の》んではりまっか？　酒は大樽で取寄せてるさかい、遠慮はいらんで」

自ら座敷に目を配りながら、女中に酒や飯を運ばせる。

「まさか旦那さまが、こうも愛想よく迎えてくださるとは」

つい皮肉めいた一言がこぼれる。徳内は表向き常盤屋のお供だけに、人前では旦那さまと呼んでいた。

「阿呆《あほ》ぬかすな、これもお役目や。今宵の客から話を引き出せば、より詳しゅう経緯《いきさつ》が摑《つか》めるさかい。とはいえ、話ばかりはわてにはどうにもできん。おまえが頼みやからな、徳内」

逆に発破《はっぱ》をかけられた。いつのまにか座敷には車座《くるまざ》がいくつもできていて、そのひとつから青島の快活な声がする。

「ほう、では城の絵師が、そなたたちの姿を写すというのか。それは楽しみなことだな」

後に『夷酋列像《いしゅうれつぞう》』と題されたその絵には、十二人のアイヌ人が描かれた。松前には来ていないイコトイやツキノエも並んでおり、中でも緋《ひ》の衣をまとったイコトイの姿は、誰よりも立派に描かれていた。おそらくイコトイの弟をもとにして筆を運んだのだろう。

画家は蠣崎波響《かきざきはきょう》。松前家の家老であり、当代藩主道広《みちひろ》の異母弟にあたる。描かせた藩主の意図はともかく、画そのものは見事な出来栄えで、後に京の画壇で評判をとった。

「さ、お袋さまも、もう一献《いっこん》。そなたこそが、誰より働いたのだからな、存分に召し上がってくだされ」

イコトイの母に、青島は手ずから酒を注ぐ。その姿に、徳内は目を細めた。

間者《かんじゃ》の仕事を果たすという建前はあっても、どの顔も笑っている。実に楽しそうにくつろいでいる。それが何よりも嬉しかった。


宴の翌日から、三人は帰り仕度にとりかかった。乱の仔細を摑んだ以上、一刻も早く江戸表《おもて》に伝えねばならない。報告書のたぐいは道中の宿でまとめることにして、一両日中に松前を立つ算段をした。

家老から呼び出しを受けたのは、その日の午後だった。ちょうど挨拶に出向くつもりであったから、青島も否《いな》やはない。常盤屋と徳内を連れて、晩方、家老宅に赴《おもむ》いた。

「わざわざ呼び立ててすまぬな。なに、小難しい話をするつもりはない。まずはゆるりと、膝を崩してくれ」

山海の珍味を並べた、豪華な膳が三人の前に据えられた。

「新井田孫三郎《まごさぶろう》から、きいておるぞ。キイタップでも、たいそうな働きをされたと」

「いや、我らは何も……着した折には、すでに鎮撫は成っておりましたから」

過分なもてなしに面食らいながら、青島は松前を立つ所存を家老に告げた。

「なんと、もう出立《しゅったつ》いたすというのか？　さように慌《あわただ》しく暇《いとま》を告げずともよいではないか」

「すでに長崎俵《たわらもの》物御用のお役目も果たしましたし」

表向きとはいえ、そちらの御用もある。ひと足先に松前に着き、鎮撫軍の戻りを待つあいだに済ませてあった。

「役目、となっ」

ふいに家老の目つきが変わり、底光りした。

「お主の本来の役目は、違うのではないか？　長崎俵物御用は、あくまで見せかけ。本当は、此度の乱の顛末《てんまつ》を確かめに来た、御上の間者ではないのか？」

いきなり核心を突かれたが、青島は顔色すら変えない。

「なるほど、さように疑われておりましたか。まあ、それがしと徳内がおりますからな、無理もございませんが」

青島はあくまで、俵物御用との建前を貫いた。しかし相手も執拗《しつよう》だった。新井田を介《かい》して得た、三人のキイタップでのようすや、昨晩の酒宴まで持ち出して、吟味のごとくくり返し糺《ただ》す。

「何を申し上げても、無駄のようですな。残念ですが、これにてお暇いたす」

ついには青島も諦めて、席を立った。そのまま座敷を出ようとしたが、その足許《あしもと》に家老がひれ伏した。

「頼む、頼む！　青島殿、我らを見捨てないでくれ！」

「ご家老、何をなさる。頭をお上げください」

青島が乞うても、家老は額《ひたい》を畳にこすりつける真似を止めようとしない。常盤屋と徳内は、ただ呆気《あっけ》にとられていた。

「お主の上申《じょうしん》に、松前家の命運がかかっているのだ！　天正《てんしょう》以来、実に二百年もの長きにわたり安堵された蝦夷の地を、奪われるやもしれぬ。その瀬戸際に立っているのだ。我らの代で潰《つい》えたとあっては、先祖に申し訳が立たん」

必死に懇願《こんがん》する家老に、青島が往生《おうじょう》する。その隙《すき》に、常盤屋が呟《つぶや》いた。

「ああ、なるほど……そないなわけか」

何が、と徳内が目で問うと、声を抑えて常盤屋は、家老の腹積もりを語った。

「松前もまた、事の顚末を御上に上申せんならん。その中身が、わてらと違《ちご》うとったらどうなる？」

「そこをつつかれて、ますます窮地《きゅうち》に立たされますな」

「せやろ？　ただでさえ松前は、乱のおかげで風前《ふうぜん》の灯火《ともしび》や。この上、一手たりとも下手は打てん」

「つまり……青島さまの申上書《もうしあげ》と、寸分違わぬ始末書を出さねばならないと」

「そういうこっちゃ。こうなると、お大名家も哀れやのう」

日頃は嵩高《かさだか》な家老が、虫のように縮こまる。その姿こそが、いまの松前家そのものだった。領内で起きた一揆で、多くの死人を出したのだ。それだけでも改易《かいえき》に値する。打捕《うちとり》にこだわったのも、派手な凱旋行列も、絵師に描かせる像すらも、すべては演出だ。夷人相手に慄《おのの》くことなく見事に乱を制したと、幕府に訴えるための方便だった。

青島もまた、家老の意図を察したようだ。半白《はんぱく》の髷《まげ》に向かって、言葉をかけた。

「ご家老、ひとつだけ申し上げる。我らへの見当違いはさておき、ご家老らがお家のために為すべきことは限られておりましょう」

「そ、それは何だ？　頼む、教えてくれ！」

「真実《まこと》をありのまま、御上に申し述べる。それに尽きまする」

「御上に、ありのまま……さようか、ようわかった！」

家老が半白頭を起こし、跪《ひざまず》いた青島の手を握る。

「必ず、必ずそのようにする。だからどうか、もうしばらくここに留まり、手を貸してはくれぬか」

「それがしに、何をせよと?」

「鎮撫の仔細は家臣たちからきいておるが、誤りがないとも限らぬ。青島殿の目で、しかと確かめてはもらえまいか」

家老が求めたのは、要は添削《てんさく》である。幕府への報告書に抜かりがないか、青島に検分を頼んだのだ。そのような暇はないと最初は固辞《こじ》したが、相手も食い下がる。

青島は大きな息を吐き、家老にたずねた。

「乱の起きた因《もと》は、どのように書かれるおつもりか?」

「むろん、飛驒屋《ひだや》と……当家の下っ端役人の不手際と……」

「請負《うけおい》商人と端役《はやく》に責めを押しつけて、松前は生き残るというわけですな」

青島の強烈な嫌味に、家老は下を向く。

「お家が考えを改めぬ限り、一揆はいくたびでも起こりましょう。いくら床を張り直しても、支える根太《ねだ》に芯がなければ何度でも抜けまする。床《とこ》の間《ま》や欄間《らんま》ばかり飾り立てても、足許がお粗末ではいずれは潰れます」

「わかっておる……いや、此度のことで、骨身にしみてわかった。だからこそ、手を貸してほしいのだ！」

真意が読めず、青島が首を傾げる。

「二度とアイヌが……いや、我が松前の領民がだ、一揆など起こさぬよう計らわねばならぬ。そのために何をどのように為すべきか、御上に示さねばならんのだ」

「どのようにというても……悪い慣例を排して、目配りを怠らず、領民には無理を強《し》いることなく……」

「さような事々を、つぶさに申し上げねばならぬ。だが、恥ずかしながら、当家には領民の心を知る者がおらぬ。領地はあまりに広く、大方が酷寒《こっかん》の未開の地だ。それを言い訳に、杜撰《ずさん》を通してきた。しかしこの先は、それでは通らぬ。松前がこの地を安堵されるには、御上に認めていただくためには、やりようを変えねばならん」

「つまり……領民たるアイヌのあつかいを、改めると？」

「むろんだ！　そのために何を為すべきか、どうかご指南願いたい。青島殿や徳内に、ご教示願いたい。このとおり、伏してお頼み申す！」

家老がふたたび、青島の前にひれ伏した。その背中ごしに、青島が徳内と目を合わせる。

松前が、どこまで本気かわからない。それでも、幕府への報告書に今後の方策を示さねばならぬことだけは確かだろう。何よりも今度こそ、和語の習得や農耕の開始が、アイヌの者たちにも叶うかもしれない。ある意味、千載一遇《せんざいいちぐう》の好機とも言える。

徳内は、青島に向かって小さくうなずいた。意を受けて、青島もうなずき返す。

「わかり申した、ご家老。そのお話、お引き受けいたします」

「おお、さようか！　やれ有難や、この御恩は一生涯忘れませせぬぞ」

目に涙さえ浮かべて、少々芝居がかって見えるほど、家老が大げさに喜びを表す。

「さっそく祝杯をあげねば。ささ、どうぞ召し上がってくだされ」

改めて膳につくよう勧められ、新たに酒も運ばれたが、昨晩の酒食がまだ胃の腑《ふ》に残っているようで、さほど箸《はし》は進まない。ほどほどで切り上げて、家老の屋敷を辞した。

「では、向こう三日に限り、こちらに伺い申す」

「よろしく頼みましたぞ、青島殿」

家老は駕籠《かご》での送り迎えをほのめかしたが青島は断り、今日のような過分な接待も無用だと告げて、屋敷を後にした。

「青島さま、私もお供いたしますか」

「いや、徳内がつき合うにはおよばぬ。おまえには懐かしい知己《ちき》もおろう。せっかく三日増えたのだ。旧交を温めてくるがよい」

城下に近いコタンにいるイタクニップの顔が浮かび、はい、と素直にうなずいた。

アイヌへの待遇が変われば、和語を学んだり農耕を始めたりできれば、どれほどの民が救われるか。ツキノエの弟、セツハヤフも、まさにそれを望んでいた。叶えば、アイヌの若者たちの痛ましい死も報われる。

青島と徳内は、早くも先々の希望に胸が躍り、宿に帰る道々あれこれと相談し合ったが、常盤屋だけは話に入ることなく、むっつりと押し黙ったままだった。

いつも小煩《こうるさ》い男が、妙に静かだと気になるものだ。宿に着き、青島が風呂へ行くと、徳内はたずねた。

「笠原さま、どうなさいました。何か気になることでも？」

「あかんな、これは。家老に一杯食わされたわ」

「一杯、とは？」

「夷人への温情を餌に、まんまと釣り上げられたっちゅうこっちゃ。よう考えてみい、家老の最初の頼みを。わてらの上申と息を合わせるのが、奴らの目論見《もくろみ》や」

「それは青島さまとて、ようわかっておりまする」

「いやいや、甘いな、青島はんは。おまえもや、徳内。夷人に肩入れし、憎んどった松前すら見捨てることができんようでは本末転倒や。情にほだされては、間者なぞ務まらんわ」

　ばっさりと断じられて、むくむくと怒りがわく。この男には、いつもそうだ。外からは陰気と見えるほど覇気がないと思われがちだが、徳内の中には自分でももて余すほどの火種がくすぶっている。いまは旅と学問にのみ向けられているが、笠原はまるで火掻棒《ひかきぼう》だ。徳内の中の火種を、実にたやすく掻き立てる。

「ならば笠原さまこそが、誰より間者に向いておりましょうな」

　またぞろ皮肉が口を突く。笠原は常に素早く、物事の本質を見極める。学者のように丹念に研究や分析を行うわけでもなく、瞬時のうちに察するのだ。それが当たっているからこそ忌々《いまいま》しい。何故なら、そこに一片の情も見出せないからだ。

「わてはただ、この目と耳で見聞きしたことを、そのまま上に伝えるだけや」

　妙に真面目な横顔を向けて、笠原は静かに告げた。

「青島さまとて同じです。真実《まこと》をありのまま、御上に申し述べよと、さきほどご家老にもそのように……」

「ちゃうわ！　おまえほどの者《もん》が、なんでわからんのや！」

　笠原が癇癪《かんしゃく》を起こしたのは、これで二度目だ。キイタップでの失態を思い出したのか、声を落とした。

「情が混じると、物事が揺らぐ。真実に、歪《ゆが》みが生じる。それは間者として、犯してはならん罪や」

「罪……？　馬鹿な！　青島さまは、清廉潔白なお方です。お傍《そば》にお仕えした私が、誰よりもそれを……」

「もうええわ。これ以上は、話が地味にくり返すだけや」

片手で押し留め、肩に手拭《てぬぐ》いを引っかけて笠原は風呂に行った。

もどかしさがわだかまる。意見の相違などよくあることなのに、不安が消えない。

あくる日、家老宅へ向かう青島を見送って、徳内も宿を出ようとした。

「徳内、どこ行くんや。わても連れてってんか」

「知り合いに会いに行くだけです。旦那さまには、関わりありません」

「そないにいけずを言わんと。知り合いて夷人やろ？　わてにも挨拶させてえな」

昨晩の言い争いなぞおくびにも出さず、人懐こくついてくる。笠原の常套《じょうとう》だ。

「夷人なら、土産は酒と煙草《たばこ》がええな。よっしゃ、主人のわてがどおんと買《こ》うてやるさかい、心配せんでもええで」

「よけいなお世話です」

常盤屋は本当にコタンまでついてきて、最初は鬱陶《うっとう》しくも思えたが、もちまえの愛想の良さで、すぐに村の者に馴染んだ。意外なほどに楽しいひと時を過ごし、二日目と三日目は、報告書のとりまとめの傍《かたわ》ら、城下に出て土産を見繕《みつくろ》った。

「はああ、楽しかったなあ。せやろ、徳内？」

「はあ、まあ……」

「まっこと、ええ旅やったわ。慣れぬ土地やし難儀も多かったけどな、心地ええ旅やった。おおきにな、徳内。青島はんにも礼を言わんとな」

どこまで本気かわからないが、徳内も自覚していた。三月《みつき》近くのあいだ、寝食をともにしたのだ。得体の知れないこの男に、徳内もやはり馴染んでいた。

「蝦夷を離れるのが、名残り惜しいわ。ちゅうか、何やら寂しいなあ」

「さようですね、旦那さま」

素直にうなずいて、坂の上から臨める海をながめた。

翌日、三人は松前を立ち、ひと月後の十一月初旬、江戸に着いた。

千住宿《せんじゅしゅく》が見えてくると、懐かしさを覚えた。徳内にとっては、二年半ぶりになる。

「徳内は、ほんまに野辺地に残らんでよかったんか」

「はい……その話は、もう何度も」

「せやかて野辺地に寄った折、かみさんの腹は、すぐにも生まれそうなほどせり出しとったやないか」

野辺地には、旅の途中で二日滞在するに留めた。この先の道中で、幕府への報告書を仕上げるという仕事もあったが、今度こそ、との思いが勝った。

ちょうど三年前、探索を終えて意気揚々と戻った見分隊は、見事な肩透かしを食らった。報奨はおろか慰労すらなく、隊員のすべてが解雇の憂《う》き目《め》に遭った。褒美以前に、二年の旅が無駄だった、何の役にも立たなかったとの落胆が深かった。竿《さお》取《とり》に過ぎない徳内ですら、理不尽なあつかいに意気消沈したが、役を拝命した青島たちはなおさらだ。

今回の旅のきっかけは、ほかならぬ徳内が作った。乱の噂を報《しら》せ、再度の見分を青島に勧めた。青島のためにも自身のためにも、再起を図りたい。その結果を、ともに江戸で見届けたかった。

「徳さ、行ってけさえ。私《わ》がこた心配いらね。初産でねえし、兄ちゃもいるすけ」

妻のおふでは、夫の思いを汲んで、笑顔で送り出してくれた。

常盤屋に言われるまでもなく、はち切れそうな腹の妻を残していくのは忍びなかった。

当初の診立てでは産み月は今年の暮れだったが、腹のふくらみ具合から、ひと月ほど早まりそうだともきいていた。今月中にも生まれるかもしれない。

妻の兄である嶋屋清吉《しまやせいきち》に、よくよく頼んではきたものの、身重の姿を思い出すと、徳内とて忸怩《じくじ》たる思いがわく。

「あないなかみさん放ったらかしては、後々怨《うら》まれるんとちゃうか？」

わざと逆撫《さかな》でするように、常盤屋は道中、頻繁に茶化してくる。

「しつこいです、旦那さま」

「なんや、可愛げのない。心配しとるんやないか」

「ふたりは本当に、仲良うなりましたな」

万歳《まんざい》めいたやりとりに、青島は目を細めた。

千住大橋を渡ってまもなく、徳内はふたりと別れた。青島と笠原は、すでに書き終えた報告書を携《たずさ》えて、そのまま組頭《くみがしら》宅に向かう。徳内は、青島の家で待つことにした。

下谷坂本町《したやさかもとちょう》に着くと、家主の作兵衛《さくべえ》や近所の者に挨拶し、さっそく掃除にとりかかった。青島は半年近く家を空《あ》けていたが、作兵衛が目配りしてくれたらしくさほど荒れてはいない。畳も上げられて、壁に立てかけてあった。

まずは畳を外に出し風に当てて、家中の埃《ほこり》を払い箒《ほうき》で掃く。それからかたく絞った雑巾《ぞうきん》で、隅々まで清めた。竈《かまど》の灰を掻き、流しも洗い、台所の掃除も済ませる。

「相変わらずまめだな、徳さんは。あんたが戻ってきてくれて助かるよ。青島さまは、お人柄は良いのだが、家内のことには無頓着《むとんちゃく》でね」

顔を出した家主が、世間話をしていく。

「晩飯はどうする？　当てはあるのかい？」

「飯については何も……」

下谷は上野にも浅草にも近く、屋台や食い物屋には困らない。以前は青島に禄がなく、切り詰めるために徳内が飯を炊いていたが、復職が叶えばもう少しまし な暮らしができよう。期待につい、頰がゆるんだ。

「今日はたぶん、外で済ませます」

「そうかい。ま、邪魔にはならんだろうから、これを置いていくよ」

無事に帰った祝儀《しゅうぎ》にと、作兵衛は米と炭を分けてくれた。その後も、近所の者たちが入れ替わり現れては、漬物やら煮物やらをもってくる。青島は慕われていたのだなと、改めて感じた。

風通しを済ませ、念入りに拭《ふ》いた畳を敷いて、掃除は完了した。

火鉢に家主からもらった炭を熾《おこ》し、鉄瓶をかける。湯がわいた頃、青島が帰ってきた。笠原も一緒で、ともにえらく興奮している。

「喜べ、徳内！　お褒めの言葉をいただいたぞ。なんと、御勘定奉行《おかんじょうぶぎょう》直々にだ！」

「まことですか！」

「嘘やないで、わてもお目通りは初めてや。いやあ、柄《がら》にもなく気がのぼせたわ」

組頭は報告書を受けとるなり、直《ただ》ちに久世丹後守《くぜたんごのかみ》の屋敷に赴いた。ふたりを同道させたのは、あくまで念のためであったが、報告書に目を通した久世は、当人たちに会いたいと所望した。

そして行き届いた調査と、簡潔でわかりやすい文面を賞賛し、厚く両名を労《ねぎら》った。

「見てみい、心付けまでいただいたんやで。今宵はぱあっと料理屋にくり出して、祝宴や！」

「近所から惣菜《そうざい》なども届いておりますが……」

「乗りの悪いやっちゃな。冬場やさかい、明日まで日持ちするやろ。ほれ、出掛けるで、さっさと仕度せんかい」

笠原に追い立てられて、下谷広小路《ひろこうじ》の料理屋に座敷をとった。ひたすら明るい笠原に対し、宴の半ばで青島は涙ぐんだ。

「これから評定所《ひょうじょうしょ》にて諮《はか》られる故《ゆえ》、しばし待つよう丹後守さまは申されたが……

きっと良い知らせが届こう。徳内にも苦労をかけた。仕官が叶えば、ようやくおまえの恩に報いてやれる」

「青島さま、滅相《めっそう》もない」

「徳内、改めて礼を申す。何もかも、おまえのおかげだ。賢く忠義あるおまえのおかげで、おれは機を摑むことができたのだ」

何よりも、嬉しい言葉だった。まさかこの賛辞が、まったく逆の意味をもって徳内を責め苛《さいな》むとは、思ってもみなかった。

同じ月、十一月の末、徳内は長男を授かり、年の暮れにその報せを受けとった。

年が明け、寛政《かんせい》二年、主従は下谷坂本町にて穏やかな正月を過ごした。

松がとれて五日後、一月二十日だった。青島宅に勘定方の役人が数名やってきた。

待ち設《もう》けていた、復役でも報奨でもなかった。

「青島俊蔵《しゅんぞう》、御勘定奉行より吟味の沙汰《さた》が下った。おとなしく縛《ばく》につけ」

事のしだいが理解できず、主従は慌てるより前に呆気にとられた。

「吟味……？　縛？　いったい、何事でござる。わけがわかりませぬ」

「きっと何かの間違いでございます。今一度、お確かめを……」

「最上徳内、おまえもだ。ともに吟味と相成った」

主従が連行されたのは、小伝馬町《こでんまちょう》の牢屋敷だった。浪人とはいえ青島は武家が籠《こ》められる揚屋《あがりや》に、徳内は大牢《たいろう》に収監された。

まるで悪夢を見ているようだ。大牢の扉が、きしみをあげて閉められる。

それが現実とは、徳内は未だに信じられなかった。

第十五話　空蟬

沼の底の泥のような独特な異臭が鼻をつき、数多《あまた》の囚人が隙間《すきま》なく詰め込まれたようすは、筵《むしろ》から生えた茸《きのこ》を思わせる。

大牢内《たいろう》は無法こそが法であり、殴る蹴るは茶飯事《さはんじ》だ。入所して数日は散々なあつかいを受けたが、それすら徳内《とくない》は、どこか他人事《ひとごと》のように受けとめていた。

「おい、おめえ、何やったんだ？」

何日経ったのか定かではないが、牢内の顔役から問われた。

「何も……」

「何もなくて、ここに来るわけがなかろうが」

「わかりません……どうしてこんなことになったのか、何も……」

ぼりぼりとはだけた胸を掻きながら、顔役はふうむと唸《うな》る。

劣悪な牢内の暮らしも、北辺の地を踏破《とうは》した徳内にとっては耐えられる範疇《はんちゅう》だ。

徳内が案じているのは、同じ小伝馬町《こでんまちょう》の牢内にいる青島のことだった。

大牢と同じ並びにある揚屋《あがりや》に、青島は籠《こ》められているはずだ。御目見《おめみえ》以下の直《じき》参《さん》、陪臣《ばいしん》、僧侶などを収監する牢で、待遇はここよりずっとましなはずだ。

それでも徳内は、青島が気掛かりでならない。得心のいく理由もなしに一度ならず二度までも、いうなれば幕府に裏切られたのだ。武士として、誇り高さと清廉《せいれん》を旨《むね》とする青島にとって、どれほどの痛手となったか想像に難くない。

「我らはただ、蝦夷《えぞ》に渡って、一揆《いっき》の始末を見届けてきただけだというのに……」

ため息とともにこぼした嘆きに、顔役が食いついた。

「蝦夷の一揆だと？　そいつは、いま江戸の巷《ちまた》でも噂になっている、夷人《いじん》の戦《いくさ》のことか？」

「はい……」

「それじゃあ、おめえは、あの蝦夷に行って、帰ってきたってのか？」

顔役の声に、たちまちわらわらと周囲の者が集まる。

「おめえ、夷人を見たのか？　どんな連中だい？」

「蝦夷は一年中、雪が降るっていうじゃないか。よく無事で戻ってきたなあ」

「戦は、戦はどうだった？　おめえも戦ったのか？」

江戸に住まう者にとっては、蝦夷は異国に等しい。長きの平穏を破り、大きな戦が起きたことも耳目《じもく》を集めたのだろうが、囚人たちの食いつきようは他にも理由がある。

「夷人は鬼みたいな形相《ぎようそう》をしていて、人を食っちまうときいたぞ」

「そんな話は、嘘っぱちだ。たしかに我らよりからだは大きく、彫りも深いが、アイヌ人は実に礼儀正しく、心根は清く、誠にあふれる者たちだ」

「そのうち江戸にも、攻めてくるってえ噂もあるぜ」

「断じてない！　乱が起きたのは、蝦夷を治める松前《まつまえ》家の横着が招いたこと。百姓が起こす一揆と、何ら変わりない」

牢内には、娯楽がない。徳内が語る事々が囚人たちには耳新しく、三度におよぶ渡海は胸躍らせる冒険譚《たん》に他ならず、中でも松前家から入国を禁じられた経緯《いきさつ》は、大名家に抗《あらが》ったとされて大いに牢内をわかせた。

牢内での待遇は格段に良くなり、それまでは牢の広さが限られているだけに、正座の姿勢で眠らねばならなかったのが、顔役たちと同様、からだを横にして休むことを許された。

実はこれにはからくりがあった。顔役が徳内に声をかけたのは、牢役人からの口添えであり、牢役人が動いたのはツルの効き目によるものだった。

ツルとは、金のことだ。牢内では、世間以上に強力な護符となり得る。金の大半は牢役人の懐《ふところ》に納まり、残りは顔役たちがせしめる。入牢前には入念にからだを検《あらた》められて、むろん金の持ち込みは禁じられているのだが、慣れた者なら着物の衿《えり》に縫い込んだり、強者《つわもの》になると自分の胃の腑《ふ》や肛門に隠すことすらある。しかし青島と徳内は、何の沙汰《さた》もなく、寝込みを襲われるようにして勘定《かんじょう》方の役人に連行された。当然、入牢したときは無一文であった。

牢にいるふたりに金を届けてくれたのは、師匠の本多利明《としあき》や永井右仲《うちゅう》である。

「そうか……長屋の作兵衛《さくべえ》殿が、彦助《ひこすけ》のもとに走ってくれたのか」

まもなく届いた手紙により、徳内は仔細《しさい》を知らされた。

徳内の同門である鈴木彦助は、下谷坂本町《したやさかもとちょう》の長屋を二度ほど訪ねてきた。家主とも面識があり、彦助を介《かい》して師匠らの耳にも迅速《じんそく》に伝わったのだ。

師匠や友の変わらぬ厚情は、涙が出るほどありがたかった。消えそうになっていた生きる気力が、蠟燭《ろうそく》の炎が息を吹き返すように、ぽっと灯《とも》った気がした。どうか青島にも、師匠らの気持ちが届きますように。地の底に沈むような落胆から、立ち直っていますようにと祈った。

徳内を元気づけたのは、熱心な聴衆を得たことにもよる。

流暢《りゅうちょう》な講談にはほど遠く、面白おかしく語ることはできなかったが、それでも徳内が一から語った見聞譚は、牢内では希代《きたい》の戯作者《げさくしゃ》の作のように囚人たちを沸《わ》かせた。

語りながら、わかったことがある。どこをどうひっくり返しても、今回の探索に、落ち度はなかったということだ。

ならばどうして、自分たちはここに籠められているのか？

考えるごとに、ひとりの男の顔が、鮮明に立ち上ってきた。

常盤屋《ときわや》こと、笠原五太夫《ごだゆう》だ。

徳内は牢役人に金を渡して、確かめてもらった。笠原五太夫という名の男は、牢内の罪人にはいない。旅をした三人のうち、笠原だけが捕縛《ほばく》を免《まぬか》れたということだ。

笠原はもともと、目付《めつけ》として旅に同行した。笠原が見張っていたのは青島だ。それくらいは当の青島も承知していた。自己の行動に粗相はなく、目付より別途、報告が上がっても何ら障《さわ》りはないと確信していたはずだ。

だが、報告には必ず、上げた者の意図や思惑が混じるものだ。真実はひとつでも、解釈しだいで是とも否とも色を変える。

『徳内、どこ行くんや。わても連れてってんか』

あの人懐こい仕草は、すべて芝居だったのだろうか？

涙が出そうになるほど、悔しかった。悔しいのは笠原を受け入れ、信じていたからだ。

おそらく青島も同様だ。裏切られたという思いは、どれほど残酷に、揚屋に囚《とら》われた青島を打ちのめしていることか。

いや、怨《うら》む相手は、笠原ばかりではなかろう。

そもそもこの旅のきっかけを作ったのは、蝦夷の騒乱をいち早く報《しら》せ、再度の旅を勧めた徳内だった。その事実が、重く心にのしかかる。

「おれが、そそのかしたりしなければ……青島さまはいまもつつがなく、あの坂本町の長屋で暮らしていたはずなのに……」

「おい、そんな顔をするなって。白洲《しらす》の風向きしだいだが、うまく運べば解き放ちになるかもしれねえ。悪くとも、敲《たた》きや所払いで済むこともあるしよ、そう気を落とすなって」

終《しま》いには囚人たちに慰められる始末であったが、連行された翌日以外は吟味《ぎんみ》すらなく、評定《ひょうじょう》の模様もまるでわからない。

実は徳内は、この最初の吟味でお構いなしと判じられ、釈放も決まっていたと後になって知らされた。しかし青島の裁定に時がかかり、証人として留め置かれ、また釈放の手続きにも暇《いとま》を要したようだ。

一月二十日に入牢して三月余り。徳内が牢屋敷から解放されたのは、五月朔日《ついたち》だった。

「よう無事に戻ってきたな、いや、無事とはほど遠い姿だが……」

永井右仲は、弟子の姿に涙ぐんだ。牢内で病に罹《かか》った徳内は、げっそりと痩せ細っていた。

音羽塾《おとわじゅく》に引き取られた徳内は、しばし床《とこ》に臥《ふ》し、毎日のように永井右仲と鈴木彦助が見舞いに来た。数日のあいだは、ろくに口も利《き》けなかったが、ようやくからだを起こせるようになり、改めてふたりに礼を述べた。

「このたびは、まことにお世話になりました」

「弟子を助けるのは、師匠としてあたりまえだ。おれの力なぞ、些細《ささい》なものだしな」

右仲は謙遜したが、小まめに文を書き、また差し入れに気を配ってくれたのも、この師であった。ましてや縄付きとなれば、面倒を嫌って遠ざける者もあろう。下手を打てば、痛くもない腹を探られて我が身に災いがおよぶ。

徳内は改めて、師匠に恵まれたことを心から感謝した。

「今度《こたび》は誰よりも、音羽先生が力を尽くしてくださった。おまえが病を得たときいて、たいそう案じられてな、ありとあらゆる伝手《つて》を使った。先生の顔の広さを、改めて思い知ったわ」

　牢を出るには、請人《うけにん》が必要となる。徳内を引き請けてくれたのも、音羽先生こと本多利明である。

「彦助も、何度も足を運ばせてすまないな」

「まったくだ。この忙しい折に、わざわざ通っておるのだぞ。ありがたく思えよ」

　と、彦助は相変わらずだ。右仲は近況を小まめに書いてくれたが、一方の彦助は退屈しのぎにと、算術の難問ばかりを送りつけてきた。

「彦助もいよいよ、己《おの》が算術塾を立ち上げることにしたからな。いまはあちこち、駈けずりまわっておるのだ」

「お言葉ですが、永井先生、私が立ち上げるのは塾ではなく、算術の新しき流派です！」

「名付けて、最上流《さいじょうりゅう》であったな。徳内の姓と同じに、最上川《もがみがわ》からとったのであろう？」

「こやつと一緒にしないでいただきたい。たしかに故郷の川にちなんではおりますが、関流《せきりゅう》の上をいく、最上の算術を目指すとの意も含んでおりまする」

　いたって鼻息は荒いが、彦助の算術の才は本物だ。二十三、四の若さで難題を解し、一躍算術界に名を馳《は》せた。算術にかけての負けん気は人並み以上で、そのために悶着《もんちゃく》もたびたび起こしている。

「実はな、彦助は五年前、関流の大家《たいか》に喧嘩を売ってな」

「喧嘩ではありませぬ。誤りがあった故《ゆえ》、正したまでのこと」

「わざわざ書物にて、長々と誤を説いたのだ。喧嘩を仕掛けたに等しいわ」

五年前というと、徳内が最初に蝦夷に赴《おもむ》いた年だ。関流は押しも押されもせぬ算術の主流であり、永井右仲もまた関流の算術家だ。大家と弟子のあいだで板挟みになり、苦労していることは語らずとも察せられる。

「あちらにも面目があるからな、負けじとやり返してくる。未だに鍔迫《つばぜ》り合《あ》いが続いていてな。遂には関流をやめて、自ら流派を立てるに至ったのだ」

この論争は、決着を見るまでに、実に二十年を費《つい》やすこととなる。学問のことだけに勝敗はつかず、互いに終生の算術仇《がたき》となり、老いて後に健闘を讃《たた》え合った。

「彦助は、算術の新しい流れを築くと、言っておったからな。それが叶《かの》うたのだな」

「覚えておったのか……」

「むろんだ。彦助は、たいしたものだ」

素直な褒めように、彦助も目尻を下げた。師の右仲も満足そうだ。表向きは、右仲の許《もと》を去ることになるが、師弟のつき合いに終わりはない。対して自分は、とふと考えた。

アイヌと和人《わじん》の懸け橋となり、彼《か》の広大な土地に田畑を拓《ひら》く――。それこそが徳内が胸に秘めた大望だった。

理想はあまりに遠く、指先すら届いていない。三度の蝦夷への渡海は、いわば失敗に終わった。妻子を呼び寄せようにも生計《たつき》の当てもなく、音羽塾の居候《いそうろう》が己《おのれ》の身分だ。

いまは何者でもなく、何も成してはいない。この思いは、青島も同じだろう。一刻も早く青島と会い、今後の先行きを相談したい。柄《がら》にもなく、焦燥《しょうそう》ばかりが募《つの》った。

それでも、自分がこうして無罪放免に至ったのだ。遠からず青島も、必ず解き放ちになるはずだ。それだけがいまの徳内の、唯一の希望だった。

しかしほどなく、希望は打ち砕かれた。


「青島殿の無罪放免は、難しいかもしれん」

徳内にそう申し渡したのは、音羽塾の師たる本多利明だった。

右仲と彦助が帰っていくと、師匠はその見当を弟子に告げた。

「何が、難しいのですか？　私はこうして、お咎《とが》めなしと相成りました。ずっと共にいた青島さまもまた潔白であることの、何よりの証《あか》しと存じます」

「実はな、わしにもわからんのだ。何故に青島殿が調べを受けておるのか、皆目《かいもく》わからぬ」

しきりに首をひねった。利明は、さる筋の伝手を頼って、青島と徳内の釈放を働きかけ、同時に、ふたりが捕縛に至った理由を探った。

徳内については首尾よく運んだものの、青島には功を奏さなかった。

竿取《さおとり》と武家という身分の差はあっても、肝心の捕縛の種はどこにも見当たらない。

利明が頼った人物は、幕府の内情に精通している。その耳目を働かせても、青島の留め置きは、やはりわけがわからないと戸惑い顔を見せた。

「その者は、吟味の仔細は摑《つか》んでおる。だが、どこに非があるのか、まったくわからぬと申すのだ」

吟味方の役人はむしろ、青島に咎はなく構いなしとの結論に達した。しかしそれを評定所に上げても、吟味不足として突っ返されてきたという。

「青島殿は、誰かに陥《おとしい》れられたのかもしれぬ」

「誰か、とは？」

「わからん。わからんが、陰で糸を引いている者がおる」

常盤屋の顔が、自《おの》ずと浮かんだ。そんな真似ができるのは、もうひとりの随行者《ずいこうしゃ》である笠原五太夫しかいない。

だが、どうしてなのか？　理由がわからない。顔には出さずとも、青島を憎んでいたのか。個人の感情ではなく、もっと上からの差し金なのか。笠原の上役《うわやく》となると、目付か勘定奉行になろう。江戸に帰参した際、直々《じきじき》にお褒めの言葉を与えたことすら、芝居であったというのか。

不吉な色の渦が、頭の中をぐるぐると旋回する。渦の中心へと、沈み込んでいきそうだ。

止めたのは、利明だった。師は弟子に問うた。

「徳内、おまえはこれからどうする？」

「青島さまを、待ちます」

「わかっておるわ。その後だ」

利明から同じ問いを受けたのは、初めてではない。ただ、このときばかりは、別の含みがあるように徳内は感じた。

青島は何らかの刑罰を受けるかもしれない。長《なが》の蟄居《ちっきょ》を命ぜられるか江戸所払いになるか、刑の中身はわからぬが、何よりの心配は、幕府からの再度の放逐《ほうちく》だ。つまりは御家人《ごけにん》身分を失って、ふたたび浪人に逆戻りすることになる。

徳内が身を立てるためには、早晩、青島のもとを去るより他にない。

言外の含みを察した上で、あえて徳内は師に告げた。

「私は、フルウに約束しました。いま一度、いや、何度でも、蝦夷に渡ると！　むろん、青島さまとご一緒に！」

らしくないほどに張った自分の声は、胸の内に共鳴し、改めて希求してやまないものを自覚させた。

青島とともに、また蝦夷に行こう。今度こそ、幕府のためでも褒美のためでもなく、自分たちのために、彼の地へ帰るのだ。懐かしい顔に会い、自然の懐に抱かれよう。未開の地を踏みしめて、地図を作ろう。新たな出会いと未知の文化は、徳内を招いてやまない。

「さようか、相わかった」

実にあっさりとうなずいて、弟子を下がらせた。

「さて、どうするか……」

廊下を去る足音が消えても、利明はしばし瞑目《めいもく》して考えにふけった。

薪割《まきわり》に水汲み、掃除、洗濯。音羽塾での暮らしは、昔と変わりはなかったが、からだを動かしている方が気も紛《まぎ》れた。最上流の開塾なぞも手伝い、合間に彦助が放ってくる難題を、夜っぴて解いたりもした。本も大量に読み、心配をできるだけ遠ざける努力をした。

それでも不安は、隙を突いて頭をもたげた。

いくら文を書いても、青島からの返事が来ぬからだ。牢にいても、文のやりとりは許される。現に徳内は何通も出した。

せめて小伝馬町に通い、差し入れなぞを届けたかったが、本多利明はならぬと止めた。

「おまえはまだ、見張られておるのだからな」

「見張り、ですと?」

「まことだ。おまえを引き請けて以来、塾のまわりを不審な者がうろついておる」

門下生や近所の者たちが、姿を見かけて利明に知らせた。ひとりではなく複数人が、入れ替わり立ち替わり音羽塾を監視しているという。

「罪なきことは、すでに証されたはずでは?」

「そのとおりだ。なのにこうして、しつこく間者《かんじゃ》を向けてくる。生えてなぞおらぬ尻尾を摑もうと、未だに躍起《やっき》になっておるのだろうよ」

「それは……青島さまの、ということですか？」

むっつりと顔をしかめて、利明はうなずいた。

「よいか、徳内、いまは堪《た》えろ。おまえが動いても、青島殿のためにはならぬ」

差し入れのたぐいはこれまでどおり、音羽塾の者が届けに行き、下谷坂本町の長屋は家主に任せ、そちらに行くこともしばし控えよと、利明は厳命した。

ただでさえわだかまっていた不安が、はちきれんばかりにふくらむ。

「先生！　青島さまは、いったい何の咎で、吟味を受けているのですか？　ご存じならば教えてください」

「だから申したであろう、わしにもわからぬと」

「ですが、このままでは……」

形を崩した黒豆のような目が、じっと注がれる。どうもこの目には弱いと、こぼしながら利明はため息をつく。

「徳内よ、多少の気休めに、わしの伝手の話をしよう」

はい、と徳内は膝を正した。いまは気休めでも当座でも、何かにすがりたかった。

「立原翠軒《たちはらすいけん》という名を、知っておるか？」

「お名だけは……水戸《みと》家に仕える高名な学者で、かの『大日本史《だいにほんし》』に携《たずさ》わっておられると」

『大日本史』は、神武《じんむ》天皇以来のこの国の歴史書である。二代徳川光圀《とくがわみつくに》が手掛け、代々の水戸藩主が編纂《へんさん》を続けてきたが、百数十年が経っても未だに道半ばであった。

「その翠軒が、もっとも手堅いわしの伝手だ。わしとはひとつ違いで、若い頃からの学問仲間でな。頑固なまでの気骨者《きこつもの》で、水戸家当主たる六代さまからの信も厚い」

水戸家ときいて、思い出した。見分隊の下役《したやく》を務めた大石逸平《いっぺい》が、庵原弥六《やろく》の遺児を連れて、下谷坂本町を訪ねてきたことがあった。庵原の嫡男《ちゃくなん》は水戸家抱えと相成り、幕府に放逐された他の隊士たちについても、おいおいながら仕官の目があると大石は語っていた。

「では、見分隊の皆さまを、水戸家が世話してくださったのも……」

「さよう、翠軒のおかげだ。あやつ自身が、もったいないと申してな、六代さまに掛け合うてくれたのだ」

現当主の六代治保《はるもり》は、水戸徳川家の中興の祖と、後に謳《うた》われた。弱冠《じゃっかん》十六歳で家督を継ぎ、藩主となって二十四年。水戸藩は江戸定府《じょうふ》と定められていたが、藩政の改革のために今年初めて水戸の地を踏むという。

立原翠軒をはじめとして多くの学者を登用し、『大日本史』の編纂ばかりでなく藩政に携わらせ、治保自身も文人であった。

本多利明は、弟子の危急を知らされると、迷わず翠軒を通して水戸家を頼った。治保が迅速に動いたのは、海外と北方に秀《ひい》でた利明の学問を、高く評価していたことによる。

直《ただ》ちに翠軒が直々に、勘定奉行に釈放を願い出て、徳内には早々に許しが下りた。

しかし青島に関しては、水戸公の力をもってしても如何《いかん》ともできず、利明も途方に暮れていた。

「おそらくひと月ほどで、見張りも解けよう。その頃には、青島殿にもきっと、無罪の沙汰が下るであろう」

何の裏打ちもない慰めであることは、承知していた。それでもいまは、師匠の言葉にすがるしかなかった。

利明の予見どおり、ひと月を経ず、見張りはいなくなった。しかし青島の裁は決しない。

刑が申し渡されたのは、八月五日。徳内の出牢から、三月と四日が過ぎていた。

それから十日ほどが過ぎた八月中旬、徳内のもとに、別の報せが届いた。

「青島さまが、亡くなった……？」

弟子に告げた利明の唇は、青ざめ震えていた。

頭の中では、嘘だ！　と叫んでいるのに、口が勝手に問うていた。

「自害、なされたのですか？」

「いや、そういうわけでは……だが、自死とも言えるか」

曖昧《あいまい》に口を濁す。利明もまだ受け止めきれず、混乱しているようだ。しばし黙り込む。

秋風が裏手の藪《やぶ》を揺らし、ざわざわと不穏な音を鳴らす。

三日前は、中秋だった。名月を愛《め》でるとの言い訳で、夜遊びに興じる者も多いが、音羽塾では薄《すすき》や栗、柿などを飾り、里芋を煮て皆で食べた。

「里芋は、青島さまもお好きで……小伝馬町にも届けたのですが、召し上がられたでしょうか」

見張りが去《い》んでからは、徳内は自ら牢屋敷へと差し入れを届けに通った。

利明が、辛《つら》そうに顔をうつむける。

「いや、食べてはおらんだろう……刑が決まってからは、一切何も食わなくなったそうだ」

「一切、何も……」

悲しみが、吹き寄せる。藪を鳴らす風が、身の内にまでしみわたる。

「きっと御上《おかみ》への、最後の抗いであったのだろう。我は潔白だと、刑を受ける謂《いわ》れなぞどこにもないと、知らしめたかったに相違ない」

利明は呻《うめ》くように告げたが、徳内には少し違うようにも思えた。

青島の姿が、ぽっと浮かんだ。武士にしては佇《たたず》まいが柔らかく、微笑は優しげだった。

一方で誇り高さや潔さは、人並み以上に持ち合わせていた。おそらくは、それが仇《あだ》になった。捕縛は恥以外の何物でもなく、半年にわたる牢暮らしで心身ともに蝕《むしば》まれていった。

青島が籠められていた揚屋は、徳内がいた大牢にくらべれば、待遇はよほどましだ。共に蝦夷を踏破した青島なら、耐えられぬことはなかったろう。

だが人は、気力がなければ生きてはいけない。蝦夷行きを命じた幕府から、二度にわたって裏切られ、罪人にまで落とされた。

そして刑が下ったとき、最後の望みが、ぶつりと音を立てて切れたのだ。達せられた刑は、あまりに重かった。遠島への流罪《るざい》である。

町人なら、ごく稀《まれ》に恩赦《おんしゃ》も下るが、武士ならまず、江戸に戻ることは望めない。島での罪人の暮らしは惨《みじ》めなもので、物乞い同然の者も多いときく。侍である青島には、これ以上の恥は、死よりも恐ろしいものであったろう。生きるとは、恥を重ねるに等しい。侍は、それを良しとせず、死によって始末をつける。青島の死は、御上への抗議でもあり、同時に、生という恥を忌避《きひ》した姿でもあった。

「俊蔵《しゅんぞう》……俊蔵よ……さぞ、悔しかったことであろう。わしも悔しい、悔しいぞ。弟子のおまえに、何もしてやれなかった……」

両の膝元を握りしめ、袴《はかま》に大粒の涙をこぼす。利明の姿は胸に迫り、それでも徳内は、泣くことができなかった。

身の内に風が吹き続け、からからに渇いている。風は唸りながら、耳許《みみもと》でささやき続ける。

――おまえのせいだ。おまえのせいで、死んだのだ。

「そうだ……おれのせいだ」

師匠の嗚咽《おえつ》を残して、徳内は部屋を出た。

「どうです、徳内のようすは？」

案じ顔の永井右仲に、利明は冴えない表情でため息を返した。

「駄目ですか……かれこれ十日は経つというのに。このままでは、徳内までからだを壊してしまいます」

「今度ばかりは、私が活《かつ》を入れても効き目がなく……」

鈴木彦助が、らしくないほどしょんぼりと、ふたりの師匠に告げる。

「三日前より、さらにやつれているようですが……飯は食うているのですか？」

「どうにかな。強く命じて食わせておるが……ただ、ろくに眠れぬようでな。朝が来るたびに、日に日に弱っていくようで見ておれぬわ」

「まるで蟬《せみ》の抜け殻ですな。風が吹けば、飛ばされそうです」

三者三様に、徳内の身を案じているのだが、打つ手がなく困り果てていた。

「いっそ、あの知らせを伝えてみては？」

彦助の案に、ふたりの師匠が強く首を横にふる。

「いまはまずい。あのさまでは、悩みがますます深まるだけだ」

「そうだぞ、彦助。考えなしに、徳内に漏《も》らすでないぞ」

「せっかく久方《ひさかた》ぶりに、良き知らせを受けたというのに……」

と、彦助は不満そうに口を尖《とが》らせた。その折に、音羽塾に客が来た。

若い弟子が、利明のもとに来客を知らせる。

「この忙しい折に……いったい誰だ？」

「いえ、音羽先生ではなく、徳内殿にお会いしたいと」

「どなただ？」と、右仲がたずね、弟子が来客の名をこたえる。

「いまは誰とも会いとうないとは思うが……ひとまずは客間にお通ししろ。彦助、徳内に伝えてきなさい」

彦助が奥の間に行くと、徳内は縁に座って庭をながめていた。背を丸めた姿は、まさに縁側に置かれた木像さながらだ。

来客を告げたところで、関心を持つまい。彦助は期待していなかったが、予想に反して徳内の反応は鋭かった。客の名を告げると、三拍ほどおいて、徳内がふり向いた。

「いま、何と……？」

彦助がもう一度、客の名をくり返す。古くなったしわしわの黒豆のようだった目が、見る間に光をとり戻す。ただ、その光は、明るいものではなかった。

憎しみと怨嗟《えんさ》を帯びた、暗い光だ。徳内が、ゆっくりと立ち上がる。

顔色は悪く不精髭《ぶしょうひげ》が伸び、幽鬼《ゆうき》を思わせる。彦助は、思わず身を引いた。

「笠原五太夫が、来たのだな？」

うなずいた彦助の前を、徳内はものも言わずに通り過ぎた。

「久しぶりだな、徳内。それにしても、ひどい姿だ」

客間に入ってきた徳内を一瞥《いちべつ》して、笠原は顔をしかめた。

「青島俊蔵も、そのようなざまであったわ。遺骸はもっと、惨めなありさまであったがな」

「……青島さまの、ご遺骸をご覧になったのですか?」

「ああ、自害かどうか確かめよと、御勘定奉行さまに命ぜられてな。医者の検めに立ち会《お》うた」

罪人として死んだために、遺体の引き取りすら禁ぜられ、葬儀もあげられなかった。

せめて供養だけでもと、護国寺《ごこくじ》の末寺で経を読んでもらった。

「衰えによる病死だと、医者も断じた。揚屋に入ってからは食が進まず、刑が達せられてからは、水すら飲まなんだというからな。哀れなほどに痩せこけて、棒切れのごとき屍《しかばね》であった」

顔色ひとつ変えず、淡々と告げる。悲惨極まりない青島の死に打ちひしがれながら、しだいに胸の奥が熾《おこ》ってくる。

いま目の前にいるのは紛れもなく、幕府の目付を務める笠原五太夫だ。

商人の常盤屋であった頃とは、髷《まげ》も着物も違う。姿以上に、言葉の差が違和感を抱かせた。陽気な上方《かみがた》弁をとり去ってみると、まるで別人のようだ。

「……たのは、あなたさまか？」

「何だと？」

「青島さまを陥れたのは……笠原さまではないのですか？」

「思い違いだ」

「では、他に、誰が！　誰が青島さまに、あらぬ罪を着せたのか！　どんな咎で、牢に籠めたのか！　あれほど潔白な罪なきお方が、どうしてかように酷《むご》い最期を遂げられたのか！　こたえよ、笠原五太夫！」

かつてない激情に囚われて、抑えがきかなかった。笠原の胸座《むなぐら》を摑み、絞め上げる。人にふるったことなどなかったが、腕力は相応にある。苦しそうに呻いた笠原の右手が、素早く動いた。みぞおちに重い拳を受けて、たちまち息が詰まった。

「控えよ、最上徳内！　無礼は許さぬぞ！」

前のめりになった頭上から、叱声《しっせい》が降ってくる。激しく咳き込む徳内に、笠原は告げた。

「陥れたのは、わしではない」

「……では、誰が……」

腹を押さえたまま、顔を上げた。上座《かみざ》に戻った笠原は、ひどく憂鬱《ゆううつ》そうに見えた。

「それは、言えぬ」

のろのろとからだを起こす。拍子にまた、咳き込んだ。

「誰とは言えぬが……これだけは覚えておけ。わしも、勘定組頭《くみがしら》も、吟味方も評定所も、青島を助けんと働いたのだ」

それでも叶わなかったと、肩を落とす。

「ことに心を尽くしてくださったのが、ふたりの御勘定奉行だ。蝦夷から帰参した折、お褒めの言葉を賜《たまわ》った久世丹後守《くぜたんごのかみ》さまはもとより、吟味に当たられた根岸肥前守《ねぎしひぜんのかみ》さまも、幾度となく上に掛け合うてくだされた。それでも、青島を助けることはできなんだ」

ようやく息が整い、頭にも血が巡る。笠原が忍ばせた言外の含みに、徳内は気がついた。

勘定奉行より上ということは、老中を意味する。その筆頭、老中首座は、ひとりだけだ。

「まさか……松平越中守《えっちゅうのかみ》……」

口にしながらも信じ難い。公方《くぼう》さまを除けば、幕政の頂点にいる存在だ。そのような高みにある者が、わざわざ末端にいる御家人ふぜいを潰すことに躍起になるだろうか。

しかし笠原は、眉《まゆ》をひそめて唇の前に指を立てた。

それがすべてを物語っていた。久世丹後守は、オランダ商館長に認められるほど柔軟な考えの持ち主であり、また根岸肥前守は、身分の低い旗本の家から立身出世した能吏《のうり》である。そのふたりをもってしても、松平定信《さだのぶ》の考えを曲げることはできなかったという。

「どうして……そこまで……」

「咎としては、ふたつある。まず、間者の役目を負いながら、松前と密通したことだ」

思い当たり、はっとした徳内に、笠原がうなずく。

「そうだ、青島と松前の申し述べように、食い違いはひとつもなかった。わしが危ぶんでいたとおり、それが裏目に出たのだ」

家老のすがるような頼みを退《しりぞ》けられず、青島は帰参を数日延ばして、松前が幕府に提出する書類の作成に助言を与えた。とはいえ、手伝ったのは報告書ではなく、アイヌ人の処遇改善のための具体案を提示したに過ぎない。

報告書については、青島の助言どおり、松前は真実を書き記した。だからこそ青島の書面と齟齬《そご》がなかったのだ。しかし定信は、それこそが密通の証しだと断じた。

「もうひとつの咎は、乱を起こした黒幕について、何も書かれておらなんだことだ」

「黒幕、とは?」

「オロシヤ人だ……少なくともあのお方は、そう信じておられる」

「いえ、ですが、この数年、ウルップ島にすらオロシヤ人は姿を見せず、乱にもまったく関わりはありません」

「そのとおりだ。だが、信じようとしない者には、真実《まこと》も嘘に化ける」

「嘘、とはあまりに……」

やるせないほどの悲しみに襲われた。蝦夷の地を知らぬ者が、アイヌ人やロシア人にまみえたことすらない者が、どうして嘘なぞと決めつけるのか。寒さに手指がかじかみ、足を豆だらけにして彼の地を踏破した。ぬくぬくと殿中《でんちゅう》にいる者に、その辛さの何がわかるというのか。

「青島さまは……ありもしない嘘に、殺されたというのですか」

「嘘というより、亡霊だ。もうすでにどこにも残っていないというのに、未だに主殿頭《とのものかみ》さまの亡霊を払わんとされておる」

　松平越中守は、田沼主殿頭を、心の底から疎《うと》んじている。青島がこれほど憎まれたのは、田沼憎しが昂《こう》じてのことだと、笠原は陰鬱《いんうつ》な調子で告げた。

「青島が申し上げた事々は、かつて主殿頭さまが打ち立てた蝦夷地開拓に添うておる。それが癪《しゃく》の種となり、意固地を招いてしもうたのだろう」

　田沼時代を払拭《ふっしょく》し、新しき改革を進めることこそが、定信の信条だ。田沼の香りのする報告書なぞ、認めるわけにはいかなかった。

「誰よりも清くあらんとするお方だ。おそらく、たったひとつ残った染みを消さんと、なりふり構わず躍起になった」

「青島さまは、染みなどでは……」

「わかっておる。いまさらながら思うのだ。あの旅は、楽しかったのう」

　青島の笑顔が、ふいに大映しになった。常盤屋たる笠原と、そして徳内も笑っている。

　一息に熱いものがこみ上げて、目鼻や口から迸《ほとばし》る。

　徳内は畳に突っ伏して、声を放って泣いた。

第十六話　光明

「おまえに、伝えねばならぬことがある。今日はそのために来た」

どのくらい、経ったろうか。上座《かみざ》から、笠原の声がした。

腹の底から慟哭《どうこく》して、いまは声すら出ない。徳内《とくない》の膝先の畳には、拳のへこみがふたつできている。すべての怒りをぶつけるように、両の拳をひたすら畳に叩きつけていた。戦いは痛み分けといえよう。畳も徳内の拳も、傷だらけだった。

のろのろとからだを起こし、笠原五太夫《ごだゆう》に顔を向けた。最前と同じすまし顔だが、目のまわりがかすかに赤い。この男も、ともに青島の死を悼《いた》んでくれたのか。

わずかに救われる思いがしたが、それも一瞬だった。

「最上徳内、おまえを、公儀御普請役下役《こうぎごふしんやくしたやく》としてとり立てる」

しばし、ぽかんとした。話の内容が、さっぱり入ってこない。

「普請役下役として、夷人御救交易《いじんおすくい》に加わるようにとの御沙汰《ごさた》だ。ありがたくお受けするように」

普請役下役とはつまり、以前、大石逸平《いっぺい》が就《つ》いていた役職だ。上役《うわやく》に使われる立場であり、一代限りの抱え席であるから、大石らと同様、いつ放逐《ほうちく》されるかわからない。

それでも、これまでの竿取《さおとり》とは、大きく一線を画すことは確かだ。その事実に、ようやく考えが至った。

「つまり……私を士分にとり立てると？　武士になれというのですか？」

「さようだ」

「夷人御救交易とは……今度は武士として、蝦夷地《えぞち》に渡れと？」

「そう言うておる」

「青島さま亡き後、いわば代わりを務めろと……？」

「いかにも」

辛抱強く三度うなずいて、笠原は改めて仔細《しさい》を語った。

松前《まつまえ》や商人の専横《せんおう》を許さず、今後は幕府が直々《じきじき》に北方交易を行う。正当な対価を得れば、アイヌ人も救われる。よって夷人御救の名目も果たされる。

長きにわたって徳内が、青島が、いや、見分隊の誰もが望んでいた顚末《てんまつ》だ。

喜ぶべきであるはずが、どうにも不信が拭《ぬぐ》えない。

青島を殺しておきながら、舌の根も乾かぬうちに、子飼いの配下を雇おうとする。この役目に誰よりも打ってつけであるはずの、見分隊の面々には目もくれず、士分ですらない徳内に身分を与えてまで仕事を命じる。

理の通らぬことが多過ぎて、邪推《じゃすい》が頭をもたげる。

幕府はただ、松前や商人が吸い上げていた利を、横取りしたいがためではないのか？　松前や商人以上に、幕府には金がない。やがては利のみを追求し、アイヌから搾取《さくしゅ》するだけの体《てい》たらくに陥《おちい》るのではないか。その片棒を、担《かつ》げというのか？　身分という餌さえ放れば、喜んで飛びつく犬だと侮《あなど》られているのか――。

「お断り、いたします！」

笠原に向かって、きっぱりと放った。皮肉を含んだ眼差しが、しばし徳内に注がれる。

「青島への忠義のつもりか？　それとも、ご公儀への当てつけか？」

「理由《わけ》はお好きに……ご遠慮いたすとだけ、お伝えください」

笠原が、すっくと立ち上がった。ずいと歩を進め、先刻とは逆に、徳内の胸座《むなぐら》をわし摑《づか》む。間近にある顔は、怒りのあまり青ざめていた。

「いい加減にせんかい、このド阿呆《あほう》が！　いつまでいじけとるつもりや。我ばかりが不幸のどん底におるよな顔しよって……よう考えてみい！　青島はんの志を継ぐんは、もうおまえしかおらんやないか！」

頭に血が上り、素に戻ったようだ。武士として殿中《でんちゅう》ですましているより、隠密《おんみつ》として諸国を巡っている方がよほど多いときいた。いわばこちらが、笠原の本性であるのだろう。

「蝦夷を離れる間際まで、青島はんが家老につき合《お》うたのも、アイヌのためやないか。あやつらの暮らしが楽になるよう、ひどい扱いを受けぬよう、松前には細かに手解《てほど》きし、己《おのれ》で認《したた》めた公儀への上申書にも、同じように書いた……」

ひとたび、笠原が言葉を切った。思いの丈があふれて、詰まったようだ。ごくりと喉の奥に収めて、息を吐く。

「正直言うとな、わしは夷人なぞ、どうでもええと思っとった。見掛けはでかいし怖いし、獣の肉なぞ食うし、学ときたら文字すらもたん。山におる、熊《くま》や猪《いのしし》と変わらん。打ち捨てておいても構わんと、そう思うとった」

うなだれて、徳内と目を合わすことなく、だらだらと語る。

「せやさかい、ふたりが不思議で仕様があらへんかった。青島も徳内も、なしてそうまでして夷人の肩をもつのか、さっぱりわからんかった……ただ、少し、うらやましゅうてな」

うらやましい？　と胸の内で問うと、こたえるように顔を上げた。

「なんや、わてだけ爪《つま》はじきにされたようで、面白うなかった。せやから考えた。

施しに近い仏心やろうか、松前や商人を許せぬ義憤やもしれん。クナシリに行って松前に帰るまで、ずうっと考えとった」

「こたえは、出ましたか?」

「いや、ようわからん。ただ、松前に帰った頃は、熊や猪やのうて、人に見えとった。アイヌを招いての酒盛りで、皆よう笑っとったろ? 笑うのは、人だけや。人には心があるさかいな、傷つきもするし腹も立つ。紛《まぎ》らすために、笑いがあり歌があり、それでも収まらんときは、乱になる――」

笠原は、正確なこたえに辿《たど》り着いていた。というよりも、徳内自身、さほどに深く考えたことはない。初めて親しくなったのは、松前で出会ったイタクニップだった。大きなからだと静かな佇《たたず》まいは、森閑《しんかん》とした森の王を思わせた。いわゆる学問とは違う智慧を、物腰から感じ、畏怖《いふ》を越えて親しみがわいた。アイヌ文化は斬新で、極寒の地に生きる術《すべ》が蓄《たくわ》えられていた。

それからイコトイやツキノエに会い、数多《あまた》のアイヌ人の助けを得て、単独で東蝦夷まで踏破《とうは》もしたが、やはりフルウの存在が大きい。

フルウは、可能性そのものだ。アイヌがこれから、どの道をどう生きるのか。何が最善で、何を捨てねばならないか。実を言えば、この問いに正解なぞない。それもわかっている。

和語が浸透すれば、アイヌ語を忘れるのは必然であり、農耕が行きわたれば、培《つちか》った狩猟の技も廃《すた》れよう。あの独特の装束すらも、髷《まげ》や着物に変わるかもしれない。

文化はおしなべて暮らしに密接しており、少数が多数に吸収されるのは世の慣《なら》いだ。

それでも、民族の誇りだけは、失ってほしくない。

フルウにはそれがある。和語を解し、乱においては和人《わじん》の味方をしても、アイヌ人として生まれたことを、フルウは誇りに思っている。父やイコトイのように、立派な乙名《おとな》になりたいと願っている。その思いが潰《つい》えぬように、その当然の希求が成就《じょうじゅ》するように。

蝦夷地にその基盤を築くことが、青島と徳内の目指すものだった——。

たしかに青島亡き後、その思いを誰が継ぐというのか……。

「徳内、約束したやないか！　また蝦夷に行くと、また必ず会うと、あの小僧に言うたやろうが。青島の思いを背負《せお》って、おまえは蝦夷に行かなならんのや！」

両手で胸座を摑まれ、がくがくと揺さぶられる。はずみで、顔が仰向《あおむ》いた。天井に浮いた染みが、人の顔を思わせ、自《おの》ずと青島の顔が浮かんだ。大粒の涙が、目尻から耳へと伝い落ちる。

「だからこそ、行けません……フルウに合わす顔なぞない」

「じゃかあしい！　頑固もたいがいに……」

「青島さまのお命を縮めたのは、私です……」

笠原が目を見張り、徳内の着物の衿《えり》から両手を外した。

「徳内、まだそないな詮無《せんな》いことを……」

「私が出しゃばったばかりに、よけいな真似をしたために、青島さまは無念の最期を迎えられた。詫《わ》びも言えず、償《つぐな》いもできず……ましてや褒美なぞ、受けとれるはずも……」

応えたのは、短い生涯で終わった哀ればかりではない。自らの役目を誠心誠意遂げた青島が、ひと筋も報いられることなく、あれほどまでに酷い末期《まつご》に至ったことが、どうにも承服しがたい。まさに爪が剝《は》がれるまで、己の胸をかきむしるような思いであったろう。

それを冷然と強《し》いたのは、他でもない幕府だ。だが、きっかけを作り、大本となったのは徳内である。幕府以上に、罪が重い。罪過《ざいか》はからだを押し潰し、徳内を雁《がん》字搦《じがら》めにしていた。

深いため息をつき、笠原は手を離した。ふたたび言葉を改める。

「わしは別の役目を課せられてな、此度《こたび》の交易には関われぬが……。江戸出立《しゅったつ》は明春早々、正月中には松前に着する運びとなるそうだ」

言い残して、席を立つ。座敷を出ようとした笠原に、徳内はひとつだけ問うた。

「私をお勧めくださったのは、笠原さまですか？」

「わしではない。久世丹後守《くぜたんごのかみ》さまより、いかな男かとたずねられた故《ゆえ》、打ってつけだとはこたえたが」

自ら徳内を推薦したわけではないと、笠原は明言した。

「くどいようだが、いま一度考え直せ。良き返しを待っておるぞ」

この召し抱えに関わっていたのは、すぐ傍《そば》にいる人物だった。

その日の晩、徳内は仔細を明かされた。


「おまえを推《お》したのは、このわしだ」

明かしたのは、音羽塾《おとわじゅく》の師匠、本多利明《としあき》だった。

「先生でしたか……」

「いまの幕府には、蝦夷交易に詳しい者はおらぬからな。おまえに白羽《しらは》の矢を立てた」

「ご厚情は、ありがたく……ですが、やはりお受けできません。笠原さまにもお断り申し上げました」

「さようか……」

ぽりぽりと顎《あご》をかきながら、弟子を見遣《みや》る。話のついでにと、徳内を推した経緯を語った。

「わしの伝手《つて》のことは、先だって話したであろう。ほれ、立原翠軒《すいけん》だ」

徳内を牢から出すために尽力してくれたのが、水戸《みと》家抱えの学者、立原翠軒である。徳内の出牢は、寛政《かんせい》二年五月、クナシリ騒動から、ちょうど一年が経過していた。

そして、松前家と請負《うけおい》商人であった飛騨《ひだ》屋の吟味《ぎんみ》は、そのふた月後、七月に落着した。

結果としては、両者ともにほぼ、お咎《とが》めなしに等しい。

松前家の家老ら三人は、青島俊蔵《しゅんぞう》に内通していた不束《ふつつか》を咎められ、三十日間、自宅蟄居《ちっきょ》を言いわたされたが、松前家には改易《かいえき》などの処分は下されなかった。

藩が幕府に提出した「蝦夷地改正《えぞちかいせい》」が功を奏したとも言える。蝦夷地の各所に番所を設ける、交易場所の請負は廃止して、松前家の家臣や領民に差配させる、外国に対する武備を充実させる等々、もっともらしいことが並べられているが、ほぼ絵に描いた餅である。

番所はともかく、場所請負制は実質受け継がれ、ただ飛驒屋から松前城下の商人に移譲された形に過ぎない。武備についても、鉄砲や大砲を多少増やしたところで、ロシアをはじめとする諸外国の軍備に敵《かな》うわけもなく、また広大に過ぎる蝦夷地沿岸の守備を、一小藩が担うなぞ、土台無理な話である。

飛驒屋については、当初、松平定信《まつだいらさだのぶ》は、厳罰に処する構えであったが、これも事実上、無罪と相成った。飛驒屋の所業をきいて、誰もが辣腕強欲《らつわんごうよく》で面《つら》の皮の厚い商人を想像したが、飛驒屋の当主は、病弱な二十五歳の若者だった。ひ弱な故に、蝦夷地へ足を運んだこともなく、商《あきな》いは手代《てだい》に任せきりだった。吟味に当たった家臣から当主の人となりをきいて、定信も怒りの矛先《ほこさき》を失ったのかもしれない。

また、クナシリ・メナシの騒動の発端となったのは、飛驒屋の雇人と松前家臣の横暴にあるが、一方で、もっとも甚大《じんだい》な害を被《こうむ》ったのも飛驒屋である。

乱で命を奪われた七十一人のうち、松前家臣ひとりを除いて、実に七十人が、飛驒屋の雇人だった。加えて、運上金《うんじょうきん》を払ったにもかかわらず、クナシリアイヌの反抗や二年にわたる幕府の交易のおかげで大損を被り、さらに松前家臣らへの貸付金も元利合わせて莫大な金高になる。その額、実に一万五千両余。飛驒屋ではその返済を、松前家とその家臣に迫り、別途訴訟を起こしていた。

幕府は咎めなしとする代わりに、内済《ないさい》と称して訴訟をとり下げさせた。いわば飛驒屋は、一万五千両余もの保釈金を払って、無罪放免を得たのである。

師匠から吟味の経緯をきいても、少しも心は動かない。乱を起こした張本人たるアイヌ人は、完全に蚊帳《かや》の外だ。吟味の俎上《そじょう》にすら上がらず、あからさまな不平等に疲れを覚えただけだった。

「徳内、おまえ、幕府を恨んでおるか？」

「はい、いいえ……わかりません」

「仕官の話を断ったのは、御上《おかみ》への不信が大本にあるのではないか？」

たしかに不信はある。白いものを黒いと喚《わめ》き立て、青島を処断しておきながら、手の平を返すようにして、その家来に役目をふる。厚顔無恥《こうがんむち》というよりも、何やら気味の悪ささすら覚える。

「たしかにいまの老中首座は、頭の固い、わからずやの青二才よ」

ふん、とにわかに鼻息を荒くする。師匠の不機嫌には、理由があった。

昨年十一月、本多利明は、『策論《さくろん》』と題した自らの書を、幕府に献上した。蝦夷地開拓の具体案を示したもので、青島や徳内の踏査《とうさ》を参考に、書き上げたものである。

しかし松平越中守《えっちゅうのかみ》定信は一顧《いっこ》だにせず、あろうことかそれからまもなく、音羽塾のふたりの弟子を捕縛《ほばく》した。利明の方こそ、幕府への恨みは根深いかもしれない。

もっともこの師は、優れた学者であると同時に夢想家でもある。別の書物で、世界に追いつくためには、漢字を廃してアルファベットを使うべきだと推奨したことすらある。『策論』はそこまで突飛ではないものの、四角い枠から決してはみ出すことのない定信とは、まさに水と油であろう。ただ徳内は、そういう奇天烈《きてれつ》な発想も含めて、利明を慕っていた。

「越中とは徹頭徹尾《てっとうてつび》そりが合わぬが、だからこそ危うさも覚えた。あの御仁《ごじん》は、内政の些末《さまつ》に手一杯であるからな。いま躍起《やっき》になって進めておる改革とやらを見よ。みみっちいことこの上ないわ」

寛政の改革はすでに始まっており、定信は続けざまに倹約令だの異学の禁令だのを発布していた。北方や外憂に手をつける暇はなく、また定信自身の関心も薄く、手つかずのまま放置していた。およそ二百年、外国とのいざこざもなく安寧《あんねい》を保ってきたのだから、この先も続くはずだとの、根拠のない楽観である。

蝦夷地に対しても、その消極がそのまま反映された。松前家を改易せず据え置いたのも、保留の意図からだ。また、田沼意次は、蝦夷地を開拓することでロシアを牽制しようとしたが、定信はまったく逆の考えだった。蝦夷地を荒野にしておいた方が、ロシア進出の障壁になるというのだ。これもまた何の裏打ちもなく、あまりに無頓着《むとんちゃく》が過ぎる。

利明を含む一部の学者は、外国情勢には甚《はなは》だ昏《くら》い現幕府を、深く憂《うれ》いていた。

そして利明は、合理の人でもある。この石頭の老中のもと、何ができるか知恵を絞った。相談相手は、伝手である立原翠軒だ。

「堅物の青二才にも、長所や弱みはある。そこを突いたのだ。鍵は、アイヌ人とオロシヤ人だ」

長年にわたる搾取と専横に耐えかねて、アイヌ人は蜂起《ほうき》した。つまり保留を通さば、いつまた乱が起きるかわからない。農耕や文字を教えぬのなら、せめて公平な交易を行って、彼らの逆立った感情をなだめるべきだ。

定信は、清廉潔白《せいれんけっぱく》を旨《むね》としている。蚤《のみ》を一匹ずつ潰すようにして、しつこく田沼派を一掃したのもその表れであり、逆に働けば、仁を通す人でもある。「公平な交易」は、定信の信条としごく合致して、御救交易が実現する運びとなった。

同時に、不安を煽《あお》ることも忘れない。不安の因《もと》は、定信が固く信じていたロシア人の存在だ。クナシリ・メナシの乱を、陰で操ったのはロシアだとの疑いは拭えていない。不安は人を駆り立てる。蝦夷開拓をせず海防を松前に任せるにせよ、調査は必要だと熱心に説いた。

田沼時代の調査では不十分であり、ぜひいまの幕府から、正しい目をもつ調査隊を派遣すべきだ。よって第三次蝦夷地見分隊ではなく、新調査隊の派遣との名目である。これも定信の存念に叶《かな》っており、御救交易と合わせて、調査も図られることとなった。

学者たちの上申《じょうしん》だけでは、こうまでうまく運ぶはずもない。幕府の内にも、情勢に明るい、いわば同志がいたことで助力を得た。ことにふたりの勘定《かんじょう》奉行、久世丹後守と根岸《ねぎし》肥前守《ひぜんのかみ》の存在は大きかった。

本多利明は、翠軒や水戸家を通して勘定奉行に訴えたが、すでに他の学者や大名、幕府内の識者からも、同様の案は上っており、久世や根岸自身が、誰よりもその必要を感じていた。

調査隊を組織するのは、勝手方の久世である。

久世が人選に当たっていると知るや、利明は即座に徳内を推挙《すいきょ》した。

先の吟味で、お咎めなしとの沙汰を受け、学識、経験、体力のいずれをとっても不足はない。これ以上の人材はいないと強力に推し、久世にとってもまた、願ってもない人材だった。話はとんとん拍子に進み、利明の元には内定の沙汰も届いていた。

ただ、肝心の徳内は、塩をふったなめくじのごとく、くったりしている。利明ですら言い出しかねて、数日が経ってしまったところへ、久世が正式な使者として笠原五太夫を立てたのだ。

利明もまた辛抱強く説得に当たったが、徳内は頑として固辞《こじ》した。

「されど徳内、おまえはこの先、どうするつもりだ?」

当てはなく、望みもない。ぽっかりと虚《うつ》ろな穴だけが、身の内に広がっていた。その空虚に、かすかな灯火《ともしび》がさす。妻のおふでと、娘のおさんであった。すでに生まれたはずだが、脳裡《のうり》に描いた妻は、大きな腹を抱えたままだ。

「野辺地《のへじ》に、妻子のもとに帰ります」

「帰ったところで、おまえの妻子は、赤の他人になっているやもしれぬぞ」

どういう意味だろうと、ぼんやりと師匠を仰ぐ。決まりが悪そうに、利明は目を逸《そ》らした。

「実はな、おまえが牢籠《ろうご》めされた折に、すぐに野辺地に宛てて文を書いたのだ」

「さようでしたか」

「だが、いまもって何の音沙汰もない……だからおまえには、言えなかった」

釈放されたとはいえ、一度は罪人の疑いをかけられた。そういう負い目は、田舎の方がより重く障《さわ》りとなろう。義兄の嶋屋清吉《せいきち》は、決して薄情な男ではないが、下手を打てば店の信用にまで関わりかねない。妹と離縁させるのが、もっとも妥当と言えよう。

おふでもまた、ふたりの子供の先行きを考えて、離縁を選んでも不思議はない。妻の闊達《かったつ》を徳内は愛したが、いかにおふでても、百数十里も離れていてはどうにもなるまい。怨《うら》む気にはなれなかった。

「まあ、しばらくは、わしの元におればよい。そういえば彦助《ひこすけ》も、暇なら来いと言うておったぞ。塾を手伝ってほしいそうだ。あの気性では、塾生もついていけぬかと思うたが、存外集まっておるようでな、ひとりでは捌《さば》ききれぬと……」

師匠の声が、ゆっくりと遠のいていく。

行灯《あんどん》の火が吹き消されたように、妻子の姿が消えた。

後には何もなく、無限の闇からは、死の匂いがした。

その日、徳内は、数日ぶりに音羽塾から外に出た。

鈴木彦助から塾を手伝えとの矢の催促を受け、師の本多利明もしきりに勧める。

重い腰を上げて、のろのろと音羽町を南に下った。

往来は今日も人が多い。護国寺《ごこくじ》に参拝する人、お参りを済ませて門前町の店々を冷やかす者、荒物売り、牛蒡《ごぼう》売り、花売り、はしゃぐ子供の一団、荷をいっぱいに乗せた大八車《だいはちぐるま》、道端で世間話に興じる女たちの脇を、威勢のいい掛け声を発しながら駕籠《かご》が行き過ぎる。

江戸《ここ》は何て、人が多いのだろう――。いま己が消えたところで、誰も気づくまい。

徳内も、そして青島も、この大勢のたったひとりに過ぎず、風に舞い上がる砂《すな》埃《ぼこり》に等しい。小さくはかなく、ただ風の気分で上がったり落ちたり、踏みつけられたりする。

人の生き死にとは何と頼りなく、意味のないものか――。

鎖でも巻きつけられたように、足が止まっていた。

徳内の前を、親子連れが横切った。若い母親は、六歳くらいの女の子の手を引いて、背中には赤ん坊を負《おぶ》っている。野辺地に残してきた家族に見えて、視界が急にぼやけた。

「おふで、おさん……もういっぺんだけ、会いてえなあ……」

ぼんやりと宙を見据えながら、涙ばかりがいく筋も頬を伝う。

落ちる水滴は熱をともなわず、岩肌から流れるわき水のように妙に冷えていた。

青島が死んでから、しきりに家族が思い出される。思えば、勝手な話だ。役目に邁進《まいしん》していた頃には、すっぽりと頭から抜けていたくせに、こうして自分が空っぽになると、家族に会いたくてたまらない。身勝手極まりなく、見捨てられたとて文句も言えない。

　徳さ――！

　一瞬、妻の声がきこえたような気がした。幻聴だと、わかっている。空聞《そらぎこ》えは意外なほどにしつこく、何度も何度も徳内を呼ばわる。

「徳さ、徳さあっ！　おらだで、ふでだで！」

　え？　と我に返る。幻聴ではない、はっきりと耳に届く。着物の袖で、ぐいと目を拭い、声のする方に目を凝《こ》らした。

　立て込んだ往来の人の陰から、一瞬だけ妻の顔が覗いた。まだ豆粒ほどで、かなり遠い。

　それでも人波をかき分けながら、ぐんぐん近づいてくる。

　低い背丈、赤いりんごに種で目鼻をつけたような、ちんまりした顔。間違いない、おふでだ！　腹の底から声が出て、走り出していた。

「おふで！　おふでええええっ！」

　互いの距離が縮まり、妻の顔がはっきりと見える。

　からだごとぶつかるようにして、おふでは徳内の腕の中にとび込んだ。しっかりと抱きしめる。腕と胸から伝わる熱い重みと、懐かしい妻の匂い。力を抜いたら夢から覚めそうで、小さな妻に子供のようにしがみつく。徳内の胸の辺りから、妻の声がした。

「えがったあ……徳さ、生きてただ……まんずまんず、えがったあ」

腕の力を抜くと、妻の泣き顔が、徳内を仰いだ。

「牢さ入っだどきいたすけ、もう駄目でねがと……せめて骨だけども拾うべど、野辺地がら出できただ」

「ふで、おまえ、おれが死んだと思ってたのか……それでもこうして、おれのために……」

もう一度、妻をかき抱く。さっきとは違う、熱い涙があふれ、日に焼けた妻の首筋に落ちる。往来の真ん中で抱き合っているのだ。目立つことこの上なく、目を丸くして凝視《ぎょうし》する者、囃《はや》し立てる者とさまざまいたが、それすら気にならなかった。

「だども、会えでえがったあ。人っこいっぺえだで、ここさ辿り着ぐまで難儀すたべ」

「おふで、義兄《にい》さんと一緒に来たのか？　それとも、嶋屋の手代に同行《どうぎょう》を頼んだか？」

腕をほどいて、目の下にいる妻にたずねる。おふでは、首を横にふった。

嶋屋は大きな身代《しんだい》だけに、徳内の捕縛を知ると、親戚たちは誰もが離縁すべきだと言い立てた。しかし当主の清吉は、徳内の無実を信じ、妹にも帰りを待つよう諭《さと》した。

だがおふでは、生死すらわからぬ夫を、じっと待つような性分ではない。

「おら、徳さ案じらえでならねぐて、八戸《はちのへ》が祭りさ行ぐ言うで出できただ」

「まさか……嶋屋の者に、黙って出てきたのか？　江戸までの道中は、どうやって？」

「そら、歩いてきただ。おら、足っこば丈夫だで」

「いやいや、そうではなく、女子《おなご》ひとりで野辺地から江戸まで、旅なぞできようはずが……」

「できただよ。ほれ、こうすて、徳さど会えたでねが」

あっけらかんと、おふでが返す。信じられぬ思いで、妻を見詰めた。

野辺地から江戸まで、百七十余里もある。江戸から西へ行けば、京を越えて岡山辺りまで達しよう。遠路というばかりではない。奥州街道《おうしゅうかいどう》には人気《ひとけ》のない寂しい土地も多く、男旅でも追い剝ぎや護摩《ごま》の灰にしばしば狙われる。ましてや女となれば、乱暴を働かれる恐れもある。女のひとり旅なぞ、まず考えられないことだった。

無事に着いたのが、奇跡と思えるほどだ。気が抜けた拍子に、田舎言葉が出た。

「なして、そっだら無理しただ……おめさ何があっだら、子供らどうすだ」

「徳さ行ぐとご、どこさだでついてぐ――。おら、そう言ったべ」

おふでの笑顔がはじける。徳内の頭に、野辺地の海が浮かんだ。

『好きさとごさ行ったらえがんべ。おら、どこさだでついてぐ。まっことであんす』

一緒になる前、あの浜辺で、たしかに妻は、同じ笑顔で言った。

まさか現実《ほんとう》になるとは――。妻を侮っていたことを、徳内は認めざるを得なかった。

「おふで、おめえは、てえした女子だ。おらは果報者だ」

妻への、心からの賛辞だった。少し得意そうに、おふでが胸を張る。

「たったひとりで、長い道中を凌《しの》ぐのは、男でも難儀だというのに……」

「ちげ、ひとりではね……あっ、いけね！　忘れでだ！」

おふでが仔犬のような身軽さで、たちまち道を戻っていく。徳内は、慌てて後を追った。おふでが道の先でとび込んだのは、一軒の茶店だった。往来の喧噪《けんそう》でそれまで気づかなかったが、店の中から赤ん坊の泣き声がする。

茶店の女がおくるみを抱えて往生《おうじょう》していたが、おふでは礼を言って、その手から赤ん坊を抱きとった。

「おうおう、すまね。ほったらかして悪かったな。ほうれ、おめさお父《と》っちゃだぞ」

「おふで……この子は、まさか……」

「去年、生まれた常吉《つねきち》だ。めんこいべ？」

「おまえ、赤子を背負って、長旅をしたというのか？」

女ひとり旅より、さらに上手《うわて》だ。あまりのことに、頭がぐらぐらする。

「乳さあげねばいけねすけ、連れてくるより仕方ね。だども、おさんば置いてくるよが仕方なぐて、めんじょけねこどした」

めんじょけねとは、可哀相ということだ。そのときばかりは、切ない表情をした。

おさんは七歳になり、ききわけのいい子供だが、だからこそなおのこと、ひとり残していくのが躊躇《ためら》われた。しかしさすがに子供の足では、奥州路は厳しい。おさんにだけは、江戸に行くことを、こっそり打ち明けたという。

「父っちゃど一緒さ帰ってくるすけ、待っててけろって」

小さな娘もまた、遠い地で寂しい思いに耐えている。まるで姉の思いを代わりに訴えるように、赤ん坊の泣き声がいっそう大きくなった。

おふでは胸をくつろげて、乳を含ませた。赤ん坊はぴたりと泣き止んで、んくんくと一心に吸いつく。子を産んだためだろう、乳房はたっぷりと豊かになっている。

妻の胸と息子をながめていると、ふいに泣けそうになった。熱いものがひたひたとせり上がってきて、ずっと纏《まと》わりついていた死の匂いが、押し流されていく。

「徳さと兄さがら一字もらって、常吉にしただ。ええ名だべ？」

「ああ、ああ、良い名だ」

徳内の元の名は元吉《げんきち》、親代わりのおふでの兄は清吉だ。すっかりご機嫌になった赤ん坊は、母親の腕に満足そうに収まっていた。

「徳さ、抱いてやってくろ」

「いいのか？　また泣き出すのではないか？」

「泣いだでええが、お互い慣れねばな。この子さ、徳さば息子だで」

「息子……」

おそるおそる差し出した両手に、妻が赤子を預ける。

壊れてしまいそうなほど小さいのに、思いのほか、ずっしりとした重みが伝わった。

ふよふよと頼りないくせに、湯たんぽほども熱く、そして乳くさい。額《ひたい》にしわを寄せて、不審の者でも見るように、つぶらな瞳でじいっとこちらを睨《にら》む。

この重みも熱さも、命そのものだ。生がそのまま、形を成している。

「常吉……父っちゃだぞ、常吉……よぐ来た、よぐ来たな、常吉」

涙に湯がかれた黒豆のような目を、やはり赤子はじっとながめていた。

最終話　六つの村を越えて髭をなびかせる者

青島の死で凍りついていた時が、一気に溶けて流れはじめた。

妻と息子の来訪は、それほどに大きな出来事だった。妻子はひとまず音羽塾《おとわじゅく》に近い宿に置き、徳内《とくない》は毎日通った。おふでは青島の死に涙し、幕府の仕儀《しぎ》には徳内以上に憤慨《ふんがい》したが、先々の暮らしについては、驚くほどに頓着《とんちゃく》しなかった。

「そら、迷うが道理だで。まんず考えで、決めだらええ」

「だども仕官さ断れば、生活《たつき》の道もねえだで」

「心配ね、何とがなる。徳さとだば、どごさでもやってける。したすけ一緒さなったただで」

学があり、からだも丈夫な夫なら、どんな土地でも家族が路頭に迷うことはないと、おふでは本気で信じていた。それは徳内にとっても同じことだ。頭が良く頑健で、そして大らかなこの妻となら、生涯つつがなく暮らしていける。

「野辺地《のへじ》さ帰りたくねえだか？」

「帰っても、勘当《かんどう》されてっかもしれね」

兄は許してくれようが、親類がことのほかやかましいと、おふでは顔をしかめた。娘のおさんだけは、できるだけ早く引き取りたいが、落ち着き先はどこでも構わないと、やはりあっさりしている。好きにしていいと言われたことで、雁字搦《がんじがら》めになっていた手足を、存分に伸ばすことができた。

そして、もう少し秋が深まった頃、徳内を訪ねてきた者がいた。

門弟に告げられて急いで向かうと、音羽塾の玄関に、懐かしい顔があった。

「久方《ひさかた》ぶりだな、徳内。入牢したときいて案じておったが、昔とちっとも変わらぬではないか」

ともに蝦夷《えぞ》を旅した上役《うわやく》、山口鉄五郎《てつごろう》だった。

互いに数年分歳をとったが、快活な風情は変わらず、くたびれたようすはない。

「この前、勘定《かんじょう》してみたのだがな、徳内とは、かれこれ四年以上も会《お》うていないのだ」

「そんなになりますか……」

山口に向かって目を見張る。思い起こすとたしかに、四年の歳月が流れている。

この上役とは、東蝦夷の地で別れて以来となる。

「山口さまとは、二年目の夏、アッケシで別れたきりでしたか」

「さよう。アッケシで、青島と徳内を見送ったのが最後に……」

それまで明朗だった山口が、ふいに黙し、眉間《みけん》にきついしわを寄せた。

「青島のことは、悔やんでも悔やみきれぬな……」

強面《こわもて》の元上役が、歯を食いしばる。罪人として死んだ青島には、墓すらない。菩《ぼ》提《だい》を弔《とむら》うことすらできぬことが、山口の表情に暗い影を落とす。

「弥六《やろく》ばかりか、俊蔵《しゅんぞう》までが先に逝《い》ってしまった。あのときの上役は、とうとう三人だけになってしもうたな」

山口がぽつりと呟《つぶや》き、徳内は思わず身を縮めた。

「申し訳ございません！　すべては私の落ち度です」

たっ、と土間に降り、身を投げ出すようにして土下座をした。下げた頭の上で、山口がたちまち狼狽《ろうばい》する。

「誰もそのようなことは言っておらぬ。おまえを責める気なぞ断じてない、頭を上げぬか！」

叱るようにして徳内を立たせ、山口が苦笑した。

「やれやれ、妻子を得たときいた故《ゆえ》、少しはふてぶてしゅうなったかと思いきや、呆《あき》れるほどに変わっておらんな」

子供にきかせるように、目を合わせて真摯《しんし》に説いた。

「おまえが青島に、どれほど親身になって仕えたか、わしはこの目で見ておる。おまえの奉公に、嘘はない。だからもう、己《おのれ》を責めるな」

「山口さま……」

迂闊《うかつ》にも涙ぐむ。自分の罪を許せるわけではないが、山口の言葉は胸にしみた。

その折に、奥から師匠の本多利明《としあき》が出てきた。

「おお、よう参られた。遠路はるばるお越しいただき、難儀をかけ申した」

互いに初見のはずだが、昔ながらの知己《ちき》のように挨拶《あいさつ》する。

「わしの用は後回しでも構いませぬ故、まずはゆるりと昔語りなぞ……徳内、山口殿を客間にお通ししなさい」

山口を呼んだのは、どうやら本多利明のようだ。客間に落ち着くと、ほどなく仕出しの膳と酒が届く。利明は抜かりなく、まさに膳立てをしていたのだろう。

「まずは青島さまに」

「そうだな、俊蔵に」

この世を去った仲間のために献杯《けんぱい》し、ふたりは同時に盃を傾けた。

厳《おごそ》かな献杯の後は、長《なが》の無音《ぶいん》を繕《つくろ》うように、近況を語り合う。

「皆川沖右衛門《ちゅうえもん》を覚えておろう？　あやつは縁者の伝手《つて》で、さる大名家に抱えられてな。勘定方を務めておる」

「さようですか。それはよろしゅうございました」

「日々、算盤《そろばん》を弾いておるそうで、飽きただの旅に出たいだの、ぼやく文がよう届くがな」

庵原《いはら》弥六の長男、弥九郎《やくろう》と、下役《したやく》の大石逸平《いっぺい》も、水戸《みと》家で息災にしているという。

こうしていると、昔に戻ったような気さえする。おそらくは、それが師匠の狙いだろう。

固辞《こじ》し続ける弟子を見かねて、いわば援軍として、山口を呼んだ。中継ぎをしたのは、水戸家の立原翠軒《たちはらすいけん》であろう。山口と、そして佐藤玄六郎《げんろくろう》もまた、水戸家抱えの立場だった。

「お二方とも、水戸さまへの仕官が叶《かの》うたのですね」

「というても、おれと玄六郎は表向き、水戸御本家ではなく御連枝《ごれんし》の抱えであるがな。おまけに年がら年中、渡り鳥さながらにとび回る暮らしぶりだ。まあ、我らには似合いだが」

連枝とは、支藩のことだ。水戸徳川家には支藩が四藩あり、山口と佐藤は、それぞれ別の支藩に抱えられ、共に旅をすることはない。ただ役目はほぼ同じで、津々浦々を廻りながら、異国船に関する噂を拾い集めているという。

「海で異国船と出会《でお》うたり、岸から船影を見たとの噂は存外多くてな。水夫《かこ》や漁師の中には、異人を間近で見たり、物をやりとりした者もおった」

たいがいは罰を恐れて語ることをせず、また藩が把握しても、同じ理由で情報は江戸表《おもて》に届かない。幕府が思っている以上に、異国船の足音は近づいている。

実際、この翌年、探検目的の米国船が、紀伊半島に着き十日ほど滞在し、さらに次の年には、漂流した大黒屋光太夫《だいこくやこうだゆう》らを乗せて、ロシア人のラクスマンが根室《ねむろ》に上陸した。

「いまは陸奥《むつ》や関八州《かんはっしゅう》の海沿いを巡っておるが、先々には西にも向かうつもりだ。ただ、我らにもおいそれと行けぬ場所がある――それが蝦夷だ」

山口の真剣な眼差しは、こちらを見詰めている。

「御本家を通して伺《うかご》うた。おまえに蝦夷探索の命《めい》が下ったとな」

「はい……」

「したがおまえは断ったというではないか！　何ともったいないことをと腹が立ったわ。おれは行きとうても行けぬというに」

山口に容赦《ようしゃ》なくやり込められて、しょんぼりと下を向く。気まずい沈黙が客間に広がり、取り繕うように、山口は懐《ふところ》を探った。

「そういえば、忘れておった。玄六郎から文が届いてな」

役目の都合で、今日、来ることは叶《かな》わなかったが、代わりに山口に文を託していた。

その場で開いてみると、やはり山口と同じに、見分役を受けるようにと認《したた》められている。しかしその最後に、一首の歌が記されていた。

今朝の朝明《あさあけ》　秋風寒し　遠つ人　雁《かり》が来鳴かむ　時近みかも

万葉集にある、大伴家持《おおとものやかもち》の歌である。秋風の寒さに、そろそろ雁も飛んでくる頃か――歌の意味は単純だが、佐藤は別の含みを込めて添えたのだろう。

「玄六郎も気取ったことを。雁の枕詞《まくらことば》は、遠つ人。おそらくは、弥六と俊蔵のことだ」

徳内の後に文を一読し、山口はそう告げた。

「では、朝明や秋風寒しも、別の意に……」

秋風寒しは蝦夷を想起させ、朝明は、始まってまもない当地の探索に繋がる。こじつけに過ぎないが、妙にしっくりと符合する。

「ならば時近み、は徳内、おまえだ。北へ渡るのも、時を引き寄せるのも、おまえなのだ」

山口の丸い目が、挑むように正面から直視した。

「徳内、おまえが繋いでくれねば、あの見分は無為となる。潰《つい》えた望みを、おまえに託したい。頼むから、この機を逃さんでくれ！」

道半ばで果てた、青島の、庵原の、そして佐藤や山口、皆川や大石もまた、行く道をさえぎられた者たちだ。その道を継いでくれ、と誰もが切実に望んでいるのだ。

託された思いは、赤ん坊に似た無垢《むく》な熱をもっていた。

要石《かなめいし》のように、徳内の根元から動かなかった後悔が、たしかにぐらりと大きく揺れた。

「あぶー、うーうー」

常吉《つねきち》は、はたきを握りしめてご機嫌だ。はたきの先についた、布きれの揺れるさまが面白いのか、飽きずにながめている。

徳内は毎日、妻子のいる宿に顔を出したが、その日は子守りを頼まれた。

「冬着こ仕度《したく》せねばならねすけ、古着屋さまわりてえだ。ちっと常吉ば預けで構わねか」

わかったとうなずいたものの、当の常吉ははたきに夢中で、徳内は特にすることもない。

自《おの》ずと、このところの迷いに、思いが行き着く。

師匠の目論見《もくろみ》は多少の功を奏し、山口の来訪以来、要石は鳴動《めいどう》し続けている。ただ、やはり決断するには至らず、何とも落ち着きが悪いまま数日が過ぎていた。

「うああ、うあ」

「うん？　何だ？　おまえの言葉は、アイヌ語より難しいな」

赤ん坊の傍《かたわ》らに、腹ばいになった。常吉が振るはたきが、ちょうど真ん前に見える。

思えば、何かに似ている。自ずと、馴染《なじ》んだ呪文のように、口で唱えていた。

「イワン　コタン　カマ　レキヒ　シエップ　エマンタ　ネ　ヤー」

六つの村を越えて、髭《ひげ》をなびかせるものは何か？

何度もとなえたアイヌ語のなぞなぞだ。こたえは――。

「あー！」

まるでこたえを叫ぶように常吉が、握ったはたきをふり上げた。

「ああ、そうだ……キケパラセイナウだ」

アイヌの神具、キケパラセイナウは、神道の御幣《ごへい》に形が近く、はたきもまたよく似ている。

「うあ」

当たったことを喜ぶように、常吉が笑う。少なくとも、徳内にはそう見えた。

その笑顔が、三つの顔に重なる。このなぞなぞを、徳内にきかせた者たちだ。

最初は、松前で会ったイタクニップ。そして、弟子のフルウと、妹のおウタ。

フルウは、このなぞなぞのこたえが、徳内自身だとも言った。

六つの村を越えて、髭をなびかせる者――。

アイヌ人のように髭をたくわえ、蝦夷の地に立つ己の姿がはっきりと見えた。

待っているのは、徳内にとって、大事な大事な者たちだ。徳内はフルウに約束した。また必ず会いに行くと誓った。

彼らの笑顔が、共に過ごした輝かしい日々が、いっぱいの光となって徳内の胸中を照《かさ》らす。不気味に鳴っていた要石は、割れるでもひっくり返るでもなく、どんどん嵩を失い、みるみる小さくなってゆく。

徳内の胸に残ったのは、青く艶《つや》やかな小石だった。

拾い上げた小石をながめるように、右の掌をじっと見た。

『徳内、行ってこい』

青島の声が、きこえる。その顔は、北の地に立っていたときのように、笑っていた。

『おれのために、彼らのために――何より、おまえ自身のために』

涙があふれて、留めようがない。赤ん坊が不思議そうにこちらを見て、もっていたはたきをとり落とした。すがるように手を伸ばすと、励ますように、徳内の指を握りしめる。

「徳さ、どうしただ！　何事さあっただか？」

やがて戻ってきたおふでは、夫のようすにあたふたする。

徳内は涙を拭《ぬぐ》い、妻に決意を告げた。

シーボルトの著作『日本《にっぽん》』には、最上徳内の肖像画が二枚、掲載されている。

この異国の医師が江戸に参府《さんぷ》した折には、大名から医者に学者と、数多《あまた》の知識人が宿を訪れたが、「貴き老友」としてもっとも厚く遇されたのが、最上徳内である。

シーボルトは三十一歳、徳内は七十二歳と、親子以上に歳が離れていたが、初見からすこぶる気が合った。

数学の話から始まり、蝦夷地やカラフトを含めた北方地理と、さらにはアイヌの言語や文化まで、話題は尽きず、短い滞在期間を惜しむようにして、この老友と親しく交わった。

学問に国境なしとの存念は、両者のあいだで完全に一致していた。

　徳内は、実地を旅して制作した、北方地図をも彼に与えた。後にシーボルト事件にて、十数名が捕縛《ほばく》され、地図を渡した咎《とが》で死罪を沙汰《さた》された者もいたが、同じ罪を問われるはずの徳内は、何故か免《まぬか》れている。

　江戸では特に名が知られず目立たなかったためか、あるいは若い頃と同様に、周囲の誰かが守ってくれたのか、理由はわからない。

ただ、彼が成した功績を、誰よりも認めてくれたのは、この若い異国の学者であった。

　徳内は、幕府より普請役《ふしんやく》を賜《たまわ》ってから、蝦夷に渡海すること六度。生涯で合わせると、実に九度にもわたり蝦夷地を踏査《とうさ》し、千島《ちしま》やカラフトにも渡った。

　さる役人の小者《こもの》が、徳内をこんなふうに評している。

『最上徳内という人は不思議な人物で、蝦夷語は極めて達者であり、蝦夷人と同じような生活をして、飯に鯨油《げいゆ》などをかけてさっさと食べた』

　アイヌ民族は、ゆっくりと衰退していく運命にあったが、徳内は彼らに親しみ、交わり、そして愛した。

　皮肉なことに、徳内のその思いを、もっとも真摯に受け止めたのは、松平定信であったかもしれない。徳内にとって四度目の渡海となる見分隊の趣旨《しゅし》は、アイヌへの御救《おすくい》交易のための調査であった。

徳内が江戸を立ったのは、その年の暮れだった。

長男を抱いて見送りに来た妻が、徳内に念を押す。

「兄ちゃさよろしく伝えてけさ。おさんがごとも頼んでけさえ」

「わがった。清吉《せいきち》兄さんさ挨拶すで、早《は》えどごおさんば江戸さ迎えねば。兄さと相談してくっがら」

蝦夷へ渡る前に、野辺地に一泊する。義兄の嶋屋清吉と話し合い、おさんを江戸に引き取る算段をするつもりでいた。

というのも、出立《しゅったつ》の前に早くも徳内は認められ、にわかに禄が増えたからだ。

「さすが、わだすが見込んだ旦那さまだ」

亭主の実入りにこだわりのないおふでだが、夫の出世は素直に喜んだ。

普請役の下役を拝命してより、徳内はたびたび勘定方に呼び出され、蝦夷地の現状を具《つぶさ》に言上《ごんじょう》し、見分計画の立案に寄与《きよ》した。勘定奉行とも直々《じきじき》に目見《まみ》え、久世《くぜ》丹後守《たんごのかみ》はその見識の深さを買って、早々に下役から上役に引き上げたのだ。士分でもなかった分際で、異例の出世であった。

そのおかげもあって、神田に仕舞屋《しもたや》を借り、暮らし向きも落ち着いた。野辺地に残してきたおさんを迎えれば、一家四人で暮らすことが叶う。

ただ、徳内の心は、すでに遠い北の地へと羽ばたいていた。

厳しいまでの自然を背景に、どこまでも広がる雄大な地が、徳内を招いてやまない。そしてそこには常に、豊かな髪と髭を蓄《たくわ》えた、懐かしい友が待っていてくれる。それが何よりも、嬉しくてならない。

彼《か》の地に渡れば、徳内もまた、その仲間となる。

イワン　コタン　カマ　レキヒ　スイエプ　ヘマンタ　ネ　ヤー
六つの村を越えて、髭をなびかせる者。

仰いだ冬晴れの空に、自身のその姿がくっきりと浮かんだ。


〈了〉

参考文献

『天明蝦夷探検始末記　田沼意次と悲運の探検家たち』照井壮助（一九七四年、八重岳書房）
『最上徳内』島谷良吉（一九七七年、吉川弘文館）
『随筆　最上徳内』伊藤芳夫（一九五八年、最上徳内顕彰会）
『私の徳内紀行　最上徳内の足跡を訪ねて』菊地栄吾（二〇一六年）※自費出版
『蝦夷草紙』最上徳内著／吉田常吉編（一九六五年、時事通信社）
『新北海道史　第二巻通説一』（一九七〇年、北海道）
『野辺地町史　通説編第一巻』野辺地町史編さん刊行委員会編（一九九六年、野辺地町）
『北海道の歴史〈上〉古代・中世・近世編』
　長沼孝、越田賢一郎、榎森進、田端宏、池田貴夫、三浦泰之著（二〇一一年、北海道新聞社）
『増補改訂　北海道近世史の研究　幕藩体制と蝦夷地』

榎森進（一九九七年、北海道出版企画センター）
『幕藩体制と蝦夷地』菊池勇夫（一九八四年、雄山閣）
『アイヌ語方言辞典』服部四郎編（一九六四年、岩波書店）
『萱野茂のアイヌ語辞典』萱野茂（一九九六年、三省堂）
『青森県のことば』平山輝夫、佐藤和之編（二〇〇三年、明治書院）
『山形県のことば』平山輝夫編（一九九七年、明治書院）
『野辺地方言集　改訂版』中市謙三（一九九九年、野辺地町）
『図解　アイヌ』角田陽一（二〇一八年、新紀元社）
『アイヌ・暮らしの民具』文＝萱野茂／写真＝清水武男（二〇〇五年、クレオ）
『別冊太陽　先住民　アイヌ民族』（二〇〇四年、平凡社）
『アイヌ　もっと知りたい！　くらしや歴史』
北原モコットゥナシ、蓑島栄紀監修（二〇一八年、岩崎書店）
『日本人と数　江戸庶民の数学』佐藤健一（一九九四年、東洋書店）
『江戸のミリオンセラー『塵劫記』の魅力　吉田光由の発想』佐藤健一（二〇〇

〇年、研成社）

その他、ｗｅｂ資料も参照させていただきました。

この作品は、二〇二二年一月にＰＨＰ研究所より刊行されたものです。

作品の中に、現在において差別的表現ととられかねない箇所がありますが、作品全体として差別を助長するようなものではないこと、また作品が江戸時代を舞台としていることなどに鑑み、当時通常用いられていた表現にしています。

著者紹介
西條奈加（さいじょう　なか）
北海道生まれ。2005年『金春屋ゴメス』で日本ファンタジーノベル大賞、12年『涅槃の雪』で中山義秀文学賞、15年『まるまるの毬』で吉川英治文学新人賞、21年『心淋し川』で直木賞を受賞。著書に『四色の藍』『睦月童』『婿どの相逢席』『姥玉みっつ』『バタン島漂流記』などがある。

ＰＨＰ文芸文庫　六つの村を越えて髭をなびかせる者

2025年３月21日　第１版第１刷
2025年５月８日　第１版第２刷

著　者　西條奈加
発行者　永田貴之
発行所　株式会社ＰＨＰ研究所
東京本部　〒135-8137 江東区豊洲5-6-52
文化事業部　☎03-3520-9620（編集）
普及部　☎03-3520-9630（販売）
京都本部　〒601-8411 京都市南区西九条北ノ内町11
PHP INTERFACE　https://www.php.co.jp/
組　版　朝日メディアインターナショナル株式会社
印刷所　TOPPANクロレ株式会社
製本所　東京美術紙工協業組合

ISBN978-4-569-90463-4